MELODIE D'AMOUR

EUGENIA ZUKERMAN

MELODIE D'AMOUR

zhu

ZUID-HOLLANDSCHE UITGEVERSMAATSCHAPPIJ

Oorspronkelijke titel
Taking the Heat
Uitgave
Simon & Schuster, New York
© 1991 by Eugenia Zukerman

Vertaling
Lidwien Biekmann
Omslagontwerp
Sjef Nix
Omslagfoto
Bill King

ISBN 90 5112 412 0   CIP   NUGI 340

Voor mijn dochters
Arianna en Natalia

Dankzegging

Ik zou mijn literair agent, Lynn Nesbit, graag willen bedanken voor haar enthousiasme; mijn redactrice, Marie Arana-Ward, voor haar onvermoeibare hulp en aandacht; mijn vrienden Julie en Michael Rubenstein voor hun voortdurende aanmoedigingen; en mijn man, David Seltzer, voor het feit dat hij me voorhield dat ik de directe weg moest nemen en daarbij als gids fungeerde.

I

Zoals de ongeborene in de moederschoot
beschenen door het oerlicht
ongestoord uitkijkt over de sterren –
zo vloeit het einde naar het begin
als de schreeuw van een zwaan.

NELLY SACHS

1

Op de eerste dag van de lente viel de moeder van Theo Bradshaw van de trap en stierf.

'En toch had ik erop moeten staan dat ze een verpleegster zou nemen,' zei Theo, terwijl we in het grote bed lagen in zijn appartement aan de Upper East Side in Manhattan.

'Ze wilde geen verpleegster,' zei ik geruststellend. 'Je hebt er goed aan gedaan om haar dat niet op te dringen'. Ik kuste hem in zijn nek, snoof zijn muskusachtige geur op en wreef mijn gezicht tegen zijn warme schouder.

Het was alweer bijna een jaar geleden dat ik op Taconic Parkway een verkeerde afslag had genomen, de weg was kwijtgeraakt en zonder benzine was komen te staan. Uiteindelijk had ik maar ergens aangebeld om te vragen of ik even mocht opbellen.

'Binnen,' riep een stem, en aarzelend duwde ik de voordeur open. Ik kwam in een donkere hal en zag iemand in een hoek van de kamer in een stoel zitten. Het was er vrij donker omdat de gordijnen waren gesloten.

'Kom eens hier,' zei de stem. Ik kwam dichterbij en zag een oude, fragiele dame met een wolk van wit haar om haar gezicht. Ze had een blauwe deken over haar benen. Ze deed me denken aan de bloemenfee uit mijn jeugd. Mijn moeder had me geleerd hoe ik die fee kon vinden: als je voorzichtig de blaadjes van een viooltje plukte, kwam er iets te voorschijn dat leek op een klein oud vrouwtje met haar benen in een blauwe emmer.

'Kan ik u misschien ergens mee helpen?' vroeg ik.

Ze antwoordde niet.

'Bent u wel in orde?'

'Ik ben oud,' was het antwoord. 'Ik ben gewoon oud.'

'Dat spijt me voor u,' zei ik, maar op het moment dat ik dat zei, wilde ik dat ik het niet had gezegd.

'En ik heb geen verpleegster nodig!'

'Nee, dat denk ik ook niet,' antwoordde ik.

Ze keek me aan, en er kwam een verschrikte blik in haar ogen. 'Bent u dan niet van het bureau?'

'Ik ben Nora Watterman. Ik sta zonder benzine en ik wilde vragen of ik hier misschien even mocht opbellen.'

Ze glimlachte en bood me een cracker aan van een stoffig zilveren schaaltje. 'Mijn zoon heeft gedreigd dat hij me een verpleegster op mijn dak zou sturen, ook al wil ik dat helemaal niet. Wat vind jij daar nou van?'

Ik nam beleefd een cracker en stopte die in mijn mond. Hij smaakte een beetje naar schimmel en naar lang vervlogen tijden. 'Ik denk dat uw zoon veel van u houdt,' zei ik.

'Ja, dat zal wel, maar hij hoeft geen medelijden met me te hebben.'

'Bezorgdheid dan?'

Ze knikte langzaam en nadenkend. 'Ik heet Charlotte Bradshaw. Je mag wel Lotty tegen me zeggen. Als je trek hebt in een kopje thee, moet je even water opzetten.'

'Ze was zo'n sterke vrouw,' zuchtte Theo. 'Zo sterk van karakter. Ze was zo hartstochtelijk, zelfs tegen het einde nog.'

'Net als haar zoon.'

'Ik ben anders nog lang niet aan mijn eind,' fluisterde Theo, en legde zijn been over mijn beide benen. 'Ik ben nog maar net begonnen.'

Ik deed mijn ogen half dicht en gleed weg van de schaduwen van de namiddag naar een purperen licht dat een steeds diepere gloed kreeg terwijl ik langzaam wegzonk...

Die dag was ik op zoek naar de thee in haar rommelige keuken, toen de bel ging.

'Nora...?' riep Lotty. Ik veegde mijn handen af aan een theedoek en liep naar de voordeur. Toen ik halverwege was, zei ze: 'Als dat die verpleegster is, moet je haar weer wegsturen.' Ze gaf me een samenzweerderige knipoog en gebaarde toen naar de voordeur. Ik deed de deur open en zag iemand staan die zich vast niet zou laten wegsturen. Hij was fors, had door de zon gebleekt blond haar en droeg een gestreept pak met een donkerrode das. Hij stapte de hal binnen alsof hij daar thuis was.

'Hoe gaat het met haar?' fluisterde hij tegen mij.

Ik aarzelde, terwijl ik zijn geur van wol en leer en aftershave in me opnam. 'Wel goed, geloof ik.'

'Gelóóf je?' Hij keek me gealarmeerd aan, en plotseling wilde ik

12

dat ik iets anders had aangetrokken dan mijn oude sweater en een afgedragen denim rok.

'Ik ben er nog maar net,' stamelde ik. 'Ik heb haar net voor het eerst gezien.'

Hij zuchtte ongeduldig. Ik voelde zijn adem en rook allerlei exotische kruiden. 'Ben je gediplomeerd?' wilde hij weten.

'Theo?' riep Lotty, die zijn stem had gehoord.

'Mama?' riep Theo terug, terwijl hij langs me heen de kamer inliep. Ik liep achter hem aan de kamer in. Hij boog zich over zijn moeder heen en kuste haar op beide wangen. 'Gaat het?' vroeg hij nadrukkelijk aan haar, terwijl hij zich omdraaide en naar mij keek. Ik voelde me een beetje opgelaten en stond er wat ongemakkelijk bij met mijn armen over elkaar.

'Ja hoor, het gaat wel goed,' verklaarde ze.

'Mooi. Het is het beste bureau van de stad. Ik wist wel dat ze hun beste verpleegster zouden sturen.'

'Verpleegster?' vroeg Lotty. Ze begon te lachen. Ik voelde dat ik begon te blozen toen Theo me onderzoekend aankeek. Zijn moeder zei: 'Zal ik je even voorstellen, dit is mijn gast Nora Watterman.'

'Ah,' zei Theo, terwijl hij knikte. 'Foutje.' Hij keek nu anders naar me, warmer, en met meer waardering, zo leek het tenminste. Toen lachte hij naar me. Zijn mond lachte wat scheef, een beetje maar, een perfecte asymmetrie.

'Sorry.'

'Je kunt beter mij je excuses aanbieden,' zei zijn moeder op bestraffende toon. 'Ik wil niet dat je je met mijn leven bemoeit. Ik kan heus wel voor mezelf zorgen. Ik val nog liever dood van de trap dan dat ik een vreemde om hulp moet vragen.'

Theo zwaaide zijn armen omhoog en liet ze moedeloos tegen de ruwe wol van zijn jasje vallen.

'Het spijt me, maar nu weet ik het ook niet meer.'

'Bel dat bureau, zeg die verpleegster af, drink een kopje thee en daarna kun je Nora Watterman met haar auto helpen,' instrueerde zijn moeder. 'Dat is wat er nu moet gebeuren.'

'Ik reed hier toevallig langs,' legde ik uit. 'Ik had geen benzine meer, en…'

'Ah,' zei Theo weer, en ik rook zijn adem: een geur van gember en mint, of was het anijs, kervel, tamarinde, bergamot? Het was in elk geval een zoet, maar ondefinieerbaar aroma, dat deed denken aan bloesem en droomtuinen en lome namiddagen… 'En toen belde je hier aan en vroeg mijn moeder je of je binnen wilde komen en een kopje thee voor haar wilde zetten,' concludeerde Theo en draaide zich om naar Lotty. 'Je vraagt een volslagen vreemde om hulp?'

Zijn moeder ging rechtop zitten. 'Ik vraag een nieuwe vriendin of ze wat voor me wil doen. Dat is wel een verschil.'

Theo keek me een poosje aan. 'Ja, dat is het zeker,' zei hij zachtjes. En plotseling leek het inderdaad alsof er een enorm verschil was.

Het werd gevaarlijk laat in Theo's slaapkamer. 'Ik wil dat je op de begrafenis komt,' fluisterde hij. Hij veegde een lok blond haar uit zijn ogen en ik zag dat hij triest keek. Hij leek ineens zo kwetsbaar, en zijn sterke trekken leken wel te verdwijnen. 'Ik heb je daar nodig.'

Ik nam hem in mijn armen alsof hij een kleine jongen was en ik de moeder, die hij nu had verloren. Ik streelde zijn voorhoofd terwijl hij huilde. Zijn tranen en de mijne vermengden zich met elkaar.

Ik was tien jaar toen mijn eigen moeder overleed. Ik had nog steeds het beeld voor ogen van de met wit satijn beklede kist waar ze in lag. Ik hield mijn vaders hand stevig vast en staarde naar de gesloten ovale ogen met de lange wimpers. Die wimpers streken altijd langs mijn gezicht als ze me kuste. Ik bekeek haar neus waar ik soms in mocht knijpen: ze maakte dan een gek geluid als van een gans. Dat was nu allemaal voorgoed voorbij. Haar mond zou nooit meer de koosnaampjes zeggen die ze voor me had. Ik voelde een wilde driftbui in me opkomen. Voordat mijn vader me kon tegenhouden, pakte ik mijn moeder bij haar koude, stijve schouders en schudde haar door elkaar, terwijl ik schreeuwde: 'Mama, hou op! Hou op!'

Mijn moeder stierf toen ze nog maar jong was. Lotty had een lang en rijk leven gehad. Maar het verdriet was daar niet minder om.

'Kom nou maar gewoon, je kunt toch achter in de kerk gaan zitten,' drong Theo aan terwijl ik eindelijk opstond en me aankleedde. Als ik zou opschieten, kon ik de trein van kwart over vijf naar Corbin's Cove nog halen. Hij sloeg een laken om, als een toga, en hij zag er nu weer krachtig maar toch lusteloos en verdrietig uit.

'Je weet best dat ik niet kan,' protesteerde ik door de trui heen die ik over mijn hoofd trok. 'Niemand in jouw familie kent me, en iedereen zal zich afvragen wat ik daar doe.' Er waren trouwens nog wel meer redenen waarom ik niet kon komen. In de spiegel zag ik mijn hoofd uit de kol van mijn trui te voorschijn komen: mijn zwarte krullen sprongen om mijn gezicht heen, een gezicht dat er, dacht ik, niet echt vriendelijk uitzag.

14

'Schoonheid,' zei Theo, die niet opmerkte dat de ogen waarin hij keek hem vol schuldbewustzijn aankeken. 'Wat ben je bleek.'

'Wat ben ik laat.'

Hij keek me aan, met een vastbesloten blik in zijn ogen. 'Kom alsjeblieft.'

Als ik niet zo van streek was geweest door de dood van zijn moeder, of me niet ineens zo schuldig had gevoeld over mijn overspel, of als ik me niet zo paniekerig had gevoeld omdat ik te laat thuis zou komen, had ik misschien de moed gehad om nee te zeggen. Maar in plaats daarvan omhelsde ik hem voor een laatste kus en fluisterde: 'Ik zal er zijn.' Ik pakte mijn canvas tas en liep haastig de deur uit.

2

Ik sleepte mijn canvas tas overal mee naartoe.

'Mijn fluit zit erin,' zei ik altijd. 'Ik kan mijn fluit niet achterlaten.' Maar eigenlijk had ik mijn fluit al heel lang geleden in de steek gelaten, toen ik tijdens een broeierige zomer in Vermont Bernie ontmoette. Ik speelde een Vivaldi-concert, en hij zat in het publiek. Ik had een kanten jurk aan, en na afloop van het concert kwam hij naar me toe, keek met zijn scherpe blik naar mijn opgeheven gezicht en zei: 'Je ziet eruit als een elfje, maar je speelt als een godin.' En ik, Nora Lind, die altijd had gedacht dat ik mijn hele leven aan de muziek zou wijden, dat ik met mijn fluit de wereld zou veroveren, gaf mijn droom op. Ik ruilde die droom in voor een andere droom: ik werd de wettige en liefhebbende echtgenote van Bernard T. Watterman.

'Ik haat vrouwen met slappe lippen,' zei Bernie soms plagerig om me aan het studeren te krijgen. Hij was acht jaar ouder en oneindig veel wijzer dan ik, en hij had het over wederzijds respect en levensvervulling. Hij zou me altijd steunen. 'Schatje, ik hoop dat je de geluidsbarrière doorbreekt,' zei hij altijd als hij me succes wenste voor een concert. Maar thuis, in zijn warme en veilige armen, werden mijn muzikale ambities steeds minder. Ik zou natuurlijk nooit ophouden met fluitspelen. Maar ik zou proberen om muziek in mijn leven in te passen, niet andersom.

Corbin's Cove is een stadje dat ongeveer 75 kilometer ten noorden van Manhattan ligt. Het stadje heeft een totaal andere sfeer – er wonen veel forenzen, arbeiders en een aantal kunstenaars. Het stadje lijkt – door de pittoreske, vaak houten huizen – meer op een dorpje op Cape Cod dan op een voorstad van New York. Al vrij snel nadat we waren getrouwd, bleek ik tot onze verrassing zwanger te zijn. Op een dag reden Bernie en ik langs de Hudson naar het noorden en vonden een huis met negen kamers in Corbin's Cove. Er moest wel veel aan het huis gebeuren, maar er was een schuur bij, er stonden appelbomen, er was een vijver en vergeleken met de drie kamers die we aan West Eighty-eighth Street hadden, was het een waar paradijs. De scholen waren goed, werd ons verteld, en Bernie hoefde maar een uur met de trein naar de CBS-studio's en het was nog minder dan een uur naar La Guardia, zodat hij gemakkelijk het vliegtuig kon nemen om produkties te maken voor 'Vista', het nieuwsprogramma waar hij sinds korte tijd voor werkte.

Linden Hill. Voor de grap noemden we het huis naar de kleine, schrale linde die in de tuin stond, zodat het leek alsof we in een landhuis woonden. Nadat Bernie urenlang had getimmerd, geschuurd en geverfd, en ik alle muren had behangen en gordijnen had gemaakt, zag het huis er fraaier uit dan we hadden durven hopen. Het was een comfortabel en gezellig huis, en ik voelde me er zeer op mijn gemak als ik alleen thuis was. Nicky speelde in de tuin, inspecteerde de vijver, raapte appels of struinde rond met zijn hond Harold, die we Prins Hal of gewoon Hal noemden. We waren apetrots. Bernie en ik waren allebei opgegroeid in de stad, en nu gaven we onze zoon een jeugd die wij nooit hadden gekend. We hadden hem graag nog een klein broertje of zusje willen geven, maar dat gebeurde niet. We vonden het niet nodig om precies uit te laten zoeken waarom ik niet opnieuw zwanger raakte. Bernie had zijn werk, en ik mijn muziek… als ik daar tenminste tijd voor kon vinden. Ik dacht erover om een kaartje te laten drukken: Nora Lind van Linden Hill, Fluitiste. Maar ik was Nora Watterman, de vrouw van B.T., en ik had er eigenlijk ook niet zoveel behoefte aan om zo aan de weg te timmeren. Ik was tevreden met mijn bestaan als echtgenote, moeder en part-timemuzikante. Ik speelde in de plaatselijke ensembles, ik gaf les en studeerde zoveel ik kon. Maar belangrijker was dat ik een gezin had, een hecht en sterk gezin. Onze vrienden vonden dat wij een benijdenswaardig leven hadden. De linde veranderde door de jaren heen van een miezerig sprietje in een prachtige boom, die elk voorjaar schitterend bloeide. Linden Hill. Het was méér dan een huis. Het was een echte thuishaven.

3

'Er bestaat helemaal geen verkeerd pad,' zei Stephanie toen ik haar vertelde dat ik daarop was terechtgekomen. 'Dat heeft Freud zelf gezegd.'

'Humor bestaat niet,' corrigeerde ik haar. 'Dát heeft Freud gezegd.'

'O nee?' zei Stephanie met een somber gezicht. Toen vroeg ze, met een glimlach op haar gezicht: 'Ken je die al van die Poolse violist…?'

'Nee, en ik wil het ook niet horen,' zei ik. Ik stond op en keek door het raam naar Fifth Avenue en Central Park, waar een paar joggers rondjes renden om de vijver. 'Ik heb genoeg van muzikanten en hun stomme grappen.'

'Ik ben blij dat je er bent. Het is bijzonder prettig om voor het ontbijt al te worden beledigd.'

Ik negeerde die opmerking en begon nerveus op mijn vinger te bijten. 'Ik ben zo bang.'

'Nog meer nieuws?' vroeg Stephanie met een frons op haar gezicht. 'Je bent verdomme zevenendertig en overal bang voor. Kijk nou eens naar jezelf.'

In mijn lange gebloemde rok, mijn oude, afgedragen sweater en mijn versleten schoenen maakte ik waarschijnlijk inderdaad niet een erg zelfverzekerde indruk. Ik had trouwens ook beter even mijn haar kunnen doen voordat ik op de trein stapte.

'Je ziet eruit alsof je geëlektrokuteerd bent,' zei Stephanie.

'Dat ben ik ook.'

'Hou op zeg! Doe niet zo schlemielig.'

'Het is verkeerd. Zo voel ik dat gewoon.'

'Luister eens. Je bent zeventien jaar getrouwd en…'

'Achttien jaar.'

'Achttien jaar en al die tijd ben je hem trouw geweest.'

'Tot nu toe dan.'

'Maar daarom ben je toch nog geen crimineel? Zit de politie soms achter je aan? Ik hoor geen loeiende sirenes.'

Ik kreeg tranen in mijn ogen. 'Ik ben er gewoon kapot van,' fluisterde ik, en ik begon te huilen. Stephanie kwam naar me toe in haar lila zijden jurk, haar blonde haar over de schouders die een criticus in een artikel over haar uiterlijk eens 'volmaakt roomblank' had genoemd. Ze nam me in haar armen en hield me stevig vast. Ik voelde dat mijn tranen op haar zijden jurk drupten, maar ze bleef me stevig vasthouden totdat ik me van haar losmaakte, een beetje schaapachtig en met natte, rode ogen. Stephanie was mijn beste en liefste vriendin, met wie ik al mijn geheimen en narigheid en geluk had gedeeld sinds we vijftien waren, sinds die zomer in het muziek- kamp in Deerwood. En nu was ik getrouwd, en zij was Amerika's beste violiste, een internationale ster en perssensatie, en ook nog ongehuwde moeder.

'Ik voel me zo lullig,' hikte ik.

'Dat ben je ook,' antwoordde Stephanie, terwijl ze mijn zoute tranen van haar jurk depte.

'En ik heb je mooie feestjurk verknoeid.'

'Dan koop je maar een andere voor me.'

'Dat had je gedacht.'

We keken elkaar aan en ik probeerde te lachen. Stephanie lachte ook, en ze zag er betoverend uit, net als die dag op het kamp toen ik haar voor het eerst zag. Ze liep bij de zwemplas en hield een kikker bij een achterpoot omhoog terwijl ze riep: 'Ik heb hem ge- zoend! Waar blijft die prins nou?'

'Mammie, kom nou!' riep een stemmetje. Een Stephanie in het klein kwam de kamer binnen. Ze had vlasblond haar in staartjes, en haar ogen glinsterden van ondeugendheid. Stephanie boog zich voorover en tilde haar dochter, Jill, op en kuste haar. Daarna gaf ze haar aan mij voor een knuffel.

'Nowa,' zei het meisje, en gaf me een zoen. Haar zachte huidje en de appelige geur van haar adem deed me in een flits denken aan de tijd dat Nicky ook nog zo klein was – aan zijn fluweelzachte haar dat in mijn gezicht streek als ik met hem in de schommelstoel zat en een oud Pools liedje voor hem zong dat ik zo verschrikkelijk lang geleden van mijn moeder had geleerd: *'Ai, lu lu, kolebka z marmuru…'*

'Hou je van hem?' vroeg Stephanie.

'Houden van?'

'Ja, je weet wel, dat gevoel dat bij al dat gedoe schijnt te horen?'

Ik streek met mijn lippen langs het donzige voorhoofdje van haar dochter, en begon langzaam met haar door de kamer te walsen. 'Als ik bij Theo ben,' zuchtte ik, 'is het of ik met Apollo dans!' We draai- den steeds sneller rond, en het meisje begon te schateren terwijl ik danste en over mijn minnaar vertelde. 'Hij is onstuimig en elegant en zorgzaam. En hij maakt dat ik voel dat ik leef en waardevol ben. Bij hem voel ik me bemind en begeerd en duizelig!' Ik werd wat draaierig, stopte met dansen en gaf Jill een zoen.

'Nog een keer!' eiste ze.

'Volgens mij ben je echt verliefd,' zei Stephanie.

'Volgens mij zit ik echt in de puree.' Terwijl de draaierigheid zakte, werd mijn humeur weer slechter.

'Als je eraan kapot gaat,' zei Stephanie terwijl ze haar armen naar Jill uitstak, 'moet je ermee ophouden.'

Ik streek de rand van Jills kanten rokje recht en gaf haar weer aan haar moeder terug. Ik dacht aan Theo's zachte handen onder mijn rok en hoe hij de binnenkant van mijn dijen streelde en tegen me zei dat ik zijn grote liefde was, zijn enige ware liefde.

'Dat kan ik niet,' zei ik fel, en ik probeerde te verbergen wat ik voelde en wat wel van mijn gezicht zou zijn af te lezen.

Stephanie keek me aan alsof dat inderdaad zo was. 'In dat geval kunnen we beter gaan ontbijten,' zei ze, terwijl ze voor me uit liep, op de geur af van de verse muffins die Pearl in de keuken aan het bakken was.

4

Vrijdag dertig september. In mijn agenda (de bruinleren die Bernie in Londen voor me had gekocht) stond: '16.00 uur dokter Rotman'. Maar in de rechter benedenhoek stond met potlood een klein sterretje getekend: mijn geheime code die betekende dat ik rond lunchtijd een afspraak had met Theo in zijn appartement. Hoe had ik kunnen vergeten om de afspraak met dokter R. af te zeggen? Ik kon nooit op tijd terug zijn uit de stad.

Je bent hier niet zo goed in, zei ik tegen mezelf: de uitvluchten, het bedenken van alibi's. Je hebt Rotman deze maand al drie keer afgezegd. Bel Theo op. Zeg hém maar af.

'Hallo dokter Rotman,' hoorde ik mezelf in de hoorn zeggen. 'Het spijt me vreselijk dat ik weer moet afzeggen, maar er is plotseling iets tussen gekomen en…' Hij wilde weten wat dat dan wel was. 'Ik moet dringend naar de dokter,' verzon ik. 'Ik moet in de stad naar een specialist en ik ben bang dat ik niet op tijd terug zal zijn…' Ik hoefde het absoluut niet vervelend te vinden dat ik moest afzeggen, verzekerde hij me met de stem van een echte hulpverlener. Dokter Rotman was psychiater en hield elke vrijdag tussen vier en zes uur vrij voor zijn fluitles, hoewel zijn geluid nog het meest aan een stoomtrein deed denken en hij absoluut geen gevoel voor ritme had. Op elke vriendelijke suggestie van mijn kant reageerde hij steevast door met zijn voet op de grond te stampen en zichzelf voor stommeling uit te maken. Het ging hem niet zozeer om vooruitgang, had hij me eens verteld, maar meer om het muzikale proces. Hij keek de hele week uit naar zijn les op vrijdagmiddag.

'Nora,' zei Rotman tegen me, 'wat er ook aan de hand is, ik weet zeker dat je sterk genoeg bent om het aan te kunnen.'

'Dank je,' antwoordde ik, en ik beloofde hem dat ik hem de volgende week een extra lange les zou geven en dat ik samen met hem het Kuhlau-duet Opus 81 nummer 2 zou spelen dat hij had voorbereid. Ik loog dat ik haast niet kon wachten om met hem verder te werken. Maar het was wel een goede leugen. Het was van belang om goede en slechte leugens met elkaar af te wisselen. De moeilijkheid was alleen dat ik zelf het onderscheid niet meer zo goed zag. Maar zonder me daar verder nog zorgen over te maken, trok ik mijn nieuwe zwarte ondergoed aan en kleedde me voor een lunch waar ik ongetwijfeld zeer voldaan van terug zou komen.

5

Bernie lag op de blauwe bank te slapen. Het was een paar maanden nadat Theo en ik elkaar hadden leren kennen. Bernie wist van niks. Hij leek ook helemaal niets te vermoeden. Voor B.T. Watterman ging het leven zijn gangetje, met zijn vrouw en zijn zoon veilig in het ouderwetse huis aan de oever van de Hudson.

'Producers zijn de ware helden van de nieuwsprogramma's,' zei zijn baas Gus Morrison altijd. En misschien wás Bernie ook wel een held. Hij had het altijd over kogels die hem om de oren vlogen, over tornado's die hij moest doorstaan, en dat hij altijd in het heetst van de strijd was te vinden. Maar als hij thuis was, was er niet veel meer over van die held. Dan plofte hij op de bank en viel in slaap. Hij was moe, hij had zich rot gewerkt, en dan had hij toch zeker wel het recht om thuis te komen en uitgezakt op de bank te liggen, of niet soms?

Prins Hal, onze golden retriever, lag op de grond naast de bank, uitgeput van de tocht met Bernie door de heuvels en, aan het tapijt te zien, door de modder. Hal was niet meer in de kracht van zijn leven: dat was hij geweest toen Nicky nog klein was. Ze waren onafscheidelijk geweest, totdat Nicky in de puberteit kwam en ineens allerlei andere belangrijke dingen te doen had. Hal moest het tegenwoordig doen met af en toe een aai over zijn kop van mij en een stoeipartij met zijn baas. Ik stond in de deuropening en keek geërgerd naar de hond en zijn baasje. Mijn ergernis had niets te maken met het feit dat ik die dag de kamer had gezogen en geboend en dat nu alles weer onder de modder zat. Daar kwam het helemaal niet door.

Ik zuchtte: Hal bewoog één oor, maar deed zijn ogen niet open. Bernie verroerde zich niet. De kale plek op zijn hoofd zag er nog steeds vochtig uit van het rennen.

'Haar is alleen maar een overblijfsel van de apen,' had ik jaren geleden troostend tegen hem gezegd toen hij kaal begon te worden. 'Ik vind je zelfs veel leuker als je kaal bent.' Toen er een tijdje later een kale ronde plek op zijn hoofd verscheen, vond ik dat zijn sterke gelaatstrekken erdoor werden geaccentueerd, waardoor hij er krachtiger en aantrekkelijker uitzag.

En nu stond ik naar mijn echtgenoot te kijken: naar zijn gedrongen lichaam dat uitgezakt op de bank lag, zijn Nikes die op de leuning lagen. Het was een aanblik die ik vroeger wel vertederend zou hebben gevonden... voordat ik Theo had leren kennen. Ik vond eigenlijk dat ik het ook nu nog een leuk gezicht moest vinden. Bernie was nog steeds de vader van mijn zoon, en hij was ook nog steeds mijn man, met zijn hartelijke, gulle lach en zijn teddybeerachtige warmte waar iedereen zo gek op was.

'Bernie is iemand die veel van zichzelf geeft,' zei Gus tegen me tijdens het jaarlijkse kerstdiner van 'Vista'. 'Die kerel is gewoon niet te stuiten.'

Gustav Morrison heeft geen flauw benul waar hij het over heeft, dacht ik, maar natuurlijk glimlachte ik beleefd. Misschien gaf Bernie op zijn werk wel van alles en nog wat, maar als hij thuiskwam, kwam hij om te slapen, om schone kleren aan te trekken, om zijn eten geserveerd te krijgen en om zijn vrouw en zoon te commanderen. Nu ik Theo had leren kennen, begon ik te beseffen dat ik altijd voor dienstmeisje had gespeeld en dat ik me nooit bewust was geweest van mijn eigen behoeften. Nu eindelijk aan die behoeften werd voldaan, en wel ruimschoots, voelde ik dat ik recht had op mijn eigen geheime koninkrijkje, en dat wilde ik ook beschermen. Diep in mijn hart was ik wel met mezelf in conflict, maar ik probeerde dat gevoel te sussen door er af en toe wat berouw tegenover te stellen, of mijn daden te rechtvaardigen. Ik deed er alles aan om dat conflict zo ver mogelijk weggestopt te houden.

Bernie deed zijn ogen open en glimlachte tevreden toen hij me zag staan.

'Kom hier,' zei hij, en strekte zijn hand naar me uit.

Ik voelde dat ik rood werd.

'Kijk nou eens,' zei Bernie plagerig, terwijl hij naar mijn gezicht wees. 'Kom eens, dan zal ik je eens echt laten blozen.'

Ik voelde me schuldig en mijn hart bonsde in mijn keel.

'Wat is er met je aan de hand?' vroeg Bernie.

'Niks hoor,' zei ik geschrokken. Daarna, weer wat bijgekomen, lachte ik zo lief ik maar kon naar hem, en liep naar hem toe.

6

Nicky was hoffelijk tegenover me. Hij was nog maar zeventien, maar hij was mijn beschermheer, mijn lieve ridder. Dat was voordat ik was begonnen met te laat thuiskomen van repetities die niet bestonden, of uit restaurants waar ik helemaal niet was geweest. Nu was elke blik van hem een aanslag op mijn gemoedsrust, want hoewel hij waarschijnlijk niets vermoedde, was ik doodsbang dat hij alles wist.

'Was het leuk?' vroeg Nicky toen ik op een avond uitgeput thuiskwam en de keuken binnenliep. Hij doopte een kippepootje in een pot saus die ik zelf had gemaakt. De televisie, die ik met tegenzin had toegestaan in de keuken, stond aan. Nicky kauwde op zijn kippepootje. Er zaten vetvlekken op zijn zwarte trui. Hij veegde zijn mond af met de rug van zijn hand en keek me aan. Ik dacht iets verachtelijks in zijn blik te zien.

'Ik wilde spaghetti voor ons maken,' zei ik, terwijl ik mijn tas op een hoekje van het overvolle aanrecht zette. Nicky liet een harde boer. Ik keek hem dreigend aan.

'Sorry,' zei hij, en kondigde toen aan dat hij weg moest. Hij stond op en gooide het afgekloven botje richting afvalemmer.

'Eén-nul!' riep hij toen het bot in de emmer verdween. Hij draaide zich om en grinnikte naar me. 'Je hebt nog niet gezegd of het leuk was.'

'De repetitie?' vroeg ik, terwijl ik hoopte dat mijn gezicht niet meer rood was van het vrijen en dat Nicky's grijns zijn gewone grijns was en geen teken van ontdekking. 'Ja, het was wel aardig,' zei ik, zo terloops als ik kon. 'Hoe was het op school?'

'Jezus, nou het was weer kikken op school, wat dacht jij dan!' Nicky ritste zijn jack dicht en schudde een blonde lok haar uit zijn gezicht. Hij was lang en gespierd, had felblauwe ogen en scherpe gelaatstrekken. De laatste tijd was zijn houding een beetje gereserveerd en afstandelijk: waarschijnlijk probeerde hij zich het air aan te meten van de jonge filmsterren van tegenwoordig. Zijn vader vond dat hij arrogant aan het worden was, maar volgens mij was het gewoon een fase in zijn ontwikkeling. Maar het begon er wel op te lijken dat Nickolas Watterman, de middelbare scholier met middelmatige cijfers, bepaald geen wereldbestormer aan het worden was. Aan zijn matige schoolprestaties kon nog worden toegevoegd dat hij er tegenwoordig een zeer intense relatie op nahield met een wat slomig meisje dat van school was gegaan en in de plaatselijke ijssalon werkte. Het zag ernaar uit dat onze zoon niet echt een glorieuze toekomst tegemoet ging.

Nicky stak zijn hand uit. 'Mag ik de sleutels?' vroeg hij met zijn jongensachtige stem en een zeer volwassen knipoog.

'Je weet best dat je door de week de auto niet mag gebruiken.'

'Waarom niet?' vroeg hij, alsof hij dat niet wist.

Ik zuchtte. Als ik hem als een volwassene behandelde, zou hij zich misschien ook meer als een volwassene gedragen. Ik zei: 'Ik had me er echt op verheugd om samen met je te eten. En je vindt mijn spaghetti toch altijd lekker?'

'Tuurlijk, je maakt de lekkerste spaghetti die ik ken,' zei Nicky. 'En je bent de leukste moeder van de wereld. Je bent echt tof, weet je dat?'

'Oh?'

'Dat vindt iedereen, mijn vrienden ook! Daar ben ik best trots op.'

'Dank je,' zei ik. Ik voelde me gevleid.

'En ik ben ook blij dat je niet bent zoals alle andere moeders die ik ken, ik bedoel die denken altijd alleen maar aan geld en status en zo.'

'Nou, dat doe ik misschien ook wel.'

Nicky zei met een knipoog: 'Ik ken je toch al langer dan vandaag.

Jij hebt het gewoon goed voor elkaar. Dat zei ik laatst nog tegen Kelly, en ik vertelde haar dat je fluit speelt, weet je wat ze toen zei?'

'Wat dan?' Ik was zeer benieuwd welke wereldschokkende opmerking dat kon zijn geweest.

'Ze vroeg of je op een panfluit speelde, zoals Zamfir, of op een gouden fluit, zoals James Grieve.'

We moesten allebei lachen. 'Vind je dat nou niet grappig?' vroeg Nicky.

'Het is in elk geval vrij dom,' zei ik, maar toen ik zag dat zijn gezicht betrok, had ik daar onmiddellijk spijt van.

'Denk je soms dat iedereen weet hoe die James Galway precies heet? Denk je soms dat iedereen dat zo belangrijk vindt?' zei hij nijdig.

'Sorry,' zei ik. Nicky keek me aan. Zou hij iets weten van Theo en mij? Onmogelijk. Ik begon paranoïde te worden. Ik had gewoon zijn vriendinnetje beledigd, dat was alles.

'Sorry hoor, dat was flauw en snobistisch van me. Het spijt me echt.' Hij bleef maar staren. 'Hoe kan ik het goedmaken?'

Nicky grijnsde. 'De autosleutels graag,' zei hij. Ik wilde eigenlijk wel toegeven, maar dit begon verdacht veel op omkoperij te lijken.

'Hoe zit het eigenlijk met je huiswerk?'

'Klaar. En goed mijn best gedaan.'

Ik keek hem argwanend aan en zette mijn handen in mijn zij. Nicky aapte me na, terwijl hij wist dat ik daar een hekel aan had. Ik deed mijn armen over elkaar en zuchtte, maar dat deed hij wijselijk niet na. In plaats daarvan deed hij zijn handpalmen tegen elkaar en liet zijn voorhoofd op zijn vingertoppen rusten: een houding die waarschijnlijk berouw uit moest stralen. Hij was aanbiddelijk. Ik moest wel toegeven. Ik zag dat hij vanuit zijn ooghoeken naar me keek toen ik mijn sleutels uit mijn canvas tas haalde en die naar hem toe gooide.

'Een beetje te laag, maar toch raak,' zei hij terwijl hij de sleutels opving. 'Bedankt.'

Ik keek hem nog eens ernstig aan om mijn ouderlijke macht te doen gelden, maar hij wierp me een handkus toe, stormde de keuken uit en sloeg de deur met een klap achter zich dicht.

Ik zuchtte en ging voor de televisie zitten. Ik pakte een kippepootje van de schaal, die Nicky op tafel had laten staan.

De weerman op het scherm kondigde aan dat er een zware westerstorm op komst was. Ik doopte de kippepoot in de schaal met saus – eigenlijk alleen maar omdat die er toch stond – en merkte dat dat helemaal niet gek smaakte. De weerman waarschuwde voor windstoten en onweer, en beëindigde zijn praatje.

Plotseling voelde ik me verschrikkelijk eenzaam. Ik dacht aan een half verregende vakantie waarin we een huisje hadden gehuurd waar steeds het licht uitviel als het stormde. We maakten dan de open haard aan en roosterden brood boven het vuur: mijn twee mannen, onze hond en ik. Het leek toen alsof niets ons kon deren, zelfs niet de huilende wind, de kletterende regen, of de diepe duisternis.

7

'Volgens mij is er iets heel goeds met je gebeurd,' zei Martin Kramer. Hij zat achterovergeleund in zijn stoel met zijn cello tegen een been en wees naar me met zijn strijkstok. We hadden net de *Klaagzang van de herder* uit het trio voor fluit, cello en piano van Carl Maria von Weber gerepeteerd, en zelfs ik moest toegeven dat ik de fluitcadens aan het einde met een opmerkelijke soepelheid en gratie had gespeeld. Het opmerkelijkste was trouwens dat ík dat had gedaan. Ik had maar een uur of twee per dag gestudeerd – en ik wist dat dat niet genoeg was. Maar meer tijd had ik niet vrij kunnen maken in mijn tegenwoordig zo veeleisende leven. Vreemd genoeg leek het echter wel of ik desondanks alleen maar beter was gaan spelen.

'Je speelde geweldig,' zei Jenny Bowers. Ze nam een hap van haar reep en een slok koude koffie. 'Serieus?' vroeg ik aarzelend, hoewel ik wel wist dat ik inderdaad beter speelde. Steeds als ik mijn fluit pakte en inademde voor ik de eerste noot blies, voelde ik een warme gloed door mijn lichaam trekken, en dan wist ik dat ik dingen kon spelen op mijn instrument die ik altijd voor onmogelijk had gehouden... voordat ik Theo had leren kennen. Ik kon zinnen vormen en kneden als een doorgewinterde beeldhouwer, ik kon mijn geluid precies zo krijgen als ik het wilde. Het diepe, mooie geluid waar ik vroeger altijd vreselijk mijn best voor had gedaan, leek nu wel helemaal vanzelf te komen. En mijn vingers deden ook precies wat ik wilde, terwijl die er vroeger nog weleens misten.

'Ik ben gewoon geïnspireerd,' gaf ik toe.

'Wie is het?' vroeg Martin.

'Jij natuurlijk,' zei ik plagerig. Martin streek zijn krullen recht en produceerde een engelachtige glimlach.

'Wat het ook is: ik zou er maar mee doorgaan,' zei Jenny, terwijl ze opstond en zich uitrekte, waarbij haar bodystocking onder haar strakke rode trui uitkwam.

'Tenzij het natuurlijk iets onzedelijks is,' waarschuwde Martin. Maar voordat ik daarop kon reageren, voegde hij eraan toe: 'Want in dat geval moet je er alleen maar méér van doen.'

We schoten in de lach. Jenny ging weer zitten en we speelden het laatste allegro, waarin ik de verraderlijke loopjes als een onbevreesde koorddanser te lijf ging. Bij het scherzando stopte ik even om aan Martin te vragen of hij een beetje zachter kon spelen: 'De fluit speelt de melodie, en...'

Hij trok een wenkbrauw op, een beetje geërgerd, dacht ik. 'Je meent het,' zei hij. 'Dus ik speel harder dan jij, omdat iedereen anders hoort dat je veel beter speelt dan ik?'

'Zeg, ben je nou een professionele muzikant of een amateur?' vroeg Jenny vrolijk.

'Een professionele amateur misschien?' En meteen daarna werd hij weer serieus en zwaaide met zijn strijkstok om aandacht. 'Bij E, dames,' fluisterde hij. 'En ik zal zachter spelen.' Hij keek naar me en voegde eraan toe: 'Hup Nora, laat maar eens wat horen!'

En dat deed ik, terwijl ik dacht aan het volgende optreden in Connecticut, waar in elk geval één bezoeker tevreden zou zijn. Ik wist dat hij zou komen en dat hij ergens achter in de zaal zou zitten met een gezicht alsof de fluitiste hem maar nauwelijks interesseerde, terwijl hij haar lippen, haar tong en haar bewegingen zo goed kende.

8

'Wat hebt u schitterend gespeeld, mevrouw Watterman,' fluisterde Theo. Hij had zich een weg weten te banen door de drukte tijdens de receptie die na afloop van het concert in de pastorie werd gehouden.

'Dank u, meneer...?' antwoordde ik. Ik deed net alsof ik hem niet kende, alsof ik niet opgewonden was van het idee dat mijn minnaar zich onder het publiek bevond.

Bernie zat ergens in Cleveland en Nicky was thuis een proefwerk aan het leren. Ik was dus een vrije vrouw – tenminste voor één avond. Theo kneep in mijn hand en liep toen weg om anderen de gelegenheid te geven ons te feliciteren. We waren natuurlijk de hele avond zeer discreet: we lieten niet merken dat we iets met elkaar te maken hadden en al helemaal niet dat we elkaar niet alleen maar aardig vonden. Maar uit mijn ooghoeken zag ik wel dat hij trots naar me stond te kijken, met zijn handen in de zakken van zijn grijze pak. Hij had een kastanjebruine sjaal omgeslagen en zag er zwierig en chic uit. Hij had wel iets van een leeuw, door zijn prachtige haar en de stoere blik in zijn ogen. Hij was in elk geval de koning van zijn eigen jungle – veertig jaar en directeur en eigenaar van het beleggingskantoor Bradshaw International. Hij was prettig gescheiden en ging zelfs weleens uit eten met Melissa (zijn ex) en Porter, haar nieuwe man. Melissa was in het grote huis in Scarsdale blijven wonen en Theo was tevreden met zijn driekamerappartement in New York.

'Ik heb het gevoel dat ik verbannen ben geweest,' zei hij een keer tegen me, toen we elkaar nog maar kort kenden. 'Het is zo spannend om hier midden in het centrum te wonen. Je kunt zo gemakkelijk naar een museum, naar een theater, en vooral naar concerten.'

Hij had ooit concertpianist willen worden. Nu had hij een Bechstein en koesterde een bitterzoete spijt. Ik moest hem overhalen om een Bach-sonate met me te spelen.

'Dit zou wel eens het einde van een prachtige relatie kunnen worden,' stribbelde hij tegen.

Ik verleidde hem met een kus en een uitdaging: 'Daar kunnen we maar op één manier achter komen…'

Hij stuntelde door de golvende begeleiding van de sarabande uit de Bach-sonate in E-klein, terwijl ik de melodie speelde. Maar zijn gestuntel was wel gevoelig.

'Dus nu is het uit tussen ons…?' vroeg hij zenuwachtig voordat de laatste noot was verstorven.

Ik ging naast hem op het pianobankje zitten. 'Stel je niet aan. Je bent heel goed,' overdreef ik. 'We zouden samen prachtige muziek kunnen maken.'

'Ja, dat ben ik met je eens,' zei hij plagerig terwijl hij me in mijn nek zoende. 'En je vindt echt dat ik goed speel?'

'Ja. Ik denk dat je een goede solist zou zijn geweest als je had gewild.'

'Nee,' zei hij terwijl hij mijn blouse losknoopte. 'Ik speelde alle noten wel, maar het komt niet echt van de grond. Jij speelt heel anders, bij jou krijgt de muziek echt vleugels.'

Als dat al zo was, was ik ervan overtuigd dat ik die vleugels aan Theo te danken had. Die avond na het concert had ik het gevoel dat ik zweefde. Ik keek hem af en toe heimelijk aan, ving zijn blik en keek dan weer een andere kant op alsof ik niet was geïnteresseerd, terwijl ik me heel erg opgewonden voelde. Ik was verliefd op een knappe, succesvolle, uiterst elegante man, die om de een of andere duistere reden ook verliefd was op mij. Wat zag hij eigenlijk in me? Ik was zeker geen opgepoetste schoonheid. En ik was ook geen wilde vrije vrouw. Ik wist helemaal niets van de zakenwereld of van geld en dat interesseerde me ook niets. Was het soms omdat mijn fluit hem herinnerde aan zijn nooit-vervulde muzikale droom? Of omdat onze verhouding geheim was en daardoor veel spannender?

'Je fronst,' fluisterde Theo. Ik schrok. 'Maar toch wil ik je.' Hij raakte even mijn arm aan en liep toen richting toostjes. Ik moest lachen en was bang dat iemand iets had gemerkt. Maar niemand scheen enig vermoeden te hebben. Toen er genoeg tijd was verstreken om me fatsoenlijk uit de voeten te kunnen maken, nam ik afscheid van iedereen en zei dat ik het jammer vond om al zo vroeg weg te moeten. Ik stapte in mijn auto om zogenaamd snel naar huis te gaan. Maar toen ik een eindje verderop Theo's BMW op me zag staan wachten, zoals afgesproken, voelde ik mijn hart van spanning bonzen en begreep ik wat Stephanie bedoelde toen ze een keer tegen me zei: 'Een mooi concert met daarna een spannende nacht met een goede minnaar – dat is het mooiste wat er is.'

Het allermooiste, dacht ik, terwijl ik veel te hard achter Theo aanreed over allerlei kronkelige wegen naar het hotel waar hij een kamer had gereserveerd.

'Ik moet naar huis,' zei ik om een uur 's nachts. 'Ik heb tegen Nicky gezegd...'

'Bel hem op. Zeg maar dat het feest nog niet is afgelopen,' drong Theo aan. Hij drukte zijn lichaam dicht tegen me aan om me te laten merken dat dat inderdaad zo was.

'Schatje...' zei ik, maar ik voelde hem weer in me komen en hoorde mezelf kreunen. Ik bleef tot ik – om een uur of twee – buiten mezelf was van paniek en schuldgevoel.

Theo probeerde me te kalmeren. 'Bel hem dan op,' zei hij. 'Zeg dan dat je een lekke band hebt, maar dat alles goed met je gaat en dat je eraan komt.'

Ik belde Nicky en was verbaasd over de vrouwenstem die ik hoorde, tot ik me realiseerde dat ik mezelf, Nora Watterman, mevrouw B.T., op het antwoordapparaat hoorde. Ik probeerde zo rustig mogelijk te klinken terwijl ik een boodschap insprak over de lekke band, toen Nicky met een bezorgde stem aan de lijn kwam. 'Mam, ik ben het. Waar ben je? Zal ik je komen halen?'

Ik zei dat de band bijna was verwisseld en dat ik zo thuis zou zijn.

'Jezus, ik was hartstikke ongerust,' zei Nicky, en begon toen te lachen. 'Nou weet ik hoe jij je moet voelen als ik veel te laat thuis kom.'

'Ja,' zei ik, en ik kreeg een brok in mijn keel. Mijn zoon, mijn lieve Nicky, zat zich thuis zorgen te maken terwijl ik zijn vader aan het bedriegen was. Niet zo fraai.

'Hoe ging het?'

'Oh, het was wel aardig,' zei ik met moeite. Ik vroeg me af hoe ik het voor elkaar had gekregen om deze engel van een jongen op te voeden terwijl ik kennelijk ook tot minder fraaie dingen in staat was. 'Ga maar lekker slapen. Het spijt me dat ik je ongerust heb gemaakt.'

'Oh, geen probleem hoor,' zei Nicky. 'Rij voorzichtig. Ik hou van je.'

Een golf van schuldgevoel spoelde over me heen. 'Maak het jezelf niet zo moeilijk,' zei Theo troostend.

'Ik voel me afschuwelijk. Ik voel me slecht en verdorven.'

'Nora, ik hou van je. En jij houdt van mij.'

'En dat maakt het allemaal goed?' Ik keek hem aan. Hij had de deken over zich heen getrokken en zag er ontspannen en knus uit, terwijl ik me in mijn kleren worstelde. 'Dat is het anders niet. Voor mij in elk geval niet. Niet meer.' Ik propte mijn armen in de mouwen van mijn jas.

'Ga dan bij hem weg,' zei Theo. Hij kwam plotseling overeind, naakt, en sloeg zijn armen om me heen. Hij kuste mijn tranen weg en fluisterde dat alles goed zou komen, dat hij met me wilde trouwen en dat hij zeker wist dat we samen gelukkig zouden zijn. Hij zou voor me zorgen, hij zou voor Nicky zorgen, hij zou overal voor zorgen. 'Je hebt wel gelijk. Het gaat zo niet meer,' gaf hij toe. 'Het wordt tijd om het hem te vertellen.'

Bernie alles vertellen? Ik voelde een ijskoude angstvlaag door me heen trekken. 'Dat kan ik niet. Dat kan ik echt niet.'

Theo hield me bij mijn schouders op armlengte van hem af en

bekeek mijn gezicht. 'Je weet toch dat je niet aldoor met een leugen kunt leven.'

'Ik leef niet met een leugen!' Ik maakte me los en draaide me boos om.

Hij zei niets, maar ik hoorde de teleurstelling in de manier waarop hij zijn overhemd uitschudde en zijn broek aantrok. Hij trok de rits dicht. 'Ik weet dat het niet gemakkelijk voor je is,' zei hij en hielp me met mijn jas. Hij nam me weer in zijn armen. 'Voor mij is het ook niet zo simpel.'

Hij zag er moe en gespannen uit. Maar hij hield me vast en zei dat hij me begreep, dat hij me niet zou dwingen, dat hij me alleen maar gelukkig wilde maken, dat hij zou wachten en geduldig zou zijn.

Maar had ík wel geduld? Natuurlijk leefde ik met een leugen en had ik het gevoel dat ik daar iets aan moest doen. Maar wat dan? Waarom kon ik niet bedenken wat ik moest doen? Ik kwelde mezelf met deze vragen terwijl ik naar huis reed, naar mijn gezin, dat ik in gevaar aan het brengen was, naar mijn bed, dat niet meer zo comfortabel was als het eens geweest was. Maar toen ik eenmaal in bed kroop, nadat ik Nicky zachtjes welterusten had gekust, was ik verbaasd over het gemak waarmee ik mijn ogen kon sluiten en de wereld kon vergeten.

9

'Stroganoff?' vroeg Gus. Ik had net een grote schaal op de eettafel gezet, die voor de gelegenheid met ons mooiste tafellaken was gedekt.

'Ik hoop dat je daar geen bezwaar tegen hebt,' zei ik. Ik dacht aan de cholesterol-alarmbellen die nu wel zouden gaan rinkelen.

'Bezwaar? Heerlijk juist!' zei hij, en hield een stoel klaar voor Pamela Wright, een nieuwe redacteur van 'Vista'. Een paar keer per jaar gaf ik een etentje voor Bernies collega's. De gasten wisselden nogal, maar Gus, zijn baas, kwam altijd.

'Hij is anders wel op dieet: meervoudig onverzadigde vetzuren, weet je wel,' kondigde Midge Morrison aan, terwijl ze een waarschuwende blik naar haar man wierp. 'Maar ik zeg niets.'

'Dat is je geraden ook!' zei Gus. Hij smeerde boter op een stukje stokbrood en beet erin.

'Weet je dat ze in veevoer allerlei hormonen stoppen,' zei Pamela, terwijl ze op een gemaakte manier haar geblondeerde haar uit haar gezicht streek. 'Maar ik denk daar persoonlijk maar liever niet aan.' Ze lachte: een hooghartig soort inhalerend lachje. Ze was een jaar of dertig, vrij lang, en maakte een wat smachtende indruk, alsof ze tot die groep alleenstaande vrouwen behoorde die op de onbestemde leeftijd rond de dertig, ondanks hun onafhankelijkheid, toch af en toe naar een relatie verlangden. Bernie schonk haar een glas bordeaux in. Ik was de pasta aan het opscheppen toen ik zag hoe ze elkaar even aankeken. Ik herkende Bernies blik: ik zag dat hij haar wilde, als hij haar al niet had gehad. De klootzak! Ik was woest. Laaiend. Wat een lef, om voor mijn ogen zo'n komedie op te voeren. Toen bedacht ik me dat *ik* degene was die er een verhouding op na hield. Maar ik had tenminste niet de onbeschoftheid gehad om Theo mee naar huis te nemen. Ik kon het niet laten om die twee de hele avond in de gaten te houden. Bernie knoeide wat wijn op zijn overhemd en Pam begon de vlek meteen met wat Perrier op te deppen.

'Moet je daar geen witte wijn voor gebruiken?'

'Waarom?' vroeg Pam op een manier die suggereerde dat Mel Brackman, met wie ze zogenaamd uit was en die haar deze vraag had gesteld, iets belachelijks had gezegd. Dat was voor mij nog meer bewijs. Ze deed gemeen tegen Mel omdat ze achter Bernie aanzat.

'Nou, omdat de tegenovergestelde kleur wijn de vlek oplost,' zei Mel.

'Ja, dat klopt,' viel Midge hem bij. 'Ik heb eens wat bourgogne geknoeid op een beige zijden blouse en toen ik daar wat chablis overgooide, verdween de vlek. Misschien heeft het iets met enzymen te maken.'

'Dank je,' zei Bernie tegen Pam, nadat ze zijn hele overhemd nat had gemaakt. Hij wreef haar even – volgens mij iets te gretig – over haar hand.

De rest van de maaltijd werd er vooral over het werk gesproken: de bezuinigingen werden tijdens de kaas doorgenomen, roddels en wie-het-met-wie-doet bij de aardbeien, en bij de koffie kwamen de kijkcijfers op tafel en de klachten over de moeite die het kost om de aandacht van de kijkers vast te houden.

'In dat interview met die jongen die giftige spinnen houdt, heb ik een heel stuk over de zwarte weduwe uit moeten knippen omdat de reportage vijftien seconden te lang was,' zei Pam tegen Bernie, terwijl ze duidelijk bezig was een web voor hem te spinnen.

'Drie minuten. Dan heeft Jan-met-de-pet het wel weer gehad,' zei Bernie tegen ons allemaal alsof hij iets nieuws verkondigde. 'Is dat nou niet zielig?'

'Zo lang doet-ie er in bed ook ongeveer over!' grinnikte Gus. 'Dát vind ik pas zielig!'

Midge deed alsof ze hierdoor geschokt was, maar dit soort opmerkingen hoorde ze al zesendertig jaar van haar man.

'Voor zover hij het nog doet,' zei Mel, 'met al die enge ziekten van tegenwoordig.' Pamela keek hem aan alsof hij niet goed snik was. Ik meende haar hand onder het tafelkleed richting dijbeen van mijn echtgenoot te zien gaan. Het lag op mijn lippen om te zeggen dat ze haar handen moest thuishouden, maar wie was ik om me beledigd te voelen?

Wie was ik, ja, inderdaad. In elk geval op dat moment niet een gelukkige gastvrouw, dat stond wel vast. Toen het tegen twaalven liep, waren Gus en Midge aan het kibbelen over wie er moest rijden. Pamela en Bernie stonden in een hoekje te praten en ik was op zoek naar mozzarella voor Mel, die niet alleen producer was, maar had verklaard dat hij ook 'erg van koken hield'.

'Wat is er met jou aan de hand?' vroeg Bernie toen hij de keuken binnenkwam nadat iedereen was vertrokken. Ik stond boos af te wassen. Hij sneed een stuk brie af en propte dat in zijn mond. Er droop een straaltje van de zachte kaas uit zijn mondhoek.

'Niks,' zei ik, terwijl ik de andere kant opkeek.

'Niks?' Bernie was niet overtuigd. 'Volgens mij heb je je niet echt geamuseerd.'

'O nee?'

'Nee. Volgens mij niet.'

Ik gaf hem een theedoek. Hij kreunde, maar pakte de doek toch aan.

'Of drogen producers nooit af?' vroeg ik onvriendelijk.

'Doe niet zo sarcastisch.'

'Sorry.'

'En zeg geen sorry. Daar heb ik zo de pest aan!'

'O ja? Ik probeer anders alleen maar beleefd te blijven.'

'Beleefd!? Wat zullen we g...' Hij maakte de zin niet af. We keken elkaar aan. We waren allebei moe, en een beetje van streek.

'Wil je erover praten?' vroeg Bernie.

'Ik zou niet weten waarover.'

Bernie sloeg met zijn theedoek naar een stoel. 'Jij kan me god-verdomme soms zo opfokken, weet je dat?' Zijn stem klonk koud en bitter.

'Sorry... O nee, ik bedoel, ik ben bekaf. Ik heb de hele dag staan koken. En ik voel me zo'n huisvrouw.'

Bernie fronste. Hal jankte zachtjes om aandacht en Bernie krabde hem achter een oor. 'Ik dacht dat je het juist leuk vond om te koken, Nora.'

'Ja, dat dacht ik ook.'

'Dus je vindt het niet leuk?'

'Niet als niemand het waardeert.'

'Tuurlijk waarderen ze het wel!'

'Ik heb het niet over de anderen.' Ik voelde dat ik bijna begon te huilen, of dat ik een enorme woedeaanval zou krijgen. Ik keek Bernie kwaad aan.

'Wat wil je nou in godsnaam van mij?' zei hij.

'Weet ik veel. Iets wat jij me niet geeft in elk geval.'

Bernie begon te lachen, waar ik woest om werd. Hij zei langzaam, alsof hij het tegen een vreemde had: 'Wat is dat dan Nora, wat jij niet van mij krijgt?'

Hij was zo arrogant, met zijn strakke spijkerbroek en zijn cow-boylaarzen, zijn witte overhemd en de das die hij vast had aange-trokken om een artistieke indruk op Pam te maken. Ik vond dat hij eruit zag als een stuk schorem, een afperser die in een duister steegje op me afkwam om me emotioneel af te persen. Maar ik ging niet voor hem op de vlucht.

'Dat zal ik je vertellen,' zei ik met trillende stem. 'Ik krijg geen vriendschap. Geen steun of begrip, of zelfs maar een simpel dank-je-wel, geen...'

De telefoon ging. Net op tijd. Bernie nam op.

'Hallo?' zei hij. Hij luisterde even en zei toen kortaf: 'Nicky is er niet. Bel morgen maar terug.'

'Zie je nou wat ik bedoel?'

'Wat nou weer?!'

'Die toon waarop je dat zegt. Kun je nooit eens een keer iets vriendelijk vragen?'

Ik zag dat hij zijn kaken op elkaar klemde en tussen zijn tanden door zei: 'Waarom zou ik?'

'Omdat goede manieren een weerspiegeling zijn van een goed innerlijk.' Zo, dat was niet slecht voor iemand die met negentien jaar van school was gegaan om te trouwen met B.T. Watterman met z'n doctoraal.

'Wie zegt dat?' Bernie was geamuseerd, waardoor mijn gevoel van zelfvertrouwen ineens verdween. 'Nou? Wie citeer je daar?'

'Weet ik niet.'

'Je weet het niet. Jij weet ook helemaal niks, Nora.' Hij schreeuwde.

'O nee? En jij wel zeker!' schreeuwde ik terug.

'Ik ben toevallig goed ontwikkeld, ja.'

'Dat is je vak.'

'Dat hoort iedereen te zijn.' Hij hield zijn hoofd een beetje scheef, waardoor hij er ineens een beetje uitzag als een leraar die net een strikvraag heeft gesteld.

Ik begon te lachen. Ik kon er niks aan doen. Het was ook allemaal zo grappig en stompzinnig en triest.

'Nora?' zei Bernie zachtjes, alsof hij zich ook realiseerde hoe stom we allebei bezig waren. 'Waar hebben we het nu eigenlijk over?'

We hebben het over een huwelijk dat kapotgaat, wilde ik zeggen. Over een leven dat instort. Maar in plaats daarvan zei ik: 'Ik weet het niet.'

Bernie lachte naar me, trok aan zijn stropdas en maakte de bovenste knoopjes van zijn overhemd los. 'Het spijt me, schatje.'

'Mij ook.'

'Het is al laat en ik ben moe.' Hij sloeg zijn armen om me heen. 'En ik ben een zak.'

'Ik ook.' Ik kuste hem op zijn wang en legde mijn hoofd tegen zijn borst. Ik sloot mijn ogen en voelde me veilig, uit de gevarenzone, thuis.

Hij tilde me op en droeg me, terwijl ik mijn schort nog aan had, de keuken uit. Ondertussen deed hij met zijn elleboog de lichten uit en smoorde mijn geveinsd protest met een kus die me nogal overviel. Toen we boven waren, legde hij me op het bed, ging naast me liggen en bleef doorgaan met kussen. Ik wilde zeggen dat ik moe was, dat hij op moest houden, maar toen moest ik ineens denken aan hem en Pamela. Plotseling merkte ik dat ik hem omhelsde op een manier die ons allebei verbaasde en inspireerde.

10

Het was winter. De bladeren van de linde waren allang verdwenen en er lag al wat sneeuw. Ik had Theo al een paar weken niet gezien. Ik had dat zelf niet gewild. Ik had tegen hem gezegd dat ik niet kon: dat het weer te slecht was, of dat ik moest studeren, of thuis niet weg kon. Maar Theo merkte wel dat ik wat afstand van hem begon te nemen en stelde voor om richting Corbin's Cove te rijden en ergens af te spreken. Na veel aarzelingen, na een weekend waarin Bernie vooral had liggen slapen en nauwelijks een woord tegen me had gezegd, gaf ik uiteindelijk toe.

'Meneer en mevrouw Jack Frost?' Ik moest lachen toen Theo vertelde onder welke naam hij ons had ingeschreven in het motel in Hartsdale. Ik gooide mijn jas op de oranje nylon beddesprei en vroeg: 'Wat zei die mevrouw achter de balie?'
'Niks. Ik betaalde, zij gaf me de sleutel en wenste me een prettig verblijf.' Zijn stem was laag, zijn ogen gleden over mijn lichaam en kleedden me uit. Daar zaten we dan, in een goedkope hotelkamer. De tv was vastgeschroefd op een wankel bureau en de radiator maakte wel veel lawaai, maar gaf weinig warmte. Maar alleen al de aanblik van Theo die de knopen van zijn overhemd losmaakte, joeg een snelle, hete golf door mijn lichaam. Ik hielp hem met zijn knopen en gleed met mijn handen over zijn borst. Hij drukte me tegen zich aan en fluisterde: 'Ik denk dat het inderdaad een erg prettig verblijf zal zijn, denk je niet?'
'Ja,' mompelde ik, terwijl ik zijn handen onder mijn rok voelde en we samen op het bed vielen, boven op onze kleren. We merkten niets van de kilte in de kamer terwijl we over het bed rolden en elkaar als hongerige wolven zoenden en likten en ons verlangen steeds groter werd.
Later kropen we samen tussen de groezelige lakens. Theo wees naar een schilderij dat boven het bed hing: een voorstelling van een aantal huifkarren die in een cirkel stonden en een paar cowboys die op Indianen schoten. 'Is dat niks voor onze huiskamer, voor naast het paardehoofdstel?'
Ik lachte, maar Theo werd toen serieus en zei: 'Ik wil met je samenwonen, Nora. Ik vind dat we daaraan toe zijn.' Plotseling voelde ik een verlangen in me opkomen om naar huis te gaan. Wat deed ik hier eigenlijk in dit verlopen hotel langs de snelweg. Waar-

om lag ik hier, naast een man die ik nauwelijks kende en die me vroeg of ik even mijn hele leven op de helling wilde zetten.

'Ik meen het, Nora. Ga bij hem weg.' Hij klonk vastbesloten.

'Je hebt beloofd dat je me niet zou proberen te dwingen.'

Ja, dat had hij wel beloofd, maar hij begon last te krijgen van de leugens en de beperkingen. Zijn geduld raakte op: hij wilde me helemaal. Maar ik voelde nog steeds een sterke twijfel. Ik vocht daar tegen, maar ik had het gevoel dat ik geen kant op kon.

'Je bent er klaar voor. Dat weet ik.' Hij begon aan te dringen. 'En dat weet jij ook.'

Ik wist niet wat ik moest zeggen. 'Nora,' zei Theo terwijl hij zich oprichtte en op zijn ellebogen steunde. 'Hou je van mij?'

'Je weet wel dat ik van je hou.'

Hij trok een wenkbrauw op. 'Of ben ik voor jou alleen maar een manier om te ontsnappen uit je huwelijk?'

Ik protesteerde. 'Ontsnappen? Mijn huwelijk is geen gevangenis.'

'O nee?'

'Nee, absoluut niet.'

'Waarom ben je hier dan met mij?'

Van frustratie sprongen de tranen in mijn ogen. 'Dat weet ik niet.'

Theo hield me vast en streelde mijn haar. 'Of we gaan hiermee om als volwassen mensen, of het blijft alleen maar bij een verhouding. Ik vind een verhouding iets voor lafaards. Voor mensen die geen beslissing kunnen nemen en de consequenties niet aankunnen.'

'Jij hebt gemakkelijk praten,' zei ik. 'Jij bent gescheiden.'

'Omdat Melissa wel een beslissing aandurfde. Daar respecteer ik haar om.'

'Nou, geweldig hoor, van haar,' zei ik nijdig en draaide me om.

'Ik hou van je,' fluisterde hij, terwijl hij met zijn vinger een hart op mijn rug tekende. 'Maar ik wil meer. Ik verdien meer. En jij ook.'

Ik voelde me verschrikkelijk triest. 'Ik hou ook van jou,' zei ik met trillende stem. 'Maar ik heb met Bernie een heel leven. Ik hoor bij hem.'

Hij kuste me op mijn voorhoofd. 'Toen je met hem trouwde, was je nog bijna een kind. Als vrouw kom je nu pas tot bloei.'

Kon je daarom scheiden? Om te kunnen bloeien? Hoe zat dat dan met beloften, met de heilige eed? Moest ik mijn beloften zomaar breken om zelf te kunnen groeien? Maar toen bedacht ik me dat ik die beloften allang had gebroken en dat ik dat ook met mijn volle verstand had gedaan. De consequenties daarvan schoten nu als onkruid op en verstikten me bijna.

'Ik geloof dat ik nog liever wegkwijn en doodga dan dat ik mijn gezin pijn doe,' zei ik tegen Theo.

'Je hebt ze al pijn gedaan,' zei hij, en hoewel ik wist dat hij gelijk had, kleedde ik me zwijgend aan en beantwoordde zijn vraag of ik vrijdag bij hem zou komen met een ijzig 'Ik bel je nog wel.'

Toen we even later ieder in onze eigen auto waren gestapt, wilde ik Theo een handkus toewerpen, maar ik zag dat hij met zijn hoofd op het stuur leunde en in gedachten was verzonken. Ik zette mijn auto in de achteruit en reed zachtjes weg.

11

Een paar dagen later ging ik 's ochtends bij Lotty Bradshaw langs. Ze zat in de keuken voor het fornuis, met een deken om zich heen. De kachel had het begeven en in de rest van het huis was het ijskoud.

'Wanneer is de kachel kapotgegaan?' vroeg ik.

'Gistermiddag.'

'Heb je vannacht hier gezeten?'

Lotty knikte. Het vuur van het fornuis stond hoog en in de keuken was het wel om uit te houden, maar het was een oud, geblakerd en roestig fornuis, dat eruit zag alsof het elk moment kon ontploffen. 'Lotty,' vroeg ik bezorgd, 'waarom heb je de politie niet gebeld, of de brandweer?'

'Ja zeg, je denkt toch niet dat ik zoiets doe?' Ze droeg een zalmkleurige fluwelen jurk met een sjaal waarin de mot zat. Haar witte haar zat in plukken op haar hoofd. Ze keek me aan met haar oude, waterige ogen, maar haar geest was bijzonder helder. 'Ik heb wel wat geprobeerd, hoor. Ik heb de reparateur gebeld en gevraagd of er iemand kon komen.'

'En wat zeiden ze?'

'Ze hadden een hele serie noodgevallen. Ik moest op mijn beurt wachten.' Ze veegde met een servet een druppel van haar neus en zei toen: 'Voordat die lui er zijn, is goddorie de hele boel hier bevroren.' Ze zuchtte diep en reikte toen naar het zilveren pakje dat ik in mijn hand had. Het was een brood met walnoten en dadels, dat ik in zilverfolie had gewikkeld. Ze bedankte me en legde het brood op tafel.

'Waarom heb je Theo niet gebeld?'

Lotty trok haar wenkbrauwen op. 'Ik wilde hem niet lastigvallen.'

'Waarom niet?'

'Hij heeft zijn eigen zorgen,' zei ze.

'Is hij ziek?' vroeg ik bezorgd. Misschien had hij wel iets aan zijn hart of aan zijn longen en had hij me dat nooit verteld.

'Hij is zo gezond als een paard.' Ze keek me even zijdelings aan. 'Zijn jullie wel gelukkig samen?'

'Ja, volkomen gelukkig,' verzekerde ik haar.

Ze wist het van ons. Ze vond het prachtig en zei dat het allemaal door haar was gekomen. Dat was natuurlijk strikt genomen ook waar. 'Als ik Nora niet op de thee had gevraagd, hadden jullie elkaar nooit ontmoet,' had ze pocherig tegen haar zoon gezegd. Toen we voor het eerst samen naar haar toegingen, stond Theo erop dat ik zou doen alsof ik gescheiden was. Hij zei dat zijn moeder in die dingen nogal ouderwets was en het anders nooit zou goedkeuren. Ons bezoek was geen succes. We zaten daar als een zorgeloos, gelukkig stelletje en dat deed me pijn omdat het niet waar was. Ik besloot dat het beter was als ik in het vervolg alleen bij Lotty op bezoek zou gaan. Op de een of andere manier leek me dat passender. Bovendien vond ik het leuker om haar alleen te zien. Het was altijd zo gezellig als we met zijn tweeën zaten te praten en te lachen. Ze woonde maar een half uur bij me vandaan, dus ging ik af en toe zogenaamd een boodschap doen in Dobbs Ferry en ging dan bij haar langs. Meestal nam ik iets voor haar mee: een zelfgebakken brood of wat bloemen. Ik bewonderde haar geestigheid, haar wijsheid en de vastberadenheid waarmee ze alleen wilde blijven wonen. Haar vriendschap deed me iets. Zij was de moeder die mijn eigen moeder had kunnen worden. En ze was de schakel tussen mij en haar zoon. Mijn relatie met hem werd sterker door haar verhalen en de fotoalbums die ze me liet zien.

'Theo toen hij twee was,' zei ze dan bijvoorbeeld, terwijl ze wees op een foto van een jongetje met vlassig haar en een emmertje en een schepje in zijn hand. 'Hij was een echte dondersteen. Met dat schepje heeft-ie zijn zusje Bernice op het hoofd geslagen.'

'Waarom?'

'Ze verdiende het wel. Ze was drie jaar ouder en ze had een zandkasteel kapotgemaakt waar hij uren over had gedaan. Maar haar gezicht moest wel worden gehecht.'

'Vreselijk.'

'Nee, voor haar niet hoor. Voor Theo was het veel erger, die voelde zich zó rot dat hij zich in zijn kamer opsloot en niet wilde eten of drinken. We moesten de deur openbreken en dreigen dat we hem desnoods zouden voeren.'

Tijdens mijn bezoeken aan Lotty kwam ik dus steeds meer te weten over het leven van de man die me zo gelukkig maakte, zo wakker had geschud en me zo levend deed voelen. Over de man die nu eisen aan me ging stellen waaraan ik niet kon voldoen.

Ik nam Lotty's ijskoude handen tussen de mijne en hield ze tegen mijn wangen om ze warm te maken. Ik zag aan haar dat ze iets vermoedde, dat haar moederlijke intuïtie haar waarschuwde.

'Is er iets?' vroeg ze.

'Zal ik de reparateur nog eens voor je bellen?' Maar ze liet zich niet van de wijs brengen.

'Ik heb zo'n gevoel dat het tussen jou en Theo niet helemaal lekker zit.'

Ik bloosde. 'Waarom denk je dat?'

Lotty keek naar me en boog zich een beetje naar me toe. 'Waarom wonen jullie nog niet samen?'

'We willen niets overhaasten.'

'Jullie zijn toch geen kinderen meer. Je weet toch wel wat je wilt.'

'Zo gemakkelijk is het niet, Lotty.'

'Natuurlijk wel.' Ze keek me onderzoekend aan. 'Tenzij er iets is waarvan ik niets afweet.'

Ik antwoordde niet. Ze zuchtte en zei toen: 'Vooruit dan maar. Bel die kerels van de kachel maar. Een beetje warmte in huis kunnen we wel gebruiken.'

'Kent u me nog?' vroeg de monteur toen hij binnenkwam. Ik had gebeld en gezegd dat er een oude, zwakke vrouw in de kou zat en dat het misdadig was om haar op de wachtlijst te zetten.

'Goed zo!' had Lotty gezegd toen ik had gebeld. 'Maar dat ik zwak zou zijn, had je wel weg mogen laten.' Ze knipoogde en ik begreep daaruit dat ze me dat voor deze keer zou vergeven.

De monteur deed zijn pet af, keek me aan en zei: 'Ik heb een jaar of twee geleden uw boiler gerepareerd.'

'O ja?' Ik vond het niet zo leuk om te worden herkend.

'Ja, u woont toch bij Corbin's Cove,' hield hij vol. Hij krabde zich op zijn hoofd en herinnerde zich toen ook nog mijn naam. 'U bent toch mevrouw Watterman?'

Lotty draaide haar hoofd om. Ze zag dat ik ongemakkelijk antwoordde: 'Ja, dat klopt.'

'U hebt die leuke hond, en uw man loopt hard, klopt dat?'

Ik bevroor bijna. Ik wilde zeggen dat ik gescheiden was, maar ik kon alleen maar knikken.

Lotty wees de man waar de kelderdeur was en toen hij naar beneden was gegaan, wees ze met een beverige vinger naar me. 'Dus jij bent nog steeds getrouwd?'

'Ja,' gaf ik toe. Mijn wangen gloeiden van vernedering.

'Waarom maken jullie me dan wijs dat je gescheiden bent?'

'Ik wilde echt niet tegen je liegen…' begon ik te zeggen, maar ze wuifde met haar hand dat ik stil moest zijn omdat ze iets veel belangrijkers wilde zeggen.

'Ik zou zeggen dat overspel helemaal niet zo'n doodzonde is als altijd wordt gezegd.' Ze pakte het brood uit de zilverfolie. 'Maar ik zal je zeggen wat er niet klopt.' Ze brak een stukje van het brood af. 'Je raakt de ondergrond uit je leven kwijt.' Ze stak wat broodkruimels in haar mond, proefde en knikte goedkeurend. Ze zei dat ik me maar geen zorgen moest maken en dat het allemaal uiteindelijk wel goed zou komen.

Maar ze zou geen gelijk krijgen. Die dingen kwamen uiteindelijk meestal niet goed. Zelfs de mensen die onschuldig waren, die er niet veel aan konden doen, kregen de ergste dingen op hun brood. Zonder reden. Ik had dat mijn hele leven al geweten. Mijn moeder had het me verteld.

Ze heette Elena Miklavska. Ze kwamen haar halen toen ze elf was. Ze had nog net tijd gehad om haar oude bruine jas aan te trekken en de pop te pakken die haar moeder voor haar had gemaakt. Toen pakten ze haar vast en stopten haar in de vrachtauto die de kinderen naar het kamp bracht. Haar ouders en haar oudere broer, Nickolas, waren al weggehaald. Ze had ze nooit teruggezien. De vrachtwagen bracht hen naar een speciale trein waar ze als vee in werden gepropt. Mijn moeder hield haar pop stevig vast en kroop in een hoekje. Door een spleet in de vloer kon ze de rails zien en, als de trein langzaam reed, soms ook een paar wilde bloemen. 'Mooi bloemetje,' zei ze dan tegen haar pop. 'We gaan ergens heen waar allemaal mooie bloemen zijn.'

Zes maanden later was de oorlog voorbij en werd mijn moeder samen met een groep andere wezen naar Amerika gestuurd. Haar pop had ze niet meer. Ze ging bij een tante in Brooklyn wonen. Ze leerde Amerikaans, was op school een van de beste leerlingen en trouwde met mijn vader, Ezra. Hij was van joodse afkomst en zijn ouders waren al voor de oorlog uit Polen naar Amerika gekomen.

Ze hadden hun naam veranderd van Galindski in Lind. Ze waren niet rijk, maar ze waren wel aan een zekere dood ontkomen. Met hun zoon Ezra was het in materieel opzicht beter gegaan. Hij had de plaatselijke technische school gevolgd en was tegelzetter geworden bij een kleine aannemer. Hij was een rustige, goeiige man die het enorm te stellen had met zijn temperamentvolle vrouw, die een zeer onvoorspelbaar humeur had, wat hem mateloos irriteerde. Ze hadden altijd knallende ruzies en hun huwelijk leek soms wel een slagveld. Ik vroeg me weleens af waarom ze bij elkaar bleven. Maar toen ik tien was, stierf mijn moeder aan polio en was mijn vader ontroostbaar. Hij huilde veel en had het voortdurend over haar gratie, haar warmte en haar goedheid. Het was alsof ze nooit ruzie hadden gemaakt. Hij zag ook alleen maar de goede kanten, de bloemetjes tussen de rails.

Maar ik, hun enige kind, voelde me overgeleverd aan ellende en duisternis en voelde een eindeloze woede. Mijn mooie moeder was dood, gestorven aan een ziekte die in die tijd al bijna was uitgebannen. Waarom had zij niet willen worden ingeënt, wat was de afschuwelijke reden dat ze dat altijd had geweigerd?

'Ik ga niet in de rij staan voor een spuitje tegen zo'n onschuldige ziekte. Polio is gewoon net zoiets als een griepje,' verklaarde ze. 'En God mag weten wat die dokters in zo'n spuitje stoppen.'

Ezra bleef zijn tegels zetten en ik groeide op in ons flatje in een huizenblok aan West Twenty-third Street. We aten altijd samen aan de formica tafel in onze prachtig betegelde keuken. Ik kookte eenvoudige maaltijden, recepten die ik van mijn moeder had geleerd, en Ezra deed de afwas. Hij was een stille man, maar wel gul: ik kreeg alles wat ik wilde hebben – muzieklessen, een zilveren fluit, muziekkampen in de zomer. Maar toen ik vijftien werd, kreeg ik iets wat ik per se niet wilde: een stiefmoeder. Ze heette Sonia en droeg steunbeha's en naaldhakken. Ze rookte Roemeense sigaretten en blies kringetjes rook in de lucht met haar rode lippen terwijl ze met mijn vader canasta speelde. Ezra lachte en zijn ogen glommen. Dat was mijn enige troost: dat hij gelukkig was. Verder was de aanwezigheid van Sonia een straf voor me. Ze was weduwe en had een zoon gehad die was overleden toen hij drie was. Ik wist zeker dat ze hem had vermoord, dat ze hem had gewurgd in zijn bedje, maar de officiële doodsoorzaak scheen een leverziekte te zijn. Sonia kreeg later longemfyseem. Ze verhuisde met mijn vader naar Arizona waar ze in een renteniersdorpje haar laatste dagen met mijn vader doorbracht. Ze bleef roken, tot het einde toe. Ezra bleef in Arizona wonen, zette tegels voor de andere bejaarden daar en stuurde af en toe een kaartje naar Corbin's Cove: 'Met mij alles goed. Met jullie ook, hoop ik. Groeten aan je man en je zoon. Je liefhebbende vader, Ezra Lind.'

Terwijl ik daar met Lotty Bradshaw in haar keuken zat, voelde ik plotseling hoe erg ik mijn moeder miste. Het gemis was even scherp als op de dag waarop ze was gestorven.

'Kom op, zeg,' zei Lotty vriendelijk tegen me. 'Er zijn wel ergere dingen in het leven dan problemen met je huwelijk.'

Ze gaf me een sneetje van het brood en ik probeerde wat tot mezelf te komen. Lotty wees naar de ketel en zei dat een kopje thee met honing en een scheut Jack Daniel's wel lekker zou zijn.

12

'Het lijkt me,' zei Stephanie terwijl ze een roze straplessjurk over haar arm drapeerde, 'dat jij die Theo wel verdient. Vergeleken met die Bernie lijkt hij me een waar prijsdier.'

'Wat weet jij daar nou van?' snauwde ik. Ik vond het niet leuk dat ze Bernie beledigde. Ik deed hem al zoveel aan en ik vond het een gemene opmerking van haar. Maar Stephanie was natuurlijk niet degene die Bernie iets aandeed en toen ik zag hoe verbaasd ze op mijn uitval reageerde, had ik onmiddellijk spijt. 'Sorry Stephanie, ik bedoelde het niet…'

'Hé,' zei ze, 'voor excuses zijn we veel te goede vrienden.'

Ze ging verder met inpakken voor haar zoveelste tournee en neuriede zachtjes.

Ik wilde vragen waar ze deze keer naartoe ging, maar ik kon maar aan één ding denken. Ik ging nog steeds met Theo om. De 'funderingen van mijn leven' stonden op instorten, maar ik ging ermee door: met de leugens, met mijn verhouding en de loze beloften.

'Ik kom vast in de hel, denk je niet?'

Stephanie keek op. 'Joden geloven niet in de hel.'

'Maar als ze dat wel deden?'

'Ik denk niet dat een verhouding genoeg is voor het eeuwige vuur, denk je wel?'

Ze wist natuurlijk wel waar ik het over had. Dat wist ze altijd.

'Waarom is het zo'n probleem voor je?' vroeg ze.

'Ik ben getrouwd.'

Stephanie gooide haar armen omhoog. 'Ja, waar gaat het in een huwelijk dan om?'

'Om wederzijds vertrouwen.'

Stephanie hield een jurk voor en keek me met opgetrokken wenkbrauwen aan. 'Oké, maar wat nog meer?'

'Ben je me aan het overhoren of zo?'

'Ik probeer alleen maar om jou je wat beter te laten voelen.'

'Nou, dat lukt anders niet erg,' klaagde ik terwijl ik voorzichtig opstond om de stapel avondjurken die op het bed lag niet om te gooien.

Ze gebaarde dat ik weer moest gaan zitten. 'Luister eens even naar me.'

Ik ging braaf weer op het bed zitten, waardoor een zijden slipje op de grond viel.

'Laten we zeggen dat je op dit moment niet zo goed bent in dat wederzijds vertrouwen-gedoe.' Ze raapte het slipje van de grond, vouwde het op en stopte het in een satijnen tas. 'Maar in een huwelijk gaat het ook om wederzijdse onafhankelijkheid,' ging ze door. 'Over steun aan elkaars werk, aan elkaars behoeften en dromen. Nu lijkt het me dat jij er voor Bernie wat dat betreft altijd bent geweest. Maar is dat andersom ook zo?'

Ik haalde mijn schouders op. Ik was bij Theo in de stad geweest en bij Stephanie langsgegaan omdat de volgende trein pas een uur later vertrok. Maar nu wilde ik wel dat ik in plaats daarvan op een bankje in het park was gaan zitten wachten, want hier voelde ik me ook niet echt op mijn gemak.

'Ik snap niet hoe je het uithoudt met al dat gereis en gedoe,' zei ik. Ik veranderde van onderwerp om te laten zien dat ik het ook nog wel over iets anders kon hebben.

'Ik hou het ook niet uit,' zei Stephanie. 'Ik doe het eigenlijk alleen maar voor de bloemen.'

'En die neem je niet eens mee naar huis, al die rozen die je na je concerten krijgt.'

'Ik weet het. Ik laat in hotelbadkamers over de hele wereld rozen achter. Het is vreselijk.'

'Nee, het is juist leuk. Hoeveel concerten geef je nu?'

'Vijf. In zes dagen en drie steden.'

'Uitputtend.'

'Ja, daarom zie ik er ook geen dag ouder uit dan vijfentachtig.'

'Je ziet er prachtig uit.' Dat was waar, zelfs in het grijze trainingspak dat ze aanhad. Stephanie Saunders werd alleen maar mooier naarmate ze ouder werd. Ze had niet meer die perzikachtige stralendheid, maar de vrouwelijke gloed die daarvoor in de plaats kwam, was nog veel mooier.

'En Jill dan?' vroeg ik.

'Hoezo?' antwoordde ze op een verdedigende manier.

'Hoe gaat het met haar?'

'Prima. Als ik hier ben.' Plotseling keek ze wat somber. 'Ze is wel – hoe zei de kleuterjuf dat ook al weer, met dat toontje van haar? O ja: "Jill is een beetje van streek als mammie er niet is".'

'Heb je tegen juf gezegd dat mammie weg moet omdat ze musicienne is en centjes moet verdienen?' zei ik op hetzelfde toontje.

Stephanie keek naar het plafond en daarna weer naar mij. Ze zuchtte diep en vroeg: 'Denk je dat ze het me zal vergeven?'

'De kleuterjuf?'

'Nee, sukkel. Jill.'

'Wat vergeven?'

'Dat ik haar in de steek laat. Ik ben tenslotte de enige die ze heeft. Ik laat haar steeds alleen.'

'Je neemt haar toch mee als het een beetje uitkomt. En als het voor haar ook leuk is.' Toen schoot me iets te binnen wat ik beter niet had kunnen zeggen: 'Kun je haar af en toe niet naar haar vader brengen?'

Ze fronste en zei fel: 'De spermadonor? Die klootzak? Ben je gek geworden?'

'Hij wilde toen wel met je trouwen,' zei ik, maar dat was alleen maar olie op het vuur.

'Vóórdat ik zwanger was, vergeet dat even niet.' Ze gooide een parelketting richting koffer en zei kwaad: 'Over in de steek laten gesproken.'

'Maar toen ze was geboren, is hij toch geweest en wilde hij toch met je trouwen?'

'Alsjeblieft, ander onderwerp graag.'

'Maar kun je hem niet vergeven?' wilde ik weten.

Stephanie negeerde die vraag en hield een gewaad omhoog waarop wat pareltjes waren geborduurd. 'Kan dit nog?'

'Van wie heb je die? Imelda Marcos?'

'Touché,' gaf Stephanie toe. Ze gooide de jurk op de stapel afgewezen kleren en ging verder met inpakken. Ik speelde met de zijden franje van een lange paisley sjaal terwijl mijn gedachten weer de bekende richting uitgingen.

'Hoe denk je dat het allemaal zal aflopen?' Ik kon het niet laten er weer over te beginnen.

'Wil je dat het afloopt?' vroeg Stephanie. Ze wist precies waar ik het over had.

'Ik heb geen idee,' bekende ik.

'Ik vind dat je recht hebt op Theo. Denk je soms dat alleen mannen het recht hebben om een beetje aan te rotzooien?'

Ik voelde een vlaag van jaloezie. 'Weet jij soms iets over Bernie dat je me niet vertelt?' Het was die trut van een Pamela, dat wist ik gewoon.

'Jezus!' kreunde ze. 'Natuurlijk niet. Ik zeg alleen maar dat dit soort dingen soms helemaal niet zo slecht zijn voor je huwelijk. Wil je mijn advies?'

'Geen sprake van.'

'Je krijgt het toch,' hield Stephanie vol. Ze stopte met inpakken en hield een waarschuwende vinger omhoog. 'Geen liefdesbrieven schrijven. En zelfs als Bernie een foto vindt met Theo en jou daarop naakt in een of andere spannende houding, moet je gewoon blijven ontkennen. Ben ik duidelijk?'

Ik voelde het bloed uit mijn hoofd wegtrekken. 'Ik geloof dat ik dood zou gaan als Bernie erachter zou komen,' fluisterde ik.

'Liefje,' zei Stephanie, 'daar zeg je iets waar je maar eens over na moet denken.'

13

'Lieve Theo,

Dit is de brief die ik nooit had willen schrijven...'

Waarom schrijf je hem dan, vroeg ik mezelf af. Ik propte het vel papier in elkaar en nam een nieuw vel. Ik zat in de keuken aan de eikehouten tafel die Bernie en ik jaren geleden samen hadden geschuurd en gelakt. We hadden de tafel op een plaatselijke antiekbeurs gekocht en Bernie had de prijs van vijfentwintig naar zeventien dollar gekregen.

'Dat ding valt bijna uit elkaar!' had hij gezegd, terwijl ik van spanning de andere kant had uit gekeken. Maar hij had de tafel wel gekregen, en we hadden haar samen op het dak van onze stationcar gebonden. Met een kirrende baby, een puppy en een tafel op het dak van de auto reden we over binnenweggetjes naar huis: een volkomen gelukkig jong gezin.

En nu zat ik aan dezelfde keukentafel met tranen in mijn ogen een afscheidsbrief te schrijven aan een man die in dat huis nog nooit een voet over de drempel had gezet, maar die wel het bestaan van ons gezin bedreigde.

'Lieve Theo,' begon ik weer. 'Ik hou van je en elke seconde die ik met je heb doorgebracht, is me lief. Maar ik ben me gaan realiseren dat ik mijn gezin nooit in de steek zal kunnen laten. Daarom kunnen we elkaar niet meer zien, ook al doet me dat verschrikkelijke pijn. Het is niet eerlijk, niet redelijk, niet goed als we doorgaan…'

Hal keek op toen er weer een prop papier over zijn hoofd naar de prullenbak vloog. Het lukte me niet. Het zou me ook nooit lukken, en bovendien vond ik het laf om een brief te sturen. Ik moest het Theo gaan vertellen, recht in zijn gezicht. Maar ik wist dat hij me zou smeken, dat ik daartegen zou protesteren en dat we elkaar uiteindelijk weer zouden omhelzen…

Ik zuchtte diep en Hals meelevende gejank maakte me aan het lachen. Ik stond op, gaapte en zag toen een plant die er nogal verdroogd uitzag. Ik gaf haar water, woelde de aarde wat los en zag toen een spinneweb in een hoek van het raam. Toen ik het web had weggehaald, viel mijn oog op de vieze strepen op de deur van de koelkast. Voor ik het wist, was ik de hele keuken aan het schoonmaken en zat ik mezelf verwijten te maken dat ik het zover had laten komen. Hoe had ik de vettige vlekken op het fornuis zo lang kunnen laten zitten? Waarom had ik de houten vloer niet eerder in de was gezet? Waarom… Ik keek naar de prullenmand en dacht aan Stephanies waarschuwing. Ik leegde de mand in de gootsteen en stak het papier aan. Ik keek naar het omkrullende, brandende papier. Hal rook de brandlucht en begon te blaffen, waarbij hij zich tegen mijn benen schurkte.

'Nee Hal, geen barbecue,' zei ik tegen hem en duwde hem zachtjes van me af. Ik zette de kraan aan en merkte dat de tranen over mijn wangen liepen: door de geur van het verbrande papier, maar vooral door de frustratie, de verwarring en de pijn die ik vanuit mijn buik op voelde komen en die omhoog kroop naar mijn hartstreek en steeds sterker werd.

14

'Laat het geluid zingen,' vleide ik. 'Goed zo, laat het zingen, zing door die fluit... ja! Prachtig!'

Dokter Rotman was net klaar met het eerste stuk van *La Danza* van Gluck. Ik had hem flink aangemoedigd en toen hij klaar was, stak hij zijn fluit in de lucht alsof hij een cheerleader was die een team aanmoedigde.

'Prachtig!' riep ik uit, tevreden over mijn minst begaafde, maar meest volhardende leerling.

Hij kwam op adem, tuurde naar me door zijn metalen brilletje en trok tevreden aan zijn baard toen ik zei: 'En nu wil ik het nog eens horen. Deze keer moet u het met dezelfde intensiteit spelen, maar dan wat zachter, pianissimo.

Rotmans gezicht betrok. 'Speelde ik te hard?'

'Het was heel goed,' verzekerde ik hem. 'Maar ik vind alleen dat de opening van het stuk wat zachter moet, wat meer introspectief. Orpheus is net in de onderwereld aangekomen. Hij probeert de bewakers over te halen om Eurydice, zijn grote liefde, vrij te laten. Zou hij dan zo... schril klinken?

Dokter Rotman kookte bijna van woede, ging in zijn volle lengte van 1.60 meter rechtop staan en zei beledigd: 'Klonk ik schril?'

'Niet schril, maar een beetje... eh... doordringend.'

'Idioot!' gilde Rotman tegen zichzelf. Hij stampte met zijn voet op de grond en knarste met zijn tanden. Hij had daardoor iets van Repelsteeltje.

'Ik wilde u niet van streek maken,' zei ik en raakte zijn arm even aan, waar hij nog zenuwachtiger van werd. 'Dokter,' hield ik aan, 'ik suggereer alleen maar een kleine, subtiele nuance in het geluid.'

'Ik speel als een varken,' zei hij pruilend.

'Absoluut niet waar.'

'Een zwijn. Grr grr!' En daar liep dokter Milton Rotman, de geachte psychiater, in mijn kamer een varken na te doen.

'Niemand is perfect, iedereen kan zijn spel steeds verder verbeteren,' probeerde ik hem te overtuigen.

'Nee hoor, jij bent wel perfect!' zei hij beschuldigend. 'Alles wat jij speelt, klinkt geweldig.'

'Dat is niet waar.'

'Wel waar.'

'Niet waar.' Ik zuchtte. 'Ik heb zoveel om me schuldig over te voelen.'

Dokter Rotman draaide zich om. Zijn beroepsantenne schoof omhoog. 'Waarom gebruik je dat woord, Nora?'

'Welk woord?'

'Schuldig.'

'Dat heb ik niet gezegd.'

'Jawel. Je zei letterlijk: "Ik heb zoveel om me schuldig over te voelen."'

'Niet waar. Ik zei dat ik nog zoveel dingen kon verbeteren.'

Zijn uitdrukking van superioriteit ergerde me. 'Nora, ik ben een luisteraar. Ik word ervoor betaald. En misschien dacht je wel dat je dat zei, maar met je onderbewustzijn heb je het wel gezegd.'

En wat dan nog? Geïrriteerd zei ik tegen hem: 'Gaan we dokter Freud spelen of wordt er nog gemusiceerd?'

'Ah, in de verdediging!' zei hij, en wees met zijn vinger naar me. 'Waarover voel jij je zo schuldig?'

Over de neiging die ik heb om u te vermoorden, wilde ik zeggen, maar ik zei kortaf: 'Nergens over.'

'Nergens over?' Hij draaide aan het bovenstuk van zijn fluit en keek me aan. 'Hoe gaat het eigenlijk met je gezondheid, Nora? Ik heb daardoor vier lessen gemist.'

De bel van de voordeur ging. Ik zuchtte. Ik werd uit deze vervelende situatie gered door Stuart Milliken, mijn leerling van vrijdag zeven uur. Hij was een stuurse knul van dertien jaar, maar dat was altijd nog beter dan deze veertigjarige, irritante zieleknijper. 'Het is tijd, dokter.'

Ik verontschuldigde mezelf, legde mijn fluit op de piano en liep naar de voordeur. Ik liet Stuart de hal binnen en liet hem alleen om zijn laarzen, sjaals en truien uit te doen en liep vervolgens terug naar Rotman.

'Wat een drukte,' verzuchtte ik, in de hoop dat Rotman de hint zou begrijpen.

'Je bent gespannen, Nora.'

'Ja, zo ben ik nu eenmaal,' zei ik, terwijl ik ongeduldig een stapel bladmuziek op de piano begon op te ruimen.

Dokter Rotman pakte een schone witte zakdoek en begon zijn fluit schoon te maken. 'Je werd nogal emotioneel toen je het over Orpheus had. Trek je je dat verhaal erg aan?'

'Nee hoor, niet speciaal.' Ik pakte mijn fluit en oefende de grepen van een toonladder, waarbij ik de kleppen hard dichtklapte.

'En Eurydice dan? Die zit gevangen. Is hulpeloos. Trek je je dat meer aan?'

'Mijn volgende leerling staat te wachten…'

Maar Rotman was niet te stuiten. 'Je weet dat je je niet hulpeloos hoeft te voelen. Als je wilt, hoef je die rol van slachtoffer niet te spelen.'

'Heb ik soms gezegd dat ik me een slachtoffer voel?' zei ik nijdig.

'Ontkenning, zo zo,' zei Rotman peinzend, terwijl hij me over zijn brilleglazen aankeek. Toen deed hij zijn koffer met een klap dicht en zei vrolijk: 'Tot volgende week!' Op dat moment kwam Stuart Milliken de kamer binnen en kondigde op een verdedigende toon aan: 'Ik heb helemaal niet geoefend. Dus verwacht niet te veel van me.'

15

De zon scheen fel op de sneeuwhopen en rond de puur winkeltjes in het centrum van Corbin's Cove was het een gezellige drukte. Ik parkeerde mijn auto om een paar boodschappen te doen. Door de etalageruit van de pottenbakker zag ik een groepje cursisten ijverig klompen klei op hun draaischijven gooien. Leon Dubrovner, de jonge, enthousiaste leraar, liep rond tussen zijn leerlingen, waarbij hij allerlei woeste gebaren maakte. Ik liep langs de ijssalon zonder naar binnen te kijken. Ik had geen zin om Kelly, Nicky's ijskoningin, te zien.

Toen ik langs Molly's kledingzaak kwam, zag ik Doris Walker. Ze had een felrode jas aan en liep mijn richting uit. Ze was ongetwijfeld op weg naar de kapperszaak voor een nieuw kapsel of een schoonheidsbehandeling. Ze was getrouwd met Tommy Walker en de moeder van Stan – een klasgenoot van Nicky. Ze was ook de minnares van Brad Positano, een rijke aannemer die getrouwd was met de ziekelijke Paula, die de moeder was van Sylvia, die, volgens Nicky, tegenwoordig verkering had met Stan Walker. De gezinnen in Corbin's Cove hielden er vele nauwe banden op na en er werd met groot enthousiasme en een sterke kwaadaardigheid geroddeld.

'Heb je het al gehoord van Lou Simone?' vroeg Doris aan me.

'Wie is Lou Simone?'

Ze knipperde ongelovig met haar valse wimpers. 'De aanvoerder van het hockeyteam!'

'Wat is er met hem aan de hand?' Ik wist dat ik door een directe vraag te stellen sneller van haar af zou zijn.

'Zijn moeder heeft kanker.' Ze boog zich naar me toe. 'Keelkanker.'

'Wat vreselijk.'

'En zijn vader is weer aan de drank.'

'Zo.'

Ze hield haar hoofd even scheef en kneep haar ogen dicht, om te laten zien hoe erg het allemaal was. Toen lachte ze en vroeg: 'Hoe gaat het met Nicky en hoe is het met die Bernie van je?'

'O, prima hoor. En hoe is het...'

Ze sloeg haar armen over elkaar en fluisterde: 'Het is zeker wel eenzaam als hij zoveel weg is. Als de kat van huis is...'

Ik lachte maar wat, alsof ik het een grappige opmerking vond. Ze streek met haar hand over haar haar en kirde: 'Nou, tot ziens maar. Ik heb om tien uur een afspraak en Jean-Claude vermoordt me als ik te laat kom.'

In de delicatessenzaak was het stampvol. Ik wachtte op mijn beurt voor een pak Colombiaanse koffiebonen voor Bernie. Toen ik weer buiten kwam, botste ik bijna op tegen Selma Divan en Trish Vanderthorp, die me vroegen of ik zin had om even koffie met ze te drinken in Toujours, de plaatselijke croissanterie.

'Lijkt me leuk, maar ik ben eigenlijk op weg naar de drogist.'

'Vast niet voor een aspirientje,' giechelde Selma.

'Nee, een gezinspak condooms, nou goed?' Ik draaide me om en liep verder. Achter me hoorde ik wat gemompel. Zouden ze het over mij hebben? Had Doris Walker soms een roddelcampagne over me op touw gezet? En wat dan nog? Ze konden onmogelijk iets weten. Trouwens, er viel helemaal niets te roddelen. Niet meer. Niet meer sinds die avond met Theo in een restaurant in Millbrook.

'Alsjeblieft, doe dit alsjeblieft niet,' fluisterde hij.

'Ik kan niet anders,' zei ik, terwijl de tranen in mijn wijnglas drupten. Ik wilde het Theo vertellen in een omgeving waar mijn woorden onverbiddelijk zouden zijn, en waar hij me niet zou durven aanraken. Het was een nogal formeel en rustig restaurant. Ik zou zeggen wat ik te zeggen had en daarmee zou het zijn afgelopen.

'Je maakt een vergissing. Je zult er spijt van krijgen, dat weet ik zeker.'

Ik werd onzeker van zijn woorden, maar ik hield vol. 'Het is het beste zo.'

'Het beste voor wie?'

'Voor mij.'

Theo schudde zijn hoofd. Hij keek me lang aan en pakte toen mijn hand. Hij kuste mijn pols, hield de palm van mijn hand tegen zijn wang en deed zijn ogen dicht. 'Ik hou van je Nora,' zei hij. Hij opende zijn ogen en zei: 'Ik zal altijd van je houden.'

Hier had ik niet op gerekend. Ik had eigenlijk gehoopt dat hij me zou smeken om bij hem te blijven. Maar Theo Bradshaw was er de man niet naar om op zijn knieën te gaan.

Later stonden we samen buiten op de parkeerplaats. Een waterige maan scheen door de mistige avondlucht.

'Als je me ooit nodig hebt, zal ik er voor je zijn. Of als je me wilt.'

Hem willen? Plotseling zag ik voor me hoe we samen naakt achter in zijn auto zouden liggen. Maar ik had mezelf volledig in de hand en voelde me sterk door mijn vastbeslotenheid.

De hele weg terug naar huis huilde ik. Maar toen ik Linden Hill zag opdoemen in de mist, leek het alsof er een last van me afviel. Ik was thuis en eindelijk veilig.

De volgende avond kwam Bernie terug. Hij was een paar dagen weggeweest voor zijn werk. Hij was verbaasd dat Nicky er niet was, dat de tafel prachtig gedekt was en dat ik een mooie, diep uitgesneden jurk aanhad. Ik liep hem tegemoet en sloeg mijn armen om hem heen.

'Zo,' zei hij. 'Wat is hier aan de hand?'

'Niks hoor,' zei ik plagerig. Ik hield hem stevig vast en kuste hem. Ik voelde me verschrikkelijk schuldig, maar hij zag mijn berouw aan voor verlangen.

'Het lijkt wel alsof ik maanden weg ben geweest,' lachte hij, en kneep in mijn billen toen ik voor hem uitliep naar de keuken om twee glazen wijn in te schenken. Ik was degene die er maanden niet was geweest, hoewel dat er nu niet meer zoveel toe deed. Ik was terug. We waren samen. Ik was weer zijn eigen, liefhebbende vrouw.

16

Maart roerde zijn spreekwoordelijke staart. Dat betekende vaak dat het een mooi voorjaar zou worden. Ik had de hele maand last van buien: sterke aandrang om Theo op te bellen, gevolgd door berusting in mijn zelfgekozen ballingschap. Ik probeerde zoveel mogelijk in mijn huwelijk te investeren: hoewel Bernie er vaker dan ooit niet was, ook al was hij wel thuis, hield ik stug vol en hoopte dat het later beter zou gaan. April zou nog wel doen wat-ie wil en in mei zouden waarschijnlijk de nodige eieren worden gelegd, maar dan zou het weer zomer zijn en zouden we met zijn drieën op vakantie gaan. Het jaar daarop zou Nicky in de examenklas zitten, en het was dus de laatste gelegenheid om met zijn drieën weg te gaan. Na zijn examen zou hij zich waarschijnlijk veel te volwassen voelen om nog met zijn ouders op vakantie te gaan.

Juli was dus echt een maand waarop ik zat te wachten. Ik stelde me er veel van voor: met mijn twee mannen door de prachtige National Parks. Die vakantie zou ervoor zorgen dat we weer een hecht en gelukkig gezin zouden zijn.

De avond voor de begrafenis van Lotty Bradshaw – ik had Theo beloofd dat ik ook zou komen – belde Bernie op vanuit Butte in Montana.

'Hallo schatje,' zei hij. Ik hoorde aan zijn stem dat zijn klus was geklaard en dat hij op weg naar huis was.

'Hallo!' antwoordde ik. Ik probeerde mijn schrik te verbergen.

'Wat is er?' vroeg hij.

'Niks, hoezo?'

'Je klinkt een beetje somber.'

'Ik zit te lezen,' loog ik. Waarom zei ik dat? Zou ik ooit op kunnen houden met mijn leugens?

'Wat lees je, muisje?'

Muisje. Waarom had hij altijd van die idiote naampjes voor me. Schatje. Muisje. En het ergste: Popje. Theo had veel charmantere naampjes voor me. Maar het was niet eerlijk om het te vergelijken. Je kunt de kwaliteit van een huwelijk tenslotte niet afmeten aan de koosnaampjes.

'*De koning moet sterven,*' antwoordde ik. Ik zag dat boek op het aanrecht liggen tussen een stapel boeken die Nicky nog naar de bibliotheek terug moest brengen.

'Klinkt triest.'

'Is het ook.'

Stilte. 'Hoe ging het met filmen?' vroeg ik om de stilte op te vullen.

Bernie zuchtte. 'Kopermijn gesloten, een heel dorp in rouw, radeloze, maar trotse mensen. Ik zit opgescheept met Duane Kirkbridge, de stomste correspondent die we hebben. Moet je je voorstellen. We zijn bezig met een interview – een kerel die dertig jaar in de mijn heeft gewerkt en nu werkloos is – we nemen een prachtig stuk op: die man zit uit de bijbel te citeren, iets over de leliën des velds. Hij heeft tranen in zijn ogen, ik gebaar naar de cameraman om in te zoomen en ineens onderbreekt die Kirkbridge hem met de opmerking dat het erg ontroerend is.'

'Kun je dat er niet uitknippen?'

'En het hele shot onderbreken?' schreeuwde Bernie in de hoorn.

'Je vindt vast wel een manier om er nog iets moois van te maken.' Daar gaat-ie weer, dacht ik. Zijn theatrale opwinding, mijn geruststellende gemeenplaatsen. Vraagt hij hoe het met mij gaat? Wat ik denk, wat ik voel? Nee. Dat is eigenlijk maar goed ook, want ik kan natuurlijk niet tegen hem zeggen dat ik verdrietig ben omdat de moeder van mijn minnaar is gestorven. Ik trommelde met mijn vingers op het aanrecht, liet hem maar wat uitrazen en gooide er af en toe een opmerking tussendoor in de trant van 'Tuurlijk heb je gelijk' of 'Ik vind dat je dat zeker moet doen.'

Het was even stil en toen zei Bernie: 'Ik denk niet dat ik het ga lezen.'

Tijd voor het spelletje: Waar Heeft Bernie Het Over? Het irriteerde me, maar ik bleef er wel alert van.

'Ik ook niet. Maar ik heb haar andere boek gelezen over Pompeii, dus dacht ik dat ik dit boek ook wel leuk zou vinden.'

Nog een stilte, toen zei Bernie: 'Je klinkt nog steeds een beetje triest.'

'Nee hoor, dat komt gewoon door het boek.' Telde deze leugen ook?

'Heb je het al bijna uit?'

'Bijna.'

'Misschien gaat de koning toch niet dood.'

Ik lachte. 'Bernie,' zei ik met een warmte in mijn stem die echt uit mijn hart kwam. Plotseling miste ik hem erg. Ik had er spijt van dat het toch weer was misgegaan met Theo. Verdriet was geen excuus.

'Ik kom naar huis,' zei hij.

Lotty's begrafenis! 'Wanneer?' vroeg ik. Ik hield mijn adem in en wachtte met mijn ogen dicht op zijn antwoord.

'Ik ga vannacht tot O'Hare en overnacht daar in het Hilton. Dan neem ik vanuit O'Hare de eerste vlucht zodat ik voor het ontbijt thuis ben. Nou, wat zeg je ervan?'

'Geweldig!' zei ik, en daarna, uit gewoonte: 'Ik zal de kliekjes vast gaan opwarmen.'

'Zo mag ik het horen.'

Ik voelde een brok in mijn keel komen en begon bijna te huilen. Ik beet op mijn lip en hoorde Bernie zeggen: 'Slaap lekker, dag popje.'

Popje! Ik hing op en zuchtte. Toen belde ik Theo om hem te vertellen dat ik niet kon komen, om hem te zeggen dat wat er de vorige dag in zijn appartement was gebeurd niet voor herhaling vatbaar was. Nooit. Ik draaide zijn nummer en wachtte tot hij opnam. Maar de telefoon werd niet beantwoord. Kennelijk was hij vergeten om zijn antwoordapparaat aan te zetten. Ik zag hem voor me: hoe hij in de rouwkamer naar een wit, wassen beeld stond te kijken.

'Ze ziet er vredig uit,' zouden ze hem ongetwijfeld vertellen. 'Het is net of ze slaapt.'

Ik legde de hoorn weer op de haak en liep naar buiten. Ik keek omhoog, concentreerde me op de helderste ster en wenste dat Lotty rust zou vinden. Ik beloofde haar dat ik haar graf zou bezoeken. Ik beloofde dat ik haar viooltjes zou komen brengen.

17

'Je wist toch dat ik zou komen, waarom doe je de grendel dan op de deur?' vroeg Bernie boos toen ik de volgende ochtend de deur voor hem openmaakte.

'Sorry,' zei ik. 'Ik heb de grendel erop gedaan toen Nicky naar school ging. Uit gewoonte.' Ik pakte de tas aan die hij me aanreikte en vroeg: 'Goede reis gehad?'

'Vertraging op het vliegveld, auto wilde niet starten, in de file gestaan.' Hij liet zijn koffer met een klap op de grond vallen en keek me aan. Hij was moe, geïrriteerd en zag er in zijn korte leren jas met de zwarte sjaal die ik hem voor zijn verjaardag had gegeven nogal vervaarlijk en zeer aantrekkelijk uit.

'Je ziet er goed uit,' zei ik.

Bernie drukte me tegen het leer van zijn jas en kuste me. 'En jij ziet er krankzinnig uit,' antwoordde hij, 'maar je ruikt lekker.'

'Dat zijn de croissants,' zei ik en maakte me van hem los. 'Net gebakken, wil je er een?'

'Ik wil iets anders,' zei hij zacht en trok me naar zich toe.

Ondanks mijn visioenen van de begrafenis die ongeveer op dat moment plaatsvond, was ons kwartiertje op de keukentafel – ik naakt en hij nog met zijn leren jas aan, de rits tegen mijn huid gedrukt – op een bepaalde manier erg bevredigend. Het was een bevestiging van mijn leven, van ons huwelijk. Dit was mijn beloning: misschien geen puur geluk, maar wel de suggestie daarvan: niet in de toekomst, maar op dat moment. Ik boog me voorover om mijn op de grond gevallen kleren op te rapen en Bernie gaf me een speelse tik op mijn billen. Hij eiste nog een zoen en liet me toen naar boven gaan om me te wassen.

Net toen ik in de douche wilde stappen, ging de telefoon. Bernie neemt wel op, dacht ik. Maar toen de telefoon door bleef rinkelen, realiseerde ik me dat hij waarschijnlijk net een croissant aan het eten was, dus riep ik naar beneden dat ik wel op zou nemen en rende naar de telefoon op de slaapkamer.

'Theo!' fluisterde ik geschrokken.

'Ik moest je bellen. Je zei dat je naar de kerk zou komen en toen ik je daar niet zag…' Zijn stem klonk alsof hij huilde en hij brak de zin af. Mijn hoofd bonsde van schrik. Misschien had Bernie toch de telefoon beneden opgenomen en luisterde hij mee.

'Nora, ik moet je zien.'

'Alsjeblieft!' zei ik. 'Dat kan niet. Nu niet. Nooit meer.'

En toen hing ik op, rende naar de badkamer, deed de deur op slot en leunde tegen de deur alsof ik de kwade geesten daarmee buiten kon houden. Daarna nam ik mijn douche, zeepte me helemaal in en probeerde mijn zelfvertrouwen weer terug te krijgen. Tegen de tijd dat ik me had afgespoeld en afgedroogd, een badjas had aangetrokken en mijn haar achterover had gekamd, voelde ik me weer zelfverzekerd en klaar om alles aan te kunnen.

Ik kwam de badkamer uit en zag Bernie staan. Hij stond voor het raam, armen over elkaar, en keek naar de lindeboom die in bloei stond. Een musje landde op een van de takken en het leek alsof het diertje eerst naar Bernie keek en daarna naar mij.

'Het wordt lente!' zei ik. Ik probeerde het luchtig te zeggen, maar ik voelde me allesbehalve luchtig. Bernie draaide zich om. Zijn gezicht was asgrauw en zijn mond was tot een smalle streep geknepen. Maar hij zei niets.

Dan weet hij ook niets, concludeerde ik en liep naar mijn klerenkast. Ik pakte mijn rode jurk die hij zo mooi vond.

'Daarin zie je er een beetje landelijk uit,' had hij wel eens gezegd. 'Echt fris. Onschuldig.'

Dat ben je ook, onschuldig, zei ik tegen mezelf. Als je zegt dat je onschuldig bent en doet alsof je onschuldig bent, ben je ook onschuldig. Ik knoopte mijn jurk dicht en voelde dat hij naar me keek.

'Wie was dat?' vroeg hij kalm.

'Wie bedoel je?' antwoordde ik. Mijn benen trilden. Ik werd een beetje draaierig toen ik zag dat hij me beschuldigend aankeek.

'Nora,' zei hij met een bedrukte stem. 'Ik heb net de telefoon opgenomen.'

'En?' vroeg ik koel, terwijl ik me aan de deurpost vasthield.

Bernies ogen keken me doordringend aan. Ontkennen. Stephanies advies. Gewoon blijven ontkennen. Ik liep naar hem toe.

'Heb jij iets met die man?' vroeg hij half vragend, half beschuldigend.

Ik bleef voor hem staan, maar een simpel 'nee' dat zijn angst zou wegnemen en de situatie zou redden, kwam niet over mijn lippen.

'Nou? Hoor je me? Geef antwoord!' Hij keek woest. Hij stond voor me als in een nachtmerrie: dreigend en duister. Ik wilde dat die nachtmerrie voorbij was, ik wilde de Bernie die ik net had omhelsd in de keuken, mijn lieve man, en niet deze dreigende woesteling.

'Ja,' zei ik.

Bernie keek me aan. Het leek wel een eeuwigheid. Hij ademde zwaar, snel.

'Hou je van hem?' vroeg hij.

'Ik hou van jou,' antwoordde ik meteen, eerlijk. Ik liet me op mijn knieën op de grond zakken alsof mijn man een soort rechter was. Ik was niet bang voor het oordeel. Ik voelde alleen een overweldigende opluchting, alsof ik door een doolhof had gelopen en de waarheid me uiteindelijk bij de uitgang zou brengen.

Bernie legde zijn hand op mijn hoofd alsof hij me zegende. Of probeerde hij mijn hoofd te vermorzelen? Zijn vingers drukten zwaar op mijn hoofd, hij begon te knijpen.

'Nora,' vroeg hij, terwijl hij nog steeds zo zwaar ademde. 'Waarom?'

'Ik weet het niet,' antwoordde ik. Ik had geen verklaring, maar ik was bang dat zijn greep nog harder zou worden als ik geen poging deed. 'Het gebeurde gewoon.'

'Affaires gebeuren niet gewoon,' zei Bernie en trok zijn hand weg alsof hij was gestoken. Hij begon door de kamer te ijsberen, gespannen als een tijger in een kooi.

Affaire. Het woord klonk ineens zo slecht, zo onverkwikkelijk. 'Het was geen affaire,' zei ik. Bernie maakte een scherp sissend geluid terwijl hij zich omdraaide en op me af liep.

'Als je naar bed gaat met iemand met wie je niet getrouwd bent en je bent zelf wel getrouwd, dan heb je een affaire.'

En hij schreeuwde: 'Tenminste, dat is zo bij normale mensen, bij wie zoiets godverdomme niet zomaar gebeurt! Hoe kan dat zomaar gebeuren? Heeft-ie je soms vastgebonden? Verkracht?'

Ik kon geen antwoord bedenken. Bernie ging op de rand van het bed zitten en staarde voor zich uit. Toen verborg hij zijn gezicht in zijn handen. Zijn lichaam schokte. Ik stond op en ging naast hem zitten. Ik legde mijn hand op zijn schouder. Hij bewoog niet.

'Wie is het?' vroeg hij kalm. Hij haalde zijn handen voor zijn natte gezicht weg.

'Je kent hem toch niet.'

'Dat is tenminste nog iets,' zei hij, alsof hij het meende. Hij veegde zijn wangen af met de rug van zijn hand en draaide zich naar me toe. 'Waarom heb je het me verteld? Waarom?'

'Je vroeg het,' zei ik zacht.

'Dat betekent nog niet dat ik het moest weten!' schreeuwde hij. 'Ik hoefde het niet te weten!' Hij kneep zijn ogen dicht, opende ze weer en sloeg met zijn vuist op een kussen. Hij gooide het kussen over het bed op het nachtkastje waardoor een glas van het tafeltje op de grond viel en onder het bed terechtkwam. Hij stond op, keek op me neer en vroeg: 'Hoe lang ga je al om met die man die ik niet ken?'

Ik keek de andere kant op. 'Ik ga niet meer met hem om.'

'Hoelang heeft het dan geduurd?'

'Wat maakt dat nou uit?' zuchtte ik.

'Wat het uitmaakt?' vroeg hij sarcastisch. 'Kom op schat, was het een nacht, een paar dagen? Hoelang?'

Ik hoorde dat hij iets van het bureau pakte en ermee tegen zijn handpalm sloeg. Mijn borstel. Een paar weken maar, wilde ik zeggen. Veeg het van tafel met een paar weken.

'Hoe lang?' vroeg hij weer.

'Sinds een jaar.' Ik kon er niets aan doen. De woorden kwamen als vanzelf uit mijn mond.

Ik keek om naar Bernie die dit in zich opnam. 'Een jaar,' zei hij tegen zichzelf. Toen smeet hij de borstel weer op het bureau. 'Een jáár? Dat is geen affaire meer. Dat is godverdomme een relatie! Jezus Christus, Nora!'

'Ik wilde je geen pijn doen,' zei ik.

Hij pakte een zilveren lijstje in de vorm van een hart met daarin een foto van mij en Nicky toen hij nog een baby was. Hij trilde van inspanning om zich kalm te houden. Hij tikte op het glas en zette het lijstje weer neer. 'Ik ben bang dat dat niet zomaar kan,' zei hij door zijn tanden.

'Het spijt me.'

'Dat ook niet. Daarmee kom je er niet vanaf.'

Hij keek me lang aan met een trieste blik in zijn ogen. Toen draaide hij zich om, voorzichtig, alsof hij ziek was geweest, en liep langzaam de kamer uit. Ik hoorde zijn voetstappen zwaar dreunen op de trap en toen ik de buitendeur dicht hoorde slaan, bleef ik stil zitten. Ik verroerde me niet, ik huilde niet. Ik ging liggen en sloeg mijn armen om mijn benen. Ik ademde diep in en uit, in en uit. Ik dacht aan de tijd dat we naar Virgin Gorda waren geweest en dat Bernie me had laten zien hoe je een snorkel moest gebruiken. Toen ik voor het eerst met zo'n snorkel onder water ging, zag ik met een schok een heel nieuw universum van licht en kleuren voor mijn ogen. Die belletjes, dat licht en die honderden doorzichtige, gekleurde vissen zag ik nu weer. Ik lag op bed, probeerde rustig te ademen en viel uiteindelijk in een diepe en droomloze slaap.

18

'Hij komt wel weer terug,' zei Bernies moeder tegen me. 'Uiteindelijk komen ze altijd weer terug.'

Zij kon het weten. Gilda Watterman had de Schuinsmarcheerder overleefd, Mo Watterman, een vertegenwoordiger die langs de hele oostkust allerlei spulletjes en snuisterijen verkocht. Hij zei soms tegen Gilda dat hij een week weg zou zijn en kwam dan pas na twee weken terug. Hij had altijd dezelfde smoes: hij was te moe om 's nachts door te rijden.

'Moet ik soms achter het stuur in slaap vallen?' placht hij dan te vragen. 'Als je wilt dat ik in een kist thuiskom, kan daarvoor worden gezorgd, je zegt het maar!'

Maar Gilda wist wel dat het niet door vermoeidheid kwam. Hij had een hele serie vriendinnetjes, van Miami tot Bangor.

'Maar die meiden haalden het niet bij mij,' vertrouwde ze me toe. Het bewijs daarvan was dat Mo uiteindelijk altijd weer naar huis kwam, de deur binnenstormde met een paar bevelen voor zijn vrouw, een pop voor zijn dochter Linda ('prinses Lindy') onder zijn arm en een modelvliegtuig voor 'mijn jongen Bern' in zijn koffer.

'Hij verdiende de kost, wat moet je dan?' zei Gilda. 'Moet een goede man ook perfect zijn?'

Het was drie dagen geleden dat Bernie was weggegaan. Hij had niets van zich laten horen, niet aan mij en voor zover ik wist ook niet aan Nicky. En dat terwijl hij zijn zoon altijd belde als hij weg was.

'Ik dacht dat hij dinsdag thuis zou komen,' zei Nicky een beetje bezorgd.

'Het liep wat mis met de opnames,' vertelde ik hem.

'Waarom heeft hij niet gebeld?'

'Hij heeft wel gebeld, toen jij op school was...'

'Hij belt toch altijd 's avonds? Hoe laat het ook wordt.'

Nicky keek me aan. Hij trok aan de rits van zijn jack. 'Is er soms iets?' vroeg hij.

'Doe niet zo gek,' antwoordde ik luchtig en gaf hem een plak van de chocoladecake die ik net had gebakken – een pleister op de wond.

'Als hij weer belt,' zei Nicky, 'zeg dan maar dat hij moet maken dat-ie thuiskomt, oké?'

Ik knikte, en gaf hem nog een plak cake.

Als Nicky naar school was, huilde ik aan één stuk door, radeloos, vol zelfmedelijden, terwijl ik mezelf voortdurend voorhield dat ik ermee op moest houden, dat het kinderachtig was om zo te janken. Ik probeerde mezelf af te leiden, bijvoorbeeld door te studeren. Ik zette de fluit aan mijn lippen, haalde adem en een geluid dat het midden hield tussen gejank en geschreeuw kwam vanuit mijn lichaam omhoog en perste zich door mijn fluit. Ik schrok van het geluid en Hal begon ervan te janken. Ik dacht erover een grappig artikel te schrijven in het kwartaalblad voor fluitisten met als titel: 'Vijftien manieren om uw geluid te verbeteren tijdens een huilbui.' Maar alleen van de gedachte al moest ik nog harder huilen.

Ik zei tegen Nicky dat ik zulke rode, opgezwollen ogen had omdat ik ergens allergisch voor was.

'Je ziet eruit als een kikker,' zei hij.

'O ja, is het echt zo'n lollig gezicht?'

'Het is maar goed dat papa er nog niet is. Ik bedoel, mannen hebben hun vrouw wel voor minder in de steek gelaten.'

Ik staarde hem aan.

'Hé,' zei hij, en gaf me een duwtje. 'Grapje!'

Maar ik vond het niet leuk. Zijn grapje niet en de hele situatie al helemaal niet.

Bernie was ook niet op zijn werk verschenen. Ik wist dat omdat ik ongeveer tien keer per dag naar zijn kantoor belde en met een verdraaide stem naar Bernard T. Watterman vroeg.

'Ik geloof dat hij op locatie is,' zei een van de secretaresses.

Een andere zei dat hij niet te bereiken was.

Toen ik eindelijk genoeg moed had verzameld om met mijn eigen stem naar Gus te vragen, vertelde hij me dat hij zich ziek had gemeld.

'Heeft hij je verteld dat we... dat we een soort crisis hebben thuis?' durfde ik te vragen.

'Een beetje...' gaf Gus toe.

'Hij heeft me nog niet gebeld. Ik word nogal ongerust.'

'Ik denk dat het wel goed met hem gaat.'

'Weet je ook waar hij is?'

Stilte. 'Nora,' zei hij na een poosje. 'Geduld is een schone zaak.'

'Dat kan me geen ruk schelen,' zei ik, in de hoop dat ik Gus door mijn taalgebruik aan het praten kon krijgen. 'Ik wil mijn man.'

'Misschien had je daar een jaar geleden aan moeten denken,' zei hij, op het misselijkmakende toontje van iemand die weet dat hij gelijk heeft.

Mijn haren gingen rechtovereind staan. Bernie had het hem dus verteld. Ik kon me wel voorstellen hoe Gus had gereageerd. 'Laat die slet toch in de steek,' was ongetwijfeld zijn advies geweest.

Ik verzamelde moed en vroeg: 'Wat heb je tegen Bernie gezegd?'

'Wie, ik? Ik heb daar geen oordeel over. Ik bemoei me er niet mee.'

Dat zal wel, wilde ik zeggen, maar ik zei: 'Dat waardeer ik, Gus.'

'Ja. Maak je nou maar geen zorgen. Als ik iets van hem hoor, zal ik dan zeggen dat je hem zoekt?'

'Ja, alsjeblieft,' zei ik, zo smekend als ik maar kon.

'Probeer toch wat te kalmeren,' zei Bernies moeder door de telefoon. 'Wie het ook is, hij krijgt vast wel genoeg van haar.'

'Het is geen andere vrouw,' hield ik vol.

'Weet je dat zeker?'

Ik kon natuurlijk niet tegen Gilda zeggen dat het om een andere man ging en om mij. Ik zuchtte en zei: 'Dat weet ik heel zeker.'

'Alleen idioten weten alles zeker,' waarschuwde Gilda. 'En meestal komt de echtgenote er het laatste achter. Geloof me nu maar: zo vader, zo zoon.'

Daar had ik geen antwoord op.

'Bel me maar op zodra je iets van hem hoort. En dat gebeurt heus wel.'

'Natuurlijk.'

'En wees maar niet te hard voor hem. Dat helpt toch niet, geloof me.'

'Nee, dat zal ik niet doen.'

'Hij houdt van je, Nora. En hij houdt van zijn zoon. Laat je dus maar niet te veel op stang jagen, oké?'

'Oké.'

Maar dat deed ik natuurlijk wel. Ik werd gek, hysterisch, ik raakte buiten mezelf. Hoe kon ik ook anders, nu ik alles kwijt was? Toen ik het Bernie vertelde, had ik een overweldigende liefde gevoeld voor de man die ik had bedrogen. Hoe was het mogelijk dat ik ooit iemand anders had willen hebben terwijl ik Bernie had, die zo warm en zo echt was. Ik hield nu meer van hem dan ik ooit had gedaan, meer dan de eerste dag in Vermont, meer dan op onze trouwdag, zelfs meer dan op de dag dat Nicky werd geboren. Als hij maar terugkwam, dan zou ik het allemaal goedmaken, ik zou op de een of andere manier alles weer goedmaken, ik zou alles doen…

Het was vrijdag, laat in de middag. Nicky zat boven en had zijn stereo keihard aan. Hij zat te telefoneren en ik kon hem af en toe horen lachen. Prins Hal lag opgerold aan mijn voeten. Ik stond een koperen kandelaar te poetsen. Die kandelaar was van mijn moeder geweest, die hem had gekregen van de tante bij wie ze in huis was gekomen toen ze in Amerika kwam. Mijn moeder was een overtuigd atheïst, maar kon het toch niet laten om elke vrijdag een paar kaarsen te branden.

'Het betekent helemaal niets,' zei ze als ik vroeg wat de Hebreeuwse woorden betekenden die ze zong. Ze deed de lichten uit, stak twee kaarsen aan, deed haar ogen dicht en bewoog haar handen in cirkels boven de kaarsen. Ze zag er dan zo prachtig uit, met haar hoofd een beetje naar beneden en de warme gloed van de kaarsen op haar gezicht. De melodie die ze zong was triest, een beetje mysterieus en erg suggestief.

'Waarom vertel je me niet wat het betekent?' vroeg ik steeds weer wanneer ze deze ceremonie opvoerde. Mijn moeder antwoordde nooit. Ezra was meestal bezig met de grote pan soep die mijn moeder had gekookt.

Op een van deze vrijdagen zuchtte mijn moeder dieper dan anders nadat ik mijn gebruikelijke vraag had gesteld. 'Het betekent dat de joden lijden en sterven, maar dat een goede maaltijd wonderen doet,' onthulde ze met tegenzin. En heel lang heb ik haar geloofd.

'Waarom doe je dat?' vroeg Nicky, een poosje later, toen we samen in de eetkamer stonden en ik de glimmend gepoetste kandelaars van mijn moeder op de tafel zette.

'Het is sabbat.'

'Sinds wanneer zijn wij gelovig?'

Ik nam een lucifer uit het doosje en zei: 'Dit gaat niet over het geloof.'

Nicky krabde zich op zijn hoofd. 'Doe je soms aan zwarte magie of zo?'

Ik keek hem aan. 'Laat me nou maar,' zei ik. 'En lach niet. Anders vermoord ik je, oké?'

Nicky trok een serieus gezicht. 'Ga je gang.'

Ik stak de kaarsen aan en maakte met mijn handen cirkels in de lucht. Ik sloot mijn ogen en zonder dat ik me de woorden bewust kon herinneren, kwam de tekst die ik jaren geleden voor het laatst had gehoord als vanzelf uit mijn mond. Toen ik klaar was, deed ik mijn ogen weer open en zag ik dat mijn zoon me stond aan te kijken.

'Mam,' zei hij na een poosje. 'Dat was mooi. Waarom heb je dat nooit eerder gezongen? Toen ik klein was?'

Ik was verbaasd en voelde een steek in mijn hart. 'Vind je dat ik je dat onthouden heb? Je afkomst?'

'Shit, nee. Ik bedoel, ik heb altijd gezegd dat ik er niks mee te maken wilde hebben. Ik wilde toch ook geen bar mitzvah.'

'Misschien hadden we dat toch door moeten zetten.'

'Ik ben blij dat jullie dat niet hebben gedaan.'

Ik geloofde hem niet. We gingen zitten en ik schepte een kommetje soep op voor mijn zoon.

'Wat betekenen die woorden eigenlijk?'

'Het is een gebed,' zei ik. Ik had het uiteindelijk van mijn vader gehoord. Hij had na de dood van mijn moeder de woorden een keer voor me vertaald. 'Het is een gebed waarin je vraagt om de zegening van het huis en om het licht van de liefde en de waarheid.'

Nicky knikte nadenkend. 'En waarom draai je je handen boven de kaarsen?'

'Dat weet ik niet,' antwoordde ik. Ik had me nooit afgevraagd wat dat gebaar betekende.

'Waarom deed je het dan?'

Ik haalde mijn schouders op. 'Mijn moeder deed het ook altijd.'

'Dat vind ik stom. Alleen iets doen omdat je moeder het ook deed terwijl je helemaal niet weet waar het voor is.'

'Sommige dingen begrijp je gewoon zonder het te vragen,' zei ik verdedigend. 'Je draait natuurlijk zo met je handen om de sabbat in je huis te verwelkomen.'

'Natuurlijk,' zei Nicky, en knipoogde toen naar me. Hij wist dat ik maar wat verzon. Sommige dingen had Nicky altijd meteen in de gaten. Ik vroeg me af of dat ook gold voor de afwezigheid van zijn vader.

Maar hij nam een hap soep en vroeg: 'Had je moeder ook een koosjer huishouden?'

'Nauwelijks. Ze geloofde trouwens niet eens in God.'

'Maar ze stak wel die kaarsen aan. Waarom?'

'Je oma had nu eenmaal van die buien.'

'Je bent altijd zo negatief over haar,' zei hij tussen twee slurpen soep.

'O ja?' Ik vroeg me af of dat zo was.

'Ja. Je hebt het altijd over haar alsof ze niet goed bij haar hoofd was.'

'Zo bedoel ik het niet,' zei ik, nogal geraakt door die opmerking. 'Ze was een heel gesloten vrouw. Beschadigd in de oorlog. Maar ik hield geloof ik wel van haar…' Ik kreeg een brok in mijn keel.

'Mag ik een stukje brood?' Nicky zag dat ik van streek was. 'Gaat het?'

'Tuurlijk,' zei ik, ontroerd door zijn bezorgdheid. Mijn ridder. Mijn zoon. Ik brak een stuk brood voor hem af. Het was nog warm.

Nicky rook goedkeurend aan het versgebakken brood. 'Papa is hier gek op.'

Ik zei niets. Nicky keek me aan. 'Waarom heb je niet tot morgen gewacht met brood bakken?'

'Wat is er morgen dan?'

Nicky stopte een groot stuk brood in zijn mond. Ik wilde daar iets van zeggen, maar toen zei hij, met zijn mond vol: 'Morgen komt hij thuis.'

'Papa? Morgen?' Ik drukte mijn nagels in de palmen van mijn handen in een poging om kalm te blijven.

Nicky keek me verbaasd aan. 'Waarom weet je dat niet?' Hij spoelde het brood weg met een slok soep.

'Hoe weet je dat?'

'Hij heeft gebeld.'

'Papa?'

'Ja.' Hij fronste verbaasd en ging verder. 'Toen je aan het koken was.'

'Vroeg hij niet naar mij?'

'Hij zei alleen dat ik moest zeggen dat hij van je houdt.'

Mijn mond viel open van verbazing.

'Dat zegt hij toch altijd. Wat is er nou zo bijzonder?'

'Niks,' zei ik.

'Waarom huil je dan?'

Ik veegde mijn wangen af en lachte.

Mijn zoon wees naar me. 'Ik vind dat je nu ook gesloten bent, net als oma Elena. Je verbergt iets voor me.'

'Ja, dat klopt,' zei ik, terwijl ik opstond. 'De gebraden kip. Waar je zo dol op bent!'

Terwijl ik naar de keuken liep, hoorde ik Nicky tegen Hal zeggen: 'Hal, waren jouw ouders ook zo gestoord?'

19

We zaten bij de vijver. Bernie hield mijn hand vast en met zijn andere hand probeerde hij steentjes op het water te laten ketsen, om mij te amuseren. Het water was een beetje troebel en vol mysterieuze voorjaarsgebeurtenissen. Er borrelden kleine belletjes omhoog, er schoten wat waterspinnetjes over het water, en kleine jonge insekten probeerden hun bedauwde vleugeltjes uit te slaan.

'Zag je dat?' riep Bernie. Hij wees op de rimpels in het midden van de vijver.

'Wat?'

'Zeven keer. Zeven! En mijn liefje ziet het niet eens.' Bernie trok me naar zich toe alsof hij boos op me was, maar hij keek me aan met een lieve blik in zijn ogen.

'Ik ben nog nooit zo gelukkig geweest,' verzuchtte ik. Hij kuste me, zacht, met een nieuwe tederheid. Ik hoorde een paar vogels zingen. Boven mijn hoofd zoemde een bij. Op dat moment was Linden Hill de mooiste plek op aarde en ik de gelukkigste vrouw die er bestond.

'Ik denk dat we hem dit jaar maar eens schoon moeten maken,' zei Bernie.

'De vijver?'

'Nee,' zei hij, alsof hij het tegen een simpele ziel had. 'De badkuip.'

'Doe niet zo sarcastisch,' zei ik vriendelijk.

'Doe niet zo tegen me, Nora,' zei hij met een vreemd dreigende stem. Hij stond voor me en had een gepijnigde uitdrukking op zijn gezicht. Toen draaide hij zich om.

'Hé,' zei ik. Ik wilde dat hij weer bij me kwam. 'Wat is er?'

Hij haalde zijn schouders op, schopte tegen een steentje en zei: 'Kom. Laten we maar eens in de schuur gaan kijken.' Hij pakte mijn hand en rende samen met me de heuvel op. Plotseling moesten we allebei lachen, alsof we twee tieners waren.

In de schuur stond een hele stapel oude dozen met rommel, die we naar buiten sleepten om weg te doen.

'Wacht even,' zei Bernie. Uit een van de dozen haalde hij een pakje kaarten met honkballers erop. 'Misschien wil Nicky deze nog wel hebben.'

'Dat denk ik niet.'

'Phil Rizzuto... Micky the M—' Hij keek me aan en zei: 'Deze zijn misschien nog wel wat waard.'

'Je moet onverbiddelijk zijn. Dat heb je zelf gezegd toen we begonnen met opruimen.'

Bernie glimlachte flauwtjes en keek peinzend naar de kaarten. 'Heb je een foto van hem?'

'Van wie?'

'Je weet best wie ik bedoel.'

Ik sloeg mijn armen over elkaar en zei: 'Nee, ik heb geen foto van Theo.'

'Is hij een stuk?'

'Nee.'

Bernie was niet overtuigd. 'Leuk om te zien?'

'Nee.'

'Maar hoe is hij dan? Is hij het type "ideale schoonzoon" met een kuiltje in zijn kin en goede pakken? Of meer het rustieke type met geblokte flanellen overhemden? Rookt hij pijp?'

'Wat maakt het uit?'

Bernie haalde zijn schouders op. 'Ik ben gewoon nieuwsgierig. Ik vroeg me af hoe het kwam: door zijn uiterlijk, of door zijn jeugdigheid – hij is toch vijf jaar jonger dan ik?'

Ik knikte.

'Heeft hij al zijn haar nog?'

'Ja. Hij is blond. Hij heeft prachtig haar en nog veel ook,' zei ik pesterig. Ik voegde daar onmiddellijk aan toe: 'Maar ik vind jouw haar mooier.'

'Ik heb haast geen haar meer. Is je dat niet opgevallen?'

Ik bloosde van kwaadheid en van spijt, terwijl Bernie maar doorging met zijn vragen. 'Of was het soms om zijn geld of om zijn snelle auto?'

Bernie deed zijn hand achter zijn oor en keek erg grappig terwijl hij op een antwoord wachtte.

'Ik sta niet in de getuigenbank,' zei ik chagrijnig.

'Ja, dat sta je wel.'

Ik keek hem boos aan. 'Waarom doe je dit?'

'Wat?'

Ik zuchtte geïrriteerd.

'O, mag ik soms geen vragen stellen over die geweldige meneer Bradshaw?'

'Hij is niet geweldig. En dat ben ik ook niet. Jij trouwens ook niet. En bovendien zie ik het nut er niet van in,' zei ik zachtjes.

Maar Bernie zag dat wel. 'Je hebt me een jaar lang met die vent bedrogen. Ik ga ervandoor, heel even maar. Ik zet mijn trots aan de kant en ik kom bij je terug. Maar ik mag geen vragen stellen?'

Ja, Bernie was inderdaad teruggekomen en daar was ik dankbaar voor, echt dankbaar. Ik was ook bereid om het boetekleed te dragen. Maar hij was zo onvoorspelbaar als een poema: op het ene moment zat hij rustig te spinnen en het volgende moment stond hij op scherp. Misschien was dat de prijs die ik moest betalen, maar het werd me wel eens te veel.

'Wat wil je weten?' vroeg ik, een uitval van hem riskerend.

Bernie zei niets, maar ik zag dat hij zijn kaakspieren spande. 'Niks!' zei hij na een poosje. 'Ik wil helemaal niks weten over die klootzak.'

'Goed,' zei ik. Ik voelde dat mijn hals rood werd. 'Ik denk ook niet dat dat erg constructief zou zijn. Jij vraagt me dus niets over Theo. Dan zal ik jou ook niets vragen.'

'Waarover?' vroeg hij geprikkeld.

'Over alles of over iemand over wie ik niets mag weten.'

'Nora, hou hiermee op,' zei hij waarschuwend.

'Waarmee?' vroeg ik, alsof ik dat niet wist. Ik had gezworen dat ik alles zou doen om het weer goed te maken met Bernie. En daar deed ik ook mijn best voor. Maar plotseling was de gedachte in mijn hoofd opgekomen dat Bernie misschien ook wel niet helemaal zonder zonden was. Ik had gezien hoe hij naar Pamela had gekeken. En mannen lopen nu eenmaal hun pik achterna. Had Stephanie dat niet tegen me gezegd?

Bernie gooide de honkbalplaatjes in een doos. 'Beschuldig je me er soms van dat ik een verhouding heb?' wilde hij weten.

'Heb ik daar reden toe?'

'Nee!' schreeuwde hij. Hij draaide zich om en liep de schuur in. Bijna meteen daarna kwam hij er weer uit en bleef vlak voor me staan. Hij zei zachtjes: 'Je hebt nog niet gevraagd waar ik ben geweest toen ik weg was.'

'Nee, dat klopt.'

'Betekent dat soms dat het je niet kan schelen?'

'Natuurlijk kan het me wel schelen.' Ik trilde. 'Maar ik wil het niet weten.'

'Je houdt het liever op een vermoeden? Wil je het niet zeker weten?'

Als hij zo graag confrontaties wilde, kon hij ze krijgen. 'Je bent bij dat meisje geweest, hoe heet ze ook al weer. Pamela.' Ik hoopte dat ik het mis had, maar toen ik het zei, wist ik dat het waar was.

'Ja, dat klopt,' gaf Bernie toe. 'Ik dacht, als Nora het kan, kan ik het ook. Maar weet je wat?' Hij keek me aan, met tranen in zijn ogen. 'Een paar nachten was het erg leuk. Maar ik moest er gewoon een eind aan maken. Ik kon er niet tegen om je zoveel pijn te doen. Ik had het gewoon niet in me.' Hij zuchtte en vroeg toen: 'Hoe kon jij dat?'

'Alsjeblieft,' zei ik. Ik legde mijn hand op zijn arm. 'Hou hiermee op.'

Hij duwde mijn hand van zijn arm. 'Ik wil dat echt weten,' hield hij vol. 'Je hebt me belazerd. Dag in dag uit. Jij hebt een jaar geluk van me afgenomen. En daar was je nog goed in ook.' Hij snikte. 'Verrekte goed.'

Ik werd koud van wat hij zei. Hij had gelijk. Ik was slecht. Walgelijk slecht. Mea culpa, mea maxima culpa. Ik verdiende het om door hem te worden gestraft. Maar als hij ook van het rechte pad was afgeweken, waarom had hij dan geen spijt? Waarom was hij dan zogenaamd zo rechtschapen?

'Als je vindt dat ik zo verschrikkelijk ben, waarom ben je dan bij me teruggekomen?' vroeg ik verdedigend.

Hij veegde zijn ogen af. 'Dat zal ik je vertellen.' Hij ging staan en wees naar het huis. 'Wij hebben hier een gezin. En ik denk aan mijn zoon en aan de kleinzoon die hij ooit hier mee naartoe zal nemen.' Hij pakte mijn hand, die ik niet terugtrok. 'Onze kleinkinderen, Nora.'

'Ja, daar denk ik ook weleens aan,' zei ik. Ik kreeg een brok in mijn keel. Bernie sloeg zijn armen om me heen en hield me stevig vast. 'Ik wil dat dit voorbij is,' fluisterde hij. 'Ik wil een manier vinden om dit achter ons te laten.'

'Ik hou van je,' zei ik geruststellend.

'Ik hou ook van jou.'

We bleven zo een poos staan, als twee verdrinkende zwemmers die zich aan elkaar vastklampen, totdat Bernie zich losmaakte en zei: 'Zullen we hem schilderen?'

'Wat?'

'De schuur.' Hij keek naar de saaie grijze planken. 'Rood. Wat vind je van rood?'

'Geweldig!' antwoordde ik enthousiast.

20

Ik had nooit die kaarsen moeten aansteken. Wie heeft er het licht van liefde en waarheid nodig als het eerste licht alleen af en toe opflakkert en het tweede genadeloos fel schijnt? In dat verblindende licht van de waarheid probeerde ik de ondervragingen van mijn echtgenoot zo waardig mogelijk te doorstaan.

'Heb je wel eens een nacht met hem doorgebracht?' vroeg hij.

'Kun je een definitie geven van "nacht"?'

'Ben je 's ochtends weleens samen met hem wakker geworden?'

'We zijn met elkaar naar bed geweest. Dat weet je. Wat maakt het dan uit waar en wanneer en hoe lang dat was?'

'Het verschil,' legde Bernie uit op zijn langzame, belerende manier, 'is dat een echtgenote iemand is die wakker wordt in het bed van haar man.'

'Zelfs als die man er niet is?'

'Vooral wanneer die man er niet is!' schreeuwde Bernie dan, en ijsbeerde door de kamer tot hij vlak voor me ging staan en weer een nieuwe vraag stelde: 'Heb je het wel eens met mij gedaan terwijl je het vlak daarvoor ook met hem had gedaan?'

Ik zuchtte, ongeduldig, en antwoordde ontkennend.

'Waarom niet?'

'Dat zou ik niet kunnen. Ik heb dat nooit gedaan.'

'Mooi,' zei hij tevreden. 'Dan heb ik in elk geval nooit in zijn slijm liggen rotzooien. Daar ben ik blij om.'

'Ik denk niet dat er iets is waar we blij om kunnen zijn. Over mij niet. Over jou ook niet. Om nog maar te zwijgen over ons.'

'Ja, daar heb je gelijk in,' zei hij woedend. 'En wiens schuld is dat?'

Voordat ik antwoord kon geven, had hij zich al omgedraaid om kwaad naar de verfpot te lopen, die naast de schuur op de grond stond. Hij pakte de pot en de kwast en begon rode verf op de muur te kwakken alsof hij met een mes diepe wonden maakte in de grijze planken.

Maar het licht van de liefde was niet gedoofd: het brandde weliswaar niet regelmatig, maar flakkerde wat als een kaars waarvan de lont te lang is. Soms leek het vuur te doven en dan ineens brandde het weer op. Dan werd alles erdoor verlicht, zoals een zwarte lucht door knetterend vuurwerk.

In een warm en benauwd weekend werd de vijver schoongemaakt. Jim Carley en zijn maat Snaky Johnson kwamen in hun enorme vrachtwagen ons erf oprijden. Met een ingenieus systeem van slangen, een pomp en een generator werd het water gezuiverd.

'Wat gebeurt er nu met al die kleine embryootjes en larfjes in het water?' schreeuwde ik boven het lawaai uit tegen Bernie, die vlak naast me stond. 'Gaan die niet allemaal dood?'

'Heb je wel eens van natuurlijk evenwicht gehoord?' gilde hij terug. Hij klonk een beetje als meneer Ferguson, mijn biologieleraar van de middelbare school, die me een keer een 4 had gegeven omdat ik filum met een y had gespeld. 'We herstellen hier het hele ecosysteem!'

'Oké,' gilde ik terug. Mijn hoofd bonsde van het lawaai van de generator.

'Na ruim twee weken is de vijver weer op orde,' zei Snaky tegen ons toen de klus was geklaard. 'Net als wanneer je flink ruzie met je vrouw hebt gehad.' Hij knipoogde naar Bernie. 'Het duurt even voor de bui weer overwaait. Maar dan is het een en al zonneschijn!' Hij brulde van het lachen en Jim Carley gaf hem een mep met het zweterige T-shirt dat hij net had uitgetrokken. Bernie keek veelbetekenend naar me, en toen de twee mannen waren verdwenen, pakte hij me vast en stak zijn hand onder mijn sweater. Hij knabbelde aan mijn oor en fluisterde: 'Hoe is het met de zonneschijn?'

Ik stak mijn hand naar hem uit en nam hem mee naar het stukje tuin achter de schuur. Daar, op het zachte, mossige gras, onder de bloeiende appelbomen, liet ik hem zien wat mijn antwoord op die vraag was.

21

Na het eten zat Bernie de krant te lezen.

'Had je de krant nog niet gelezen?' vroeg ik. Het eerste wat hij 's ochtends op zijn werk altijd deed, was de krant lezen. 'Als ik niet weet wat er gebeurt, kan ik niet werken,' zei hij altijd.

'Als ik de krant al had gelezen, zou ik dat dan nu nog een keer doen?' Bernie keek me aan over zijn bril, die halverwege zijn neus was gezakt. Daarna las hij weer verder. Ik vroeg me af of hij het wel echt had uitgemaakt met Pamela en of hij die ochtend soms bij haar was geweest en daarom geen tijd had gehad om de krant te lezen. Ik ging verder met het schoonmaken van de keuken, iets waar hij vroeger altijd met veel plezier mee had geholpen.

'Waar is Nicky?' vroeg hij toen hij de economiebijlage uit had.

'Op zijn kamer.'

'Fout,' zei Bernie. 'Hij is meteen na het eten weggegaan.'

'O ja?' Ik had hem niet weg zien gaan. Hij had trouwens ook niets gevraagd. 'Dat mag hij door de week helemaal niet.'

'Waarom heb je hem dan niet tegengehouden?' vroeg Bernie op een nogal beschuldigend toontje.

Die toon stond me helemaal niet aan. 'Waarom heb jij hem niet tegengehouden?'

'Jij hebt die regel bedacht, Nora.'

'En jij was het daarmee eens.' Ik vouwde de natte theedoek op en ging aan de keukentafel zitten.

'Hoe gaat het eigenlijk met hem?'

'Bedoel je op school?'

'Ja, natuurlijk bedoel ik op school.'

'We moeten maar afwachten hoe zijn zomerrapport eruitziet. Hij zegt dat het beter gaat.'

Bernie keek alsof hij dat betwijfelde en haalde een brief uit zijn jasje. Hij zwaaide ermee en zei: 'Als ik zijn klasseleraar moet geloven, gaat het helemaal niet beter.' Hij gaf me de brief. Het was een tussentijds overzicht van Nicky's resultaten. Ik bekeek de cijfers en zag meteen dat hij er niet zo best voorstond.

'Zo slaagt hij natuurlijk nooit voor zijn examen!' zei Bernie.

'Jawel, hij haalt het wel,' begon ik. Ik besefte wel dat Nicky er inderdaad niet zo goed voorstond, maar ik wilde hem beschermen tegen deze aanval.

Bernie deed zijn bril af en draaide die nerveus rond in zijn hand. 'Waar heb je godverdomme gezeten, Nora?'

'Ik?'

'Ja, jij. Waarom heb je er niet voor gezorgd dat hij bijles kreeg? Waarom heb je hem geen aandacht gegeven toen hij dat blijkbaar nodig had?'

Ik wist niet wat ik moest zeggen.

'Ja, we weten natuurlijk wel waarom je dat niet hebt gedaan,' zei Bernie. 'Jij was bezig met die geweldige meneer Bradshaw.' Hij stond op, liep om de tafel heen en ging achter mijn stoel staan. Hij leunde voorover en siste in mijn oor: 'In plaats van naar de ouderavonden te gaan, zoals alle andere ouders, was jij de hort op. Je had het natuurlijk veel te druk om iemand voor bijlessen te zoeken.'

Hij ging rechtop staan en zei, alsof hij een zaal vol mensen toesprak: 'En ze was niet te druk met haar fluit. Daar heeft ze al in geen maanden meer op gespeeld. Maar ze speelde wel ergens anders mee, of niet soms?' Hij draaide zich weer naar me toe en wachtte op mijn antwoord, zijn kaken op elkaar geklemd.

Ik stond op en zette zorgvuldig mijn stoel onder de tafel. 'Er zijn dingen waarvoor ik de schuld op me wil nemen,' zei ik met een zo beheerst mogelijke stem. 'Maar dat geldt hier niet voor.'

'O nee?' zei hij schamper. 'Geldt dat hier niet voor?'

'Nee. En bovendien, Nickolas heeft toevallig twéé ouders en ik dacht dat die ook sámen verantwoordelijk voor hem waren. Waarom zou ik trouwens zijn schoolprestaties in de gaten moeten houden? Van ons tweeën ben jij degene die heeft doorgeleerd!'

'Ik breng brood op de plank! Ik ben op reis! Ik ben verdomme in Duluth en moet van jou tegelijkertijd naar een ouderavond?'

Maar ik had me al omgedraaid en was de keuken uitgelopen.

'Kom terug, godverdomme,' riep hij me achterna.

Ik was halverwege de trap en had geen zin om te antwoorden.

'Hoor je me, Nora?'

Daarna hoorde ik hem de keuken uitrennen en de trap op stuiven. Hij pakte me bij mijn elleboog en draaide me om waardoor ik bijna van de trap viel. 'Hoe durf je me geen antwoord te geven?' Zijn gezicht was wit. Hij schreeuwde: 'Eruit! Donder maar op uit dit huis!'

'Bernie...?' probeerde ik nog. 'Zo slecht gaat het toch ook weer niet met N—'

Hij gromde naar me, duwde me de slaapkamer in, smeet de deur van de klerenkast open en begon alles eruit te trekken – jurken, sjaals, tassen, schoenen, dozen. Alles.

'Hou op!' schreeuwde ik tegen hem. 'Wil je daarmee ophouden?'

Maar hij bleef maar doorgaan met mijn spullen de kamer in te slingeren en toen hij klaar was, duwde hij me op de hoop kleren in het midden van de kamer. Tussen zijn tanden door siste hij naar me: 'Ga weg. Ik wil dat je binnen een kwartier uit mijn huis bent vertrokken!'

Daarna stormde hij de kamer uit, botste tegen een stoel op, gaf er een schop tegenaan en smeet de deur achter zich dicht.

Ik hield een hele poos mijn adem in en kreeg toen een huilbui. Ik verborg mijn gezicht in de nieuwe katoenen jurk die ik had gekocht om Bernie een plezier te doen.

Waar moest ik heen? Waar moest ik in godsnaam heen? Ik kon Nicky niet in de steek laten. Maar had ik een keus? Bernie was ook fout geweest, maar ik was de schuldige, ik was de overspelige vrouw, de vreselijke moeder. Bernie zou alles tegen Nicky zeggen en die zou me voor altijd haten, nooit meer met me willen praten. Ik zag mezelf voor me met mijn canvas tas om mijn schouder, liftend langs de snelweg – zonder huis, zonder geld, zonder doel. Ik legde mijn hoofd op mijn armen en huilde aan één stuk door.

Heel langzaam ging de slaapkamerdeur open. Ik ging zitten, besefte dat de vijftien minuten om waren en dat ik weg moest. Maar de woesteling die ik achter die deur verwachtte, was nu weer gewoon mijn man, die met zijn hoofd een beetje naar beneden de kamer binnenkwam. Hij liep naar me toe en ging naast de stapel kleren op de grond zitten.

'Nora,' zei hij, terwijl hij een roze sweater pakte. 'Ik wil dat het overgaat. Maar het gaat niet over.'

Ik veegde mijn neus af aan de mouw van een jurk en zei niets.

Hij streelde met zijn hand over de sweater. 'Soms,' zei hij, 'soms zit ik in de auto en dan komen er allemaal beelden in me op, van jou en die kerel, die Theo... en dan word ik helemaal gek. Ik sla dan op het dashboard, ik...' Hij hief zijn vuist omhoog en liet toen zijn arm machteloos vallen. 'Het is zo oneerlijk,' ging hij verder. Hij klonk bitter. 'Je hebt me verteld dat het wat jou betreft voorbij is. Afgelopen en uit. Maar begrijp je niet dat op dat moment voor mij de ellende pas is begonnen?'

Hoe kon ik daar een antwoord op geven, hoe kon ik nog iets zeggen als 'afgelopen en uit' niet genoeg was? Ik was fout geweest, ik was van het rechte pad afgeweken, ik had mijn schuld toegegeven. Maar had ik hem ook bewust pijn willen doen? Ik was niet van plan geweest om overspel te plegen, ik had niet opzettelijk anderen pijn willen doen, het was me ook allemaal maar overkomen. Moest ik daarom mijn levenlang boeten? Ik begreep hem natuurlijk wel: zijn woede, de diepe en verwoestende pijn die hij had, maar zou die dan niet minder worden?

Natuurlijk wel, zei ik tegen mezelf. Hij komt er wel overheen. Ik moet maar wat meer geduld hebben.

'Zeg iets,' zei Bernie. Hij raakte mijn hand aan. 'Alsjeblieft?'

Ik keek om me heen, naar alle vertrouwde dingen. De spiegel boven het bureau dat we samen hadden gekocht, het juwelendoosje met daarin de speld die Bernie me had gegeven toen Nicky was geboren, het schilderij met een bosgezicht dat we op een rommelmarkt op de kop hadden getikt. Ik keek naar Bernie, met wie ik dat allemaal samen deelde. Ik voelde dat ik zonder hem in twee delen uit elkaar zou vallen, dat ik dan maar voor de helft zou kunnen bestaan. Dat ik dood zou gaan.

'Nora?' zei Bernie. 'Alsjeblieft?'

Ik keek weer naar hem en toen naar de leeggehaalde klerenkast. 'Nu die kast toch leeg is,' zei ik, 'kunnen we haar net zo goed een likje verf geven.'

Langzaam kroop er een zweem van een glimlach op zijn bleke en ontdane gezicht. 'Ja,' fluisterde hij. 'Goed idee.'

22

Op een ochtend werd ik wakker van een hard schurend geluid, alsof iemand met een metalen voorwerp over beton schraapte. Ik luisterde, maar hoorde niets meer. Ik keek op de wekker. Het was negen uur. Nicky en Bernie moesten zachtjes zijn weggegaan zonder me wakker te maken. Mijn hele lichaam deed pijn. Ik voelde aan mijn gezicht en merkte tot mijn verbazing dat mijn wangen helemaal nat waren. Mijn kussen was ook vochtig. Ik had kennelijk in mijn slaap gehuild. Maar waarom? Om wie?

Ik kon me geen droom herinneren. Bernie had gelijk gehad. Op het moment dat ik over Theo had verteld, was hij verdwenen. Het was niet eens dat ik hem was vergeten. Het was alsof Theo Bradshaw helemaal nooit had bestaan. Ik wist niet eens meer welke kleur zijn ogen hadden, hoe zijn hoofd eruitzag, hoe zijn stem klonk, de stem die een jaar lang zo gevaarlijk verleidelijk voor me was geweest, de sirene die me naar gevaarlijke wateren had gelokt.

'Ben ik een manier om uit je huwelijk te ontsnappen?' Die woorden van Theo achtervolgden me. Natuurlijk had ik hem gebruikt. Ik was niet alleen een overspelige vrouw. Ik was ook nog eens keihard en berekenend. Als ik echt van mijn minnaar had gehouden, hoe kon ik hem dan nu zó volkomen buitensluiten dat ik niet eens meer van hem droomde?

Ik zat in mijn badjas in de keuken, met prins Hal aan mijn voeten. Ik dronk koffie en keek naar 'I dream of Jeannie'.

'Meester,' smeekte het meisje. Ze had blond haar en zag eruit als een buikdanseres. 'Wees alstublieft niet boos. Ik wil alleen maar even met haar praten.'

'Maar hoe kan dat nou? Ze is dood!' protesteerde haar meester.

'Ik breng haar gewoon even van de Andere Kant naar hier,' legde Jeannie uit, en toen haar meester ongelovig in de camera keek, herinnerde ik me ineens mijn droom:

Het kerkhof leek een enorme vlakte, alsof het op een andere planeet lag. De mensen in het zwart, de kist waarin mijn moeder was opgesloten, de enorme marmeren stenen om ons heen: het was allemaal iets van een andere planeet en daarom voelde ik dat ik er niets mee te maken had. Ik huilde niet, ook niet toen de mysterieuze Hebreeuwse woorden werden gezongen, niet toen mijn vader in het graf probeerde te springen en moest worden tegengehouden. Ik huilde zelfs niet toen iemand me vroeg of ik een handvol aarde op de kist wilde gooien. Ik deed het gewoon, met droge ogen, zonder vragen te stellen, zonder te huilen.

En we lieten mijn moeder daar achter, bedekt door de koele vochtige aarde, en reden het kerkhof af door een grote gietijzeren poort. Ik draaide me om en zag dat de poort achter ons werd gesloten. Ik hoorde de deuren keihard tegen elkaar aan slaan, een afschuwelijk, schrapend geluid dat steeds harder werd. Ik zag dat ik zelf de portier was geworden. Ik stond daar naast die enorme poort, een afschuwelijk gedrocht dat de poort met een valse grijns voor eeuwig dichtdeed.

'Vergeeft u me, meester?' zeurde Jeannie.

'Natuurlijk,' zei de meester met een lachje. 'Maar ik wil geen séances in mijn huis, is dat begrepen?'

'Ja, natuurlijk, meester!' zei Jeannie. Ze omhelsde haar meester en knipoogde naar me over zijn rechterschouder.

23

Prins Hal sjokte met zijn tong uit zijn bek de trap op. Hij had er duidelijk moeite mee om boven te komen. Ik legde de stapel handdoeken in de linnenkast en hurkte naast de hond neer.

'Wat is er dan, ouwe jongen?' vroeg ik. Hij jankte en keek me smekend aan met zijn bleker wordende oude hondeogen. Ik werd bezorgd en liep naar de telefoon.

'Sorry dat ik je stoor,' zei ik. 'Maar volgens mij is Hal niet helemaal in orde.'

'Wat?' vroeg Bernie. Hij was in de regiekamer en vond het duidelijk niet leuk om te worden gestoord.

'Hij kon de trap haast niet op komen en...'

'Heb je hem weer restjes zitten voeren?' vroeg hij beschuldigend.

'Nee. Natuurlijk niet. En volgens mij is het ook niet zijn maag.'

'Wat hij eet, heeft invloed op zijn hele lichaam,' zei hij langzaam. 'Nora, ik moet nu weer aan het werk. Waarom bel je niet gewoon de dierenarts?'

'Oké,' zei ik en hing op. Ik voelde me stom en had een beetje spijt dat ik hem had gebeld. Maar ik was eigenlijk ook wel behoorlijk geïrriteerd. Het was toch ook Bernies hond en hij had toch ook de afgelopen vijftien jaar met hem doorgebracht. En waarom was zijn werk dan ineens zo verschrikkelijk belangrijk. Of was hij soms niet bezig met redigeren, maar meer met de redactrice? Zou hij nog steeds iets met die Pamela hebben? Bij die gedachte werd ik kwaad en treurig. Maar ik had iets belangrijkers aan mijn hoofd en liet me niet afleiden door dergelijke hersenspinsels.

'Braaf. Zo is-ie braaf,' zei dokter Calibrian tegen Hal. Hij draaide hem op zijn rug en voelde aan zijn buik. Hal jankte en keek naar mij. Ik aaide hem onder zijn kin en zei geruststellend tegen hem dat hij lief was en dat het allemaal wel goed zou komen.

'Mevrouw Watterman, wanneer hebt u voor het eerst die bobbel gevoeld onder zijn buik?' vroeg de dierenarts. Hij wees naar een gezwel aan de onderkant van Hals buik.

'Ik… we… hij leek wel in orde, tot vandaag dan…'

'Het is een tumor, dat is zeker,' zei de arts terwijl hij nog eens aan het gezwel voelde. Hal jankte. 'En die is er niet zomaar van de ene op de andere dag.'

Hij keek me beschuldigend aan. Hoe had me dat kunnen ontgaan? En had ik hem soms veroorzaakt?

'Is het… kwaadaardig?' vroeg ik, terwijl ik misselijk werd.

'We zullen zijn bloed moeten onderzoeken,' zei hij, terwijl hij de hond voorzichtig weer op zijn zij draaide. 'En dan weten we meer.'

Hal piepte en likte mijn hand. Ik boog me over hem heen, gaf hem een kus op zijn kop en snoof zijn wollige geur op. Ik hield hem vast terwijl de dierenarts het bloed afnam.

Toen ik naar huis terugreed, met Hal op de stoel naast me, zag ik weer voor me hoe hij die zomer toen we in Maine bij een meer op vakantie waren achter Nicky aanrende. Nicky dook van de steiger en Hal sprong achter hem aan. Ze kwamen samen weer boven water: twee jongens met natte, gouden haren die elkaar vrolijk achterna zaten, de hele middag.

24

Bernie stond op de ladder en verfde de laatste planken aan de westkant van de schuur. Hij had me geroepen om zijn werk te komen inspecteren.

'Het is prachtig,' zei ik.

'Ja?' Hij kneep zijn ogen dicht tegen de lage middagzon en keek naar beneden. 'Heb ik nog iets overgeslagen?'

Ik keek naar de planken en zag nog een klein stukje grijs in een hoekje. Ik wilde het hem wijzen, maar bedacht me toen. Waarom zou ik zijn lol bederven wanneer ik dat stukje later zelf ook gemakkelijk even kon bijverven?

'Het is perfect!' riep ik naar hem.

Hij lachte trots en reikte me toen de kwast aan. Ik stond op mijn tenen, maar kon er net niet bij. Daarom sprong ik omhoog om de kwast te pakken, waardoor ik hem – beweerde hij later – aan het schrikken maakte. Hij verloor zijn evenwicht en viel achterover de ladder af, met de emmer nog in zijn hand.

'Je hebt geluk gehad dat je niet op je hoofd terecht bent gekomen,' zei Nicky later in het ziekenhuis tegen hem, toen we met zijn drieën op de uitslag van de röntgenfoto's zaten te wachten.

'Au,' was het enige commentaar dat Bernie gaf. Hij lag op een ziekenhuisbed en had een ziekenhuishemd aan. Zijn rechterarm en zijn linkerbeen waren opgezwollen. Hij probeerde zijn gewonde arm te bewegen en zijn gezicht vertrok van de pijn.

'Niet forceren, hoor!' zei ik. Hij keek me kwaad aan.

'Vertel me verdomme niet wat ik moet doen.'

'Hé!' protesteerde Nicky. 'Wat heeft mama verkeerd gedaan?'

'Vraag dat maar aan haar,' zei Bernie, terwijl hij zijn linkerbeen probeerde te verleggen.

'Wat dan?' vroeg Nicky aan mij.

'Ik kon niet bij de kwast en toen sprong ik een beetje omhoog,' zei ik zachtjes. Ik voelde me schuldig.

'Net een wilde kat,' zei Bernie. Hij perste zijn lippen op elkaar van de pijn.

'Het spijt me zo,' zei ik.

'Ja, dat zal wel,' zei hij chagrijnig.

'Ze zegt toch dat het haar spijt!' zei Nicky verdedigend.

'Het spijt haar. Er zijn zoveel dingen waar ze spijt van heeft,' zei Bernie en keek me aan met geen enkele blijk van affectie.

'Zoals wat dan, mama, waar heb je dan nog meer spijt van?' Nicky keek van zijn vader naar mij en wilde van een van ons beiden een antwoord. Op dat moment kwam er een arts in een witte jas met een paar foto's in zijn hand de kamer binnen. Hij kondigde vrolijk aan dat er niets was gebroken, maar dat er alleen wat spieren waren verrekt en dat er een knieband was gescheurd. 'Uw been wordt in het gips gezet zodat u het niet kunt bewegen, u krijgt een mitella en verder hebt u bedrust nodig en moet u een beetje worden verwend.' Toen hij dat had gezegd, keek hij eens goed naar de drie sombere gezichten die hem aanstaarden en vroeg plagerig: 'Wie van jullie is eigenlijk de patiënt?'

Bernie vond dat niet grappig. 'Wie is hier eigenlijk de dokter?'

'U bent dus van de ladder gevallen,' zei de dokter. Hij keek naar mij en zei: 'Of hebt u hem er soms afgeduwd?'

Ik deed zelfs geen poging om te glimlachen.

'Kunt u geen dokter laten komen?' vroeg Bernie stuurs.

'Ik ben de dokter. Kimmelman,' zei de man. Toen wees hij op de opgezwollen ledematen en zei: 'En ik zal uw been eens even razendsnel in het gips zetten.'

Bernie kneep zijn ogen dicht. Hij rilde van de pijn. 'Begint u nu alstublieft maar,' zei hij. Kimmelman gebaarde naar me dat ik uit de weg moest gaan zodat hij het bed de kamer uit kon rijden.

25

Bernie lag op de blauwe bank met een kussen onder zijn been en zijn arm in een mitella. Hij staarde naar het plafond. Prins Hal lag op de grond en had een wit verband om zijn romp. Ze hoorden me beiden binnenkomen en keken allebei een beetje ongeïnteresseerd op.

'Perziktaart,' zei ik tegen Bernie en zette het blad voor hem op de koffietafel. 'En thee. En je pilletjes.' Ik wees op een klein koperen potje waar de voorgeschreven pijnstillers in zaten. 'En de krant.' Ik gaf hem de opgerolde *New York Times* die ik onder mijn arm hield.

Hal kromp een beetje in elkaar: bang dat hij een tik met de krant zou krijgen.

'Nee, je bent braaf!' zei ik geruststellend tegen hem. Ik knielde even naast hem neer. Hal likte mijn hand met zijn ogen dicht. De dierenarts vond dat het beter was om de hond te laten inslapen, maar Bernie wilde dat de tumor werd verwijderd. Nu, na de operatie en onder de medicijnen, was Hal een beetje beneveld en erg onhandig, maar hij hield zich goed. Dat kon ik trouwens niet van zijn baas zeggen.

'Kan ik iets voor je doen?' vroeg ik vriendelijk. Bernie keek op van de krant, uitdrukkingsloos, pakte toen de afstandsbediening en zette de tv aan. 'Mannen zonder prostaat' was het onderwerp van de talkshow. Bernie zapte naar een oude film, 'Waterloo Bridge', en zuchtte. Hij maakte zich op voor een paar sombere, melancholieke uurtjes.

'Nou,' zei ik tegen niemand in het bijzonder. Ik liep de kamer uit en ging naar de keuken om de zalf en een nieuw verband klaar te maken voor de hond. Daarna ging ik de soep maken voor de lunch.

Terwijl ik met betraande ogen de uien stond te snijden, werd er op de keukendeur geklopt. Mijn schoonmoeder zeilde als een luchtschip de keuken in. In haar armen had ze een grote pot die ze op haar omvangrijke buik liet rusten.

'Niet meer huilen, ik ben er!' zei ze, en wees met een dikke vinger naar mijn gezicht. Ze zette de pot op de keukentafel en sloeg haar vlezige armen om me heen. Toen duwde ze me weer van zich af en gaf me een paar tikjes tegen mijn wangen. 'Je moet eten, Nora. Je bent zo'n schriel kippetje! Denk je dat je zó je man bij je kunt houden?' Ze tilde de deksel van de pot en liet me erin kijken. 'Zo, hiermee krijg je wel weer wat vlees op je ribben.'

'Gans! Bedankt. Erg aardig van u om…'

Ze wuifde de beleefdheden weg en plofte neer op een keukenstoel. 'Kan hij wel weer leren lopen?' fluisterde ze.

'Natuurlijk. Hij heeft alleen een gescheurde knieband en wat verrekte spieren. Het gips zit erom zodat hij zijn been niet kan bewegen. Binnenkort is hij weer helemaal de oude.'

'Jammer. Na alles wat hij je heeft aangedaan? Een klein beetje kreupel lopen heeft hij toch wel verdiend. Heb je ook wat cola-light? Ik sterf van de dorst.'

We dronken samen aan de keukentafel wat cola en ik voelde me steeds pissiger worden toen Bernies moeder maar doorging met haar zoon te beschuldigen. 'Eigen schuld hoor, na wat hij allemaal heeft uitgespookt. En als hij nu nog steeds denkt dat er geen Onze

Lieve Heer is…' Ze hield even op om naar het plafond te wijzen en te vragen of ik weleens van afstoffen had gehoord.

Ik keek omhoog en zag een spinneweb tussen de hoek van de keuken en de lamp. 'Ik ben zo druk geweest, met Bernie en de hond…'

Ze wuifde weer om me de mond te snoeren en gaf me een paar klapjes op mijn hand. 'Een spin heeft ook recht op huisvesting, dus voel je maar niet zo schuldig. Hoe is het met de kleine?'

'Nicky?'

'Wie anders?'

'Nicky is zeventien!'

'Ja, denk je soms dat ik niet kan tellen?'

'Nee. Ik bedoel ja, natuurlijk kun je wel tellen. Met Nicky gaat het prima. Uitstekend.'

'Beste van de klas?'

'Nee, dat niet bepaald.'

'Mijn dochter Linda. Weet je wel?'

'Ja. Mijn schoonzus.'

Ze leunde vertrouwelijk voorover waarbij haar borsten tegen de keukentafel werden gedrukt. 'Af en toe een belletje naar je schoonzus Linda, is dat te veel gevraagd?'

Linda de Mislukkeling en haar vervelende kinderen. Als Bernie haar nooit belde, waarom moest ik dat dan wel doen? Ik haalde diep adem en zei: 'Ik zal haar gauw eens bellen.'

Gilda knikte, met haar ogen even dicht als teken dat ze genoegen nam met mijn belofte.

'Goed. Het is een leuke meid. En dan die kleine Rolanda van haar. Een schoonheid. Alle jongens in Woodmere liggen daar hijgend voor de deur. En Joshua is een genie. Ongelooflijk die jongen.'

Gilda schonk nog een glas cola voor zichzelf in. Daarna bekeek ze me uitvoerig. 'Je begint wel erg spichtig te worden, Nora. Die man van je, mijn zoon, doet je niet veel goed. Je moet eens wat meer zoetigheid eten, dan word je wel weer wat dikker.'

Ik gaf hier gelijk gehoor aan door een schaaltje met mijn beste chocoladekoekjes op tafel te zetten. Ik voelde me schuldig dat Gilda alle schuld op haar zoon schoof.

'Bernie is niet de enige die iets te verwijten valt,' begon ik. Gilda kauwde op een koekje. 'Eigenlijk… wat ik je nu ga vertellen zou weleens een schok voor je kunnen zijn, Gilda.'

'Die brunette uit Dubuque?' vroeg ze.

'Welke brunette?'

Gilda keek me met wijdopen ogen aan. Ze aarzelde even, maar

ging toch verder. 'Linda's beste vriendin, Karen, die bedrijfsjuriste, was ongeveer een jaar geleden in Dubuque en daar zag ze Bernie samen met een brunette. Ze zaten in de bar van het Hilton...'

Een jaar geleden? Pamela was blond en een recentere aanwinst. Wie was die brunette dan? Dat moest wel iemand anders zijn. Een andere vrouw. Ik probeerde mijn stem zo gewoon mogelijk te laten klinken. 'Bernie samen met een brunette? Wat deden ze dan?'

'Nou, dat snap je toch wel.'

'Nee.'

Ze schoof wat heen en weer op haar stoel en veegde een paar kruimels van haar paarse blouse. 'Het stelde vast niets voor. Het was vast alleen maar voor één nacht. Mannen op reis hebben zo hun behoeften, weet je wel...'

Ik antwoordde niet en probeerde me Bernie voor te stellen in een bar samen met een meid met bruin haar. Hoe vaak en met hoeveel meiden was dat gebeurd? En wat was ik ontzettend naïef geweest om te denken dat Pamela een incident was geweest, een reactie op mijn gedrag. Waarschijnlijk spookte Bernie wel meer uit als hij op reis was. Misschien deed hij dat wel altijd. In de achttien jaar dat we getrouwd waren, was ik één keer een man tegengekomen voor wie ik aandacht had, voor wie ik iets voelde. Maar van ons tweeën was ik degene die schuldig was. Was dat rechtvaardig? Was dat soms een juiste afspiegeling van de stand van zaken?

'Wat is er?' vroeg Gilda. Ze keek me bezorgd aan.

'Het is niet eerlijk.'

'Als het leven eerlijk was, zaten we met zijn allen gebakjes te eten in luilekkerland.' Ze gaf me een por. 'Kom op, Nora. Je ziet eruit als Bette Davis tijdens een van haar slechte dagen.' Ze duwde de tafel van de stoel weg (hoewel het kennelijk de bedoeling was om de stoel van de tafel weg te duwen) en kwam langzaam overeind. 'Nou, vertel me nu maar eens waar die jongen van mij zit,' zei ze een beetje buiten adem. 'Ik ga hem even gedag zeggen en dan ga ik er weer vandoor. Een schoonmoeder gaat langer mee in kleine porties, dat weet ik best.'

26

'Lijk ik zo op Tom Cruise?'

'Wie is Tom Cruise?' vroeg ik aan mijn zoon, die zich omdraaide en zijn smoking showde.

'Tom Cruise? Die filmster! Heb je daar nooit van gehoord?'

Ik schudde mijn hoofd.

Nicky keek me ongelovig aan. 'Van welke planeet kom je eigenlijk?'

'Van Mars. En ik vind dat Tom Cruise niet tegen je op kan.' Ik gaf hem een zoen. 'Kelly mag wel blij zijn.'

Nicky's glimlach verflauwde. 'Mam...?'

Ik zag dat hij ergens mee zat. 'Wat is er? Zeg het maar. Je weet dat je alles tegen me kunt zeggen.'

Maar wat het ook was, Nicky zei niets. Op dat moment kwam zijn vader binnen. Het gips was van zijn been gehaald en hij strompelde de kamer in en bleef tegen een stoel geleund staan. Hij keek naar zijn zoon en zei: 'Je ziet er geweldig uit. Je krijgt vast alle meiden achter je aan.'

'Dat interesseert me niet. Ik wil alleen maar Kelly,' zei Nicky romantisch.

'Ah, een man van één vrouw, net als je vader.'

Nicky's blauwe ogen glommen. 'Ja, net als mijn vader.'

'Maar voordat je die ene ontmoet, word je eerst wel een paar honderd keer verliefd,' zei Bernie.

'Ik heb haar al gevonden. Kelly is voor mij de enige.'

Bernie sloeg vaderlijk een arm om zijn schouder. 'Ik ben blij dat je haar zo leuk vindt.'

'Ik hou van haar.'

'Je zit nog maar op de middelbare school.'

'Nou en?'

'Je hebt nog een hele hoop dingen voor je.'

'Maar dat betekent nog niet dat ik niet nu al van iemand kan houden.'

Bernie liet zijn zoon los en deed een stapje achteruit. Hij keek hem aan en zei: 'Ik denk dat je inderdaad wel diepe en echte gevoelens kunt hebben. Ik geloof ook wel dat je verliefd bent.'

Nicky lachte trots. Hij omhelsde zijn vader stevig, zodat die bijna omverviel.

'Pas op voor mijn andere been, anders breek ik jouw beide benen!'

Hij hield zijn zoon vast. Nicky keek om naar mij en maakte een uitnodigend gebaar. Met zijn jongensachtige, maar toch al diepe stem zei hij: 'Mama?'

En ik sloeg mijn armen om mijn zoon heen en daarmee ook om zijn vader. Nicky stond tussen ons in, en zo bleven we even staan, met zijn drieën, een veilig klein gezinnetje.

'Hé, ik moet nog langer mee dan vandaag!' fluisterde Nicky toen we hem kennelijk iets te stevig vasthielden. Ik maakte me los en wilde even met mijn hand door zijn haar gaan, maar bedacht me nog net op tijd. Hij was geen klein jongetje meer, maar al bijna een man. Zijn haar zat keurig in de gel en hij was op weg naar zijn schoolfeest.

Bernie knipoogde naar hem. 'Ik ben jaloers op je.'

'Dat zal wel, maar je mag toch niet mee,' plaagde Nicky.

'Heel veel plezier,' zei ik.

'En zorg ervoor dat je thuis bent vóór' – Bernie wachtte even op het onvermijdelijke protesterende klikje van Nicky's tong en verraste hem daarna met – 'de zon opkomt.'

'Dat zal wel lukken.' Nicky streek zijn jasje glad, deed zijn strikje recht en salueerde aan de rand van een denkbeeldige hoed. Daarna liep hij elegant naar de deur en naar buiten.

27

Halverwege juni ging het weer wat de goede kant op. Bernies been was min of meer hersteld en hij was weer aan het werk. Hij deed ook weer wat aardiger tegen me. Ik was de kwestie Pamela en de mysterieuze brunette vergeten en Bernie leek zich ook te hebben verzoend met de affaire Theo. Prins Hal hield het nog steeds uit en Nicky was overgegaan: met de hakken over de sloot. Hij had nu een vakantiebaantje bij Leon Dubrovner, die hij hielp met het schoonhouden van de werkplaats. Hij had ontdekt dat hij het wel leuk vond om met klei te werken. Leon had hem het een en ander geleerd en liet hem ook wel eens meedoen met zijn cursisten.

Bernie vond dat allemaal niet zo denderend. 'Dat gedoe uit de jaren zestig. Straks doet-ie niets anders dan pottenbakken en brooddeeg kneden.' Hij drukte het gaspedaal in en haalde een vrachtwagen in terwijl het eigenlijk niet kon.

'En wat dan nog? Ik kan me wel iets ergers voorstellen,' zei ik. Ik wilde zeggen dat hij voorzichtiger moest rijden, maar durfde niet goed.

'Nou, ik niet.'

'Nicky heeft best artistieke aanleg. Leon Dubrovner zei...'

'Leon Dubrovner is gek.'

'Laten we er nu maar over ophouden.'

Bernie ging nog harder rijden. 'Dat doe jij nou altijd; als we een meningsverschil hebben, hou jij gewoon je mond.' Hij keek me boos aan. 'En dan beweer je ook nog dat we niet genoeg praten. Maar zo werkt dat natuurlijk niet.'

'Ik kan alleen met iemand praten als diegene ook is geïnteresseerd in een andere mening en daar echt naar wil luisteren. Kijk uit!'

Bernie gooide het stuur om en kon nog net een vrachtauto op de andere weghelft ontwijken. De regen sloeg tegen de voorruit. Het zicht was bijzonder slecht. Bernie veegde de wasem van de ruit en minderde vaart.

'Kunnen we niet beter stoppen?' vroeg ik voorzichtig.

Bernie reed de vluchtstrook op en zette de auto in de berm. Zwijgend staarden we naar de ruitewissers. De regen beukte op het dak.

'Je hebt gelijk,' gaf Bernie toe. Hij bleef voor zich uit kijken. 'Ik ben eigenwijs. Ik ben net een terriër. Ik kan niet zo gemakkelijk iets loslaten. Dat is trouwens ook zo wanneer iemand me pijn heeft gedaan. Dat vergeet ik ook niet gauw.'

Daar waren we weer. Ik liet mijn hoofd tegen de hoofdsteun vallen. Bernie keek op zijn horloge en zuchtte.

'Komen we te laat?' vroeg ik.

'Misschien kunnen we maar beter helemaal niet gaan.'

'Maar je had er zo'n zin in!'

'O ja?'

'Het was toch jouw idee.'

'Maar jij hebt de pest aan musicals.'

'Wat maakt dat nou uit? Ik vind het leuk als jij het leuk vindt.'

Bernie keek me aan. 'Je bent een lieve en goede vrouw voor me.'

'Dank je,' zei ik. Ik voelde een warme tinteling door mijn lichaam gaan.

Bernie pakte mijn hand en keek diep in mijn ogen. 'Maar ik kan er niet tegen wanneer ik me gelukkig met je voel.'

Het was alsof ik een trap in mijn maag kreeg. Ik trok mijn hand terug. 'Hoezo?'

'Ik weet gewoon dat het… dat ik net doe alsof.'

'Doe alsof?'

'Alsof het geen pijn meer doet. Het doet nog steeds verschrikkelijk veel pijn, Nora.' Zijn gezicht was vertrokken. Het was halfdonker in de auto. Of halflicht. Ik keek naar hem en voelde me kilometers ver van hem verwijderd.

'Ik wilde je geen pijn doen,' zei ik voor de zoveelste keer. Mea culpa, mea maxima culpa. Maar plotseling moest ik denken aan wat zijn moeder me had verteld. Die gedachte schoot als een vlijmscherp mes door mijn hoofd. Ik sloot mijn ogen en perste de woorden eruit: 'Zoals jij mij ook geen pijn hebt willen doen.'

Bernie fronste zijn wenkbrauwen. 'Heb ik jou dan pijn gedaan?'

Ik aarzelde. Misschien moest ik het maar niet allemaal oprakelen om de sfeer niet te verpesten. Maar zo goed was die sfeer nu ook weer niet. 'Je zei tegen Nicky dat er voor jou maar één vrouw is.'

'Ja, dat is ook zo,' zei hij kwaad. Hij ging rechtop zitten. Ik zag dat hij zijn spieren spande. 'Ik ga niet meer om met Pamela, als je dat soms denkt.'

'Ik denk helemaal niets. Ik wéét gewoon dat jij op reis niet altijd alléén hebt geslapen, en dat was vóór Pamela.' Ik zei het niet eens kwaad, niet eens rancuneus, maar ik voelde wel dat Bernie in de verdediging ging.

'Er is een groot verschil tussen één nacht met iemand slapen en een verhouding van meer dan een jaar.'

Ik wist dat ik hem toch niet aan het verstand kon brengen dat dat voor mij niets uitmaakte, maar ik kon het toch niet laten. 'Dat maakt helemaal niets uit,' zei ik. In de verte begon het te onweren.

'Jij hebt een intieme relatie gehad met die vent. Dat is heel anders. Ik *kende* die vrouwen niet eens.'

'Wat jammer,' zei ik. Ik schoof een stukje bij hem vandaan totdat ik helemaal tegen de deur zat. Ik hield mijn wang tegen de koude ruit. 'En wat gevaarlijk. Hoeveel van *die vrouwen* heb je eigenlijk gehad?'

'Dat gaat je godverdomme niks aan. Je snapt er niks van, hè? Je hebt geen enkel moreel besef in je donder.' Hij leunde voorover naar me. Ik duwde mijn wang hard tegen het glas.

'En jij wel?' Ik was niet bang voor hem.

'Ja. Ik weet tenminste het verschil tussen goed en slecht en dat kan ik van jou niet zeggen.'

'Bernie,' zei ik. Ik zette mijn beide handen tegen zijn borst en duwde hem van me af. 'Ik vergeef het je toch. Dat is toch goed.'

Bernie ging weer op zijn plaats achter het stuur zitten. Hij trommelde met zijn vingers op het stuur. 'Wie heeft je dat eigenlijk verteld?' vroeg hij. 'Van die… vrouwen?'

Ik haalde mijn schouders op en tekende met mijn vinger op de ruit. Het was nog harder gaan regenen. Er stopten steeds meer auto's. Voor en achter ons stond al een hele rij, gedwongen tot een paar minuten stilstand in de zomerse bui. 'Hoeveel mensen in die auto's zouden echt gelukkig zijn?' Ik wees naar de auto's voor ons. 'En hoeveel zouden er ook ruzie maken en ongelukkig zijn?'

'Het waren er maar een paar, Nora,' zei Bernie. 'Ik zweer het. En alleen maar omdat ze er toch waren en ik me eenzaam voelde. En het was vreselijk, ik voelde me afschuwelijk en moest steeds aan jou denken. Ik wilde alleen jou maar…'

'Laat nu maar…' fluisterde ik.

Bernie keek me lang aan. 'Het klaart op.' We luisterden naar de regen en keken naar een paar auto's die de weg weer opreden.

'Denk je dat we nog op tijd zijn voor het tweede bedrijf?' vroeg ik.

'Ik denk het niet.'

'Jammer.'

'Vind ik niet.'

'Nee?'

'Ik voel me zo verbonden met je,' zei hij. Hij pakte mijn arm en lachte moeizaam. 'En dat voelt heel goed. Alles ligt nu open. Nu kunnen we pas echt opnieuw beginnen.'

Zijn stem klonk kil. Misschien lag alles wel open. Maar dat klonk mij niet zo positief in de oren. Ik had het gevoel dat ik een diepe, open wond had opgelopen. Ik wist niet of die wond ooit nog wel zou kunnen helen.

'Opnieuw beginnen,' zei ik hem na. Mijn hoofd bonsde en ik voelde mijn lege maag knorren. 'Maar laten we eerst maar eens een paar hamburgers met patat gaan eten.'

Bernie gaf me een knipoog. 'Zo ken ik je weer,' zei hij. Hij kneep in mijn been en startte de motor.

28

Ik was weer aan het studeren geslagen, en wel met zeer veel over-gave. Of misschien was het wel een enorm wraakgevoel. Ik klampte me vast aan mijn fluit als een schipbreukeling aan een stuk hout. Die fluit was mijn redding, de enige manier om mijn hoofd boven water te houden. Ik speelde uren achter elkaar, geïnspireerd door iets wat ik niet onder woorden kon brengen. Meestal speelde ik in de schuur, die nu helemaal opgeruimd en geverfd was. Ik had ont-dekt dat de akoestiek perfect was. Op een ochtend was ik in de schuur op zoek naar een schoffel om het rozenperkje te lijf te gaan. Het zonlicht stroomde door de ramen naar binnen. Het rook er naar hout. Ik hoorde de vogels en de krekels. Ik haalde diep adem en voelde dat er nog maar één ding ontbrak. Ik voelde dat gemis door mijn hele lichaam en ik wist meteen wat het was: het koele zilver in mijn hand, het heerlijke gevoel om een ademtocht in een mooi geluid om te zetten.

De schuur werd dus mijn studio, mijn heilige der heiligen, zonder telefoon, zonder afleiding – mijn schuilplaats. Ik speelde toonlad-ders, etudes, stukken uit concerten: alles. Uren achter elkuur. En ik improviseerde, bedacht liedjes, alleen voor mezelf, voor mijn eigen plezier.

'We kunnen wel een stuk aftimmeren, dan heb je een echte mu-ziekkamer. Vind je ook niet, pap?' zei Nicky op een warme namid-dag in juni, toen we aan tafel zaten.

'Ik vind het zo precies goed,' zei ik.

'Heb je binnenkort een concert?' vroeg Bernie.

'Nee hoor. Ik heb juli vrijgehouden voor onze vakantie...'

'Waarom studeer je dan zo hard?'

'Ik heb er gewoon zin in.'

'Alles voor de kunst, heb je daar nooit van gehoord?' vroeg Nicky.

Bernie schudde zijn hoofd. 'Jullie ook met dat gefluit en dat ge-pottenbak...'

'Is daar soms iets mis mee?' vroeg Nicky scherp.

'Je vader maakt een grapje.'

'Hij maakt verdomme helemaal geen grapje.'

'Kalm aan,' zei Bernie.

'Doe zelf kalm aan.'

'Hou op. Allebei,' zei ik.

Mijn twee mannen keken elkaar boos aan.

'Moet ik echt mee?'

'Waarheen?' vroeg Bernie.

'Die vakantie. Kunnen jullie niet samen gaan? Tweede huwelijksreis. Leuk toch?'

'Je moeder heeft de tickets al betaald. Alles is al geregeld. En de hotels zijn ook al geboekt.'

'Ik kan het toch terugbetalen?'

'Nicky!' zei ik verbaasd en geschokt.

'Ik heb mijn eigen leven, mam. Ik kan echt niet mee. Het spijt me.'

'Ja, dat mag ook wel,' zei zijn vader dreigend. 'En je gaat gewoon mee, eigen leven of niet. We hebben hier al maanden naar uitgekeken. En dan ga jij het niet verpesten, heb je dat goed begrepen?'

Nicky balde zijn vuisten. 'Jullie kunnen me toch niet dwingen.'

'O nee? Wie betaalt alles voor jou? Wie zorgt er hier voor het eten? Voor je kleren?'

'Ik ga wel weg. Ik kan heus wel voor mezelf zorgen. Ik...'

Ik onderbrak hem. 'Als je niet meegaat, mis je het Indiaanse aardewerk. De Navajo-keramiek. De Anasazi-kunstvoorwerpen...'

Zijn gezicht ontspande. Hij strekte zijn handen. 'Leon heeft er een boek over.'

'Leen het dan van hem,' zei Bernie. Hij schoof zijn stoel achteruit en stond op.

'Dat zal ik zeker doen!' zei Nicky kwaad.

'Prima. En het wordt hartstikke leuk!'

Bernie draaide zich om en liep de keuken uit. Nicky schreeuwde hem na: 'Hartstikke leuk? Het wordt verdomme geweldig! Shit, wat zullen we een lol hebben. Gezellig met het hele gezin...'

Ik legde mijn hand op zijn arm. Hij keek me aan, met tranen in zijn ogen.

'Misschien wel,' zei ik. 'Misschien wordt het echt wel leuk.'

Nicky glimlachte verdrietig. Hij boog zijn hoofd, drukte zijn gezicht even tegen mijn schouder aan en rende toen de keuken uit, naar zijn kamer.

29

Stephanie kwam langs, op weg naar Tanglewood. We gingen naar Baskin-Robbins om daar met Jill een ijsje te eten en wat bij te praten.

'Doet u daar niets aan? Die moeders van tegenwoordig...' zei een mevrouw die op weg naar de deur langs ons tafeltje kwam.

'Het is chocola, mevrouw. Geen poep,' zei Stephanie. Ze veegde met een servet de chocola van Jills gezicht en uit haar haar. Het witte jurkje zat ook onder de vlekken. Jill giechelde en zei: 'Vieze ik.'

'Ja, je bent een kleine viespeuk,' zei ik op het belachelijke toontje waarop volwassenen vaak tegen kleine kindertjes praten.

Voor mijn gezicht verscheen ineens een hand met een stapeltje servetten. Ik nam ze aan en keek omhoog in het gezicht van Kelly, die met haar fletse, lege gezicht naar me glimlachte. Haar bleke, slappe haar hing als een portie zuurkool om haar schouders.

'Dank je.'

'Wilt u ook wat water?'

'Nee, dank je,' zei Stephanie. 'Ik heb in de auto nog een paar jurkjes voor haar.' Ze wees door het raam naar de witte limousine waarmee ze naar haar concert met het Bostons-symfonie-orkest zou rijden.

Ik stelde ze aan elkaar voor. 'Stephanie Saunders, dit is Kelly, Nicky's... vriendin.'

'Leuk om kennis te maken. Bent u die beroemde violiste?' vroeg Kelly.

'Ja, inderdaad.' Stephanie glimlachte trots. Ze hield van haar roem, van het applaus. Ze vond het geweldig als ze werd herkend en schaamde zich daar absoluut niet voor. In een interview met *Vanity Fair* had ze een keer gezegd: 'Of ik die roem *nodig* heb? Heeft een vis water nodig?'

'Ik heb uw plaat weleens gehoord.'

'Welke plaat?'

Kelly keek omhoog. Toen schoot het haar weer te binnen.

'Shogun!'

'Shogun?'

'Ja, een soort zigeunermuziek. Frans, geloof ik.'

'*Tzigane*, van Maurice Ravel?' vroeg Stephanie.

'Ja, die was het,' grijnsde Kelly met het lachje dat Nicky zo schattig vond. 'Mag ik uw handtekening?'

'Natuurlijk,' antwoordde de superster. Ze pakte haar modieuze handtas en haalde er een stapeltje zwart-witfoto's uit. Ze schreef er 'Voor Kelly' op, zette haar handtekening eronder en gaf de foto aan haar nieuwe fan.

'Goh, bedankt zeg!' zei Kelly. Toen stak ze haar hand uit naar Jill. 'Als jij nou eens met mij meeging naar de keuken, dan zal ik die rommel van je toet wassen!'

Jill pakte de uitgestoken hand en gleed van haar stoel. Zonder ons verder een blik waardig te gunnen, liep ze mee aan de hand van "het vriendinnetje" van mijn zoon.

'Wat een leuk meisje,' fluisterde Stephanie.

Ik keek haar geschokt aan. 'Leuk? Die stomme slome…'

Stephanie zwaaide naar me met haar opengedraaide roze lippenstift. 'Je bent jaloers.'

'Jaloers? Op die troela?'

Stephanie smeerde de felroze lippenstift op haar bovenlip. Ze keek me aan. 'Die troela heeft anders wel iets. Ze ziet er goed uit. Ze heeft lichtjes in haar ogen. En ze slaapt met jouw zoon. Tuurlijk ben je jaloers.'

'Wie zegt dat ze met elkaar naar bed gaan?' Ik had daar natuurlijk weleens aan gedacht, maar ik had het altijd van me af gezet.

Stephanie haalde haar wenkbrauwen op. 'Nora, doe normaal.'

Ik weigerde om toe te geven. 'Je vindt haar alleen maar leuk omdat ze je handtekening wilde.'

'Misschien.'

Ik zuchtte. 'Nicky heeft zoveel meer. Ik wou dat hij dat zelf ook eens inzag.'

'Zijn hormonen, Nora. Laat die jongen toch.' Ze hapte in een zakdoekje en drukte haar lippen tegen elkaar. Zelfs de wildste kleur stond haar toch nog goed.

'Ik hoop niet dat ze…' peinsde ik.

'Niet wat? Met elkaar neuken? Tuurlijk doen ze dat. Jezus, wanneer word je eens wakker, Nora.'

Ik vroeg me af hoe ze zulke dingen kon zeggen en er zo rustig uit kon blijven zien. Ze zag er bijna tergend mooi uit in haar witte jurk en haar opgestoken haar, terwijl ze me zo terloops vertelde dat mijn zoon waarschijnlijk geen maagd meer was.

'Ik geloof je niet,' zei ik tegen haar.

'Weglopen voor de waarheid wordt wel een echte gewoonte van je,' zei ze. En gelijk daarna: 'Je ziet er vreselijk uit, Nora. Doe iets met je haar. Trek eens wat kleren aan.'

Ik pakte de zoom van mijn lange rok en wuifde ermee. 'Wat is dit dan?'

'Dat? Je loopt al minstens vijftien jaar rond in dat vod.'

'Nou en? Hij past nog steeds.'

'Ja, helaas wel.' Ze nam een slokje van haar inmiddels gesmolten sorbet en keek peinzend naar me. 'Je mist hem nog steeds, hè?'

Ik wist dat ze Theo bedoelde. Maar wat ik ook probeerde, ik kon me zijn gezicht niet meer voor de geest halen. Ik wist dat hij lang was, en mager, dat hij blond haar had en zich sierlijk bewoog. Maar hoe hij er echt uitzag, hoe hij echt was, waarom ik zo verliefd op hem was geweest, was ik vergeten.

'Ik weet hoe moeilijk het is.' Stephanie pakte mijn hand. Ze dacht dat ik uit verdriet zo stil was. 'Is Bernie wel lief voor je?'

'Ja, heel lief,' loog ik.

Stephanie stopte haar lippenstift weer in haar tas en keek me aan. 'Vertaling: hij doet lullig tegen je. Klopt dat?'

Ik haalde mijn schouders op en roerde in mijn sorbet. 'Ik heb het verdiend.'

'Je hebt het verdomme níet verdiend. Hij heeft het je betaald gezet. Je hebt het boetekleed aangetrokken. Wat wil hij nou nog meer?'

'Hij wil me vergeven. Maar hij kan het niet.'

'Ga dan weg bij die zak.'

'Ik ben met hem getrouwd. Ik heb hem pijn gedaan, dus nu probeert hij mij te kwetsen.'

Stephanie sloeg ongeduldig met haar hand op de tafel. Het sorbetglas viel bijna om, maar ze kon het nog net op tijd pakken. 'Als het gewoon een wraakoefening was, zou ik zeggen: oké, daar komt wel een eind aan. Daar kom je wel weer overheen. Maar een constante belegering?' Ze leunde over de tafel en fluisterde op dramatische toon: 'Je laat je toch zeker niet als zijn eigen kleine slagveld gebruiken?'

Stephanie lachte naar me, blij met haar vergelijking, en wachtte op mijn antwoord. Maar dat had ik niet. Ze wees naar me met een poezelig vingertje. 'Slik wat vitaminen. En als het je tot hier zit, moet je me bellen.' Ze maakte een theatraal gebaar ter hoogte van haar voorhoofd. Op dat moment kwam Jill, opgefrist en met een schoon gezicht, aan de hand van Kelly naar ons tafeltje gehuppeld.

'Mammie! Mammie! Ik wil dat Kelly ook meegaat!'

'Dat kan toch helemaal niet, lieverd. Ik moet hier blijven om te werken,' legde Kelly uit. Ze knielde en sloeg een arm om Jills middel. 'Maar misschien komen jullie hier nog weleens langs!'

'Nee! Je moet nu meegaan!'

'Jill!' zei haar moeder waarschuwend, waarop Jill begon te pruilen, met haar voeten begon te stampen en zich opmaakte voor een flinke huilbui.

Maar Kelly zag de bui hangen en wees naar de limousine. 'Ik wed dat ik eerder bij de auto ben dan jij!'

'Nee hoor!' zei Jill eigenwijs.

'Wedden?' En samen renden ze de zaak uit, Jill voorop. Giechelend en buiten adem kwamen ze bij de auto aan. Jill draaide zich om en riep naar ons: 'Ik eerst! Ik, ik!!'

30

Over een week zouden we met vakantie gaan. Volgens de krant was het in het westen behoorlijk heet, dus besloot ik voor de zekerheid een korte broek te gaan kopen. Toen ik er een aan het passen was in een zaak in het centrum, hoorde ik een bekende stem achter me roepen: 'Mooie benen! Maar dat zeggen alle mannen zeker tegen je!' In de spiegel zag ik Doris Walker staan. Ze lachte en hield haar hoofd een beetje scheef.

'Bernie, Nicky en ik gaan op vakantie naar het westen.' Ik voelde me haast verplicht om uit te leggen waarom ik een korte broek kocht.

'O, Indiaantjes kijken zeker. Yellowstone, Grand Canyon enzovoort?'

Doris Walker irriteerde me mateloos. 'Nee,' zei ik koeltjes. 'Mesa Verde, Canyon de Chelly, Chaco enzovoort.'

'Chic hoor,' zei Doris. Meteen daarop, fluisterend: 'Laatst hoorde ik van een echtpaar dat daar ook is geweest en toen ze terugkwamen, gingen ze scheiden.'

'Nou, dat spijt me dan voor ze.'

'Het spijt mij om te horen dat jullie ook bepaalde moeilijkheden hebben.'

Ik voelde dat ik begon te blozen. Ik draaide me om en keek Doris aan. 'Met Bernie en mij gaat het prima.'

'Mooi zo. Ik was alleen maar bezorgd, na wat ik heb gehoord.' Ze keek op het prijskaartje dat aan de broek bungelde. 'Achtenzestig? Je moet de Banana Republic eens proberen. Dan krijg je precies hetzelfde voor...'

'Wat heb je dan gehoord?' Ik kon mijn tong wel afbijten, maar het was eruit voor ik er erg in had.

Doris keek over mijn schouder en trok me toen mee naar een rek met badpakken. 'Brad, die vriend van mij...'

Minnaar bedoel je, wilde ik zeggen, maar ik knikte alleen maar. Ik wilde haar niet onderbreken in haar onthulling over Bernie.

'Hij komt weleens in de stad en dan gaat hij vaak naar een café op Tenth Avenue, Mulrooney's. En daar ziet hij ze vaak samen.' Ze trok een sip gezicht. 'Het spijt me dat ik het je moet zeggen, maar ik vind dat je het moet weten, van Bernie en die blonde meid.'

Ik probeerde al mijn toneelervaring in de lach te stoppen die, zo hoopte ik, overtuigend genoeg zou zijn. 'O, dat is gewoon een collega van hem. Ze werken veel samen. Ze zijn gewoon vrienden.'

'Sinds wanneer tongzoenen vrienden met elkaar?'

Ik verslikte me. 'Wanneer was dat? Hoe lang geleden heeft Brad dat gezien?'

Doris friemelde aan een kleerhanger. 'Vorige week.'

Ik kon nauwelijks adem krijgen. De bikini's en zwempakken dwarrelden voor mijn ogen. Ik viel bijna flauw van woede en vernedering.

Doris pakte mijn arm. 'Het spijt me dat ik het je moest vertellen. Maar persoonlijk vind ik dat het tijd wordt dat vrouwen elkaar waarschuwen als hun mannen vreemdgaan, vind je ook niet?'

Ik slikte. 'En als het andersom is, Doris?'

'Liefje,' zei ze vertrouwelijk, 'mannen geloven toch niet wat ze niet willen geloven. Als ik een foto van Brad en mij onder Tommy's neus houd, zou hij vragen wat we vanavond eten.' Ze lachte. 'Nou, ik moet weer eens verder. Leuk om je even te hebben gesproken, Nora. Als ik jou was, zou ik die maar kopen. Twee paar!'

31

Bes, de tweede bes boven de middelste C – dat was mijn favoriete noot. 'Syrinx', Debussy's prachtige stuk voor fluit, begint op die bes, draait er omheen, en komt daar steeds weer op terug. De melodie is triest, maar toch ook vertroostend, op een melancholieke manier. Een vertroosting die je moed geeft, die je weer adem geeft. En dat had ik wel nodig, nu ik wist dat Pamela weer in beeld was. Als het Pamela was tenminste. En als Doris Walker het niet uit haar duim had gezogen. Hoe dan ook, ik zou me door dergelijke roddels niet van de wijs laten brengen.

Ik begon elke dag in de schuur op die bes en probeerde voorzichtig naar het centrum van de toon te glijden en de toon zo vol mogelijk aan te houden. Daarna liet ik het geluid langzaam wegsterven, steeds zachter en zachter, tot er nog maar een zuchtje adem over was.

Het was de laatste ochtend voor onze vakantie. Ik wilde nog wat spelen voordat ik Hal naar de kennel zou brengen en de laatste spullen zou inpakken. Bernie lag nog te slapen. Nicky, die met enige tegenzin dan toch maar had besloten met ons mee te gaan, was bij Leon voor zijn laatste les. De hond lag naast het huis in de zon te slapen.

Ik hield de bes aan zolang ik kon en zakte naar A: een heldere, open toon, gemakkelijk om mooi rond te houden. Daarna van A naar gis. Ik liep chromatisch naar beneden naar de middelste C toen ik het hoorde – een hoog, gillend geluid dat dwars door mijn toon snerpte. Ik stopte en luisterde. Toen gooide ik mijn fluit op een oude picknicktafel en rende de schuur uit terwijl ik smeekte dat het niet was wat het wel moest zijn: een dier dat het uitgilt van de pijn.

Hij lag langs de kant van de weg, in een rare houding, en het bloed stroomde uit zijn bek. De bestuurder van de auto, een jong meisje, stond ernaast te trillen en te huilen. 'Ik zag hem niet eens. Hij kwam zomaar de weg op rennen!'

Bernie zat in zijn pyjamabroek naast hem geknield. Hij aaide Hals kop, die slap en levenloos opzij hing. 'Hoe kan dat nou? Je moet zo'n hond toch wel zien?'

'Het is niet jouw schuld,' zei ik tegen het meisje.

'Wat moet ik nu doen? Hoe kan ik het goedmaken?' Ze snikte en wreef de tranen uit haar ogen.

Bernie keek naar me op, beschuldigend. 'Heb jij hem naar buiten laten gaan?'

Ik ging naast hem op mijn knieën zitten en legde mijn hoofd op het nog warme hondelijf. 'Hij liep me achterna naar de schuur. Na een paar stappen werd hij moe en ging toen in de zon liggen. Ik kon toch niet weten dat hij…'

'Het is toch een dier. Dieren zijn onvoorspelbaar, zeker als ze ziek zijn. Dat weet je verdomme toch wel, Nora!'

Ik luisterde niet naar hem en streelde Hals vacht. Ik probeerde me voor te stellen hoe zijn laatste minuten waren geweest: hij had in de zon gelegen en had naar mijn zilveren fluit geluisterd. Bij die hoge bes was hij overeind gekomen en was vrolijk om het huis gelopen, met zijn neus in de wind. Hij had zich weer sterk gevoeld, en jong. Misschien had hij lucht gekregen van een eekhoorntje, of een konijn, en was hij daarom zo plotseling de weg op gerend. Of misschien kwam het wel door mijn fluit dat hij ineens als een jonge hond was gaan rennen.

'Wat een afschuwelijk einde,' zei Bernie. 'En het had niet gehoeven.' Hij keek me aan, en in zijn blik zag ik dat hij weer iets toe had gevoegd aan de lijst met mijn schulden. En ik had geen alibi, geen excuus; er was niets wat ik kon zeggen of doen om Hal weer terug te krijgen.

We begroeven hem vlak bij de vijver tussen twee berkebomen. Nicky en Bernie groeven het graf en ik maakte Hal klaar voor zijn laatste, donkere verblijfplaats. Ik wikkelde hem in de oude bruine deken waarop hij altijd graag naast Nicky's bed had gelegen. Ik deed bloemen in zijn etensbak en maakte een paar linten om zijn oude leren halsband. Toen lieten we hem langzaam in het gat zakken en legden zijn spullen naast hem. We probeerden alledrie iets te zeggen.

'Dag ouwe jongen. Braaf zijn,' zei Bernie. Hij kwam niet verder. Hij wreef de tranen van zijn gezicht waardoor er modderige vegen op zijn wang kwamen.

Het was mijn beurt. Ik gooide een paar rozeblaadjes op hem en zei: 'Bedankt dat je bij ons was. We hebben van je gehouden, Hal, we...' Ik draaide me om naar Nicky, die Hals afgekauwde rubberen bal uit zijn zak haalde en die in zijn graf liet rollen.

'Ik hoop dat je deze daar nodig zult hebben,' zei hij. Toen pakte hij een handvol aarde en strooide die uit over de hond.

Een jongetje en zijn hond. Ze zijn er nu allebei niet meer, dacht ik toen Nicky me een schep aangaf en ik naar zijn ernstige, volwassen gezicht keek.

32

We reden zwijgend door Colorado, van Denver in zuidwestelijke richting naar Mesa Verde. De weg slingerde zich omhoog naar bergpassen, langs verlaten dorpjes en door toeristische plaatsjes. We reden met alle ramen open zodat de warme wind in onze gezichten blies. Zoals we daar met zijn drieën in de auto zaten, leken we wel vreemden die door de een of andere toevallige omstandigheid bij elkaar in één auto waren beland. We stopten, reden weer verder, aten middelmatige maaltijden en maakten foto's van mooie uitzichten. We passeerden de watergrens, en het leek wel alsof er tussen ons ook een grens was getrokken. Bernie was nog steeds vol verwijt. Nicky zat mokkend en zwijgend achterin. En ik voelde me net een gevangene die werd meegevoerd, terwijl ik deze vakantie zelf had georganiseerd: de vakantie die alle wonden moest helen en ons weer dichter bij elkaar moest brengen.

In Aspen hadden we een concert van Stephanie bezocht. Het concert werd gegeven in een feesttent die was opgezet in een veld aan de voet van de Red Mountain. De omgeving was adembenemend en de sfeer was geweldig. Stephanie speelde fantastisch en het publiek was verrukt. Ze kreeg een staande ovatie en Bernie klapte ijverig mee. Maar toen ik voorstelde om even naar haar toe te gaan, was hij ineens te moe, hij had hoofdpijn en geen zin.

'Kom nou gewoon even mee, even zeggen dat het mooi was,' drong ik aan.

'Wil je dat ik daar in de rij ga staan met een stel idioten en iets onbenulligs tegen haar ga zeggen?'

'Oké. Dan ga ik wel met Nicky.'

'Moet dat?' mompelde die.

Uiteindelijk ging ik dus maar alleen.

'Nora!' riep een oude vriendin van me, die fagot speelde in het orkest. 'Jij bent ook niets veranderd! Speel je nog steeds?'

'Jazeker,' zei ik. Ik glimlachte en vroeg me af hoe mijn leven eruit zou hebben gezien als ik *echt* verder was gegaan.

Zou ik dan een tweede Stephanie Saunders zijn geworden, zou ik na elk concert als een bruid op een receptie handjes schudden en felicitaties in ontvangst nemen, of zou ik helemaal mislukt zijn en de muziek hebben opgegeven, in onroerend goed zijn gegaan of op een kantoor zijn gaan werken?

Aan mijn gepeins kwam een einde toen het mijn beurt was om iets te zeggen. Iets origineels, iets grappigs, en liefst allebei.

'Je hebt het hem weer geflikt!' zei ik.

'Nou, dat heb ik in elk geval geprobeerd!' We omhelsden elkaar. 'Ik wist natuurlijk dat jij in de zaal zat. Dat scheelt een stuk!'

Ze loog. Ik wist dat ze zich vooral op de dirigent had geconcentreerd. Hij heette Bartolomeo Siepi en was met zijn negenentwintig jaar het nieuwe wonderkind uit Milaan. Hij had prachtige lokken zwart haar en grote dromerige ogen, en Stephanie was weg van hem.

Stephanie nodigde ons uit om op het feestje te komen dat voor haar werd gegeven. Bernie had geen zin en Nicky verklaarde liever wat rond te hangen in het centrum van het stadje.

'Waar zijn je twee mannen?' vroeg Stephanie op het feest. De salon van hotel Jerome was afgeladen vol.

'Bernie is in het hotel. Hij heeft hoofdpijn, ik denk door het hoogteverschil. Nicky is de hort op, ach, je weet hoe dat gaat.'

'Steph!' riep iemand, en probeerde haar aan haar arm weg te trekken. Ze maakte zich los, liep met me naar een hoekje en vroeg toen: 'Nou, wat vind je van hem?' Ze keek naar Bartolomeo, die vanaf de andere kant van de zaal naar haar stond te kijken.

'Je gaat toch niet voor die gladjanus je hele tournee afzeggen, hoop ik?'

'Nee, natuurlijk niet.' Door de heftige gebaren die ze maakte, vlogen haar blonde haren wild om haar hoofd. 'Zie je mij ervoor aan om Tsjaikowski met Levine in Ravinia af te zeggen? Of Mozart met Rudiakowski in Salzburg?'

'Ja, dat zie ik jou wel doen. Wie is trouwens die Rudiakowski?'

'Marek Rudiakowski en het kamerorkest uit Krakau?'

'Ja, zeker weer een van je Poolse grappen.'

Ze keek me aan alsof ik een halve cultuurbarbaar was. 'Rudiakowski is een genie. En Krakau is toevallig een van de culturele centra van de wereld.'

'Sioux Falls ook.'

'Jij weet ook echt van niks,' klaagde ze. Ze keek in de richting van haar dirigent, die aan de andere kant van de zaal stond, omringd door een aantal mooie dames. Ze streek door haar blonde haar en fluisterde: 'Wat vind je nou van hem? Is hij niet geweldig?'

Geweldig? Volgens mij was het een onvervalste playboy. Een hartenbreker. Ik vond hem niks voor Stephanie. 'Een beetje te jong,' zei ik.

'Barto is de meest volwassen man die ik ken.'

Volwassen? Ik was haar beste vriendin. Ik vond dat ik haar moest waarschuwen. Ik kon toch niet zomaar toelaten dat zij zich verslingerde aan zo'n zak? 'Steph, luister nou. Hoe lang denk je dat het zal duren? Een weekend? Korter? Kijk nou eens goed naar hem. Je ziet toch op een kilometer afstand dat hij achter alles aanholt dat een rok aanheeft?'

Ik keek naar Barto. Hij had inmiddels een van de meisjes om hem heen in een hoekje gemanoeuvreerd en stond haar overduidelijk te versieren. Stephanie liet haar schouders zakken. Ik zag dat haar ogen ineens wat doffer werden.

'Mevrouw Saunders, zou ik u even iets mogen vragen?' vroeg iemand met een hoog stemmetje.

'Natuurlijk!' Ze draaide zich naar me toe. 'Bedankt dat je mijn feest bent komen verknoeien.'

'Sorry.'

'Dat hoef je niet te zeggen. Je moet alleen niet altijd zo verdomd eerlijk zijn. Dat is niet altijd nodig. En erg aardig is het ook niet.'

Ze stond op en stortte zich in de armen van de bewonderende menigte. Ik bleef alleen achter in de drukte.

Ik liep terug naar het hotel. Het was vrij druk op straat. Er liepen veel stelletjes, hand in hand. Hier en daar speelden wat muzikanten op straat. Voor het eerst sinds maanden dacht ik aan Theo. Ik vroeg me af waar hij zou zijn en met wie. Ik vroeg me af of hij nog wel eens aan me zou denken, en of hij gelijk had gehad toen hij zei dat ik spijt zou krijgen als ik hem zou verlaten. Maar ik voelde geen spijt. Ik was vastbesloten. Hoewel ik bang was dat Bernie op dat moment misschien wel met Pamela aan de telefoon hing, en hoewel we al in geen dagen meer hadden gevrijd, of zelfs maar lief voor elkaar waren geweest, vond ik dat we samen al zover waren gekomen, dat we al zoveel hadden meegemaakt, dat we nu niet uit elkaar mochten gaan.

Ik kon die nacht niet in slaap komen. Ik lag maar te woelen en te draaien. Bernie verroerde zich niet.

De volgende ochtend belde ik naar het hotel waar Stephanie logeerde, de Mountain Queen. Ik wilde me verontschuldigen voor wat ik de avond ervoor tegen haar had gezegd.

'Ik ben aan het studeren,' zei ze, en hing op. Ik zat met de hoorn in mijn hand en keek door het raam naar de bergen. Stephanie Saunders, mijn beste vriendin, had zomaar opgehangen.

'Wie was dat?' wilde Bernie weten.

Ik legde de hoorn op de haak en zei, een beetje uit de hoogte: 'De Mountain Queen.'

98

'Wie is dat?'

Ik lachte, een beetje te hard en een beetje te lang. Ik stond op, ritste een koffer dicht en kondigde aan dat ik het wel weer tijd vond om dit gat te verlaten.

Terwijl we wegreden, langs de muziektent, langs de enorme villa's en de schitterende bomen langs de weg, bedacht ik me dat ik nu ook geen echte vrienden meer had.

'Mag de radio aan?'

'Je kunt hier niets ontvangen,' zei Bernie.

'In Gunnison niet, maar misschien hier wel,' zei Nicky.

Ik reikte naar de knop van de radio, maar Bernie hield me tegen.

'Doe niet zo belachelijk. Laat haar die radio nou aanzetten!'

'Jij hoeft mij niet te vertellen wat ik moet doen,' snauwde Bernie naar Nicky.

'Je vader rijdt liever zonder muziek aan.'

'Ma, waarom probeer je altijd iets voor hem uit te leggen?'

'Noem haar geen *ma* en noem mij geen *hem*!'

'Ja meneer, meneer papa!' riep Nicky.

'En spreek me niet tegen, of anders…'

'Anders wat?'

'Alsjeblieft, houden jullie nu op!' smeekte ik.

'Mag ik een stukje rijden?' vroeg Nicky.

'Hou je mond,' was het antwoord.

We reden verder, zwijgend, ieder in ons eigen wereldje. Ik probeerde niet na te denken. Ik concentreerde me op de bergen in de verte, op de bossen, de rivieren. Ik liet het allemaal langs me heen glijden en hoopte dat we uiteindelijk ergens zouden belanden waar we blij en gelukkig met elkaar zouden zijn.

'Waar denk je aan?' Ik schrok op.

'Nergens aan.'

Bernie keek me scherp aan. 'En me nu niet gaan verwijten dat ik nooit wat zeg.'

'*Ik* dacht dat een muziekje wel leuk zou zijn.'

'*Jou* wordt niets gevraagd,' zei Bernie. 'Bovendien had je dan maar je walkman mee moeten nemen.'

'Die heb ik aan Kelly gegeven.'

'Wat aardig van je,' zei ik, in gedachten.

Bernie grinnikte.

'Wat is er zo grappig?' vroeg Nicky.

'Niks.'

'Je vader bedoelt alleen…'

'Ma, hou toch eens op om alles voor hem te zeggen! Wat valt er te grinniken om Kelly?'

'Ik lach niet om Kelly. Ik lach om je moeder.'

'Waarom?'

'Daarom.'

'Heb je soms iets tegen Kelly?' vroeg Nicky.

'Ik niet,' zei Bernie lachend.

'Mam?'

'Je moeder kan haar niet uitstaan,' zei Bernie.

'Dat is helemaal niet waar!'

'Waarom ontken je dat nou?' vroeg Bernie. 'We zijn hier toch met zijn drieën. Dat is toch een prachtige gelegenheid om nu eindelijk eens de waarheid te vertellen? Zeg toch gewoon wat je denkt.'

'Als jullie nog één ding over Kelly zeggen, ga ik onmiddellijk weg. Is dat duidelijk?'

Ik draaide me om en zag het verontwaardigde gezicht van mijn zoon.

Bernie keek in de achteruitkijkspiegel. Het leek hem niets te kunnen schelen dat hij de sfeer weer eens had verpest.

'Wat wil je nou eigenlijk bereiken?' vroeg ik. Bernie grinnikte alleen maar en reed de afslag naar Telluride op. Hij zette de radio aan en zocht naar een zender. Plotseling klonk keihard het countrynummer 'Lyin' Eyes' uit de boxen.

'Zo goed?' vroeg hij aan Nicky.

'Vreselijk.'

'Ik vind het wel leuk. Toepasselijk, vind je ook niet, Nora?' Hij keek naar me en zong pesterig een stukje mee. De spanning was om te snijden.

'Wat is hier toch in godsnaam aan de hand?' vroeg Nicky. 'Ik heb het wel gehad met jullie, laat me eruit.'

'Oké, je zegt het maar,' zei Bernie. Hij reed de vluchtstrook op en remde. De banden gierden over het wegdek. Stof dwarrelde om de auto omhoog. In de verte cirkelde een havik. Nicky verroerde zich niet. Niemand zei iets. Na een tijdje leunde Nicky naar voren en legde zijn kin op de rand van de voorbank. Bernie leunde naar achteren en legde zijn rechterwang tegen Nicky's gezicht. Ik legde mijn wang tegen de andere kant.

'Ik vind Kelly *echt* heel leuk,' zei ik. 'Laatst was ze zo lief voor Jill. Ze is echt heel aardig.'

'Ze is niet alleen maar aardig,' zei Nicky.

'Dat geloof ik graag, Nick,' zei Bernie. 'Het spijt me dat ik je zo zat te pesten.'

'Mis je haar erg?' vroeg ik.

'Ja.'

'Het is ook niet leuk om je vriendin achter te moeten laten,' zei Bernie peinzend.

'Vooral nu niet,' zuchtte Nicky.

'Hoezo?' vroeg ik.

Nicky zei niets. We keken hem allebei aan. Hij begon wat te stamelen.

'Voor de draad ermee,' moedigde Bernie hem aan.

Nicky keek naar zijn vader, en plotseling toverde hij zijn leukste glimlach op zijn gezicht en zei: 'Niks.'

Bernie roste met zijn hand door Nicky's haar, gaf hem een vriendschappelijke stomp en zei: 'Kom dan maar als de bliksem voorin zitten en zorg dat we voor het donker in Telluride zijn!'

33

Het was zes uur 's ochtends. Ik liep door Telluride, een oud stadje met Victoriaanse huizen uit de glorietijd van de zilvermijnen. Het plaatsje was aan drie kanten omgeven door hoge rotsen, waardoor het iets knussigs kreeg. Bernie lag te slapen in het Billy-the-Kid Motel. Ik had nog helemaal niet geslapen. Toen ik daar in het bleke ochtendlicht door de straatjes liep, was ik om de een of andere reden niet verbaasd toen ik Nicky tegenkwam.

'Beroerde nacht gehad?' vroeg ik.

'Ik niet.'

Zou hij kunnen weten dat zijn ouders zwijgend in het tweepersoonsbed waren gestapt, dat ze ieder zover mogelijk aan de rand van het bed waren gaan liggen, met de ruggen naar elkaar toe?

'Wat zie je er slecht uit,' merkte Nicky op.

'Ik voel me ook slecht,' zuchtte ik. 'Ik voel me echt waardeloos.'

'Nou, dat valt nog wel mee, hoor.'

Ik lachte. 'Schat van me.'

Hij pakte mijn arm en we liepen samen verder.

'Gaat het wel goed met jou en papa?' vroeg hij.

'Tuurlijk.'

Hij drukte mijn arm tegen zich aan. 'Hou me niet voor de gek, mam. Volgens mij gaat het helemaal niet zo goed.'

Ik zuchtte. 'We hebben gewoon een moeilijke periode. Dat gaat wel weer over.'

'Jullie moeten niet alleen voor mij bij elkaar blijven, hoor!'

'Bedankt voor je bezorgdheid. Maar je vader en ik zijn nog steeds bij elkaar, en dat blijven we ook, of jij er nu wel of niet bent.'

'Ja?'

'Ja,' zei ik, en ik wilde dat ik het zelf kon geloven.

'Oké. Mooi zo.' Hij klonk ook niet echt overtuigd.

De stad was aan het wakker worden. We werden ingehaald door een trimmer met een enorme ballonachtige korte broek, waar we een beetje om moesten lachen. Plotseling roken we allebei iets zoets.

'Mm!' Nicky wees naar een bakkerij aan de overkant. We liepen erheen en keken watertandend naar binnen. In de etalage lagen verse muffins en doughnuts, bestrooid met wat poedersuiker.

Toen ik zwanger was van Nicky, rook alles naar doughnuts. Waar ik ook was, de kruidenier, de slager, de drogist of de tandarts: overal rook ik de zoete geur van versgebakken doughnuts.

'Ruik jij dat dan niet?' vroeg ik vaak aan Bernie. Hij snoof dan diep, trok een mal gezicht, zette zijn wijsvinger tegen zijn slaap en wees daarna naar me.

'Zwangere vrouwen worden geacht zin te hebben in augurken en ijs. Maar mijn vrouw? Die ruikt overal doughnuts.' Bernie vond het wel grappig en vertelde het aan al zijn vrienden.

'Misschien is het wel een voorteken,' zei iemand.

'Iets met de vorm misschien? De cirkel? Zou het kind misschien een enorme wiskundeknobbel krijgen?'

'Jullie kunnen voor alle zekerheid maar beter een naam verzinnen die met een O begint.'

Olivia. Oscar. Ik probeerde een leuke naam met een O te bedenken, voor het geval de voortdurende geur werkelijk iets zou betekenen. Was het een voorteken? Een symbool? Een aanwijzing? Toen mijn zoon werd geboren, een gezonde, roze wolk van een baby, wist ik ineens wat die geur te betekenen had. Ik zou mijn zoon Nickolas noemen, naar de broer van mijn moeder. Hij was vijf jaar ouder dan mijn moeder en in de oorlog in Polen vermoord. Ze was erg dol op hem geweest. Hij wist als kind al dat hij later de zaak van zijn vader wilde overnemen, en hij wist ook al precies hoe het uithangbord eruit moest komen te zien: Miklavska en Zoon – Banketbakkerij.

'Waar denk je aan?' vroeg Nicky.
'Dat... zou je wel willen weten, hè?'
'Nou nee, laat maar.'
Ik kneep in zijn arm. 'Toevallig dacht ik aan *jou.*'
Hij knikte. 'Heb je er weleens spijt van gehad?'
'Waarvan?'
'Van mij. Ik bedoel, je was nog zo jong toen ik geboren werd.'
'Ik was twintig.'
'Maar heb je nooit spijt gehad dat je niet wat langer hebt gewacht?'
Ik keek naar de flinke jonge vent die naast me liep, naar zijn twinkelende ogen en zijn leuke lach. 'Geen seconde.'
'Uitstekend antwoord. Om het te bewijzen, mag je daar wel een stuk of tien van kopen.' Hij wees naar een stapel Belgische wafels op de toonbank en manoeuvreerde me de winkel in.

34

Mesa Verde. Een uur of twaalf 's middags. We stonden in de rij te wachten tot we de beroemde rotswoningen konden gaan bekijken. Om ons heen blèrende kinderen, chagrijnige ouders en een hoop lawaai. We waren 's ochtends vertrokken uit Telluride op weg naar Cortez, Colorado, en we hadden op ongeveer veertien kilometer afstand van het nationale park een hotel genomen, het Mountain Flower Hotel. Nu stonden we in de hitte en het stof te wachten. Nicky, in zijn afgeknipte spijkerbroek en een T-shirt, stond zich met zijn nieuwe pet wat koelte toe te waaien. Ik had het bloedheet, zelfs met mijn korte broek (een van de twee die ik op advies van Doris Walker had gekocht) en mijn hemdje. Bernie leek zich nog het minst op zijn gemak te voelen.
'Wat heb ik toch de pest aan dit soort rijen,' gromde hij. 'Het is nog erger dan Disneyland.' Hij verschoof zijn zeemanspet, die hij had gekregen toen hij voor CBS een reportage over een zeilwedstrijd had gemaakt.
'Als je in juli naar een nationaal park gaat,' zei een vrouw in een korte broek en een grote sombrero op haar hoofd, 'dan moet je wel knettergek zijn, vind je ook niet, Marvin?'

Ze tikte op de rug van haar man die voor haar stond en een safarihoed op had. Hij draaide zich om en zei: 'Hou je kop, Mildred.'

'Help me herinneren dat ik jou nooit meer een vakantie laat regelen,' fluisterde Bernie.

'Help me herinneren dat ik nooit meer met jou op vakantie ga.' Ik frummelde aan de sjaal die ik als een zigeunerin om mijn hoofd droeg.

'Dat is wel te regelen.' Bernie veegde zijn bezwete nek af met een zakdoek en draaide zich om naar Nicky. 'Beetje naar je zin?'

Nicky stond naar een van de parkwachters te kijken, een mooie jonge vrouw met lange bruine benen en een zelfbewuste uitstraling. Ze kwam naar ons groepje toelopen.

'Eindelijk,' verzuchtte Nicky. 'Wat een wonder der natuur.'

'We zullen wel nooit weten waarom de Anasazi naar deze rotsen zijn getrokken,' zei het "wonder der natuur" tegen het groepje bont uitgedoste toeristen, terwijl we over het smalle paadje naar boven klommen, naar het Cliff Palace, een van de grootste ruïnes in Mesa Verde. 'Ze kenden geen schrift. En dus weten we niets van hun gedachten en hun gevoelens. Maar we weten wel dat het zeventig jaar heeft geduurd… meneer, wilt u uw kind niet met die pop over de rand laten bungelen. Het is daar nogal diep…'

Naast ons was het ravijn, tweehonderd meter diep. De rotswand was begroeid met wat struikjes en braamstruiken. Plotseling zag ik dat Bernie, die vlak voor me liep, struikelde. Instinctief pakte ik zijn hemd, maar hij had zich al vastgegrepen aan het touw dat tussen het paadje en het ravijn was gespannen. Hij was veilig, maar wel erg geschrokken. De mensen die achter ons aankwamen waren ook geschrokken en bleven staan.

'Sorry,' zei ik tegen ze, terwijl Bernie grijnzend achterom keek en de punt van zijn overhemd uit mijn hand trok. 'Die rotknie,' gromde hij. 'Net mijn zere knie natuurlijk.'

'Alles goed daar?' riep de gids, die iets van de consternatie had opgevangen.

'Prima!' riep Bernie. Hij hinkte stoïcijns verder. Een eindje verderop was de ingang van Cliff Palace: vijf houten ladders, elk zeker drie meter hoog. Bernie beklom ze zonder een kik te geven.

Toen we allemaal boven waren en nog meer uitleg kregen van onze gids, wilde ik aan Bernie vragen hoe het met zijn knie ging, maar hij gebaarde dat ik stil moest zijn omdat hij naar de gids wilde luisteren.

'Stelt u zich eens voor: de mannen in hun lendendoeken, de vrouwen met alleen een klein schortje voor.' Hier en daar begonnen mensen een beetje te lachen. Bernie lachte iets te hard. Ik zag dat hij behoorlijk transpireerde en waarschijnlijk veel pijn had. Nicky, die vooraan in de groep had gelopen en niet had gezien dat Bernie was gestruikeld, stond aandachtig te luisteren. 'Op dit stuk hier, de binnenplaats, was het altijd erg druk. Kinderen, honden, kalkoenen – wilde kalkoenen – liepen allemaal door elkaar heen. Misschien hebben hier wel wat jongens gezeten, die een mengsel aan het maken waren om gaten in de muren te repareren. De mannen liepen af en aan met de buit van de jacht, met de oogst van het veld, of met het hout voor de vuren.'

Ik liep een eindje van de groep vandaan en ving af en toe wat flarden op. 'Aardewerken potten... stenen gereedschap... die kruiken met water droegen, een voor een... dat een *kiva* werd genoemd, dit was het religieuze centrum van de groep... en dit kleine gat was een *sipapu* – en stelde de Grote Sipapu voor, waardoor, zo dacht men, de mensheid de wereld was binnengekomen...'

In mijn fantasie hoorde ik het geluid van houten fluiten en trommels. Het licht van de namiddagzon gaf een roodachtige glans aan de stenen. Ik zag dat Nicky nu ook wat van de groep wegliep en in gedachten verzonken de schaduwen en echo's uit het verleden in zich opnam.

Hier hadden mannen en vrouwen duizenden jaren de harde strijd om het bestaan gestreden, in ijskoude winters en droge, hete zomers. Maar toen de regen uitbleef, en de kiva's geen hulp meer boden, waren ze weggetrokken uit het land van hun voorvaderen. Ze hadden de rotsen en de canyons voorgoed verlaten. Wie zou hebben besloten dat het tijd was om te gaan? Zou het opperhoofd het teken hebben gegeven voor een massale uittocht, of zouden ze gewoon langzamerhand zijn weggegaan, het ene hongerige gezin na het andere? En wie zou het laatst zijn weggegaan? Een man, een vrouw, een klein kind? Of misschien een hond, die was achtergebleven om een bot op te eten dat van een laatste maaltijd was overgebleven...

'Nora?' Ik schrok op van Bernies stem. Hij kwam naar me toe hinken. 'Ongelooflijk hier, hè?'

'Ja,' zei ik, blij dat hij net zo onder de indruk was als ik.

Bernie lachte naar me. Toen voelde ik iets koels op een aangename manier langs mijn hand glijden en ik realiseerde me dat hij mijn hand pakte. Zo stonden we daar samen, op de grens tussen verleden en toekomst, uitkijkend over de canyons en de vage bergtoppen die vroeger het domein van de Indianenstammen waren geweest.

'Weet je nog dat ik eens een reportage heb gemaakt over die postbode uit de Grand Canyon, die vent die de post bracht naar de Yavapai die daar nog wonen?'

Dat wist ik nog, en, zoals een goede echtgenote betaamt, vulde ik hem aan: 'En dat je zeven uur lang op een paard door de canyon reed en zó stijf was geworden dat ze je daar moesten weghalen?'

Bernie lachte weer naar me en wees toen naar zijn knie die er paarsgrijs uitzag.

'O nee,' zei ik.

'Ik denk dat ik hier ook alleen nog met een helikopter weg kan komen.'

'Kun je niet op Nicky en mij leunen...' Ik keek rond en zag Nicky in een hoek van de grot. Hij zat op zijn knieën op de grond, naast de gids. Ze leken iets te bestuderen.

'Nicky!' riep ik.

Hij stond op en kwam naar ons toe. Zijn ogen glinsterden van opwinding. 'Er liggen hier allemaal potscherven. Die Indianen handelden daarin, in potten en bekers en zo. Dat was hun belangrijkste produkt, en...' Hij keek naar het gezicht van zijn vader, dat vertrokken was van de pijn. 'Wat is er aan de hand?'

'Mijn zere knie,' zei Bernie. 'Veel erger geworden.'

'Heb je hem weer een duwtje gegeven?' vroeg Nicky aan me.

Ik keek hem boos aan. 'Hij heeft het helemaal zelf gedaan. Hij is gestruikeld op weg naar boven. Hij kan haast niet meer lopen.'

'Ik kan je wel dragen,' bood Nicky aan.

'Dat vraag ik me af.'

'Wedden?'

Zwaar leunend op de schouder van zijn zoon, hinkte Bernie op zijn goede been. Ik liep achter hen aan.

'Een beetje ijs erop en dan is het zo weer over,' zei de gids toen we weer beneden waren. 'Nog een prettige avond verder.' Ze knipoogde naar ons en ging toen tussen Mildred (met de sombrero) en Marvin (met de safarihoed) staan, die hun bezoek hier op een foto wilden vastleggen voor hun nageslacht.

's Avonds, toen we weer terug waren in het Mountain Flower Hotel in Cortez, lag Bernie, met zijn knie in het ijs, naar de 'Tonight' show te kijken. Nicky sliep al, in de kamer naast ons. Bernie leek in een goed humeur te zijn, zeker voor iemand die zoveel pijn heeft.

106

'De Chelly Canyon kunnen we nu ook wel vergeten,' zei hij. Hij nam een teug bier en pakte een handvol chips.

'Misschien is het morgen wel wat gezakt.'

Hij keek alsof hij dat ernstig betwijfelde.

'Nou, dan veranderen we onze plannen gewoon. Wat dacht je van Durango? We kunnen die oude trein nemen die naar…'

Bernie gebaarde dat ik naast hem op het bed moest gaan zitten. Ik ging zitten. 'Jij moet maar samen met Nicky verder gaan. Ik wil de rest van de vakantie niet bederven.'

'Wat?'

'Als jullie me nu naar het vliegveld bij Gallup brengen. Ik zorg er wel voor dat ik thuiskom en dan kunnen jullie samen de canyons gaan bekijken.'

Hij leunde achterover in de kussens. Een gewonde man die zojuist zijn vrije aftocht heeft geregeld.

Ik brandde van achterdocht. 'Het komt door die Pamela. Daarom wil je nu ineens naar huis.'

Bernie zuchtte geïrriteerd. 'Ik heb je toch al gezegd dat ik haar nooit meer zie.'

'Ja, dat heb je inderdaad gezegd. Maar helaas zijn jullie samen gezien.'

'O ja? En waar dan wel?' Bernie deed zijn armen over elkaar en keek me quasi-geamuseerd aan.

'In een bar aan de Tenth Avenue.'

Hij trok zijn wenkbrauwen op. 'Mulrooney's? De stamkroeg van CBS? Daar zit iedereen altijd!'

'Maar niet iedereen zit elkaar daar te omhelzen.'

Bernie lachte. 'Je weet toch dat ik graag mensen aanraak, dat ik lichamelijk ingesteld ben…' Hij hield op met lachen. 'Wie heeft je die onzin verteld?'

'Een vriendin van me.'

'Ja sorry hoor, maar een *vriendin* zou zoiets onschuldigs niet tot een complete romance opblazen.'

Ik knikte. Doris Walker was ook geen vriendin. En hoewel haar verhaal wel erg aannemelijk klonk, en misschien ook wel waar was: had ik soms recht op een trouwe echtgenoot? Als hij nog steeds met Pamela omging, was dat niet alleen mijn schuld, maar ook mijn straf. Mijn verdiende loon. Ik stond op en liep langzaam naar het raam. Het was volle maan, waardoor er een spookachtig licht op de berg viel, die als een enorm standbeeld in de verte verrees.

Ik wees naar het silhouet van de berg. 'Die berg moet op het lichaam van een krijger lijken die gewond is geraakt in de strijd tegen de Geest van het Kwaad.'

'Hoe weet je dat?'

Ik draaide me om en keek Bernie aan. 'Dat staat in de folder van het hotel.'

'En staat er ook in wie die strijd heeft gewonnen?'

'Nee,' zei ik, 'maar ik denk dat die krijger heeft verloren. Die slechte geest heerst hier volgens mij nog steeds…'

Bernie keek misprijzend naar me. 'Die krijger heeft het in elk geval geprobeerd en niet bij voorbaat opgegeven.'

Ik zette mijn handen in mijn zij. 'Ben jij eigenlijk altijd al zo overtuigd geweest van je eigen gelijk, of is dat langzamerhand gegroeid, als een kankergezwel?'

'Nora,' zuchtte hij. 'Heb jij nou eigenlijk nog iets over voor ons huwelijk of niet?'

Ik keek hem aan. 'Natuurlijk. Natuurlijk wil ik mijn best doen.'

'Doe dat dan ook, en probeer het niet steeds weer te verpesten, oké?'

In de ochtendschemering, vlak voor de zon opkwam, liep ik zachtjes naar de badkamer en kleedde me aan. Ik voelde me rusteloos. Ik liep langs het bed naar de deur en kreeg ineens de vreemde behoefte om mijn canvas tas mee te nemen. Ik hing de tas over mijn schouder en liep naar de deur.

Buiten, achter het hotel, was de lucht fris en helder. Een vaagblauw licht scheen over de cactussen en struiken. Ik volgde een voetpaadje dat naar de berg leidde. Het lange, bedauwde gras streek verkoelend langs mijn enkels. Een caviaatje rende geschrokken en piepend over het pad en verdween in een hol. Vlak bij me ratelde iets, en ik vroeg me af of hier ook gevaarlijke slangen zouden zitten. Maar, gevaarlijk of niet, ik liep verder, op weg naar de berg.

Er werd wel gezegd dat voor de primitieve mens de fluit een magisch instrument was: een manier om geesten op te wekken en dromen te verwerkelijken. Toen ik de voet van de berg had bereikt, haalde ik mijn fluit uit de canvas tas, zette haar in elkaar en begon te spelen. Ik weet niet of ik een bepaalde geest probeerde op te wekken met de zilveren tonen die ik de ochtendlucht in blies. Misschien wilde ik met mijn spel wel een wens uit laten komen: dat alle wonden zouden genezen, dat alle harten en knieën zouden helen, dat de bedreiging van Pamela zou verdwijnen en dat Bernie en ik samen nog lang en gelukkig zouden leven. Ik speelde een smachtend wijsje in mineur, en ineens, alsof ik een toverspreuk had uitgesproken, werd de lucht zeegroen, de kleur van de Caribische zee. Toen verscheen, als een vurige draak, de zon boven de horizon, gloeiend van de hitte. Plotseling hoorde ik allerlei geluiden om me heen. Het koude zweet brak me uit. Ik voelde me ineens angstig. Haastig pakte ik mijn fluit in en rende terug naar het hotel.

Ik nam een lange, lauwe douche. Ik was bang dat ik Bernie wakker zou maken, maar die lag, verdoofd door de pijnstillers, nog steeds te slapen. Hij werd zelfs niet wakker toen Nicky hard op de deur bonsde.

'Shh!' Ik wees naar zijn slapende vader en ging met hem de kamer uit. Buiten, waar het al behoorlijk heet aan het worden was, vroeg Nicky: 'Hoe gaat het met zijn knie?'

'Ik weet het nog niet.'

Nicky zuchtte en ging op zijn andere been staan. Met zijn korte broek, gymschoenen en zijn petje zag hij eruit als een kampeerder die ongeduldig wachtte tot hij kon vertrekken.

'Verveel je je?'

'Nee hoor. Ik heb al drieënvijftig afleveringen van 'The Brady Bunch' gezien en het is nog niet eens twaalf uur.'

'Heb je al ontbeten?'

'Nog maar twee keer. Leuke coffeeshop.' Hij wees naar de lobby van het hotel, waar achter een glazen wand mensen zaten te eten en te praten. 'Om zeven uur heb ik pannekoeken gehad en wafels met bosbessen. Om acht uur heb ik nog een paar adervervetters genomen, met...'

'Met spacecake zeker.'

'Precies.' Hij keek me aan alsof hij iets wilde vragen. 'Als papa toch de hele dag in bed blijft, mag ik dan de auto even lenen?'

'Waar wil je dan heen?'

'Maakt niet uit.' Hij zette zijn petje af en waaide wat koele lucht in zijn gezicht. 'Beetje rondrijden, kijken of er iets te zien is. Wat dacht je trouwens van een paar lekkere verse broodjes voor de brunch?'

'Ik weet niet of hier in de buurt wel een bakker is.'

'Ik kan toch even kijken, je weet maar nooit. Trouwens, er is hier vlakbij een museum met Indiaanse kunst. Ik wil die schalen en potten weleens goed bekijken.'

'Je bent er echt in geïnteresseerd geraakt, hè?'

Nicky ging in de schaduw staan en leunde tegen de deur van onze kamer. 'Ik denk echt dat dit wel iets voor me is, mam. Ik wil graag dingen maken met mijn handen.' Hij hield zijn handen omhoog. 'Ik denk dat ik dat heel goed zou kunnen. Dat vindt Leon trouwens ook. Ik weet best dat jullie vinden dat het niks is en...'

'Ik neem het heel serieus, Nicky. Ik neem *jou* serieus.'

En toen zei hij zachtjes: 'Misschien probeer ik wel op de kunstacademie te komen...'

Ik voelde een enorme opluchting en trots in me opwellen. 'Nicky, fantastisch!' Eindelijk had mijn zoon iets gevonden waar hij echt van hield, iets waar hij zijn leven invulling mee kon geven en gelukkig mee kon worden. 'Weet je al waar je je wilt aanmelden?'

Hij maakte een afwerend gebaar. 'Nee, ik moet eerst genoeg eigen werk hebben om te kunnen laten zien. Ik heb dat plan nog maar net...'

Hij beet bezorgd op de binnenkant van zijn wang en keek me aan alsof hij steun van me verwachtte.

'Ik weet zeker dat je het kunt, dat je het voor elkaar krijgt. Leon zal je wel helpen. En ik zal je ook helpen.'

'Denk je dat papa het goedvindt?'

'Ik denk van wel.'

'En als dat niet zo is?'

Hij keek me aan met de blik die ik zo goed van hem kende: vragend om aanmoediging. Die blik kende ik nog van toen hij klein was: toen hij zijn eerste stapje had gezet, keek hij me ook zo aan. 'Ik weet het zeker,' beloofde ik. Ik wist wel dat ik het idee eerst maar eens voorzichtig aan zijn vader moest voorleggen, die heel andere plannen voor zijn zoon had – een toekomst met zekerheid en niet zoiets ongrijpbaars als dit.

Nicky omhelsde me. 'Mag ik nu de sleuteltjes?'

Ik aarzelde.

'Alleen een klein stukje rijden, mam? En even naar de bakker?'

Ik legde mijn vinger tegen mijn lippen en liep op mijn tenen de kamer in. Ik pakte de autosleutels: ze lagen op het bureautje naast een zwarte bijbel. Zonder Bernie wakker te maken, liep ik weer naar buiten.

'Bedankt,' zei Nicky. Hij liep naar de auto.

'Vlug terugkomen, hoor!'

Hij knikte, draaide het raampje naar beneden en riep: 'Ik hou van je, mam!'

'Ik ook van jou!'

Ik wuifde naar de kunstenaar in spe, mijn zoon, de liefste van de hele wereld. 'Voorzichtig zijn!' riep ik hem nog na, maar hij was al weggereden.

110

'Waarom heb je me niet eerder geroepen?' snauwde Bernie toen ik hem zachtjes wakker maakte en tegen hem zei dat het al middag was. Zijn knie was niet meer opgezwollen en toen hij probeerde uit bed te komen, kon hij zowaar ook nog op zijn been staan. Hij zette voorzichtig een paar stappen.

'Hé! Ik kan weer lopen!' riep hij.

'Mooi zo.' Zou mijn wens toch zijn uitgekomen?

'Een wonder!' Voor de grap sloot hij zijn ogen en sloeg een kruis. Toen zette hij nog een paar stappen. 'Te gek! Zullen we vandaag dan toch maar naar Canyon de Chelly gaan? Wat vind jij?'

'Echt waar?'

'Een rekverbandje en ik kan er weer tegen.' Hij liep naar de bad-kamer.

'Dus je gaat niet terug naar huis?'

Bernie draaide zich om en haalde zijn schouders op. 'Niet als je me hier nog hebben wilt.'

Zou mijn fluit Pamela dan toch hebben verjaagd? Ik lachte. 'Tuurlijk wil ik dat.'

Bernie blies me een kus toe en zette de douche aan. 'Is onze pad-vinder al klaar voor vertrek?'

'Ik zal eens kijken of hij al terug is.'

'Waar is hij dan naartoe?'

'O, gewoon even weg. Hij is met de auto. Hij werd nogal onge-duldig vanmorgen.'

'En je weet niet waar hij naartoe is?'

'Bernie, hij is geen kleine jongen meer.'

'Hoe laat is hij weggegaan?'

Ik keek op mijn horloge. Ik had me niet gerealiseerd dat hij al zo lang weg was. 'Een uur geleden ongeveer,' loog ik. Het was al twee uur geleden.

Bernie kwam geërgerd de kamer weer in. 'Dus voor hetzelfde geld blijft hij de hele dag weg?'

'Nee, hij komt zo wel weer terug.'

'Wat ben jij toch voor een moeder, Nora. Je moet grenzen trekken voor die jongen, je moet…'

Er werd op de deur geklopt. Ik trok een triomfantelijk gezicht naar Bernie en liep naar de deur. Ik dacht dat het Nicky zou zijn. Maar dat was niet zo.

Ik wist het, al voordat de agent het me vertelde. Ik wist het door zijn gezichtsuitdrukking, door zijn houding, door de manier waarop hij vroeg 'Bent u de moeder van Nickolas Watterman?' Maar zelfs

111

nadat ik had gezegd wie ik was, nadat hij had verteld dat er een ongeluk was gebeurd, en zelfs nadat hij dat twee keer had herhaald voor het geval ik hem niet had gehoord of verstaan, en gezegd had dat hij het zo erg vond en dat het op slag gebeurd was en dus zonder pijn, zelfs toen kon ik nog niet reageren. Het was alsof ik diep onder water zweefde, alsof er een ondraaglijke druk op me werd uitgeoefend. Ik kon niet omhoog zwemmen, ik was gevangen, ik zat vast. Toen bedacht ik me opeens dat er een vergissing was gemaakt en met een wanhopige krachtsinspanning snakte ik naar adem en gilde: 'Nee! Nee! Nee!'

Bernie stond naast me en ving me op toen ik viel. Ik kwam bij op het bed, Bernie en de agent leunden over me heen. Bernie was asgrauw en zijn gezicht was leeg. Wij waren ook leeg, alles was uit ons weggezogen, ons eigen bloed, ons eigen kind. Onze zoon was verpletterd door een vrachtwagen die te hard had gereden en niet meer had kunnen stoppen voor het stoplicht. Hij was op weg naar huis, het kruispunt was maar vier kilometer van het hotel. De politie had een zak verse broodjes uit de auto gehaald, besmeerd met een of andere zuidelijke delicatesse waarmee hij ons had willen verrassen.

We hielden elkaar vast. We werden naar het mortuarium in Cortez gebracht. Er liepen allemaal mensen rond in uniformen en witte jassen. Iemand zei dat we het lichaam moesten identificeren. Bernie ging bijna onderuit. Ik hielp hem in een stoel en haalde een glas water voor hem. We liepen achter iemand met een witte jas aan naar een kamer waar, zo zeiden ze, Nickolas Watterman lag, op een metalen tafel bedekt onder een laken. Ze zeiden dat ze in zijn zakken de volgende spullen hadden gevonden; een rijbewijs, een metalen plaatje van een halsband met de naam 'Harold' erop, een sleutel van kamer 127 van de Mountain Flower in Cortez, een foto van een meisje, een pakje kauwgum en twaalf dollar en zesendertig cent.

'Zij kan misschien beter buiten wachten,' zei de man in de witte jas, terwijl hij naar mij wees.

Bernie keek naar me. Ik schudde van nee, en hij pakte mijn hand en samen liepen we naar de tafel.

Nicky sliep altijd zo, met het laken over zijn hoofd. 'Denk je soms dat je koning Toet bent?' zei ik dan altijd plagerig, en trok dan het laken van zijn hoofd. Maar als ik 's ochtends vroeg om de deur van zijn kamer keek om te kijken of hij nog sliep, dan lag hij altijd weer met het laken over zijn hoofd te slapen.

Opgezwollen blauwe huid, de ogen dicht, een diepe wond in zijn voorhoofd, een kapotte neus, zijn mond en zijn kaak kapot…

'Ja, dit is mijn zoon,' zei Bernie dapper. Maar ik geloofde het niet. Nicky kon knipogen, zijn mond kon lachen. Dit was mijn zoon niet. Nicky was een paar broodjes aan het kopen. Dan kun je geen ongeluk krijgen. Maar ineens hoorde ik iemand gillen, hard en doordringend. Het gehuil van iemand die pijn heeft, pijn die niet is te verdragen en nooit meer ophoudt.

Bernie deed zijn hand over mijn mond en schudde me door elkaar. Ik hield op en beefde en keek weg van het kapotte jonge gezicht. Ik pakte de hand van zijn vader en we liepen samen de kamer uit, weg uit het mortuarium. We struikelden, huilend, over de parkeerplaats de hitte in, wriemelend als twee lichamen die levend worden verbrand. Een paar agenten probeerden ons te kalmeren. Ze hielpen ons in een politiewagen, en zonder sirene, zonder alarmlichten, zonder teken dat er iets aan de hand was, reden ze ons naar het hotel. Ze boden aan om bij ons te blijven en ons te helpen met alles te regelen.

'Bedankt, maar het gaat wel,' zei Bernie, hoewel hij wist dat het niet zou gaan, dat het nooit meer zou gaan.

35

Onze zoon werd volgens joodse traditie begraven. Iedereen in Corbin's Cove zei dat we zo dapper waren, dat we ons zo goed hielden. Bernie regelde de begrafenisdienst in de synagoge, waar we nog nooit waren geweest. De rabbijn was erg aardig en betrokken. Hij kwam bij ons langs om een paar dingen over Nicky te vragen voor zijn dienst. Ik kon het niet aan, en Bernies moeder, die bij ons was, bracht me naar boven en hielp me in bed. Daar lag ik, in ons bed, te kijken naar de lindeboom. Ik rook het eten dat Gilda aan het koken was. Ik lag te wachten, tot het voorbij zou zijn.

Stephanie kwam, verkreukeld en met een jetlag. Een van onze vrienden had haar van het ongeluk verteld. Ze had haar concert in Salzburg afgezegd en was gekomen.

'Ik dacht dat onze vriendschap voorbij was,' zei ik toen ze kwam.

'Nora,' zei ze, en ze legde haar hoofd tegen mijn schouder. 'Waarom Nicky? Waarom?' Ik voelde haar tranen in mijn hals en ik hield haar vast.

'Bedankt dat je bent gekomen,' zei ik toen we onze tranen droogden.

'Nora,' zei ze weer. Ik keek haar aan en vroeg me af of ze ook wachtte, wachtte tot het allemaal voorbij was.

Er waren veel mensen op de begrafenis. Nicky's vrienden, onze vrienden, de familie, Bernies zus en haar kinderen, neven en nichten, tantes. Mijn vader kwam overgevlogen uit Phoenix. Hij zag er zwak uit, ongeschoren. Hij zei niet veel, maar zijn ogen vertelden me des te meer. Hij pakte mijn hand en wreef die tegen zijn wang zodat ik de stoppels kon voelen, net als toen ik klein was. Hij begon te huilen en kwam pas na twee wodka's tot bedaren. Hij sliep op de blauwe bank in de studeerkamer en bood aan om de keukenvloer te betegelen.

Op Nicky's school zou er een prijs worden ingesteld en naar Nicky worden genoemd. Hij zou niet worden vergeten. Zijn vrienden kwamen langs en vertelden wat een fijne vriend hij was geweest. Leon Dubrovner gaf me een kleine vaas die Nicky nog had gemaakt vlak voordat hij wegging. Het was een kleine vaas, blauw geglazuurd, met een kleine hals die een beetje schuin zat, alsof het de bedoeling was dat je er één bloem in deed.

'Die vaas maak je door een stuk klei te nemen en dat met je duimen te vormen. Het is haast het moeilijkste wat er is, je moet ervoor zorgen dat de wanden even dik zijn, dat de vaas precies de juiste vorm krijgt. Nicky kon dat zo goed, met zo'n gemak. Het was prachtig om te zien hoe hij dat deed.' Leon schudde zijn hoofd. 'Hij had zoveel in zich, zoveel talent.'

Ik nam de kleine vaas in mijn hand en deed mijn ogen dicht. Ik stelde me voor hoe Nicky de klei had vastgehouden, hoe hij de klei had gevormd. Ik legde mijn handen op de zijne en kon bijna de aders op zijn handen voelen. Ik begon te huilen en liet de vaas bijna vallen.

Kelly zat op de bank. Ze had rode ogen en zag eruit als een verdwaald konijntje. Ze vroeg of ze Nicky's kamer mocht zien, en ik realiseerde me dat ze nog nooit eerder in ons huis was geweest, nog nooit in zijn kamer of in zijn bed was geweest. Had hij haar uit schaamte nooit mee naar huis genomen? Of schaamde hij zich voor ons, zijn kieskeurige ouders, die, zo wist hij, haar niet echt zouden verwelkomen.

'Tweede deur links,' zei ik tegen Kelly. Maar toen ik gesnik uit de kamer hoorde komen, ging ik haar achterna. Ze lag met haar

114

gezicht naar beneden op het bed en was ontroostbaar. Ik ging naast haar zitten en streelde haar rug. Ik zei dat hij van haar had gehouden, dat hij heel veel van haar had gehouden.

'Ik snap het niet,' snikte ze.

'Ik weet het,' zei ik.

Toen ging ze overeind zitten en keek me kwaad aan. 'Waarom moest hij van jullie eigenlijk mee op die stomme vakantie!' Ze liep de kamer uit. Ik bleef op het bed zitten en keek naar de posters en de boeken en de cassettebandjes boven op de boekenkast. Ik pakte een presse-papier die Bernie een keer uit Alaska had meegenomen. Ik schudde en de sneeuw dwarrelde op de poolbeer die erin zat. Ik keek naar de sneeuw en wachtte tot alles weer goed zou komen.

Doris Walker stuurde bloemen en kwam op bezoek, samen met haar zoon Stan (de Neus). Ze omhelsde me hard. Stan stond naast haar op zijn benen te wiebelen en wreef langs zijn neus. Ik moest denken aan wat Nicky wel eens had verteld; dat Stans neus eruit zag als een worstje met neusgaten.

'Ik vind het heel erg van uw zoon,' zei Stan, terwijl hij zijn ogen neersloeg. Maar ik vond het erg dat ik op zijn neus lette en niet op wat hij zei. Ik vond het erg, ik vond het allemaal zo erg. Maar dat maakte allemaal niks uit, dat hielp allemaal niets.

Trish en Selma en alle vage kennissen uit het dorp kwamen langs en zeiden dat we zo sterk waren, zo dapper na zoiets afschuwelijks. We hoorden dergelijke complimenten in stilte aan, waardoor de mensen nog meer overtuigd raakten van onze moed. 'En jij en Bernie hebben ook zoveel aan elkaar. Jullie zijn zo'n goed stel.'

Het "goede stel" sprak nauwelijks een woord met elkaar. Wat zouden we ook tegen elkaar kunnen zeggen?

Bernies ogen brandden vol verwijt. Ik kon hem niet aankijken, het leek alsof ik tegen de felle zon inkeek. We raakten elkaar ook niet aan. Als we dat zouden doen, zouden we te veel losmaken. We sloten ons af voor emoties, we stonden naast elkaar, maar toch apart. We luisterden naar de condoléances, naar de uitingen van verdriet, naar de complimenten voor onze moed. En we wachtten tot dat allemaal voorbij zou zijn.

Dokter Rotman bood aan om een collega van hem te vragen met me te praten, zodat ik mijn verdriet en mijn emoties kon verwerken.

'Het lijkt alsof je het nog steeds ontkent,' zei hij.

'Mijn zoon is dood.'

'Goed. Het is heel goed dat je dat kunt zeggen, dat je het weet, dat je het accepteert.'

Dat ik het weet? Ik heb mijn dode zoon gezien. Ik heb hem de sleutels gegeven en hem de dood ingestuurd. Natuurlijk wist ik het. Ik accepteerde het. Nu hoefde ik alleen nog maar te wachten.

Stephanie vroeg of ze Theo moest bellen.

'Waarom?' vroeg ik. Ik vond het een absurd idee. Maar toen ik aan hem dacht, aan de blonde, goddelijke Theo Bradshaw, leek het alsof ook hij niet meer bestond. Als ik hem weer tot leven zou kunnen wekken, zou Nicky misschien ook op de een of andere manier terugkomen. Ik moest plotseling weer denken aan de manier waarop hij me aanraakte, aan zijn woorden, 'Ik zal altijd van je houden, Nora. Ik zal er altijd voor je zijn...'

Ik besloot hem zelf te bellen.

'Kan ik een boodschap achterlaten? Hoe was uw naam?' vroeg zijn secretaresse.

'Ik ben een vriendin van hem. Kan ik hem niet spreken? Het is belangrijk.'

'Het spijt me, maar hij is de stad uit.'

Stilte. Ik probeerde niet wanhopig te klinken. 'Wanneer komt hij terug?'

'Over drie weken.'

'Drie weken? Waarom blijft hij zo lang weg?'

'Luister mevrouw,' zei ze een beetje uit de hoogte, 'als u nu gewoon uw naam zegt en...'

'Nee, laat maar.' Ik hing op en veegde ongeduldig mijn tranen weg. Wat moest ik eigenlijk met Theo Bradshaw? Hij kon me toch niet helpen. En waarom was hij eigenlijk drie weken weg? Vakantie misschien, of een huwelijksreis...? Tenslotte was niets voor eeuwig. En hij verdiende het om gelukkig te worden met een vrouw die ongetwijfeld veel beter voor hem zou zijn dan ik. Ik voelde even een steek van jaloezie. Even maar, want het kon me eigenlijk niet meer schelen. Niets kon me meer schelen.

Eindelijk de dienst, de lange rij auto's en de begrafenis. Stephanie had een jurk voor me uitgezocht, een of andere zwarte uitdossing die te wijd en te kort leek. Maar volgens haar zag ik er prachtig uit. Ze vroeg of ze iets met mijn haar mocht doen omdat dat nogal, eh, beroerd zat. We moesten allebei lachen toen ze een soort vlecht in mijn haar probeerde te maken, en uiteindelijk deed ze een eenvoudig zwart lint in mijn haar.

Op de begraafplaats stond ik naast mijn echtgenoot, Bernard T. Watterman, en we huilden onophoudelijk. De mensen om ons heen snikten. De kist zakte in de grond en we gingen allemaal naar huis. Het wachten was bijna voorbij.

Een paar dagen later waren alle bloemen verwelkt en werd er niet meer gebeld. 'Je kan niet eeuwig blijven treuren,' zei Gilda, terwijl ze haar spullen pakte om terug te gaan naar Brooklyn.

Stephanie ging met tegenzin terug naar Europa. Ze gaf me een lijst met hotels en telefoonnummers en liet me beloven dat ik haar zou bellen, op haar kosten, wanneer dan ook. Bernie besloot weer aan het werk te gaan. Hij vond om de een of andere reden dat ik nog niet moest rijden en zei dat ik een taxi moest bellen om mijn vader naar het vliegveld te brengen. Hij keek bezorgd toen hij naar zijn werk ging en vroeg of het wel ging, of ik niets nodig had.

Mijn vader huilde toen hij vertrok. Hij pakte mijn hand en wreef die langs zijn wang voordat hij in de taxi stapte en wegreed over de weg waar zijn kleinzoon had leren fietsen, had gevoetbald en met zijn hond had gespeeld. Ik stond voor het huis en luisterde naar de geluiden van de zomerse ochtend. Ik voelde dat het warmer aan het worden was. Ik ging voor de laatste keer het lege, stille huis binnen. En toen ik zeker wist dat er niets meer te doen was; dat er niets meer was om op te wachten, ging ik naar het medicijnkastje en pakte tien pillen uit een potje. Ik keek in de spiegel terwijl ik ze innam. Als het mijn gezicht was, dan herkende ik het niet. Ik had mijn zoon verloren. Ik had mezelf verloren. Ik bestond niet. Ik liep naar buiten en ging naar de vijver. Ik stopte even bij de plaats waar Hal begraven lag. Ik verzekerde me ervan dat er niemand in de buurt was – geen buren, geen toevallige voorbijgangers, geen spelende kinderen – en liep toen naar de vijver. Zonder aarzeling liep ik het water in, met mijn kleren en schoenen nog aan.

Ik voelde het koele water om me heen sluiten. Mijn voeten zakten in de zachte bodem terwijl ik ver genoeg het water in liep. Ik zag een paar waterspinnetjes. Een waterjuffer keek verbaasd naar me en vloog toen weg. Ik leunde achterover en dreef met mijn hoofd op het water. Ik kneep mijn ogen dicht tegen het felle zonlicht. Ik wachtte tot de slaap mijn ogen zou sluiten en ik geluidloos in het slib en de waterplanten zou zakken, naar de eindeloze duisternis die ik had verdiend.

36

Er was een computerstoring op het vliegveld. De vlucht naar Phoenix was vertraagd en bovendien dubbel geboekt. Er was een enorme chaos op het vliegveld, en mijn vader, die niet tegen dat soort gedoe kon, vroeg zijn koffer terug en nam een taxi naar Corbin's Cove. Toen hij bij Linden Hill aankwam, moest hij de taxi zeventig dollar betalen en omdat hij dat niet had, ging hij naar binnen om het geld van me te lenen. Waarschijnlijk kwam het door zijn ouderlijke intuïtie, iets wat ik nooit had gehad, dat hij buiten was gaan zoeken. Als we de vijver niet hadden laten schoonmaken, had hij me nooit gevonden. Hij zag me op de bodem liggen, met mijn gezicht omhoog. Er kwamen een paar luchtbellen uit mijn mond.

Rashid El Hammadi, de taxichauffeur, dook in het water, trok me eruit en reanimeerde me, waarvoor hij later nog een medaille kreeg. Ik werd naar het ziekenhuis gebracht waar mijn maag leeg werd gepompt en waar ik misselijk wakker werd. Mijn vader en Bernie keken me aan.

'Hallo,' zei mijn vader, en wuifde naar me, alsof ik te ver weg was om aangeraakt te kunnen worden.

Bernie pakte mijn hand. 'Nora,' zei hij triest.

Ik probeerde me te herinneren wat er was gebeurd. Toen voelde ik mijn ogen warm worden. Ik draaide mijn hoofd naar de muur en begon te huilen.

Bernie nam me mee naar huis en om hem een plezier te doen, ging ik in therapie. Dokter Rotman raadde iemand aan, geen aanhanger van Freud, zei hij, maar iemand die veel breder georiënteerd was en zich echt voor mensen interesseerde. Dokter Horace Young was in de zestig, had wit haar en de gewoonte om met een potlood op zijn bureau te tikken als hij wachtte op mijn antwoord. En hij moest vaak wachten omdat ik geen zin had om iets tegen hem te zeggen. Niet tegen hem, niet tegen Bernie, tegen niemand.

'Waar denkt u aan?' vroeg hij aldoor. 'Denkt u aan uw zoon? Voelt u verdriet?'

'Nora, ik heb ook verdriet,' zei Bernie, met diepe rimpels in zijn voorhoofd. 'Het doet pijn. Het doet altijd pijn. Maar het gaat niet vanzelf over. We moeten wel ons best doen. Het heeft geen zin om hier maar wat te zitten.'

Ik haalde mijn schouders op. Het was zeven uur in de avond en ik had de badjas aan die ik de hele week al aan had gehad. Ik kleedde me alleen aan als ik 's middags naar dokter Young moest. Als ik weer terugkwam, zonder veel tegen hem te hebben gezegd, deed ik mijn badjas weer aan en ging ik weer in bed liggen of naar Nicky's kamer om zijn spullen te bekijken. Soms ging ik op zijn bed liggen en deed mijn ogen dicht. Ik probeerde hem voor te stellen in allerlei periodes van zijn leven, chronologisch. Ik probeerde alles te onthouden, alles bij te houden: zijn eerste woordje (knoop), zijn eerste hapjes (bananeprak), zijn eerste stapje (in de keuken), zijn eerste boek (Konijntje Pat), zijn eerste jack (marineblauw met gouden knoopjes, maatje peuter), zijn eerste losse tand (snijtand linksboven). Ik wist niet meer hoelang geleden ik de vijver was ingelopen. Mijn vader was gebleven, omdat hij dacht dat ik wel gezelschap kon gebruiken. Hij zat naast me in de keuken en zweeg ook. Hij staarde naar de vloer en probeerde ongetwijfeld uit te rekenen hoeveel tegels er op de vloer zouden gaan.

Bernie zuchtte. 'Ik kan dit niet meer volhouden, Nora.' Ik wist niet of dat als waarschuwing was bedoeld en dat kon me ook niet schelen. Hij kon wat mij betreft voorgoed weggaan. Of mij eruit schoppen. Wat maakte het uit?

'Ik vind dat ze een poosje bij mij in Phoenix moet komen,' bood Ezra aan. Hij sprak over me alsof ik er niet was. 'Ik denk dat dat het beste zou zijn.'

Bernie was even stil en vroeg toen aan mij of ik dat zou willen.

Wilde ik dat? Er was niets meer wat ik wel of niet wilde. Ik voelde me zelfs te beroerd om nog een poging te doen een eind aan mijn leven te maken. Ik kon 's ochtends mijn bed haast niet uitkomen. Ik kon helemaal niets meer. Maar het minste wat ik kon doen, was weggaan, zodat ik Bernie niet meer tot last zou zijn. Mijn vader zou me mee naar huis nemen. Misschien kon ik daar beter nadenken.

'Goed, ik ga mee,' zei ik.

'Weet je zeker dat je dat wilt?' vroeg Bernie.

'Alsjeblieft.' Ik stond op en schoof mijn stoel onder de tafel.

'Wanneer wil je vertrekken?'

'Nu,' zei ik tegen mijn man en zonder hem aan te kijken, ging ik naar boven om te pakken.

Ik nam een kleine koffer uit de kast. In een zijvakje stopte ik de kleine vaas die Nicky had gemaakt, tussen twee rokken en wat sokken. Twee sweaters en een blouse leek me wel genoeg. Een paar schoenen, mijn borstel, wat ondergoed, een foto van Nicky en mij.

'Zal ik je helpen?' Bernie kwam de kamer binnen en leunde tegen de deurpost.

'Nee,' zei ik. 'Bedankt.'

Bernie legde zijn wijsvinger over zijn neus, als een vraagteken, en keek naar me. 'Morgen om twaalf uur is er een vlucht. Is dat goed wat jou betreft?'

'Ja, prima. Bedankt.'

Bernie zuchtte. 'Wanneer kom je weer terug, denk je?'

Het was stil in huis. Alsof ieder levend wezen was weggegaan. De herinnering aan het vrolijke lawaai van vroeger was er nog, in die gelukkige tijd toen er gelach klonk, voetstappen, het geblaf van de hond. Nu was er niets meer, zelfs geen kiva waarin je een wens kon zeggen. Ik was vastbesloten, ik wist dat er niets meer kon worden gezegd of gedaan, ik wist dat het allemaal voorbij was. Ik keek lang naar Bernie, probeerde zijn gezicht te onthouden, zijn hoekige gelaatstrekken, zijn ronde hoofd, zijn verdrietige, maar scherpe ogen.

Hij kwam naar me toe en begreep dat ik zijn vraag niet kon beantwoorden. We hielden elkaar vast, als twee overlevenden met de zware last van een gezamenlijk leven dat nu ophield.

'Ik zal je bellen, Nora. Als je iets nodig hebt...'

Nodig? Ik had helemaal niets nodig.

Hij wees op de kleine koffer. 'Neem je niet meer mee?'

Ik schudde mijn hoofd.

'En dit dan?' Hij pakte de canvas tas met mijn fluit.

'Waarvoor?'

Bernie haalde zijn schouders op en zei niets. Maar toen we de volgende dag in de taxi naar het vliegveld stapten, gaf hij, toen hij dacht dat ik niet keek, de tas aan de chauffeur. Hij draaide zich naar me om en zag dat ik hem geïrriteerd aankeek.

'Neem haar nou maar mee,' drong hij aan. 'Doe dat nou maar.'

37

In het vliegtuig naar Phoenix zag ik aan de andere kant van het gangpad een vrouw met een baby op haar schoot. Het kindje huilde en de moeder wiegde het in haar armen en probeerde het met liedjes en geluidjes te sussen. De baby werd rustiger en probeerde de geluiden die de moeder maakte te imiteren. Ik dacht aan de band die er tussen moeder en kind is, aan de geluidjes, melodieën, ritmes en klanken die ze samen hebben. Ik kon Nicky's stemmetje van jaren geleden nog steeds horen. Zijn stem en mijn stem waren één, en dat geluid, die muziek zou nooit vervagen.

Ik zong altijd voor Nicky. En ik speelde ook wel fluit voor hem. Kinderliedjes, slaapliedjes. Hij zat dan aan mijn voeten en klapte in zijn handjes. Toen hij drie was, nam Bernie hem een keer mee naar een optreden van een kamerorkest waar ik in speelde. Hij zat op de voorste rij en staarde met grote ogen naar me alsof hij me nog nooit eerder had gezien. Na het concert sloeg hij zijn armpjes om mijn hals en fluisterde in mijn oor: 'Ik heb bravo naar je geroepen, mama!'

Ik nam de zakdoek aan die mijn vader uit zijn zak haalde en droogde mijn tranen.

'Het spijt me,' zei ik. 'Ik kan nergens anders aan denken.'

Hij streelde over mijn hand. 'Je hoeft toch ook nergens anders aan te denken?' Hij stond op en stapte over mijn benen het gangpad in. Hij liep weg en kwam terug met een glaasje water voor me.

'Ik hoef niet.'

'Jawel, we zitten straks midden in de woestijn.' Mijn vader gaf me het glas aan en ging weer op zijn stoel zitten. 'Opdrinken.' Hij wees naar me met zijn wijsvinger en ik dronk het water braaf op.

38

'Jij bent natuurlijk Nora,' zei een vrouw die met open armen op me af kwam. Ze was tamelijk klein, had appelrode wangen en een dot wit haar op haar hoofd.

Toen mijn vader haar zag, rechtte hij zijn rug en veranderde plotseling in een kwieke kerel van zeventig: de oude man die samen met mij het vliegtuig was uitgeschuifeld en die zijn tas met tegels die hij in Corbin's Cove had verzameld amper kon dragen, was plotseling verdwenen.

'Dit is Claire,' zei hij, terwijl zij me omhelsde en daarna aan mijn vader vroeg of hij het leuk had gehad.

'We hebben mijn kleinzoon begraven,' zei hij.

'Ach ja, dat is waar ook. Ik hoop dat we dan de volgende keer wat vrolijker zijn. Maar eh... nu we hier toch zijn, zullen we dan maar gaan?' Ze rammelde met haar sleuteltjes en lachte naar ons.

Mijn vader nam mijn arm. 'Wij halen even de bagage en dan zien we je straks wel bij de uitgang, goed?'

'Okidoki!' kwetterde Claire en liep weg.

We stonden buiten te wachten op de groene Toyota van Claire, die echter nergens te bekennen was. 'Ze is gewoon een vriendin,' zei hij protesterend tegen me toen ik hem met haar begon te pesten. 'Ik heb wel meer vriendinnen.' Zou mijn vader een rokkenjager zijn? Ik keek hem onderzoekend aan. Hij was indertijd wel met dat stuk uit Roemenië, die Sonia, getrouwd. En hij was met haar hierheen verhuisd. In al die tijd was hij bijna een vreemde voor me geworden. Zou ik hem hier niet te veel in de weg lopen? Waarom had ik daar geen rekening mee gehouden? Hoe had ik zo egoïstisch kunnen zijn?

'Weet je zeker dat ik je niet in de weg zit hier?' vroeg ik aan hem.

'Wat bedoel je?'

'Nou, ik wil je leven hier niet in de war schoppen, met Claire...'

'Claire heeft haar eigen huis. Ik help haar en zij helpt mij. Zo doen we dat hier.'

Ik zuchtte. 'Ik kan jou helemaal niet helpen. Ik loop toch maar in de weg. Ik had nooit moeten komen, ik denk dat ik maar beter weer weg kan gaan.'

Ik zag dat hij tranen in zijn ogen kreeg. Hij pakte mijn arm en zei: 'Ik heb heel erg uitgezien naar je bezoek, dat je hier echt eens zou zijn.'

Ik boog naar hem toe en kuste hem op de wang. 'Ik hoop dat ik je niet teleurstel. Ik ben niet zo'n leuk gezelschap tegenwoordig.'

'Het beste gezelschap dat een man zich kan wensen, is zijn dochter, hoe dan ook.' Hij draaide zich om, een beetje gegeneerd, en zei: 'Waar blijft dat mens nou?'

De Toyota van Claire was in geen velden of wegen te bekennen. Het was zo heet, dat ik dacht dat het asfalt door mijn sandalen zou branden. Ik keek op mijn horloge. 'We staan hier al twintig minuten, pap.'

'Pap?' Hij lachte. Ik had hem nog nooit zo genoemd. Maar ik vond het wel bij hem passen, bij deze man, deze vreemde. Het klonk een beetje vrolijk, precies goed. Hij knikte en ik zag dat hij het leuk vond dat ik hem zo noemde.

'Laatst ging ik met Claire boodschappen doen en zij wachtte in de auto. Op een gegeven moment was ze vergeten wat ze daar aan het doen was en toen is ze maar naar huis gereden.' Hij lachte. 'Toen stond ik daar dus op de stoep met twee volle boodschappentassen.'

'Alzheimer?'

'Shh!' zei hij waarschuwend. 'Wil je dat woord hier nooit zeggen?'

'Waarom? Het is toch geen schande als je dat hebt? Het is gewoon een ziekte.'

'Het is geen ziekte, het is een vloek,' zei hij. 'Claire is gewoon wat vergeetachtig.'

Hij pakte zijn koffer en gebaarde dat ik mee moest lopen. 'Laten we maar gaan. We nemen wel een taxi.'

De taxichauffeur, die zelf ook niet meer een van de jongsten was, reed een beetje onvast over de snelweg naar 'Sunrise Villas', het 'seniorendorp' waar kinderen en huisdieren alleen op bezoek mochten komen. En dan ook niet te lang. Mijn vader woonde daar al twintig jaar, zonder het lawaai van kinderen en het geblaf van honden. We hadden hem daar één keer bezocht, toen Sonia was gestorven. Nicky was toen nog erg klein. Hij had in de achtertuin met de sproeier gespeeld en daarbij het nodige lawaai gemaakt, zodat de buren de politie hadden gebeld, die met zwaailichten aan was komen scheuren om de zaak te onderzoeken. Bernie was woest geweest en we waren een beetje ruzieachtig vertrokken. Dat was de eerste en laatste keer dat we daar waren geweest.

'Stelletje ouwe gekken!' gromde Bernie terwijl we wegreden.

'Ouwe gekken!' deed Nicky hem na vanaf de achterbank. 'Ouwe gekken!'

Mijn vader was gekwetst omdat we niet meer naar Sunrise Villas wilden komen. We boden aan om zijn vliegticket naar Corbin's Cove te betalen, maar hij wilde niet komen. 'Ik ben te moe en te oud,' zei hij meestal, of: 'Ik moet nog een paar vloeren betegelen.' Hij was geloof ik maar drie keer bij ons geweest: op onze twaalf-eneenhalfjarige bruiloft; toen Nicky geboren werd en – natuurlijk – op Nicky's begrafenis. Tijdens zijn bezoeken had hij altijd een erg rustige en stille indruk gemaakt.

We sloegen rechtsaf en reden onder een boog door waarop 'Sunrise Villas' stond. We kwamen langs kleurige tuinen met goed besproeide groene gazonnen. Een paar oudere mensen peddelden op fietsen over de weg. Bij een stopbord moesten we wachten op een golfkar-retje dat op de weg aan het keren was. Er zaten twee mannen in die naar ons zwaaiden.

'Hé, Ezra!' riep een van de twee. 'Kom je morgen ook op het toernooi?'

Ik keek naar mijn vader. 'Golf, pap? Speel jij golf?'

'Ja, tuurlijk.' Hij wreef in zijn handen. 'Of moet ik soms thuis achter een breiwerkje blijven zitten?'

De taxi stopte in Hollyhock Lane voor een huis dat ik niet her-kende. Er stond een groene Toyota op de oprit. Langs de oprit waren witte kiezelstenen gestrooid rond potten met fleurige bloemen. Tegen het huis hingen een paar potten met roze bougainvilleas.

'Dit is het?'

'Ik geloof het wel,' zei mijn vader plagerig. Hij lachte. Waarom had ik altijd zo'n sombere indruk van mijn vader gehad terwijl hij in werkelijkheid zo'n vrolijke man was?

De voordeur ging open en Claire stak haar hoofd om de deur. 'Waar bleven jullie nou? Ik zit hier al tijden te wachten!'

Ik liep achter mijn vader aan terwijl hij trots zijn huis liet zien. De keukenvloer was betegeld met gele en witte tegels die in een inge-wikkeld patroon waren gelegd, en de muren met blauwe en witte tegels. Zijn grote trots was de badkamer naast zijn slaapkamer, die was betegeld met antieke Engelse tegels die hij had verzameld door een jarenlange correspondentie te voeren met een paar antiquairs in Londen. Er waren tegels met jachthonden erop, springende her-ten en herders met een fluit.

'Nu moet je even meekomen,' zei hij. Zijn ogen glommen. Dat had ik niet meer gezien sinds hij met Sonia in de keuken canasta had gespeeld. Ik had hem daarna ook maar zo zelden gezien. Waar-om had ik er eigenlijk niet gewoon voor gezorgd dat we hem na dat tuinsproeierfiasco nog eens hadden bezocht? Hoe had ik het hem kunnen aandoen dat hij zijn kleinzoon niet had zien opgroeien? Het was nu te laat om dat in te halen, om het goed te maken.

Hij zette mijn tassen in een kleine kamer waar een schommelstoel, een cilinderbureautje en een bed in stonden. Op het bed lag een witkanten sprei en er hingen bloemetjesgordijnen voor de ramen. Door het raam zag ik een paar bloeiende rozestruiken.

'Dit is jouw kamer,' zei hij. Ik barstte in huilen uit. Ik had het allemaal niet verdiend. Ik had niet verdiend dat hij zo lief was terwijl ik hem zo verschrikkelijk had verwaarloosd.

'Nou, kop op hoor!' Claire was de kamer binnengekomen en

124

sloeg haar armen om me heen. 'Weet je wat? Als jij nu eens even je gezicht gaat wassen, dan nemen wij je mee naar de club om een hapje te eten.'

'Wat voor club?' Ik keek naar mijn vader.

'De Sunrise Country Club – golf, tennis, zwemmen, en je kunt er ook eten en dansen, meestal is er een orkestje.'

'En het is donderdag, dus dan is er meestal erg leuke muziek.' Claire deed haar ogen dicht en neuriede zachtjes.

Eten, muziek, dansen? Ik werd al beroerd bij het idee. 'Ik heb niet zoveel zin.'

Mijn vader deed alsof hij me niet had gehoord. 'Doe je zo'n leuke korte rok aan?'

'Ik heb geen korte rok. En ik ga echt niet met jullie mee.' Ik klonk als een kind van twaalf. 'Ik wil niet!'

'Jawel, je gaat wel mee. En je moet ook iets leuks aantrekken. Zullen we die ouwe zakken daar even op stang jagen.'

'Alledrie,' zei Claire lachend. Ze trok aan de arm van mijn vader en vroeg aan hem: 'Waar zullen we trouwens vanavond eens gaan eten met je dochter?'

39

De eetzaal van de club was groot en rond en er stonden ronde tafeltjes om de dansvloer. Er waren een paar mensen aan het dansen. Vrouwen dansten met elkaar en staarden in de verte, alsof ze dachten aan hun vroegere danspartners, aan hun vroegere liefdes. Af en toe zag ik een man die op een vrouwelijk danspaar afliep, met beide dames een kort dansje maakte en daarna weer verder liep.

'Dans jij ook weleens?' vroeg ik fluisterend aan mijn vader.

'Denk je dat ik daar onderuit kom?' zei hij met een knipoog. Toen wees hij naar een grote witte vleugel waarachter een oudere man met lang wit haar zat te spelen terwijl hij in de microfoon meezong: 'Trust me with your heart again, Arlene.' Toen het liedje was afgelopen, zette de man een ritmebox aan die links naast hem stond. Hij koos een bossa-novaritme waarbij hij een improvisatie op 'My garden is in need of a peach like you' speelde.

'Victor Victoriana,' zei mijn vader. 'Hij speelt hier elke donderdag.'

Ik keek naar de dansvloer. 'Is het op donderdag soms speciaal voor de dames?'

Mijn vader glimlachte en schudde zijn hoofd. 'De meeste mensen komen hier met zijn tweeën. Maar de meeste mannen gaan eerder dood. Jullie zijn toch wel het sterke geslacht.'

'C'est la vie!' zuchtte Claire. 'Mijn lieve Edward is een paar jaar geleden ook gestorven.'

'Twintig jaar geleden,' fluisterde mijn vader naar me terwijl Claire nog eens zuchtte en haar ogen dichtdeed. 'Liedjes van rond de eeuwwisseling,' zei ze. 'Ik wilde wel dat ik er toen bij was geweest.'

'Dat was toch ook zo!' zei mijn vader plagerig.

Claire snapte wonder-boven-wonder het grapje en gaf mijn vader een por. 'Ezra, pestkop! Ik ben geboren in achttiennegentien, dat weet je best.'

'Negentienachttien,' verbeterde mijn vader zachtjes. Een vrouw in een antieke zomerjurk kwam naar ons toe om te zeggen dat we aan tafel konden. We liepen achter haar aan, dat probeerden we tenminste, want bij bijna elk tafeltje werden we opgehouden door kennissen van mijn vader die aan mij wilden worden voorgesteld.

'Dit is de dochter van Ezra, eh…' Claire kon kennelijk niet op mijn naam komen.

'Nora,' zei ik, en schudde de handen van zes mensen aan een tafeltje: vijf vrouwen en één man.

'Ze heeft pas haar man verloren,' zei Claire vertrouwelijk.

'Zoon,' verbeterde ik haar, terwijl ik een brok in mijn keel kreeg. De zaal begon te draaien. Victor kondigde met zijn zoetige tenorstem het volgende nummer aan: 'En nu, dames en heren, het lied dat in negentienvier zo prachtig is vertolkt door R.J. Jose, geschreven en gecomponeerd door Paul Dresser: 'Your mother wants you home, boy, and she wants you mighty bad.'

'Lamsboutjes, gehaktballen of jonge eend?' zei de vrouw die ons bediende met luide stem. Ze was niet zo jong meer. Ze had rimpels, liep wat gebogen en er liep wat speeksel over haar onderlip terwijl ze wachtte tot ik mijn keus had gemaakt. Ik kon me niet voorstellen dat ze ooit een blad recht zou kunnen houden.

'Ik neem de lamsboutjes.'

'De gehaktballen?' schreeuwde ze. Ik zag dat ze een gehoorapparaat droeg en daarom riep ik terug: 'Nee, de lamsbouten!'

'Je hoeft niet zo te schreeuwen, hoor,' zei Claire tegen me. Toen wilde ze zelf zeggen wat ze wilde nemen, maar was ineens vergeten waaruit ze kon kiezen. Ze stootte mijn vader aan met haar elleboog. 'Wil jij even voor mij bestellen, Ezra?' Ze sloeg met haar hand op haar voorhoofd. 'Ik ben vanavond een beetje in de war, geloof ik.' Ze neuriede mee met het liedje dat Victor zong en keek dromerig naar de dansvloer.

Mijn vader danste een foxtrot en wisselde steeds van partner. Claire zat naast me en at mijn chocoladepudding op. Ze had die van haarzelf en die van mijn vader al op.

'Wanneer zouden ze het toetje brengen, denk je?' vroeg ze. Ik antwoordde niet. Ik was gefascineerd door mijn vader op de dansvloer. Hij zag er jaren jonger uit. Hij was knap, slank en een goede danser. En zo te zien had hij er ook veel lol in. Ik vroeg me af of deze man, die al twee vrouwen had verloren, nu misschien wel de leukste tijd van zijn leven had, met deze oude dames met wie hij zijn laatste jaren doorbracht. Plotseling leken de figuren die over de dansvloer zweefden een beetje onecht. Het leken wel geestverschijningen, zwevende astrale wezens. Waar was ik trouwens? Zag ik de doden dansen? Ik kneep mijn ogen stijf dicht en deed ze toen weer open. Jurken dwarrelden voor mijn ogen. Schoenen draaiden en sprongen rond. De zaal begon steeds harder in het rond te draaien en ik hoorde een hard gezoem in mijn oren. Alles werd vaag: ik hield me vast aan het tafelkleed en gleed langzaam van mijn stoel.

'Nora?' Mijn vader zat naast me en hield mijn hand vast. 'Voel je je al wat beter?'

Ik keek om me heen. Ik lag op een bank in een andere ruimte. Onder mijn voeten lag een stapeltje kussens. Over de schouders van mijn vader zag ik een paar gezichten van oudere dames en ik hoorde hun commentaar: 'Zou het het lamsvlees zijn geweest…? Ik denk dat het door de vlucht komt… Ze is gewoon in de war… Misschien is ze wel zwanger… Ze is zo net Sneeuwwitje, vind je ook niet?'

Toen boog een man met wit haar zich over me heen. Hij pakte mijn pols en voelde mijn hartslag. Ik knipperde met mijn ogen omdat ik hem meende te herkennen.

'Meneer Victoriana?'

'Dat is alleen op het toneel. Ik heet Victor Stillwell, maar noem me maar Doc.' Hij keek op zijn horloge. 'Negentig. Dat is al een stuk beter.'

'Bent u arts?'

Hij trok mijn oogleden omhoog en staarde in mijn ogen. 'Ik ben al een poos met pensioen. Maar dit is gewoon een eenvoudige flauw-te. Je bent even flauwgevallen, maar nu ben je alweer helemaal in orde.' Hij keek mijn vader aan. 'Ik zou haar maar naar huis brengen, Ezra. Geef haar maar wat warme melk met honing en stop haar in bed.'

'Nee! Thee met wodka! Melk met whisky! Warme chocolade-melk! Een broodje tonijn!' riep het dameskoor om ons heen.

Maar Doc ging er niet op in, kwam overeind en streek zijn ge-streepte das recht. 'Ik moet weer terug. Ik heb mevrouw Pendleton beloofd dat ik 'Till I met you I never knew of love sweet love' zou spelen.

'Het spijt me dat ik je avond heb bedorven.'

'Die heb je helemaal niet bedorven,' zei mijn vader.

'Het was toch enig?' zei Claire, terwijl ze veel te hard over Hol-lyhock Lane reed. 'Het was natuurlijk wel erg triest.'

'Wat?' vroeg Ezra.

'Dat dat jonge meisje zomaar doodging, en dan nog wel aan ons tafeltje.' Plotseling remde ze keihard, zodat de auto met gierende banden tot stilstand kwam.

'Zo, daar zijn we. Leuk om je eens ontmoet te hebben, Norma.'

'Nora,' zei mijn vader, en zoende haar op beide wangen.

'Ik vond het ook leuk om jou eens te zien,' zei ik.

We stapten uit. Mijn vader boog zich voorover: 'Welterusten Claire. Tot morgen.'

Ze keek met haar ronde gezicht naar hem omhoog. 'Acht uur precies. En niet te laat komen, anders mis je de start. Je bent toch van plan het toernooi te winnen?'

'Ik ben van plan om mijn best te doen. Om acht uur sta ik klaar.'

'Okidoki!' riep ze, en scheurde met gierende banden de bocht om.

Ik liep achter mijn vader aan naar de keuken. Hij liet zich in zijn stoel vallen en keek bezorgd. Ik ging tegenover hem zitten. 'Ze moet eigenlijk niet meer rijden,' zei hij, terwijl hij met een rieten mandje speelde waarin een stapeltje servetten lag.

'Ja, dat lijkt mij ook.' Ik was blij dat hij erover begon. Ik maakte me zorgen. Claire was een gevaar op de weg. Mijn vader zou kunnen verongelukken. Ik mocht dat niet laten gebeuren. Niet weer. 'Praat er eens over met haar,' drong ik aan. 'Probeer haar te overtuigen.'

'Dat heb ik ook geprobeerd.' Ezra wreef over zijn kin. 'Ze wil niet naar me luisteren.'

'Kun je niet zelf leren autorijden?'

'Nog een gevaar op de weg?' Hij hield zijn armen voor zijn gezicht gekruist alsof hij een demon afweerde. Toen hij nog in New York woonde, bracht zijn assistent hem altijd in een oude bestelauto naar zijn werk. Verder reisde hij altijd met de bus en de metro. Ik vroeg vaak aan hem of we geen auto konden kopen, en dan zei hij altijd: 'Als je in New York een auto hebt, ben je hartstikke gek.' Toch bleef ik altijd zeuren om een auto, een tweedehandsje desnoods, zodat we tochtjes konden maken. Maar Ezra Lind was er de man niet naar om zich voor de lol te willen verplaatsen. Er kwam dus geen auto en die kwam er nu ook niet. Mijn vader legde liever zijn leven in de waagschaal door bij dat gekke oude mens Claire in de auto te stappen.

'Soms is ze echt heel goed bij, maar af en toe…' Hij beet op zijn onderlip en lachte toen. 'Toen Sonia was overleden, heb ik heel veel aan haar gehad. Heel veel.'

Ik knikte. Ik was niet eens op Sonia's begrafenis geweest. Ik was toen in verwachting van Nicky en had gezegd dat ik niet wilde vliegen. Maar dat was niet de echte reden: ik kon Sonia niet uitstaan en voelde absoluut geen verdriet over haar dood. Maar ze was wel de vrouw van mijn vader en hij had me toen nodig gehad. Wat was ik eigenlijk voor een dochter, dat ik niet onmiddellijk was gekomen om hem te helpen, om er voor hem te zijn, zoals hij er nu ook voor mij was? En wat was ik voor een dochter dat ik hem met die levensgevaarlijke Claire liet meerijden?

'Ik huur wel een auto en dan rijd ik je overal naar toe,' bood ik aan. 'Of ik koop een auto.' Bij die gedachte sloeg de schrik me om het hart. Waar zou ik een auto van moeten kopen? Ik had helemaal geen geld. Het geld dat ik had gespaard van mijn lessen en concerten was niets vergeleken bij wat Bernie verdiende. Omdat ik schuldig was aan de afschuwelijke situatie waarin Bernie en ik nu zaten, wilde ik geen gebruik maken van onze gezamenlijke bankrekening. Ik kon ook niet op kosten van mijn vader leven. Waarom had ik daar niet eerder aan gedacht? Ik zat zonder geld. Ik had geen huis. Ik had geen kind. Ik begon te trillen. 'Pap,' fluisterde ik. Ik wilde zijn advies, zijn steun. Maar mijn vader was in gedachten verzonken.

'Je had Claire eens moeten zien toen ze vijftig kilo lichter was.' Hij deed zijn ogen dicht alsof hij haar slanke figuur weer voor de geest wilde halen. 'Ze was een ballerina. Modern ballet. Ze heeft vroeger nog met Martha Graham gedanst…' Hij deed zijn ogen weer open en keek me aan. 'Wij dansten altijd samen in de club: de vonken vlogen eraf! Je had ons eens moeten zien!'

Ik probeerde geïnteresseerd te klinken. 'Ja, dat had ik weleens willen zien.'

Mijn vader zei niets en dacht aan vroeger. Ik kon hem nu niet met mijn zorgen lastigvallen. We zaten samen aan de keukentafel, vader en dochter, zoals we vroeger ook zo vaak hadden gezeten.

'Dit doet me denken aan vroeger, toen we nog in de West Twenty-third Street woonden,' zei ik quasi-nostalgisch.

Hij keek op. Zijn ogen stonden moe en zijn stem klonk verdrietig. 'West Twenty-third Street. Een rottijd.' Hij legde zijn hand op de mijne. 'Ik wilde wel dat ik toen meer mijn best voor je had gedaan.'

'Onzin. Je hebt altijd zo je best voor me gedaan, je hebt me zoveel gegeven…'

Hij drukte zijn hand hard op die van mij. 'Nee, Nora. Dat is niet waar. Toen je moeder stierf, is er in mij ook iets doodgegaan. Dat had ik niet mogen laten gebeuren.'

'Maar wat had je daar dan tegen kunnen doen?'

'Ik weet het niet. Ik weet het echt niet. Maar ik had iets moeten doen.'

Hij schudde zijn hoofd en drukte weer op mijn hand. Ineens moest ik aan de handen van mijn moeder denken: lange, slanke vingers, tengere polsen en die kleine blauwe nummers op de pols, donkerblauw als de nacht. Ik herinnerde me hoe ze met die gracieuze handen mijn haar deed voor het ontbijt, terwijl ze tegen me zei dat ik vlug naar de bushalte moest lopen, dat ik niet met vreemde mensen mocht praten, dat ik mijn boterhammen op moest eten en dat ik Mickey Harrigan niet mocht slaan, wat hij ook tegen me zei. Ik mocht juffrouw Ingpen niet uitschelden voor juffrouw Pigpen, zelfs niet achter haar rug, want als ze het zou horen, was ik nog niet jarig.

'Zorg ervoor dat dat niet ook met jou gebeurt, door Nicky,' zei mijn vader. Hij trok zijn hand terug.

Ik keek hem aan. 'Wat kan ik daaraan doen?'

'Je moet sterk zijn. Je moet ertegen vechten.'

'Ik heb mijn kind verloren,' fluisterde ik. 'Mijn enig kind. Ik weet niet waar ik nu nog voor moet vechten.' Ik kruiste mijn armen op de tafel en legde mijn hoofd op mijn armen. Ik huilde. Mijn vader stond op en ik voelde hoe hij zijn handen op mijn hoofd legde. Vroeger deed hij dat ook altijd als ik misselijk was en voor het toilet geknield probeerde over te geven. Mijn moeder kon er niet tegen als ik ziek was, had hij een keer gezegd. Daarom was het altijd mijn vader die bij mij was en mijn hoofd vasthield, zoals nu. Hij wachtte tot ik niet meer huilde en ging toen op de stoel naast me zitten. 'Gaat het alweer wat?'

Ik rilde nog na van het huilen en probeerde door mijn tranen heen te kijken. Mijn vader zag er moe en verdrietig uit. Mijn huilbui had hem van streek gemaakt. Ik was hem alleen maar tot last. Ik had dat moeten weten, ik had niet met hem mee moeten gaan.

Ezra keek naar mijn gezicht en glimlachte. 'Je lijkt veel op je moeder.'

'Echt?' Ik had maar een paar foto's van haar. Ik hield er niet van om ze te bekijken en had ze ergens in een kast opgeborgen. Ik wist niet eens meer precies waar.

'Dezelfde ogen, hoewel die nu een beetje dik zijn.' Ik veegde mijn ogen af met een zakdoek terwijl hij verderging. 'Dezelfde hoge jukbeenderen, hetzelfde nobele voorhoofd...'

Nobel? Wat kon er aan mij nu in 's hemelsnaam nobel zijn, vroeg ik me af, terwijl ik zag hoe mijn vader naar mijn onverzorgde bos haar keek. 'Maar in de tijd van je moeder verzorgden de vrouwen zich natuurlijk wel veel beter.'

Ik glimlachte. 'Is dat een hint, pap?'

'Nee.' Hij bestudeerde mijn hoofd zoals hij ook naar een tegelvloer keek. 'Maar misschien zou het geen gek idee zijn om te proberen er wat beter uit te zien, vooral nu je alleen bent.

Alleen. Was ik alleen? Bernic en ik hadden het met geen woord over een scheiding gehad. Onze zoon was dood en er was geen enkele reden meer om samen te blijven. Daarom was ik weggegaan. Ja, ik was inderdaad alleen. Toch vond ik het een absurde gedachte om iets aan mijn uiterlijk te doen. Waarom? Voor wie?

'Sorry,' zei mijn vader, toen hij zag dat mijn gezicht betrok. 'Ik trap steeds op je hart.'

'Nee, je hebt gelijk,' zei ik om hem zijn zin te geven. 'Weet je hier in de buurt ook een goede kapper?'

40

Queenie draaide mijn stoel rond alsof ik een stuk klei op een draaitafel was. Ze hield de stoel stil, kauwde op haar kauwgum en keek toen over mijn schouder in de spiegel. 'Weet je het zeker?'

Ik staarde naar de zwarte krullen die op mijn schouders vielen. Het haar is de bekroning van de schoonheid van de vrouw, maar bij mij viel er niet veel schoonheid te bekronen. Ik keek naar Queenie die, naast me stond en die in de spiegel naar mij keek. Ze had een tijgerpakje aan, droeg knalrode lippenstift, gele oogschaduw en een gele band in haar haar. Ze leek wel een roofdier dat op het punt stond mijn haar uit mijn hoofd te rukken. 'Ik weet het zeker,' zei ik. Ik deed mijn ogen dicht toen ik een kam over mijn huid voelde schrapen als een klauw.

Ze begon te knippen. En te kletsen. 'Dus toen ik bij Alexandre in Dallas weg was gegaan, heb ik het maar eens in L.A. geprobeerd. Maar weet je?' Ze wachtte op een aanmoediging van mij en ging toen verder. 'Daar houden ze gewoon niet van haar. Ze mishandelen het. Maar ik? Ik hou van haar. Ik vind het prachtig.' Knip! Knip! 'Het leukste is om zo'n puinhoop als dat haar van jou helemaal te transformeren en er iets van te maken. Oh, dat bedoel ik niet onaardig, hoor!' Knip! 'Dat is echt mijn specialiteit, om een kapsel nieuw leven in te blazen. Daarom kom ik ook eens per week hier in de Villas.' Ik voelde een stroom hete lucht tegen mijn oor. 'Die ouwe tutten met hun paarse permanentjes vertrouwen mij. Ik ben jong, nou ja, achtentwintig. Jong genoeg in elk geval. Mijn handen beven in elk geval niet zoals die van alle andere kappers hier. Ik kom hier eens per week met mijn schaar en al die ouwe taarten zien er weer uit als jonge meiden. Prachtig vinden ze dat. En een fooien dat ik krijg! Daar zou ik haast van kunnen leven.' Knip. Knip. 'Jij bent trouwens de eerste vrouw onder de zestig die ik hier ooit heb gehad, weet je dat?' Knip. Knip. 'En wacht maar eens af hoe jij eruit zult zien als ik met je klaar ben!' Knip. Knip.

Ik deed mijn ogen open en keek in de handspiegel via de grote spiegel naar mijn achterhoofd. Mijn nek was vrijgehouden. Ik dacht aan de nek van Nicky toen hij klein was en hoe leuk ik het altijd had gevonden om hem daar een zoen te geven, op die smalle kleine nek die zijn grote kinderhoofd moest dragen…

'Nou, wat vind je ervan?' vroeg Queenie. Ze pakte de handspiegel uit mijn hand en draaide mijn stoel om zodat ik mezelf recht aankeek in de grote spiegel. Ik knipperde. Ik zag een vrouw met korte zwarte pieken op het hoofd. Geelachtige huid. Grote blauwe ogen die wijdopen waren. Ze zag er een beetje dement uit.

'Het is prachtig!' zei Queenie.

Naast ons stond een oude vrouw met nat haar, die ongeduldig op haar beurt wachtte. 'Je went er wel aan,' zei ze, terwijl ze me opzij duwde zodat ze in de kappersstoel kon gaan zitten.

Ik gaf Queenie een fooi en liep een beetje ineengekrompen naar de kassa om te betalen, langs een rij stoelen met paarsachtige hoofden die me allemaal ongelovig aanstaarden.

Buiten, op de stoep voor Guillaume's Schoonheidssalon, zag ik een sportauto stoppen. Een man in een bermuda en golfschoenen stapte uit en keek om zich heen. Toen hij me zag, keek hij nog eens.

'Heb je het toernooi gewonnen, pap?' vroeg ik, alsof er niets veranderd was, alsof ik er niet onherkenbaar uitzag.

'Nee,' zei hij, en knipperde met zijn ogen.

Ik moest lachen toen hij aan de absurd stijve pieken voelde die alle kanten uitstaken.

'Je huilt tenminste niet,' zei mijn vader. 'Dappere meid.'

'Heel dapper,' zei de chauffeuse van de Cadillac die was uitgestapt en op me afkwam. 'Als ik jou was, zou ik werkelijk hysterisch zijn... nou ja, ik bedoel...'

Mijn vader redde haar eruit door haar aan me voor te stellen. 'Dit is Eleanor.'

'Leuk om kennis te maken, Eleanor,' zei ik. Ze had een perzikkleurig mantelpakje aan met bijpassende pumps en ze droeg een sjaaltje om haar hals. Haar witte haar zat keurig en ze had een mooi, gepoederd gezicht.

'Waar is Claire?' fluisterde ik, toen Eleanor om de auto heen liep en achter het stuur ging zitten.

'Vrijdags lunch ik altijd met Eleanor,' fluisterde mijn vader, en voegde daar meteen aan toe: 'We zijn gewoon goede vrienden.'

Mijn vader de rokkenjager. Ik had nooit gedacht dat hij zo goed met vrouwen op kon schieten. Maar ik was daar nu wel van overtuigd.

Ik zat tussen Eleanor en mijn vader op de voorbank van de auto. 'Weet je wat we doen?' zei Eleanor. 'We zetten Ezra even thuis af en dan gaan we naar mijn huis. We wassen die troep uit je haar en dan zullen we eens even kijken wat er van over is.'

'Ik vind het zo ook wel leuk,' zei ik.

'Het is vreselijk,' zei mijn vader. 'Het spijt me. Het is mijn schuld. Ik had gehoord dat Queenie de beste kapper in de stad was.'

'Wie heeft je dat wijsgemaakt?' vroeg Eleanor.

'Claire.'

'Claire? Ja, nu begrijp ik het. Ze bedoelde *Jeannie*, niet Queenie! Jeannie werkt ook bij Guillaume. Iedereen weet dat Jeannie goed knipt, maar Queenie... Nee, dit is toch al te dwaas, Ezra!'

'Ik vind het toch best aardig,' zei ik ter verdediging van mijn vader.

'Het zit verschrikkelijk,' zei hij.

'Als je nu even met mij meegaat, kunnen we er vast nog wel iets van maken,' bood Eleanor aan.

'Alsjeblieft Nora, ga met haar mee. Je wilt er toch niet uitzien alsof je bent gekielhaald?'

Ja. Eigenlijk was mijn antwoord ja. Ik zag er inderdaad verminkt uit, verkreukeld, verslagen. Maar dat was precies zoals ik me voelde, dus waarom zou ik er dan niet zo uitzien? Maar ik merkte wel dat mijn vader het niet leuk vond. Ik had hem al genoeg pijn gedaan. Ik zou met zijn vriendin meegaan en me wat laten opknappen.

'Het staat heel chic, heel vrouwelijk ook. Een beetje Frans.' Ik zat in een rode badjas aan de kaptafel van Eleanor. Ze had in haar ene hand een föhn en in de andere een borstel. Ze knikte tevreden en wees toen op het arsenaal make-up dat voor me lag uitgestald. 'Rode lippenstift, wat eyeliner, een beetje potlood op je wenkbrauwen en je kan zo naar de Rue de Rivoli!'

Ik doe dit alleen maar om mijn vader een plezier te doen, dacht ik. Maar ik vond wel dat ik er ineens heel anders uitzag. Beter. In de spiegel zag ik een slanke vrouw met kort krullend haar dat elegant uit haar gezicht was geborsteld; volle, sensuele lippen en diepblauwe ogen met lange wimpers. Om haar mond hing een zweem van treurigheid en ze keek een beetje mysterieus. Ze zag er fragiel uit, aarzelend, maar haar ogen brandden wel fel.

'Probeer dit eens aan,' zei Eleanor, die een beige pakje van ruwe zijde omhooghield.

'Ik wil niet...'

Maar Eleanor haalde het pakje van de hanger. 'Kom op, voor de lol even proberen.'

'Lol?' vroeg ik. Dat woord klonk vreemd, ongewoon. Maar toen Eleanor de rits van het korte strakke rokje had dichtgedaan en me in het getailleerde jasje had geholpen, een parelsnoer om mijn nek had vastgemaakt en me een paar pumps had gegeven, voelde ik me toch heel anders: lichter. Ik liep over het Perzisch tapijt en schudde mijn korte krullen.

Eleanor stond erop dat ik het pakje, de parels en de schoenen zou houden. 'Je doet me er een plezier mee,' zei ze. 'Wijlen mijn man had vroeger tien kledingzaken en elk seizoen sturen ze me nog steeds de nieuwe collectie. Het past allemaal niet eens in mijn kasten.' Het dienstmeisje, Consuela, kwam binnen met een kristallen kan met ijsthee. We dronken de thee uit smalle, hoge glazen en Eleanor begon me op te sieren met lintjes en medailles uit de tijd dat ze als jong meisje zang had gestudeerd aan het conservatorium van Parijs. Ze had daar een echt bohémienleven geleid, totdat ze Todd ontmoette natuurlijk.

'Ben je toen opgehouden met zingen?'

'Om met Todd Randolph te trouwen, die erfgenaam was van de Randolph-winkelketen? Wie zou dat niet doen?' Ze bette haar lippen met een linnen servet waar haar monogram op stond en lachte naar me. 'Je moet me niet verkeerd begrijpen. Ik hield van hem. En ik ben ook wel doorgegaan met zingen – in de badkamer!' Ze lachte totdat de spijt in haar ogen zichtbaar werd. 'Dat was ook wel een heel andere tijd, middeleeuws bijna.'

'Ik dronk van mijn thee en ging er niet op in.

'Als ik alles nog eens over zou mogen doen, zou ik veel meer hebben gedurfd,' zuchtte Eleanor. 'Zoals jij, jij hebt tenminste lef.'

'Lef? Ik?'

'Ja hoor. Dat zie ik aan je ogen.'

'God, ik wilde dat dat waar was. Ik voel me zo'n lafaard.'

'Voelen en zijn,' zei Eleanor peinzend terwijl ze in haar glas roerde. 'Dat is vaak de moeilijkheid met vrouwen. We halen die twee dingen door elkaar.'

41

Het was een komen en gaan van weduwen. Na de vergeetachtige Claire en de spijtige Eleanor kwam de dramatische Marlene. Haar overleden echtgenoot had in Denver een kostuumbedrijf gehad. Ze kon dus haar kleding aanpassen aan haar steeds wisselende buien: vurige flamenco-blouses, glinsterende circusjurken of avontuurlijke safari-pakken. Na Marlene verscheen de vrolijke Alice ten tonele om op zaterdagavond met mijn vader uit te gaan. Ze was zestig, had vuurrood haar en net haar vierde man verloren. Ze reed in een groene Porsche waar maar twee mensen in konden.

'Maar je kunt wel achterin zitten, het is een beetje klein, maar het gaat best.' Ze probeerde me over te halen om mee te gaan. Ik probeerde eronderuit te komen door te zeggen dat ik last had van mijn rug.

'Sinds wanneer?' wilde mijn vader weten.

'Ik ben moe,' probeerde ik.

'Je hebt de hele ochtend geslapen.'

'Hoofdpijn.'

'Neem een aspirientje en ga mee.'

Ik pijnigde mijn hersens om een goed excuus te bedenken en dacht ineens aan de smoes die vroeger altijd uitstekend had gewerkt: 'Ik moet studeren.'

Mijn vader lachte en begon op te scheppen. 'Ze speelt prachtig fluit! Als uit een sprookje zo mooi!'

Toen ze weg waren, bleef ik lang op mijn bed liggen. Ik was helemaal niet van plan geweest om mijn fluit te pakken. Het was niet eens mijn idee geweest om die fluit mee te nemen. Als Bernie die tas niet mee had gegeven, lag mijn fluit nu nog in Corbin's Cove. Ik had helemaal geen zin om te spelen. Absoluut niet. Ik probeerde te slapen, maar ik had vannacht al meer dan twaalf uur geslapen. Ik vond de stilte in het lege huis bedrukkend. Ik keek naar Nicky's blauwe vaas, die ik voorzichtig op het nachtkastje had gezet. De foto van Nicky en mij samen in het hartvormige lijstje stond ernaast. Toen ik daarnaar keek, werd ik ineens overmand door een plotselinge scherpe pijn. Ik kreunde, liet me van het bed rollen en knielde voor het nachtkastje. Ik legde mijn handen om de vaas. Ik begon te huilen en liet de vaas los, ging op het kleed liggen en huilde tot ik haast niet meer kon. Ik lag doodstil. Het kleed was ruw en kriebelde tegen mijn wang. Ik staarde voor me uit en keek naar de canvas tas die onder het bed lag waar ik haar de eerste dag had neergelegd. Mijn fluit zat in die tas. Nicky vond het altijd leuk als ik speelde. 'Ik heb bravo naar je geroepen, mam!' Ik hoorde hem dat nog steeds zeggen. Bravo. Een groot woord voor een klein jongetje. Een woord dat je moet verdienen. Ik ging rechtop zitten. Ik veegde mijn ogen af en haalde de tas onder het bed vandaan. Ik pakte mijn fluit, zette haar in elkaar en ging staan. Ik zette de fluit tegen mijn lippen. Ik zou mijn zoon nooit meer bravo horen roepen. Maar dat had hij één keer geroepen en hij had het gemeend. Ik haalde diep adem. Ik zou zijn trots waardig proberen te zijn.

42

De dagen gingen nu sneller voorbij. Meestal sliep ik uit, en wanneer mijn vader niet met een van zijn dames op stap was of ergens een tegelvloertje aan het leggen was, ontbeet ik met hem. Daarna ging ik douchen, me aankleden en daarna maakte ik me een beetje op. Eleanor bleef maar kleren en andere spullen geven – een föhn, make-up, parfum, pakjes, sjaaltjes, sieraden. Ik probeerde haar geschenken beleefd te weigeren, maar ze wilde daar niet van horen. 'Ik heb er lol in, dat mag je me niet ontzeggen.'

'Ze wil echt dat je het van haar aanneemt,' zei mijn vader.

'Ik heb geen dochters en de vrouw van mijn zoon is zo dik als een olifant. Ik vind het leuk dat ik nu iemand heb aan wie ik mijn spullen kwijt kan.'

'Misschien kun je eens wat aan de daklozen geven,' suggereerde ik. Mijn vader fronste zijn wenkbrauwen en Eleanor zei verontwaardigd: 'Wat? Mijn Lanvins en Chanels? Nora, ik dacht dat jij wel beter wist.'

Mijn klerenkast begon zo langzamerhand uit te puilen. Door al die kleren te dragen, deed ik niet alleen Eleanor een plezier, maar gaf ik bovendien mijn vader de indruk dat ik weer wat aan het opknappen was.

En misschien was dat ook wel zo. Elke ochtend, als ik me had gedoucht en een van Eleanors outfits had aangetrokken, zette ik een verse roos in Nicky's blauwe vaas en ging daarna met mijn fluit naar de woonkamer. Het was moeilijk om fatsoenlijk geluid uit mijn fluit te krijgen na zo'n lange periode niet te hebben gespeeld. Terwijl ik aan Nicky dacht en hem in gedachten voor me zag, begon ik met lange noten te blazen, waarbij ik altijd op bes begon. Ik probeerde de noten te vormen en er kleur en warmte aan te geven. Mijn toon ging langzaam vooruit. Daarna speelde ik wat etudes of toonladders. Vroeger had ik dit soort dingen altijd maar saai gevonden, maar nu had ik er veel plezier in. Vroeger had ik het gevoel dat ik als een paard voor de ploeg zat te worstelen, maar nu danste en vloog ik door de etudes heen. Ik had geen bladmuziek bij me, dus moest ik helemaal op mijn geheugen afgaan. Ik kon complete sonates en concerten uit mijn hoofd spelen. Ik probeerde ook vaak te improviseren – een middeleeuws liedje, een zigeunerwijsje, een Amerikaans volksliedje, of een deuntje van rond de eeuwwisseling. Ik probeerde op de melodietjes te improviseren, zoals een jazzmuzikant een improvisatie rond een rifje speelt. Door dat improviseren kwam ik op het idee om te proberen wat geld te verdienen.

'Tot nu toe heb ik hier op donderdagavond altijd in mijn eentje zitten spelen,' zei Victor Victoriana met zijn zwoele stem in de microfoon. 'Maar vanavond heb ik het genoegen om te kunnen aankondigen dat ik het podium zal delen met de jonge, prachtige en zeer getalenteerde Lillian Muffet!'

Met een fikse glimlach op mijn gezicht kwam ik, in een creatie van Marlene waardoor ik er als een soort herderinnetje uitzag, de eetzaal van de Sunrise Country Club binnen. Ik liep met mijn fluit in de hand naar de witte vleugel en ging ernaast staan. Ik zette de bladmuziek die ik van Victor had gekregen op de standaard en stemde op een A van de vleugel.

'Het eerste stuk dat we gaan spelen, is "The herd girl's dream",' kondigde Victor aan, 'van August Lavitsky.' Hij begon met een paar gebroken akkoorden en zong toen het herdersliedje. Ik probeerde het liedje met wat tegenmelodieën te begeleiden. In het begin was ik tamelijk nerveus, maar langzamerhand werd ik wat rustiger. De kaarsen in de enorme kandelaar die op de piano stond, gaven een gezellig licht en ik zag dat de mensen in de zaal tevreden glimlachten. Ik stelde me voor dat ik rond de eeuwwisseling in een Victoriaans landhuis voor een paar vrienden speelde. Na een poosje was ik volkomen ontspannen.

'Treasures that gold cannot buy', 'Look for me when the lilacs bloom', 'Only a bunch of violets' – we speelden het ene nummer na het andere van de stapel bladmuziek op mijn standaard. Bij elk nummer improviseerde ik op de melodie en dat ging me vrij gemakkelijk af. De mensen in de zaal dansten op onze muziek, en toen we een pauze namen, begonnen ze heftig te protesteren. Ze bleven ons tot ruim na elven smeken om door te spelen.

Tegen middernacht deed Victor de klep van de vleugel dicht en zoende me op beide wangen. 'Sinds Rosemary Clooney in 1954 samen met mij "pretty kitty doyle" heeft gezongen, toen ze hier bij haar tante op bezoek was, heb ik niet meer zo leuk met iemand samengespeeld,' zei hij. Toen keek hij even bezorgd: 'Je gaat toch niet weer flauwvallen?'

'Ik voel me prima, Doc. Uitstekend.' En dat was waar. Ik had muziek gemaakt. Ik had mensen plezier bezorgd. Ik voelde me tevreden.

De manager van de club, Jack Winkler, kwam aangelopen met een biljet van honderd dollar. 'Je was een groot succes, jongedame.

Ik zou het leuk vinden als je volgende week weer komt spelen, wat vind je ervan?' Hij gaf me het geld en verschoof zijn tandestoker van de ene mondhoek naar de andere.

'Dat ligt ook aan Doc,' zei ik. Ik wilde niet zijn territorium binnendringen.

Doc maakte een buiginkje en zei dat hij zich vereerd zou voelen. Toen zei hij tegen Winkler: 'Alleen moet je haar de volgende keer tweehonderdvijftig betalen.'

De manager spuugde zijn tandestoker uit zijn mond. 'Dat is wel een beetje te gek.'

'Voor een solist uit New York? Die in haar eentje Carnegie Hall vol krijgt?'

Winkler sputterde nog wat tegen, maar gaf uiteindelijk toe.

'Ik heb nog nooit in Carnegie Hall gespeeld,' fluisterde ik tegen Doc toen Winkler weg was.

'Nee, maar dat zou je heel goed kunnen,' zei Doc. Hij pakte zijn bladmuziek en blies de kaarsen uit. 'Nu even over de repetitie. Wat dacht je van maandag drie uur?'

43

Na de volgende donderdag kwam er weer een donderdag, en daarna weer een. Victor Victoriana en Lillian Muffet zorgden ervoor dat de Sunrise Country Club elke donderdagavond stampvol zat. Jack Winkler was tevreden en mijn vader was apetrots. Ik wilde mijn verdiensten besteden aan het huishouden, maar daar wilde mijn vader niets van weten. 'Jij bent mijn gast, mijn dochter, en jij houdt dat geld zelf. Begrepen?'

Na een poosje had ik behoorlijk wat geld gespaard. Ik begon steeds meer te verlangen naar wat anders dan liedjes als 'They call her April, but she is my queen of the May.' Ik miste Mozart en Beethoven en ik dacht erover om weer kamermuziek te gaan spelen. Misschien dat ik wel weer eens in een orkest zou kunnen komen.

Ik werkte hard en raakte de tel van de dagen een beetje kwijt. De weken werden maanden en mijn verdriet begon wat te verzachten. Ik dacht wel voortdurend aan Nicky. Maar ik huilde niet meer zoveel. Ik sliep ook minder. Ik kreeg weer wat meer energie. Ik ging af en toe voor mijn vader koken, bemoeide me wat meer met zijn bezoek en maakte het huis schoon. Toen ik op een dag wat rommel aan het opruimen was, vond ik een doos waarop 'Elena' stond geschreven. Ik wilde de doos openmaken, maar iets weerhield me daarvan. Wat zou erin kunnen zitten behalve wat oude foto's, brieven en papieren? Onnozele spullen waarschijnlijk. Toch kreeg ik ineens een koude rilling en ik zette de doos terug in de kast. Waarom zou ik de oude foto's van mijn moeder willen bekijken, de vervagende relikwieën van de vrouw die me in de steek had gelaten, die mij als klein kind alleen had gelaten in een koude, harde wereld? En toch stond ik daar nu, zoveel jaren daarna, tegen de deur van een kast haar naam te fluisteren: 'Mama.' Ik zei het steeds harder, tot ik het woord bijna uitschreeuwde, zoals ik ook om haar had geroepen toen ik van Nicky aan het bevallen was. Wat er toen uit mijn keel was gekomen, was geen vage roep om hulp, niet iets wat zomaar uit mijn mond kwam. Ik wist nog dat ik diep en moedeloos ademhaalde en uit alle macht om mijn moeder had geroepen.

Bernie bleef contact houden. 'Heb je iets nodig?' vroeg hij steevast als hij me belde.
   'Nee.'
   'Je vader heeft me verteld dat je weer fluit speelt.'
   'Ja, dat klopt.'
   'Wat leuk zeg.'
   'Dank je. En hoe gaat het met jou?'
   'Goed.'
   'Mooi zo.'
   Na een dergelijke dialoog bleef het meestal een poosje ijzig stil. Als ik had opgehangen, vroeg ik me altijd af hoe het mogelijk was dat de man met wie ik achttien jaar had samengeleefd en van wie ik een kind had gekregen, nu alleen nog maar een verre stem door de telefoon was.

44

Ik deed de voordeur open met de stofdoek nog in mijn hand.

'Bent u Nora Watterman?' vroeg de man die op de stoep stond met een enorme bos bloemen in zijn hand.

'Ja.'

'Dan is dit voor u.'

Het boeket was zó groot en zó mooi, dat ik me haast niet kon voorstellen dat het voor mij was bedoeld. Maar mijn naam stond op het kaartje, dus tekende ik en nam ik het boeket aan.

'Hartelijk gefeliciteerd!' stond er op het kaartje. 'Het echte cadeau komt op de negenentwintigste. Liefs van Stephanie.'

Ik was helemaal vergeten dat ik jarig was. Was het vandaag al negentien december? En was ik nu negen- of achtendertig geworden? Ik telde het na. Negenendertig. Hoe kon ik nu ineens al bijna veertig zijn? Wat had ik op mijn vorige verjaardag gedaan? Ik plofte neer op een keukenstoel en dacht na. Vorig jaar had ik mijn verjaardag gevierd met een zekere Theo in zijn vrijgezellenappartement in New York. Bernie was de stad uit en had me nog gebeld. Hij had door de telefoon erg vals 'Lang zal ze leven' gezongen en beloofd dat hij iets voor me zou meenemen, wat hij trouwens nooit had gedaan. Nicky had ontbijt voor me gemaakt – twee te hard gekookte eieren en aangebrande toost. Maar hij had mijn ontbijt wel op bed gebracht en me zijn cadeau gegeven: een paar witte, gebreide pantoffels, die Hal later nog stuk had geknauwd.

'Wat leuk!' had ik geroepen, toen ik zijn cadeautje had uitgepakt.

'Echt?' Zijn ogen glinsterden van plezier.

'Echt hartstikke leuk.'

'Je kunt ze ook in bed dragen. Daarom heb ik ze ook gekocht. Je hebt toch vaak koude voeten?'

'Ja, dat klopt.'

Hij had me op mijn voorhoofd gezoend en gezegd dat hij moest opschieten om niet te laat op school te komen. Toen was hij de trap afgerend en naar school gegaan, mijn lieve, lieve zoon. En ik, zijn schaamteloze, overspelige moeder, was op de trein gestapt naar die Theo Bradshaw. Had ik echt van die man gehouden? Ik kon het me niet eens meer herinneren. En hoe had ik dat toch allemaal kunnen doen: de smoezen, de geheime plannen en de gevaarlijke ontmoetingen. Toen ik er weer aan dacht, voelde ik niets meer; ik had er haast geen herinnering meer aan.

'Wat is er?' vroeg mijn vader, die de keuken binnenkwam en zag dat ik zat te huilen boven de bos bloemen.

'Niks, maar ik ben zo ontroerd,' zei ik, terwijl ik hem Stephanies kaartje gaf.

'O jee, ben je vandaag echt jarig?' vroeg hij schaapachtig.

Op dat moment hoorde ik een paar stemmen in de gang roepen: 'Verrassing!' en de keukendeur zwaaide open. Ineens stond de keuken vol. Iedereen had iets bij zich: champagne, cadeautjes.

'Ze vindt het echt heel leuk,' zei mijn vader terwijl ik steeds harder begon te huilen en de omhelzingen en zoenen zo goed mogelijk probeerde te overleven.

'Op alle volgende,' zei Eleanor, terwijl ze haar glas hief.

'Volgende wat?' vroeg Claire. Alice sloeg haar derde glas champagne achterover en Marlene, die een soort pilotenpak had aangetrokken, sneed de taart.

'Helemaal opeten!' zei Doc, en gaf me een enorm stuk taart. 'Zo'n magere fluitiste vinden de mensen niet leuk.'

Mijn vader gaf me de bladmuziek die hij uit New York had laten komen – de sonates van Bach, Bärenreiter-uitgave, en alle sonates van Händel. Hij gaf me ook een houten muziekstandaard die hij had ingelegd met antieke tegeltjes.

'Gefeliciteerd, hoor!' zei hij verlegen toen ik hem overlaadde met omhelzingen en zoenen. Toen gaf hij me een envelop. 'Dit is met de post voor je gekomen.' Ik maakte de envelop open: er zaten drie kaartjes in voor een optreden van het kamerorkest uit Krakau onder leiding van Marek Rudiakowski, met Stephanie Saunders, violiste, in het concertgebouw van Phoenix op 29 december om 20.00 uur.

Dus, mijn 'echte cadeau' was Stephanie Saunders te horen spelen? Wat een egocentrische en arrogante dame was het toch! En wat leuk vond ik het! Ik kon haast niet wachten om haar weer te zien. Stephanie!

'Wat is het?' vroeg mijn vader.

'Hoe zou je het vinden om samen met mij naar een concert van Stephanie Saunders te gaan in Phoenix, op 29 december?'

'Leuk, alleen… hoe moeten we daar komen?'

'Ik breng jullie wel!' riepen de vier dames tegelijk. Claire, Eleanor, Alice en Marlene keken elkaar fel aan.

'Hoeveel kaartjes heeft ze gestuurd?' vroeg mijn vader.

Vier gezichten keken me aan. Ik schraapte mijn keel. 'Drie,' zei ik.

'Laat mij dan meegaan,' zei Doc. Hij knipoogde naar me en zei tegen de vier concurrenten: 'Nora is dat wel aan me verplicht, na alles wat ik voor haar heb gedaan. Vinden jullie ook niet?'

45

De kerstdagen kwamen in zicht, maar waren ook weer snel voorbij. Er waren overal feestjes met papieren sneeuwvlokken, gebak en kerstliedjes. De dagen vlogen om. Op eerste kerstdag was het over de dertig graden. Er was een kerstdiner op de club en ondanks de airconditioning was het van ijs gemaakte rendier al snel gesmolten en in de plumpudding gedrupt. Doc en ik zongen kerstliedjes en we hadden ons zelfs verkleed: Doc als kerstman en ik als engeltje (dankzij de klerenkast van Marlene). Nadat we het liedje 'I saw mommy kissing Santa Claus' zo goed en zo kwaad als het ging hadden gespeeld, boog Doc zich over de piano naar me toe en fluisterde: 'Maar goed dat we binnenkort eens echte muziek te horen krijgen.'

Echte muziek. Zo langzamerhand begon ik daar wel heel erg naar te verlangen. Ik verslond de sonates van Bach die mijn vader voor me had laten komen. Ik kon maar geen genoeg krijgen van Händel. Ik probeerde de stukken met Doc te spelen, maar hij kon me niet bijhouden. 'Ik speel op mijn gevoel, maar technisch ben ik heel slecht,' zei hij verontschuldigend. 'Je moet maar een echte pianist zoeken.'

Maar hoe? En waar? En met wie?

'Victor Victoriana en Lillian Muffet?' grinnikte Stephanie, toen ze me een paar dagen voor het concert belde om te vragen of ik ook echt naar het concert zou komen. Maar meteen daarna zei ze dat ze het heel goed vond dat ik weer aan het spelen was.

'Ach, het houdt me van de straat.'

'En dat niet alleen.'

'Wel als je alleen maar wat riedeltjes speelt bij liedjes als "Take me with you to the land of love".'

Stephanie lachte en zei dat ik moest zien dat ik mensen vond om echte muziek mee te maken.

'Hier? Tussen al die bejaarden?'

'Er moeten in Phoenix toch ook jonge muzikanten zijn. Vraag het symfonieorkest eens, of het arbeidsbureau. Of doe een paar audities.'

'Dat kan ik niet.'

'Waarom niet?'

'Ik weet het niet, ik kan dat echt niet.'

'Natuurlijk kun je dat wel. Luister eens…'

Een gevaarlijke stilte. Ik wist dat ze op een plan zat te broeden.

'Ik zal weleens met Rudiakowski praten. Neem je fluit maar mee, de negenentwintigste. Na het concert kun je vast wel even voorspelen.'

'Nee, alsjeblieft niet!'

'Waarom niet? Dan kun je mooi wennen aan audities.'

'Ik ga nog liever dood.'

'Nora, je bent toch niet van plan om die Ophelia-scène in de vijver nog eens over te doen?'

Typisch Stephanie om me daar aan te herinneren. 'Nee,' zei ik. 'En bedankt dat je daar zo'n leuk grapje over maakt.'

'Ik bedoelde niet… Ik wilde…'

'Laat maar.'

'Oké. Oké. Ik kan trouwens haast niet wachten tot je Marek hebt ontmoet.' Ik meende een warme klank in haar stem te horen toen ze zijn naam zei.

'Wat is er trouwens met die Bartolomeo gebeurd?'

'Die Italiaanse fokstier? Die had thuis een vrouw en een paar kinderen op stal staan.'

'Jammer.'

'Vind je dat jammer? Je had eens moeten zien hoe jammer hij het vond toen ik tegen hem zei dat hij zijn carrière nu wel kon vergeten.'

'Stephanie, dat kun je toch niet maken?'

'Wat is erop tegen om eens flink wraak te nemen?'

'Heel veel.'

'Maak je maar geen zorgen. Ik kan toch geen stokje voor zijn carrière steken. Hij heeft veel te veel talent. En hij ziet er goed uit. En hij is ook nog eens allercharmantst. Verder is het een grote klootzak. Met andere woorden: een echte ster.'

'Vergeet hem toch.'

'Ik ben hem al vergeten.'

'En die Poolse prins?'

'Marek?' Ze aarzelde. 'We zijn oude vrienden. Ik had eigenlijk met hem in Salzburg zullen spelen, maar toen heb ik afgezegd voor Nicky's...'

'Begrafenis,' zei ik in haar plaats. 'Dat is geen scheldwoord, hoor.'

Hoe kon ik zo luchtig doen terwijl ik het kerkhof nog steeds voor me zag – de lijkwagen, de kist, het gehuil, de lange rouwstoet...?

Er viel een lange stilte, totdat Stephanie, zo luchtig mogelijk, verderging. 'Dus heb ik tegen Marek gezegd dat ik nog wel een gaatje kon vinden voor Phoenix om het goed te maken. Dat is dus toch nog goedgekomen.'

'Klaar!' kondigde ik aan. Ik kwam binnen in een Eleanor-outfit – een eenvoudig rood mantelpakje met een korte rok, een parelsnoer en hoge zwartleren pumps. Ik had mijn haar geföhnd en me een beetje opgemaakt. Doc floot naar me en mijn vader, in zijn beste pak, knikte goedkeurend.

'Zullen we dan maar?' stelde Doc voor.

'Oké,' zei mijn vader. En tegen mij zei hij, alsof ik nog een klein meisje was: 'Nora, ben je klaar om te gaan? Geplast en je neus gesnoten?'

46

Stephanie liet bijna haar Stradivarius vallen. 'Mijn hemel,' zei ze toen ik de deur van haar kleedkamer in het concertgebouw van Phoenix opendeed. 'Wat is er met jou gebeurd?'

'Ik ben naar de kapper geweest.'

'Maar wat staat dat leuk! Je ziet er prachtig uit!' zei ze, terwijl ze me verbaasd aankeek. Ze legde haar viool op een tafeltje en omhelsde me stevig.

Daarna kuste ze mijn vader, die een beetje verlegen zei: 'Veel succes vanavond.'

'Dokter Victor Stillwell,' zei ik. Hij schudde Stephanies hand en zei dat hij haar werk erg bewonderde, dat haar vertolking van Brahms met het filharmonisch orkest van Philadelphia de mooiste uitvoering was die hij kende en dat hij dacht dat Mozart in D-mineur vanavond voor hem vergelijkbaar zou zijn met een zonsopgang boven de Alpen.

'Dank u, dokter Stillwell,' zei Stephanie, op een wat flirtende toon. 'Ik heb trouwens gehoord dat u een geweldige pianist bent.'

'Ik was een geweldige dokter. Als pianist kan ik ermee door. Maar de laatste tijd ben ik zeer geïnspireerd door uw vriendin, die prachtig fluit speelt.'

Stephanie lachte naar me. 'Ze speelt goed, hè?'

'Goed? Ze is geweldig. Ze speelt lyrisch, zeer expressief. Ze is een muzikant in hart en nieren. Zoals u. Maar u...'

'Ik,' onderbrak Stephanie hem, 'ik kan nu beter nog wat spelen, anders zult u straks wensen dat u was thuisgebleven.'

'Nee, dat kan ik me niet voorstellen!' zei Doc. Ik was nogal geschokt om te zien dat Stephanie zich wel tot hem aangetrokken voelde.

'Hij is vijfenzeventig!' fluisterde ik tegen haar, toen hij en mijn vader ons nog even alleen lieten.

'Nou en? Ik vind hem nog steeds aantrekkelijk.'

'Jij bent echt hopeloos,' zei ik tegen haar. Toen zoende ik haar op beide wangen. 'Maar je bent fantastisch.'

'Ik? Wat dacht je van jezelf?' Ze schudde haar hoofd. 'Ik vind het echt ongelooflijk. Het is alsof iemand je met een toverstaf heeft aangeraakt.' Toen zei ze, bang dat ze me had beledigd, 'niet dat je er vroeger niet goed uitzag, maar nu...'

Ze lachte en zei: 'Wens me maar succes.'

'Dat heb je niet nodig.'

'Doe het toch maar.'

'Oké. Veel succes,' zei ik, en ik lachte naar haar, mijn beste en oudste vriendin.

Marek Rudiakowski was klein en dik en had een kortgeknipte baard. Hij rende het podium op alsof hij een trein moest halen, boog naar het publiek en draaide zich met zijn armen omhoog om. Nog voordat het applaus was weggestorven, klonk de eerste maat door de zaal. Het kamerorkest van Krakau gaf een precieze, maar robuuste vertolking van een concert van Arcangelo Corelli. De groep, die uit ongeveer twintig musici bestond, speelde intens en energiek. Ik bestudeerde de gezichten van de muzikanten. Ik vond dat die gezichten *karakter* uitstraalden. De mannen zagen er charmant en beschaafd uit. De vrouwen waren ontegenzeglijk aantrekkelijk, met hun hoge jukbeenderen en volle, gladde gezichten. Krakau. Ik moest steeds weer aan die naam denken. Waar lag Krakau eigenlijk? Ergens in het land van Chopin en Paderewski, ergens in het land waar mijn moeder was geboren, in het land waar mijn moeder zo'n ellende had gehad. Ik herinnerde me dat ze in de keuken stond, naar de radio luisterde en zei: 'Chopin heeft drieënvijftig mazurka's geschreven toen hij in Frankrijk met een vrouw samenwoonde die zich als een man kleedde. Hij heeft ze geschreven omdat hij heimwee had naar Polen, waar de vrouwen jurken dragen, prachtige geborduurde jurken...'

Na Corelli kwam Stephanie Saunders zeer elegant op. Ze zag er oogverblindend uit in haar schitterende jurk en haar glanzende haar. Het gefluister in de zaal stierf weg toen ze ging stemmen en vervolgens naar Marek knikte dat hij kon beginnen. Haar gezicht verried uiterste concentratie. Ze had een schitterende, heldere toon. Haar intonatie was van een etherische eenvoud, en zelfs het simpelste akkoord stond als een huis. Bij het andante was ik zó ontroerd dat ik moest huilen, terwijl het rondo me weer aan het lachen maakte. Na afloop kreeg ze een geweldige ovatie, waaraan ik enthousiast deelnam.

'Hier kunt u niet langs,' zei iemand van het personeel toen Doc, mijn vader en ik in de pauze naar de kleedkamers wilden. 'Ik ben een goede vriendin van Stephanie Saunders,' zei ik, en we liepen door. We prezen Stephanie in alle toonaarden, maar tot onze verbazing was ze zelf verre van tevreden. 'Hebben jullie die krassende hoge C dan niet gehoord, midden in dat langzame stuk? Jezus, ik leek wel een krolse kat. En dan dat laatste stukje van het rondo? Afschuwelijk!'

Ze zat maar te klagen over haar spel, maar ineens vroeg ze aan Doc, met een lief glimlachje: 'Vond je het echt mooi?'

Ik probeerde niet al te geschokt te kijken toen ze gretig naar de loftuitingen van Doc luisterde. Ik was blij toen de bel klonk ten teken dat de pauze was afgelopen.

'Gaan jullie maar vast,' zei Doc. 'Ik kom er zo aan!'

'Ja, dat zal wel,' zei mijn vader, die even verbaasd keek, maar me toen met een geamuseerde blik aankeek.

47

We wachtten tot het tweede deel van het concert zou beginnen. Ik luisterde naar de kakofonie van instrumenten die werden gestemd. Ik vroeg me af of de fluitist zenuwachtig zou zijn. Het was een wat oudere man met grijs haar. Hij keek ernstig terwijl hij zijn solo's en een paar snelle loopjes oefende. Ik dacht aan mijn eerste optreden in een orkest, een jaar of twintig geleden. Ik herinnerde me hoe zenuwachtig ik vlak voor het begin altijd was en hoe die zenuwen altijd omsloegen in opwinding en een drang om te beginnen. Toen Marek zijn baton neersloeg, leek het wel alsof ik zelf op het podium stond, alsof ik in de vierde van Beethoven die hoge bes speelde, een octaaf boven de andere blazers. Ik luisterde aandachtig naar de strijkers, naar het krachtige decrescendo tegen de achtergrond van de aanhoudende octaven. Ik voelde me alsof ik boven die strijkers zweefde, alsof ik door Beethovens mysterieuze introductie naar het onstuimige allegro vivace werd getrokken. Marek dirigeerde goed en duidelijk. Ik zou hem gemakkelijk kunnen volgen. Ik zou een enthousiaste zilveren toon hebben gehad, niet het vermoeide en rafelige geluid dat de grijze fluitist produceerde. Ik zou die partij best kunnen spelen. Ik zou het tien keer beter kunnen. Maar ik wist natuurlijk wel dat de beste spelers altijd in de zaal zitten. Ik zou het eerst maar eens moeten bewijzen. Maar hoe? Als ik een baan als fluitist wilde, moest ik eerst auditie doen. En daar had ik veel lef en zelfvertrouwen voor nodig…

Na het concert stelde Stephanie me voor aan de dirigent. 'Dit is Nora Watterman, mijn beste vriendin. Ze is een zeer goede fluitist.'
'Ja, dat zie ik zo,' zei Marek, die me van top tot teen bekeek. Hij pakte mijn hand en hield die vlak voor zijn lippen, terwijl hij vroeg of ik eens voor hem wilde spelen.
'Ja, dat lijkt me leuk,' zei ik dapper.
'Ik heb wat problemen met Laszlo, mijn eerste fluitist. Heb je dat gehoord?' zei Marek vertrouwelijk.
'Ik vond dat hij uitstekend speelde,' zei ik.
'Je bent aardig,' zei Marek. Hij hield mijn hand nu met beide handen vast. 'Dat is leuk. Maar Laszlo?' Hij schudde zijn hoofd. 'Zijn gezondheid is ook niet zo best, maar hij wil zich niet laten behandelen, omdat hij bang is dat hij er dan voorgoed uit ligt. Ik heb hem beloofd dat ik dat niet zal doen, maar dat helpt niets.' Hij

haalde zijn schouders op en keek me aan. 'Dus jij bent een goede fluitist?'

Ik bloosde en stamelde dat dat wel ging.

'Ze speelt prachtig!' zei Doc.

'En ze is ook nog Pools!' zei Stephanie plagerig.

'Echt waar?' Marek veegde zijn voorhoofd af met een handdoek en bekeek me nog eens goed. 'Waar kom je dan vandaan?'

'Haar moeder is in Warschau geboren,' legde mijn vader uit. 'En mijn ouders ook.'

'*Czy pan mówi po polsku?*' vroeg Marek aan mijn vader.

Mijn vader keek hem op een wat vreemde manier aan. 'Nee, ik spreek geen Pools,' zei hij koeltjes. 'Ik spreek liever Jiddisch.'

Marek gaf mijn vader een klapje op zijn schouder. '*Nu? Was machts du?*'

'Spreek jij Jiddisch?' vroeg Stephanie verbaasd.

'Ja, natuurlijk,' zei Marek glunderend. 'Toen ik klein was, speelde ik altijd met joodse kinderen, voordat ze werden weggehaald.'

Mijn vader begon te hoesten en Stephanie vroeg, geforceerd vrolijk: 'Waar zullen we trouwens gaan eten? Ik sterf van de honger!'

48

We gingen met zijn vijven eten. Mijn vader was stil en sneed zorgvuldig in zijn kip. Doc moest rijden en hield het bij Shirley Temples – gemberbier met kersesap. Stephanie en Marek begonnen een beetje aangeschoten te raken en zaten voortdurend flauwe grappen te maken. Ik dronk ook het ene glas wijn na het andere, terwijl Doc de conversatie op peil probeerde te houden.

'Het is toch tamelijk ongewoon dat een kamerorkest Beethoven speelt?' vroeg hij.

'Beethoven vindt het niet erg, hoor!' giechelde Stephanie.

'Ik bedoel, meestal wordt het toch met meer strijkers gespeeld?'

Stephanie sloeg op de tafel. 'Ja, maar van al dat gestrijk word je doodziek, hoor!' Marek sloeg een arm om haar heen, kneep in haar arm en begon haar op haar wang te zoenen.

Ik haalde mijn schouders op en lachte naar Doc, terwijl Stephanie vroeg: 'Wat is het verschil tussen een violist en een ui?'

We begonnen met zijn drieën al te giechelen. Mijn vader keek strak, maar Doc lachte toegeeflijk en zei: 'Ik geef het op.'

'Niemand begint te huilen als je een violist in stukjes snijdt!'

Marek moest zó hard lachen dat hij bijna stikte. De tranen liepen over zijn wangen. Toen hij eindelijk weer wat lucht kreeg, sloeg hij met zijn vuist op tafel en vroeg: 'Hoe noem je een violist in een Pools orkest?'

Stephanie en ik keken elkaar verbaasd aan. Een muzikantengrap die we nog niet kenden?

'Nou, hoe noem je die dan?' vroeg Stephanie.

Marek snikte van het lachen en wilde de clou vertellen, maar krabde zich toen op het hoofd en trok aan zijn baard. 'Ik kan het woord niet vinden.' Hij dronk zijn glas leeg. 'In het Pools is het *powtórzenie.*'

'Overbodig,' vertaalde mijn vader, met een wrange glimlach om zijn mond.

Met Stephanie aan zijn ene en ik aan zijn andere arm, liep Marek van het restaurant naar de auto van Doc. Mijn vader en Doc zaten geduldig te wachten. Toen Marek uitgebreid en hartelijk afscheid nam van de twee mannen in de auto, vroeg ik fluisterend aan Stephanie of ze verliefd op hem was.

'Nee, ben je gek. Af en toe vrijen we met elkaar. Hij is getrouwd.'

'Stephanie!' zei ik geschokt.

'Wat is daar nou verkeerd aan?'

'Hetzelfde als wat er verkeerd was met die, hoe heet-ie, die Bartolomeo.'

'Totaal verschillend.'

'Waarom?'

'Omdat Bartolomeo mij nooit heeft verteld dat hij getrouwd was.'

'Het was een groot genoegen om kennis te maken,' zei Marek. Hij stond vlak bij me en ik kon zijn zurige adem ruiken.

'Het genoegen was geheel aan mijn kant,' zei ik een beetje lallend. 'Het was een geweldig concert. Magnifiek!'

'Jij bent echt een gepassioneerde vrouw!' riep Marek uit, terwijl hij me vastpakte. 'Dat is heel goed. Je speelt vast als een engel op je fluit! Als een gepassioneerde engel!' Met veel lawaai zoende hij me op mijn mond. 'Zul je eens voor me spelen?'

Gelukkig was mijn vader uitgestapt om me uit de klauwen van de vurige dirigent te redden.

'Ik bel je nog!' beloofde Stephanie. Ik stapte in de auto en stootte mijn hoofd.

'*Dziękuję*!' riep Marek. '*Bardzo Dziękuję*!'

Ik leunde uit het raampje en wenste ze nog veel succes met de rest van de tournee voordat we wegreden. Ik haalde mijn hoofd binnen en leegde de inhoud van mijn maag op de achterbank.

49

'Drink dit maar op.' Ik werd de volgende ochtend wakker en zag dat mijn vader op de rand van mijn bed zat met een glas in zijn hand. 'Doc heeft het gebracht. Het is zijn geheime recept tegen katers.'

Dus dat was de verklaring voor het gehamer in mijn hoofd en die dooie ratten in mijn maag. Ik dacht aan de avond ervoor en nam het glas aan. 'Wat smerig!' sputterde ik tegen, maar dronk het drankje toch op. Ik liet me achterover vallen en probeerde mijn ogen scherp te stellen op het gezicht van mijn vader. Hij lachte naar me en keek geamuseerd.

'Ik ben blij dat jij het tenminste grappig vindt.'

Hij knikte. 'Ik ben blij dat jij weer zo vrolijk meedoet.'

'Waaraan?'

Hij zuchtte. 'Aan het leven.'

Ik speelde met een knoopje van zijn hemd. Knoop. Nicky's eerste woordje. 'Wat was het eerste woord dat ik kon zeggen?' vroeg ik aan mijn vader.

Hij keek me verbaasd aan en haalde zijn schouders op. 'Denk je dat ik dat nog weet?'

'Nee,' zei ik, teleurgesteld. 'Zoiets onthouden alleen moeders.'

Hij streek over mijn hand. Ik voelde een golf van misselijkheid en treurigheid over me heen komen en draaide mijn hoofd weg. Het bed wiebelde toen mijn vader opstond en plotseling aankondigde dat hij me iets moest laten zien.

Het duurde lang voor hij terugkwam. Toen hij de kamer weer binnenkwam, was ik weer in slaap gesukkeld. Ik werd wakker en voelde me iets beter.

'Kijk maar eens,' zei hij. Hij had een doos op de grond gezet en ging ernaast zitten. Ik herkende de doos waarop 'Elena' stond geschreven. Het was de doos die ik een paar weken geleden had gezien en waar ik niet in had willen kijken. En dat wilde ik nu zeker niet.

'Kijk. Moet je eens kijken.' Mijn vader zwaaide met een foto. 'Jullie zijn echt als twee druppels water. Kijk nou even.'

'Ik voel me niet goed…'

'Als je even kijkt, voel je je wel beter,' beloofde hij. 'Kom nou even hier!'

Versuft kroop ik uit bed om hem een plezier te doen. Ik ging naast hem bij de doos op de grond zitten. Aarzelend pakte ik de foto van hem aan. Ik keek naar de foto en mijn moeder keek terug. Haar haar was iets lichter dan het mijne, maar het had dezelfde slag en dezelfde dikte. Ze droeg het achterover waardoor haar voorhoofd zichtbaar was. Ze had exact hetzelfde voorhoofd en dezelfde ogen als ik. Haar volle lippen waren een beetje geopend, alsof ze op het punt stond om te gaan lachen of juist te gaan huilen.

'Die foto is gemaakt in het jaar dat ze is gestorven,' zei mijn vader moeilijk. 'Ze was nog maar vijfendertig. En bekijk deze eens.' Hij gaf me een andere foto.

De foto was aan het strand genomen. Ik kon me nog steeds de ranzige geur van de metro en de verstikkende hitte herinneren. Op de foto had mijn moeder een zwempak aan en hield ze de hand van een klein meisje vast – dat was ik. Ik keek naar haar omhoog, alsof ik verbaasd was, en zij keek in de verte, naar de zee. Ze was slank, ze had prachtige benen en een zelfbewuste houding. Was dat mijn moeder? Of stond de echte Elena op de volgende foto – met een hoed en een korte donkere jurk. De foto was genomen voor ons huis van bruinrode zandsteen aan West Twenty-third Street. Ze keek ontwijkend de andere kant op. Of was het de foto waarop ze samen met mijn vader stond? Mijn vader zag er sterk en stil uit en mijn moeder, keurig gekleed, had een angstige uitdrukking op haar gepoederde gezicht.

'Ze was mooi, vind je niet?' zei mijn vader. 'En ze hield verschrikkelijk veel van je.'

Ik trok mijn wenkbrauwen op. 'Echt waar?'

'Twijfel je daaraan?'

Ik keek hem aan. 'Wil je dat echt weten?'

'Ik vraag het toch.'

'Oké. Ja, soms betwijfel ik of ze wel zoveel van mij hield.'

'Ze aanbad je,' zei hij.

'Laat nou maar.'

Maar hij was vastbesloten om mij te overtuigen. 'Echt waar! Ik denk niet dat er iemand meer van een kind kan houden dan zij deed!'

'Alsjeblieft. Hou erover op.' Maar dat deed hij niet. Ik voelde dat ik kwaad begon te worden.

'Ze hield van jou. Ze heeft je nooit kwaad gedaan. Ze heeft altijd van je gehouden.'

'Ze is doodgegaan!' riep ik uit.

'Denk je dat ze met opzet is gestorven? Ben je gek geworden?'

Ik keek hem aan en probeerde rustig te blijven. 'Ouders die van hun kinderen houden, moeten zich verantwoordelijk gedragen,' zei ik, zo beheerst mogelijk. 'Als er een dodelijke ziekte is, laten ouders zich daartegen inenten. Dus leg jij dan maar eens uit waarom deze vrouw, die zoveel van mij hield, geen inenting wilde tegen polio?'

Mijn vader zuchtte. 'Ik heb haar beloofd dat ik het daar nooit met jou over zou hebben.'

'Waarover?'

'Over de dingen die met haar zijn gebeurd. Daarginds.'

'Alsjeblieft,' protesteerde ik. 'Je bedoelt toch niet weer die verdomde holocaust.'

Hij wees beschuldigend naar me. 'Ja, het gaat wel weer over de holocaust, Nora! En dat is géén verhaaltje wat te vaak is verteld, laat ik je dat vertellen, jongedame. Dat heeft zijn sporen nagelaten. Op je moeder. En op mij. En ook op jou! Dat zijn onuitwisbare sporen die nooit meer weggaan. Nooit meer. Begrijp je dat dan niet?'

Ik zag de aders in zijn slapen kloppen. Zijn gezicht was lijkbleek. Ik was bang dat hij een hartaanval zou krijgen. 'Het spijt me,' mompelde ik. Ik probeerde zijn hand te pakken, maar die trok hij weg. Ik wist niet hoe ik het moest goedmaken.

Mijn vader bleef een tijdje zwijgend zitten. Hij had zijn gezicht weggedraaid en ik hoorde dat hij snikte. Zijn schouders gingen op en neer.

'Gaat het wel?' vroeg ik een paar keer. 'Pap?'

Eindelijk keek hij me aan. Op kalme en vriendelijke toon zei hij: 'Nora, luister eens. Jij hebt je zoon verloren. Dat was een afschuwelijk ongeluk. Maar jouw moeder heeft haar hele familie verloren. Dat was geen ongeluk en daardoor misschien nog wel afschuwelijker. Zij wilde niet dat jij ooit zou weten wat zij heeft meegemaakt.'

Ik stak mijn hand uit. Mijn vader pakte mijn hand, sloeg zijn arm om me heen en drukte me hard tegen zich aan.

Ik staarde naar de doos. Ik werd ineens nieuwsgierig, op een treurige manier. 'Wat zit er nog meer in die doos?'

'Kijk zelf maar,' zei hij.

Ik aarzelde. 'Zitten er ook foto's uit Polen in?'

'Nee, niet één.'

'Geen familiefoto's?'

'Niets. Niemand heeft het overleefd. Niemand.'

'Wat zit er dan in?'

'Durf je niet te kijken?'

'Natuurlijk wel,' loog ik. Ik probeerde zo nonchalant mogelijk de doos naar me toe te trekken en haalde er een pakketje brieven uit, die met een rood lint waren samengebonden. 'Liefdesbrieven?' vroeg ik, terwijl ik het stapeltje aan hem gaf.

Mijn vader haalde het lint eraf en keek naar de brieven. 'Verzoeken om schadeloosstelling,' legde hij uit. 'Je moeder wilde die verzoeken indienen, maar dat heeft ze nooit gedaan.'

'Waarom niet?'

'Omdat ze vond dat geld niets zou goedmaken.'

Ik knikte. 'En dit?'

Mijn vader keek naar de envelop die ik aan hem gaf. 'Dat is een brief uit Polen.'

'Waarover?'

Hij maakte de brief open, las een paar regels en stopte hem toen weer in de envelop. 'Je moeder heeft een poosje met deze man gecorrespondeerd, vlak voordat ze stierf. Ze kende hem uit het kamp...'

'En?'

Mijn vader schudde zijn hoofd. 'Mesjogge. Een volslagen idioot. Moet je je voorstellen, die man is na de oorlog weer gewoon in Krakau gaan wonen!'

Ik staarde naar de Poolse woorden op de envelop. Ciesclav, dat moest de naam zijn. Zoveel medeklinkers. En daaronder het adres. Szeroka 7, Krakau. Ciesclav, Szeroka-straat 7 in Krakau. Een hele mond vol. 'En wat schrijft die mesjogge vent?'

Mijn vader hield zijn wijsvinger tegen zijn slaap en mompelde: 'Hallo, hoe gaat het ermee, hoe is het leven in het luxe Amerika, enzovoort enzovoort.'

'Nee, serieus, wat schrijft hij precies? Alsjeblieft?'

Mijn vader streek ongeduldig het papier glad. '"Lieve kleine Elenka..." Gestoord. Ze was toen al vijfendertig.'

'Geen commentaar. Gewoon vertalen, oké?'

Hij zuchtte en ging toen verder. 'Ik woon nu in Krakau en ik werk in een fabriek. Ik ben met Magda getrouwd. Herinner je je Magda nog? Ze was samen met mij op transport vanuit Zamosc. Ze woont nu in Israël, omdat het leven hier voor haar te hard is. Ik ben ook niet zo gemakkelijk om mee te leven. Ik hoop dat het haar goed gaat. Ik voel me niet verbitterd tegenover haar, of tegenover wie dan ook wat dat betreft. Ik ben dankbaar dat ik hier nu ben, dat ik werk heb, dat ik een mooi appartement heb, ook al lekt de waterleiding af en toe. Hoe is het in het rijke Amerika? Ik ben je niet vergeten, kleine Elenka, met je lach en je goedheid. Ik ben ook niet vergeten dat als jij er niet was geweest, ik hier niet deze brief had zitten schrijven. Ik wens je het allerbeste, ook voor je gezin. God zegene je. Je vriend Stanislav Ciesclav.'

Mijn vader deed de brief weer in de envelop.

'Dat ik zonder jou hier niet was geweest?' Ik keek naar mijn vader. 'Wat bedoelt hij?'

Hij haalde zijn schouders op. 'Dat heb ik ook aan je moeder gevraagd. Ze zei dat ze hem helemaal niet had geholpen. Zij was elf. Hij was niet veel ouder. Wat kon een kind toen in godsnaam doen?'

'Maar hij schrijft toch…'

'Luister, die man is getikt, wat weet ik er verder van?'

Ik knikte langzaam en dacht aan Stanislav Ciesclav, die ervoor had gekozen om in het land te wonen waar hij zoveel ellende had meegemaakt. En ik dacht aan de 'lach' van mijn moeder. Zou zij in het kamp gelachen hebben? En haar 'goedheid'? Zou zij in die omstandigheden iets voor haar medegevangenen hebben gedaan? Zou zij echt die Ciesclav hebben gered? Zou dat mogelijk zijn?

'Nora?' Mijn vader keek me bezorgd aan. 'Gaat het wel?'

'Ik dacht na.'

'Waarover?'

'Over mama. Waarom ik zo weinig van haar weet, van haar leven…'

'Hier. Kijk hier maar eens naar. Dit zegt wel iets over haar.' Hij gaf me een klein houten doosje en gebaarde dat ik het moest openmaken. In het doosje lag een lokje zwart haar met een klein roze strikje erom. Er lag een vergeeld stukje papier bij. Ik herkende het handschrift van mijn moeder. 'Nora voor het eerst naar de kapper' stond erop.

'Ze heeft alles van je bewaard.' Mijn vader pakte een stapeltje tekeningen uit de doos, een paar rapporten, gegevens over mijn gewicht en lengte. 'Zie je nou wel? Ze hield van je!'

Ik zag het. Maar ik vond het erg pijnlijk om het allemaal te zien en het me te herinneren. We leken zoveel op elkaar, zij en ik. 'Net twee koekjes uit hetzelfde vormpje!' zei mijn moeder als we samen in de spiegel keken. 'En nu... eet het grote koekje het kleintje op!' Ze knabbelde in mijn nek en dan gilde ik van plezier. Maar ik verdween niet. Zij was het die langzaam was verdwenen, onherroepelijk. Het was gebeurd voordat ik haar echt had leren kennen.

Vervuld van diep en bitter verdriet en herinneringen stelde ik de verboden vraag aan mijn vader: 'Wat is er nu echt met haar gebeurd in de oorlog?'

Hij deed het kleine houten doosje dicht. 'Wat er in de oorlog met je moeder is gebeurd, heeft ze achter zich gelaten. Daarginds. Heel ver weg. En daar blijft het ook.'

'Pap,' drong ik aan. 'De tijd is nu gekomen dat ik het moet weten. Zij kan het me niet meer vertellen. Jij moet het me vertellen.'

'Ik heb haar beloofd...' Hij wreef over de stoppels op zijn kin.

'Soms is het goed om een belofte te breken.'

'Deze niet. En dat mag je ook niet van me vragen.'

'Ik weet dat haar ouders en haar broer zijn weggehaald en dat ze die nooit meer heeft gezien, maar hebben we enig bewijs dat ze zijn omgekomen?'

'Daarvan zijn geen bewijzen.'

'Maar hoe kunnen we dan zeker weten dat ze er niet meer zijn?'

'Dat is zeker. Absoluut zeker.' Zijn gezicht stond hard. 'Zo is het genoeg, Nora.'

Ik gooide boos de stapel papieren weer in de doos. 'Dat zei zij ook altijd. "Noraleh, genoeg over de oorlog. Dat is geen onderwerp voor een klein meisje."' Ik keek mijn vader aan. 'Ik ben nu toch geen klein meisje meer. Ik vind dat we het er nu wél over moeten hebben'

'Waarom nu?'

'Omdat... ik haar mis. Ik wil haar beter leren kennen.' Mijn onderlip begon te trillen, maar ik slikte de brok in mijn keel weg en keek mijn vader aan. 'Help me om haar te leren kennen. Alsjeblieft.'

Hij bekeek mijn gezicht. Toen pakte hij een foto van Elena en keek er vertederd naar. 'Ze had een pop, die heette Kasha. Ze was toen erg klein. En ze had thuis een kamer die ze erg mooi vond, met kanten gordijnen en groengeschilderde muren. Ze lag op haar bed met Kasha en stelde zich voor dat het groen een bos was en dat de gordijnen wolken waren...'

Mijn vader keek verdrietig. Het was pijnlijk voor hem om over mijn moeder te vertellen en het was wreed van me om meer te vragen. Maar ik kon me niet bedwingen. 'En?'

Hij zuchtte en ging met tegenzin verder. 'En ze hadden een gelukkig gezin. Een prachtige jeugd. Toen werd ze meegenomen naar

Auschwitz, waar haar jeugd ophield, waar ze doodziek werd en bijna doodging. Maar ze heeft het overleefd.' Hij keek naar zijn handpalmen en haalde zijn schouders op. 'En meer hoef je niet te weten.'

Ik voelde een scherpe steek door mijn hart, van kwaadheid. 'Hoe weet jij nou wat ik moet weten?' Ik ging steeds harder praten. 'En als ik nu eens alles wil weten, elk klein detail, zoals wanneer mijn moeder ziek werd, wat er precies met haar aan de hand was, hoeveel koorts ze had en wie er voor haar zorgde? Of wat ze te eten kreeg en waar ze sliep? Wie ben jij om tegen mij te zeggen wat ik wel en niet mag weten?'

Hij pakte mijn hand. 'Ik ben je vader. En ik hou van je.'

'Dat weet ik godverdomme ook wel!' schreeuwde ik. 'Maar als jij mij niets wilt vertellen, hoe moet ik er dan uitkomen?'

Langzaam legde hij de foto's en de papieren op stapeltjes. 'Ik verwacht dat je nu ophoudt met vragen stellen,' zei hij. Hij legde voorzichtig de spullen van mijn moeder terug in de doos waarop 'Elena' was geschreven.

50

Ik liep op blote voeten de tuin in om een roos te plukken voor Nicky's vaas. Het was avond en bladstil. Er hing een bleke maan in de lucht, die zo kwetsbaar leek als een eierschaal. Hoog in de lucht vloog een vliegtuig. Waar zou het naartoe gaan? Wie zouden erin zitten? En waarom waren die mensen op reis? Plotseling zat ik zelf in het vliegtuig en keek ik door een klein vierkant raampje naar de maan.

'Nora?' vroeg de vrouw die naast me zat. Ik keek opzij en zag dat mijn moeder naast me zat. Ze lachte.

'Waar gaan we naartoe, mama?' vroeg ik, terwijl ik mijn hoofd op haar schouder legde en haar zoete parfum rook.

'Ver weg,' zei ze. 'We gaan daar naartoe.'

'En hoelang duurt het voor we er zijn?'

'Niet zolang,' beloofde ze. Ze stopte de deken om me goed in. 'Hiermee kun je vast goed slapen.'

Ze gaf me een pop met blond krullend haar die een roze satijnen jurkje en kleine witte schoentjes aanhad.

'Ze heet Kasha,' zei mijn moeder.

Ik hield Kasha stevig vast en keek naar mijn moeder. Ik voelde haar wimpers over mijn gezicht strijken alsof het vlindertjes waren, en ik voelde iets warms en nats op mijn neus.

'Huil je, mama?' fluisterde ik. Ze antwoordde niet. 'Ben je verdrietig?'

'Nee,' zei ze, terwijl haar tranen over mijn gezicht liepen en ik de zoute smaak proefde. 'Niet meer.'

Ik ging rechtop zitten en knipperde in het ochtendlicht. Ik keek op mijn horloge. Had ik zestien uur geslapen? Was ik echt zo lui? Ik sprong uit bed en liep naar de douche.

Ik sloot mijn ogen en liet de waterstraal over mijn gezicht lopen. Door het water, dat net als de tranen van mijn moeder over mijn gezicht stroomde, herinnerde ik me ineens mijn droom weer. Waarom had ze in die droom gehuild? Ze had gezegd dat ze nu niet meer verdrietig was. Waren het tranen van vreugde, omdat we samen ergens naartoe gingen? We waren samen nooit ergens naartoe gegaan, behalve naar het strand.

'Zullen we ergens heengaan?' zeurde ik vaak.

'Waarom zouden we ergens heengaan als we hier alles hebben?'

'Om dingen te zien.'

'Zoals wat?'

'Zoals de krokodillen in Florida. En de bergen in Wyoming. En de filmsterren in Hollywood.'

'Jij bent mijn eigen ster,' zei ze dan en wenkte me naar zich toe om me te omhelzen. Wenkte me naar zich toe. Ik liet de zeep vallen terwijl die zin zich in mijn hoofd bleef herhalen. Toen ik klaar was met douchen, had ik een idee gekregen. Ik kleedde me aan en dacht erover na.

Ik pakte de atlas uit de boekenkast in de kamer en keek op de kaart van Europa. Daar lag het, daarginds, zo ver weg. Tussen Duitsland, Tsjechoslowakije en Zweden: het land waar mijn moeder en de ouders van mijn vader waren geboren – Polen. Het land waar mijn wortels lagen. Hoe zou het daar zijn, in dat verre land? Ik keek op de kaart van Polen en zag Warschau in het noorden en Krakau in het zuidwesten liggen. En vlak bij Krakau lag Oświęcim! Mijn moeder gebruikte die naam als een vloek – Oświęcim! De Duitsers noemden het Auschwitz. En zij vervloekten die plaats niet. Ik staarde lang naar die naam: ik voelde me er tegelijkertijd door aangetrokken en afgestoten. Ik voelde de behoefte om er zelf te gaan kijken, om die afschuwelijke plaats met eigen ogen te zien. Wat zou ik er vinden? Ik wist het niet precies. Maar als ik naar Krakau ging, zou ik met Ciesclav kunnen praten en kunnen achterhalen wat mijn moeder had doorstaan. Misschien dat ik daarna geen vragen meer zou hebben, zoals mijn vader wilde.

Maar waarvan zou ik de reis moeten betalen? Ik had wel wat geld verdiend met mijn optredens samen met Victor, maar dat zou nauwelijks genoeg zijn voor de reis alleen, en ik moest daar natuurlijk ook geld hebben.

Gefrustreerd deed ik de atlas dicht en zette die terug in de kast. Ik ging helemaal nergens heen. Ik had geen geld. Ik was gedwongen om hier te blijven. Ik zou voor mijn vader koken en af en toe in de Country Club optreden. Ik zou samen met al die weduwen oud worden en de rest van mijn leven hier verknoeien, tenzij ik ergens een baan kon vinden… Plotseling schoot een idee door mijn hoofd. Met een kloppend hart rende ik naar de telefoon.

'Ben je gek geworden?' schreeuwde Stephanie in de hoorn. 'Ben jij soms een of andere Poolse grap aan het uithalen?'

Ik had haar gebeld in Albuquerque, de volgende plaats in haar toernee met Rudiakowski. Ik had haar gestoord bij een repetitie. Dat vond ze niet leuk. Ik had tegen haar gezegd dat ik een baan nodig had.

'Oké. Maar waarom daar?'

'Krakau is een van de grootste cultuurcentra van de wereld. Dat heb je zelf gezegd.'

'Ik heb gelogen. Krakau is verschrikkelijk. Ze hebben daar niet eens groente. Je raakt daar binnen een week in een depressie.'

'Ik ben nu ook al depressief. En afhankelijk. En ik kan niet eeuwig op kosten van mijn vader blijven leven. Ik moet zien dat ik hier wegkom voordat ik in een fossiel verander.'

'Waarom doe je dan geen auditie voor een orkest hier in de goeie ouwe Verenigde Staten?'

'Omdat ik geen ervaring heb. En ik ben te oud. Er zijn tegenwoordig jonge meiden genoeg die me zo het podium af spelen. Misschien dat ik een kans maak als ik terugkom.'

'Polen is niet gewoon een buitenland, Nora, dat weet je best. Waarom wil jij nu per se naar een land waar iedereen juist uit weg probeert te komen?'

'Er is daar de laatste tijd toch heel veel veranderd? Al die verbeteringen, die vrijheid…'

'Al die antisemieten. Wel eens van Auschwitz gehoord?'

'Ja, dat ligt vlak bij Krakau.'

'Leuk,' spotte ze. 'Kun je daar in het weekend heen.'

'Misschien doe ik dat wel.'

'Jezus, wat ben jij pervers!'

'Ik ben niet pervers. Ik ben gewoon praktisch. Die fluitist van Marek moet naar het ziekenhuis, maar hij maakt zich zorgen dat hij dan voorgoed zal worden vervangen. Ik bied mezelf gewoon aan als tijdelijke vervanging.'

'Ik wil niet pessimistisch zijn, maar in Krakau zit een tweede fluitiste die erg jong, mooi en ambitieus is…'

'Daarom wil Laszlo zich natuurlijk niet laten behandelen. Zij vormt een bedreiging voor hem. Maar ik? Ik ben alleen maar een Amerikaanse, een tijdelijke oplossing tot hij weer beter is. Snap je?'

'Nee, ik snap er niets van. Tenzij… je zit toch niet achter Marek aan?'

'Ben je gek? Hij is walgelijk! Ik bedoel… Ik wil je niet kwetsen hoor, maar…'

Aan de andere kant van de lijn bleef het stil.

'Steph?'

'Laat maar.'

'Sorry.'

'Ja, dat zal wel. Jij wilt om de een of andere reden naar Krakau, maar je zegt niet waarom. Is het soms een strafexpeditie? Heb je jezelf nog niet genoeg gekweld?'

'Daar gaat het helemaal niet om,' zei ik.

'Waarom dan wel? Waarom wil je daar nu met alle geweld heen?'

Ik kon haar niet over mijn droom vertellen, over mijn moeder, en over de drang die ik voelde om naar Polen te gaan. Het was allemaal zo persoonlijk, zo vaag. Hoe kon ik het uitleggen? Zou ze het wel begrijpen? Uiteindelijk vertelde ik haar dat ik er genoeg van had om niets te doen te hebben en medelijden met mezelf te hebben. 'Ik heb eindelijk eens een positief idee, en ik bel mijn beste vriendin om me aan te moedigen. Waarom doe je zo negatief?'

Ik hoorde dat ze aan de snaren van haar viool plukte. 'Ik ben ook wel positief. Je hebt gelijk. Je moet maar eens voorspelen voor Marek. Dan heb je in elk geval ook eens een auditie gedaan.'

'Oké.' Ik glimlachte en keek op mijn horloge. 'Denk je dat het om vijf uur zou kunnen?'

'Vandaag? Kun je vanmiddag nog hier zijn?'

'Waarom niet?'
'Maar we zitten in New Mexico. Jij bent in Arizona. Ligt Albu-
querque niet ver van Phoenix?'
'Niets ligt ver van Phoenix,' zei ik. 'Nu niet meer in elk geval.'

51

Alice schakelde over naar de vijfde versnelling en drukte het gaspedaal in. Ik voelde de wind in mijn haren en zag de woestijn voorbijglijden: strepen oranje en roze en aquamarijn.
'We zijn halverwege en liggen goed op koers!' schreeuwde Alice.
Ze had een autobril en een helm op en droeg een knaloranje overal
waarop 'Le Mans' stond. Ze vond het prachtig dat ik haar had
gevraagd om mij zo snel mogelijk naar Albuquerque te brengen.
Ze wilde haar eigen record breken, dat voor deze afstand stond op
vijf uur en drieëntwintig minuten.
'Vijf uur negentien!' gilde ze toen we de stad binnenreden. 'Als
jij nu even die auditie doet, ga ik even winkelen.' Ik bedankte haar
uitbundig en stapte uit de Porsche. Mijn knieën knikten en mijn
blaas stond op springen. Ik hing mijn canvas tas over mijn schouder
en liep het hotel binnen, naar de suite van Stephanie om daar nog
een uurtje te oefenen voor de auditie.

'Leonora Drie?' vroeg hij, en ik speelde – met het nodige vertoon
– de fluitsolo uit de ouverture van Beethoven.
'Bravo!' riep Marek. 'Heb je Daphnis bij je?'
Ik werkte me door Ravels strakke toonladder omhoog naar de
solo uit Daphnis en Chloë, en speelde de laatste zin met veel bra-
voure.
'Superbe!' verzuchtte Marek. 'De vierde van Brahms?'
Ik wist dat hij een stukje uit het laatste deel bedoelde, waarin de
fluit ingetogen en in het laagste octaaf speelt. Ik speelde het met
een vol geluid, zacht, maar toch sterk.
'Wat een toon,' zei hij. 'Sensueel. Weelderig.'
'Dank je.'
Marek lachte naar me vanuit zijn leunstoel en knikte. 'Je hoeft
me niet te bedanken. Laszlo en ik moeten jou bedanken.' Hij ging

staan en hield de revers van zijn jasje vast, dat strak om zijn omvangrijke middel zat. Hij ijsbeerde door de kamer en bleef toen vlak voor me staan. Zijn ogen keken me doordringend aan en zijn adem was afstotelijk. 'Het idee is geniaal. En nu ik je heb horen spelen, en ik heb gehoord dat je perfect bent, ben ik helemaal overtuigd. Ik neem je!'

Gevangen in zijn plotselinge omhelzing, probeerde ik adem te krijgen en aan de toekomst te denken. Ik dacht aan een warm welkom dat ik van mijn nieuwe collega's zou krijgen, ik hoorde flarden Mozart en ik zag mezelf op een podium in mijn geboorteland staan.

'Wie had kunnen denken dat dit ooit mogelijk zou zijn – samenwerking en vriendschap tussen onze landen?' Marek liet me los zodat ik weer adem kon halen en bevestigend kon knikken. 'En nu, door de nieuwe politieke situatie, kan alles binnen twee minuten worden geregeld! Een visum is geen probleem, alleen kunnen we je niet in harde valuta betalen. Is het goed als je je salaris in zloti's krijgt, net als de andere muzikanten?'

'Ik verwacht geen speciale behandeling.'

'Maar die krijg je wel! Ik zal een mooi appartement voor je regelen in Krakau. De eigenaar is een professor die een poosje in Wenen werkt. Is dat goed?' Hij liep naar de telefoon.

'Klinkt goed!' zei ik.

'En ik ben dikke vriendjes met de staatssecretaris van Cultuur in Krakau, Lukasz Slezick. Ik ga hem nu bellen. Hij zal heel blij zijn met de publiciteit!'

'Publiciteit?'

'Natuurlijk!' Marek draaide het nummer en terwijl hij op de verbinding wachtte, las hij de krantekoppen voor die hij al voor zich zag: "Eindelijk Harmonische Samenwerking – Amerikaanse fluitiste vervangt Poolse collega met nierstenen die in Krakau niet kunnen worden verwijderd." Wat dacht je daarvan?'

Maar voordat ik iets kon zeggen, begon Marek al in de telefoon te roepen. Ik voelde mijn maag samentrekken door de opwinding en de angst. Ik ging zitten: een beetje duizelig door de snelle gebeurtenissen.

52

In Krakau is het vast niet kouder dan hier, dacht ik toen ik over Fifth Avenue naar het Poolse consulaat liep. De koude wind sneed genadeloos door mijn kleren. Ik bekeek de prachtige etalages waarin de nieuwe lentemode alweer hing. Ik had de kraag van de rode wollen jas die ik van Stephanie had geleend, opgezet en struinde richting Madison Avenue.

'Neem die minkjas maar,' zei ze toen we in haar kast keken.

'Daar ben ik allergisch voor.'

Maar ze wist wel beter. 'Allergisch? Tegen er goed uitzien? Je gaat me toch niet vertellen dat jij een van die idioten bent die geen dooie dieren willen dragen, maar ze wel willen eten?'

Ik haalde mijn schouders op. Als Stephanie eenmaal aan de gang was, had het weinig zin om haar tegen te spreken. 'Wat dacht je van een jutezak?' Ze rukte de rode jas van de hanger. 'Is dit eenvoudig genoeg?'

De jas had glimmende gouden knopen, een zwarte kraag, een smalle taille en liep van onderen wijd uit. Hij deed me denken aan een jas die ik ooit eens bij Macy's had zien hangen toen ik met mijn moeder aan het winkelen was. Ik vond die jas prachtig en wilde alleen maar die jas, maar we konden het niet betalen. Ik paste Stephanies jas en draaide rond waardoor de jaspanden in het rond zwierden.

'Mevrouw is tevreden?' vroeg ze spottend.

'Mevrouw is uitzinnig.' Ik bleef staan. 'Of vind je hem te fel? Ik wil niet opvallen...'

'Liefje,' zei Stephanie. 'Met zo'n gezicht erboven val je toch wel op, of je het nu leuk vindt of niet. Of zal ik zo'n lelijke wollen muts voor je kopen om alle mannen van je weg te jagen?'

'Nee bedankt: ik koop er liever zelf iets bij,' zei ik opschepperig. 'Ik heb mijn salaris van de Country Club opgespaard. Meer dan tweeduizend dollar!'

'Je bent rijk!' riep Stephanie uit. 'Als je tweeduizend dollar meeneemt naar Polen en ze daar inwisselt, heb je wel een kruiwagen nodig om al die zloti's in mee naar huis te nemen.'

Huis. Het woord klonk net zo vreemd als ik me voelde. Ik had helemaal geen thuis meer. Linden Hill was gewoon een huis ergens op een heuvel in een ver stadje. En daar woonde een man die Bernard T. Watterman heette. Eens waren we getrouwd. We kregen een zoon. Maar de zoon was doodgegaan.

'Kunnen we niet samen koffie drinken voordat je weggaat?' had Bernie gevraagd toen ik hem had gebeld over mijn paspoort.

'Koffie?'

'We moeten een paar dingen bespreken.'

Waarschijnlijk bedoelde hij een scheiding. De scheiding van onze wereldse zaken. 'Je mag alles hebben,' zei ik. 'Stuur de papieren maar op, dan teken ik wel.'

'Nora...' Hij schraapte zijn keel en zuchtte toen. 'Ik wil je gewoon graag zien.'

Het zou zeer pijnlijk zijn. Het zou me heel erg aan Nicky herinneren. Ik vond het geen goed idee. 'Ik kan niet,' zei ik. 'Ik heb geen tijd.'

'Oh,' zei hij, en na een poosje: 'Je zult wel iemand anders hebben?'

Ik iemand anders? Absurd. Maar Bernie zei niets en wachtte op mijn antwoord. Ik probeerde zo volwassen mogelijk te klinken: 'Ik ben er nog niet klaar voor om echt met andere mensen om te gaan.'

Hij schraapte zijn keel weer. 'Ik denk dat het belangrijk is om veel mensen te zien. Voor ons allebei.'

'Dat moet je zelf weten,' zei ik. 'Ik teken alles wat je maar wilt.'

Ik kon horen dat hij ongeduldig werd. 'Moet alles zo formeel?'

'Hoe wilde je anders van me scheiden, dat is toch een formele zaak?'

'Scheiden?' Hij klonk geschrokken.

'Dat wil je toch?'

'Waarom wachten we niet eerst af tot je terugkomt? Waarom kijken we dan niet nog eens hoe het gaat?'

'Maakt mij niet uit.'

'Maakt mij niet uit? Wat is dat nou weer voor een dooddoener.'

'Sorry,' mompelde ik, hoewel het me helemaal niet speet. Niet meer. Ik voelde me heel ver van hem verwijderd. Ik zou naar het oostblok gaan, door het pas geopende ijzeren gordijn. Ik ging een nieuw leven tegemoet, maar wat er op me te wachten lag, leek me al duister en somber genoeg. Ik kon niet ook nog eens een keer zijn verwijten verdragen.

'Heb je dat artikel in de Daily News gelezen?' vroeg hij.

'Waarover?'

'Over jou. Over je reis. Dat het een symbool is voor de culturele uitwisseling tussen Polen en de Verenigde Staten, bla, bla, bla... en een leuke foto erbij.'

'Echt? Ik vraag me af hoe ze aan die foto komen.' Alsof ik dat niet wist. Marek had om allerlei materiaal gevraagd voor de publiciteit en dat gebruikte hij ook.

'Het is die oude foto, in die gele jurk.'

'Die waarop ik er als een eend uitzie?'

Bernie lachte. 'Ik heb je al zolang niet gezien, schatje…' Hij bleef even stil en zei toen met ferme stem: 'Dus je gaat een leuke tijd tegemoet.'

'Ik ga aan het werk.'

'Je hebt ook vast wel tijd om iets leuks te doen.'

'Ik geloof niet dat je in Polen iets leuks kunt doen.'

Ik kon horen dat hij zuchtte. Toen zei hij: 'Zul je goed voor jezelf zorgen, Nora?'

Voor mezelf zorgen? Had ik dat ooit gedaan? Ik kon me alleen maar herinneren dat ik voor mijn zoon en mijn man had gezorgd. Toch was de gedachte dat ik nu dingen voor mezelf ging doen, en dat ik daarbij helemaal alleen zou zijn, een beetje beangstigend. Ik was mijn hele leven nog niet eens ergens alleen naartoe gereisd. Ik had wel vakanties georganiseerd, reizen geboekt, maar Bernie had altijd geld gewisseld, taxi's geroepen, hotels gezocht, rekeningen betaald, de weg gevonden en alles geregeld…

Voor mezelf zorgen? 'Ja, dat zal ik doen,' zei ik, alsof ik wist hoe dat moest. 'Jij ook,' voegde ik eraantoe. 'Pas goed op jezelf.'

De vice-consul, Patinsky, had een moedervlek op zijn kin waar twee donkere haren uit groeiden, als een antenne. Het was erg warm in zijn kantoor en tamelijk donker. Op de geboende parketvloer lagen oosterse tapijten en de muren waren met houten panelen afgewerkt. Op zijn grote eikehouten bureau stond een bord met een halfopgegeten boterham met kip en stukjes komkommer.

'Dat is zo wel in orde,' zei hij, terwijl hij met een klap op zijn nietmachine mijn twee pasfoto's aan mijn visum vastmaakte.

'Dank u,' zei ik, en ik kreeg bijna de slappe lach toen ik zag hoe zijn lange bakkebaarden wiebelden als hij praatte. Het was allemaal nogal komisch. Ik kreeg een werkvergunning van een man met een antenne. Ik ging naar Europa. Naar Oost-Europa nog wel.

'Spreekt u Pools?'

Ik beet op de binnenkant van mijn lip. 'Nee,' zei ik. 'Mijn ouders spraken Pools tegen elkaar als ik iets niet mocht horen.'

'Ja, ouders,' zei hij, terwijl zijn bakkebaarden meewiebelden. 'Het is een moeilijke taal.'

'Al die medeklinkers,' zei ik. Ik kon mijn lachen haast niet meer inhouden. De vice-consul lachte ook, als een zeeleeuw die om vis bedelt.

'Ik denk dat het met u in mijn land wel goed zal gaan, dat zie ik zo,' voorspelde hij. 'U hebt gevoel voor humor. In Polen is het erg belangrijk om gevoel voor humor te hebben.'

'Dat zal ik onthouden,' giechelde ik kinderachtig toen hij me mijn paspoort aangaf en met me meeliep naar de deur van de wachtkamer, waar een paar somber uitziende mensen in de rij stonden te wachten. Dankzij een telefoontje van maestro Rudiakowski had ik direct door mogen lopen, langs de rij. Terwijl ik langs de wachtende mensen liep, zag ik hoe nijdig ze naar me keken, zodat mijn lach snel verdwenen was en ik vlug naar de deur liep. Buiten werd ik begroet door een snijdende poolwind.

Ik was een beetje gedesoriënteerd en liep naar het oosten in plaats van naar het westen. Plotseling zag ik dat ik op Park Avenue was aangekomen, een eind bij Stephanies appartement vandaan. Ik was ijskoud geworden en ik zag nergens een bus of een taxi. Zo zul je je waarschijnlijk ook in Krakau voelen, zei ik tegen mezelf. Alleen, koud en ellendig.

Ik rilde en liep door. Over twee dagen zou ik op een vliegtuig stappen naar dat voor mij onbekende verre land, naar de sombere toendra's, naar het ijzige Polen. En waarom wilde ik dat eigenlijk zo nodig? Hoe had ik toch in godsnaam een dergelijk krankzinnig plan kunnen maken? Ik probeerde in de ijzige kou de antwoorden op deze vragen te bedenken, toen ik ineens uitgleed over een stukje ijs. Ik kon me nog net aan de paal van een verkeersbord vasthouden zodat ik met één knie over de grond schuurde. Geschrokken ging ik de hal van een groot kantoorgebouw binnen. Ik deed mijn jas een stukje omhoog en zag dat mijn linkerknie bloedde. Het begon pijn te doen. Ik strompelde naar de veiligheidsagent, die in de hal achter een bureau zat, en vroeg om wat verband en een pleister. 'Mevrouw, het is hier geen ziekenhuis,' antwoordde de man kortaf.

'Dank u,' zei ik stomverbaasd. Ik liep weg, met de tranen in mijn ogen. Er liepen een paar mannen in cameljassen en met aktentassen voorbij. Ze letten niet op me. Ik leunde tegen de marmeren muur van de hal en keek naar de stoet belangrijke mannen die onbevreesd door de draaideur naar buiten liepen. Ik wilde mijn hand wel uitsteken en me aan de arm van een van die mannen naar een gezellig appartement laten meenemen waar mijn prins mijn knie zou verbinden, mijn tranen zou wegvegen en voor altijd voor me zou zorgen, zoals een van hen ooit had gedaan. Hij was zo galant, zo sterk en toegewijd geweest. 'Ik hou van je, voor altijd,' had hij tegen me gezegd. 'Als je me ooit nodig hebt, zal ik er voor je zijn…'

Theo Bradshaw! Híj zou me wel uit deze wanhopige situatie vol twijfels komen redden. Híj zou ervoor zorgen dat ik mijn zelfopgelegde strafexpeditie naar Polen zou opgeven. We konden samen een leven opbouwen, een goed leven…

Ik draaide me om en liep naar een van de telefooncellen die als reddingsboeien tegen de muur waren opgesteld.

'Liefste,' kreunde Theo toen hij me in zijn armen nam en me op zijn bed legde in het appartement waar hij nog steeds alleen woonde.

'Ja,' fluisterde ik. Ik wilde dit net zo graag als hij. Hij was bang dat hij mijn knie pijn zou doen en dus legde hij me heel voorzichtig neer. Toen hij in me kwam, schreeuwde hij het uit, maar ik voelde niets, geen verrukking, geen afkeer. Ik lag doodstil. Toen hij weer op adem was gekomen, fluisterde hij: 'Liefste, mijn arme, arme liefste. Gaat het wel? Heb ik je geen pijn gedaan?'

'Nee, het gaat goed,' verzekerde ik hem, terwijl ik wist dat ik me echt goed voelde, dat onze ontmoeting de oplossing zou zijn en het antwoord op alles. Deze liefhebbende man was me onmiddellijk komen redden op Park Avenue en had me meegenomen naar zijn wachtende auto, mijn wond verzorgd en naar mijn verdrietige verhaal geluisterd. Hij had gezegd dat hij nog steeds van me hield. Dat hij voor me wilde zorgen en me zou beschermen. 'Nora,' had hij gezegd, 'ik kan het niet verdragen dat je zulke afschuwelijke dingen hebt moeten doormaken en dat ik daar niets van wist. Waarom heb je me niet gebeld?'

'Dat heb ik ook gedaan. Je was de stad uit.'

'Ik was er niet toen je me het hardst nodig had?' Hij kuste mijn gezicht. 'Het spijt me. Het spijt me zo. Maar nu ben ik er wel. Nu zijn we samen, zoals is voorbeschikt. We worden samen gelukkig, ik beloof het je.'

Het zou allemaal weer net als vroeger worden. Maar waar bleef die vervoering van vroeger dan? Waarom voelde ik dan zo weinig?

'Wat is er?' vroeg Theo, toen hij voelde dat mijn lichaam verstijfd was nadat we samen de liefde hadden bedreven.

'Ik weet het niet. Ik voel me gewoon… Ik kon niet…'

Hij ging rechtop zitten en draaide me voorzichtig naar zich toe. 'Je hebt een afschuwelijke tijd doorgemaakt, Nora. Je moet geduld met jezelf hebben.'

'Dat probeer ik ook wel.'

'Je moet niets proberen. Laat het allemaal maar over je komen.

We hebben toch alle tijd van de wereld? Er is nu niets meer dat ons in de weg staat. We kunnen nu voor altijd bij elkaar blijven.'

Theo legde zijn hoofd tegen mijn borsten en ik streelde zijn haar. Ik vroeg me af waarom ik me uitgerekend nu – nu ik geen man en geen kind meer had – zo onvrij voelde. Ik had gehoopt dat mijn liefde voor Theo wel weer zou opbloeien. Maar wat kon ik ook verwachten? Ik had de afgelopen maanden nauwelijks aan Theo gedacht, ik had niet naar hem verlangd, ik had hem niet nodig gehad. Waar was de liefde gebleven die me zó aan hem had gebonden, die me ooit mijn huwelijk in de waagschaal had doen leggen? En wat had me eigenlijk zo aangetrokken in Theo? Ik had hem altijd zo goddelijk gevonden, maar was hij dat eigenlijk wel? Had ik hem zelf op dat voetstuk gezet? Door hem zo te aanbidden, had ik hem op een afstand gehouden: een afstand die voor mij erg veilig was geweest. Maar de dood van Nicky had alle veiligheid verbrijzeld, en door mijn verdriet was ik niet in staat iets anders te voelen. Daarom lag ik hier nu niet naast die god van vroeger, maar naast Theo Bradshaw.

Ik dacht aan zijn moeder en stelde me voor dat ze weer op haar oude vertrouwde plekje zat, met haar deken over haar knieën geslagen en haar felle blauwe ogen die me doordringend aankeken. 'Je bent geen klein meisje meer,' zou ze zeggen. 'Je moet nu wel weten wat je wilt.'

'Wat is er?' vroeg Theo. Hij merkte dat ik me steeds afstandelijker opstelde. Hij keek naar me op, met zijn vriendelijke, intelligente ogen. 'Nora?'

Ik keek lange tijd naar zijn mooie gezicht. 'Ik kan niet met je verder Theo,' zei ik. 'Misschien is het te snel na Nicky's dood, misschien…'

'Stil maar.' Hij legde zijn wijsvinger op mijn lippen. Hij glimlachte naar me; het was een bitterzoete glimlach die verried dat hij begreep wat ik bedoelde. 'Ik begrijp het wel.'

'Echt waar?'

'Ja. En op een dag zul jij het ook begrijpen.' Hij keek me aan, met een warme, liefdevolle blik in zijn ogen. Toen stond hij op en pakte zijn kamerjas. Hij trok hem aan en vroeg op quasi-luchtige toon: 'Hoe gaat het met je knie?'

'Goed,' zei ik. 'Bedankt dat je me bent komen redden.'

'Jij had niet gered hoeven worden. Dat is nooit zo geweest,' zei hij triest.

'Vergeef je het me?'

'Natuurlijk.' Hij lachte. Zijn glimlach was nog niets veranderd:

een beetje scheef, een klein beetje maar: de perfecte imperfectie. 'De vraag is Nora, of jij het jezelf ooit zult vergeven.'

53

'Ik sta op Kennedy Airport,' schreeuwde ik boven het lawaai uit.
  'Dus je bent onderweg?' vroeg mijn vader, alsof hij daar verbaasd over was. Toen ik hem over mijn plannen vertelde, had hij daar niets tegenin gebracht. Als hij al vermoedde dat ik op zoek zou gaan naar Ciesclav, liet hij daar niets van merken. 'Pas maar op voor die Polen,' was zijn enige advies. Misschien was hij het niet echt eens met mijn keuze, maar we wisten beiden dat het tijd werd dat ik vertrok. Zijn vriendinnen wisten dat ook en ze organiseerden een afscheidsfeestje voor me. Ik kreeg zelfs allerlei cadeautjes, zoals warm ondergoed, een flanellen badjas en een paar slippers met konijntjes erop, die ik op slinkse wijze thuis had weten te laten.
  Ik had een baan en ik had een missie. Ik was eindelijk vrij om dingen te gaan ontdekken en te onderzoeken. Maar nu ik op het grote vliegveld in een telefooncel stond, en op het punt stond te vertrekken, sprongen de tranen in mijn ogen. Om mezelf ervan te overtuigen dat het nu eindelijk zover was, gilde ik: 'Ja! Ik ben onderweg!'
  'Bel je me als je bent aangekomen?'
  'Als het lukt. Ik heb gehoord dat er niet veel telefoons zijn.'
  'Schrijf je me dan? En wees voorzichtig. En... Nora...'
  'Ja?'
  Ik hoorde dat hij diep ademhaalde voordat hij zei: 'Ik hou van je.'
  Ik zag voor me hoe hij in de keuken stond te telefoneren en over de stoppels van zijn baard streek. 'Ik hou ook van jou, pap. En pas goed op je vriendinnen en...'
  De rest van mijn afscheid werd gesmoord in mijn tranen en in het keiharde geluid van de omroepinstallatie: 'Vlucht twee-vijf-twee van Lot Polish Airlines vertrekt van gate B-6.'
  Ik zei mijn vader gedag en met mijn tas over mijn schouder verliet ik de voor mij bekende wereld. Als een robot liep ik naar het vliegtuig dat me naar een andere planeet zou brengen.

169

II

…De zon die in de berm ligt
heft zijn toverstaf en maant
de reizigers tot stoppen.
Ze staan bewegingloos
in de glazen boze droom
terwijl de krekel zachtjes tsjirpt
naar het onzichtbare
en de dansende steen
zijn stof verandert in muziek

54

Vlucht 252 zat zó stampvol dat ik de knieën van de man achter me in mijn rug kon voelen. De stoelen waren met een afschuwelijke stof bekleed: sombere bruine rozen, blauwe anjers en paarse madeliefjes. De passagiers waren stil. Een vrouw in een beige uniform smeet een plastic blad met daarop een bord op mijn schoot waarop een aantal kennelijk eetbare dingen in een modderig aandoende saus dreven. 'Drinken?' snauwde ze, en toen ik een seconde aarzelde en probeerde vast te stellen welke van de piepkleine flesjes ik het beste kon nemen om zo snel mogelijk dronken te worden, was ze alweer verdwenen. Nadat ik al behoorlijk lang had zitten gebaren en wuiven, kwam er eindelijk iemand op me af aan wie ik twee glazen wodka vroeg. Na een tijdje hield ik op met mezelf zorgen te maken of het hoofd van de enorm dikke, slapende vrouw naast me al dan niet op mijn schouder zou vallen, en viel ik zelf in een diepe slaap.

Ik werd wakker van de stem van de gezagvoerder die iets in het Pools mompelde. De gordijntjes waren nu opengeschoven. Ik zag een paar grijze wolken als stofbollen voorbijrollen. Ik kreeg een ontbijt van keiharde broodjes en bittere koffie. De landingskaarten werden uitgedeeld. We naderden Warschau, waar het volgens de gezagvoerder tien graden onder nul was en de temperatuur snel daalde.

Ik liep samen met de andere passagiers in een rij over het vliegveld. Er waaiden een paar sneeuwvlokken in mijn gezicht, waardoor ik wat wakkerder werd. We sjouwden naar de terminal. Binnen rook het sterk naar een desinfecterend middel en ik probeerde om geen adem te halen terwijl ik in de rij voor de paspoortcontrole stond. Nu de reisbeperkingen opgeheven waren, zou de douane ook wel wat gemakkelijker zijn, dat dacht ik tenminste. In Polen kwam het leven weer wat meer op gang. Plotseling werd ik weer helemaal enthousiast. Ik zou getuige zijn van de geboorte van het nieuwe

Polen. Een man in een olijfgroen uniform zette met een ijzeren stempel cirkels in de paspoorten van de mensen die voor me waren. Hij knikte ongeduldig als hij een paspoort kreeg aangereikt. Toen ik aan de beurt was, pakte hij mijn paspoort, keek naar de foto, naar mijn gezicht, en ging daarna al mijn papieren bekijken. Hij lachte. Hij was knap: hij had een klein snorretje en mooie bruine ogen. Een aardige man, dacht ik, totdat hij op mijn werkvergunning wees en in het Engels vroeg: 'U heeft fluit mee?'

Ik knikte en hield mijn tas omhoog.

'U moet eigendompapier bij douane laten zien,' instrueerde hij. Hij wees ongeduldig in de richting van de douane, waar me – zo vreesde ik – wel iets boven het hoofd zou hangen. Ik had helemaal geen eigendomsbewijs van mijn fluit. Niemand had tegen me gezegd dat ik dat nodig zou hebben. Het was mijn fluit. Dat zou ik ook tegen de douane zeggen, als ze tenminste Engels spraken. Ik zou ze mijn fluit laten zien, mijn Haynes, die in Amerika was gemaakt. Ik zou bewijzen dat het mijn fluit was. Maar hoe? Terwijl ik zenuwachtig nadacht over wat ik moest doen, kwam er een reus van een man in een witte overal die achter een bagagewagen liep naast me lopen. Hij glimlachte vriendelijk naar me en vroeg: 'Helpen?'

Ik realiseerde me dat het een kruier was en zei dat ik zeker hulp kon gebruiken. Hij bleef naast me lopen en neuriede zachtjes. De lopende band met de bagage kwam krakend op gang.

Zodra mijn koffers eraan kwamen, pakte hij ze op en gooide ze op de wagen alsof het speelgoed was. Hij liep samen met mij langs de douane, ondanks het boze gemompel van een douanabeambte, die me aankeek alsof hij het liefst mijn hele bagage overhoop zou halen.

Ik moest flink doorlopen om de kruier bij te kunnen houden. Hij stopte vlak bij een groepje mensen die kennelijk op vrienden of familieleden stonden te wachten.

'Geen douane?' vroeg ik buiten adem.

'Ik regel voor jou.'

'Hoe dan?'

'Ik beloof hem halve fooi.'

Fooi? Geld. Ik moest geld wisselen. 'Weet u misschien een bank?' vroeg ik. 'Ik heb zloti's nodig.'

De reus lachte en boog zich voorover. 'Dollar. Ik wil graag dollar.'

Dankbaar pakte ik een biljet van tien dollar uit mijn tas. Hij keek me aan en zwaaide met zijn wijsvinger. 'Nee. Eén dollar. Eén maar. Dat vraag ik.' Hij duwde mijn hand weg en zei: 'Voorzichtig, dame

174

in rood. U zult worden bedonderd.' Toen liep hij weg en liet me stomverbaasd in de drukte achter.

Stephanies secretaresse had mijn aankomsttijd per telex doorgegeven aan Marek en Stephanie had me verzekerd dat me op het vliegveld een warm welkom stond te wachten. Maar ik zag niemand. Waar waren de bloemen? Waar waren de loftrompetten? En waar hing Marek uit? Was er dan zelfs niet iemand die een bordje omhoog hield met mijn naam erop? Ik keek om me heen en raakte een beetje in paniek. Rustig nou maar, zei ik tegen mezelf. Kalm aan en rustig nadenken wat je moet doen. Eerst geld wisselen, dan een taxi nemen naar het station en dan op de trein naar Krakau. Ik had het adres van het appartement waar ik kon logeren. Ik probeerde het papiertje te vinden waar het adres opstond, toen ik op mijn schouder werd getikt door een man met een pijp in zijn mond en een schapeleren jack aan.

'Wasserman?' vroeg hij.

'Watterman, Nora?' vroeg ik hoopvol. Toen hij knikte en '*Tak. Dzień dobry,*' zei, kon ik hem wel om zijn hals vliegen.

Uit het woordenlijstje van de reisgids die ik pas had gekocht, wist ik dat *Tak* 'ja' betekende, en *Dzień dobry* 'hallo'. Ik probeerde het zelf ook maar eens te zeggen terwijl ik enthousiast zijn hand schudde. '*Dzień dobry*'. De klank van die woorden, de manier waarop ze een beetje sissend werden uitgesproken, stond me wel aan.

'*Proszę,*' zei hij, terwijl hij mijn koffers optilde, ten teken dat ik hem moest volgen. We liepen naar buiten, door de sneeuw, naar een parkeerplaats waar hij het portier opende van een kleine, rode auto die onder de modder zat. Ik ging op de met een schapevel beklede achterbank zitten.

We reden door de natte sneeuw langs grote, statige gebouwen. Er was veel verkeer en er hing een sterke lucht van benzine en diesel. Naarmate we verder kwamen, werd het wat rustiger op de weg. Na een poosje reden we de stad uit, richting Krakau.

Onderweg kwamen we door allerlei kleine dorpjes met rare oude huizen en lelijke nieuwe flatgebouwen. We kwamen auto's tegen die nog het meest op sardineblikjes leken, en ook door paarden getrokken wagens die zwaar beladen waren met van alles en nog wat. Grote gele bussen en kleine blauwe busjes stootten enorme zwarte rookwolken uit en hielden het verkeer op omdat ze maar heel langzaam een heuvel op konden rijden. De sneeuw begon te smelten en toen we de stad nog verder achter ons lieten, zag ik enorme dennebomen die met smeltende pakken sneeuw waren bedekt. De velden glinsterden. Af en toe zwaaide ik naar wat boeren, die vriendelijk terugzwaaiden. De omgeving veranderde voortdurend – lelijke industriestadjes met kleine arbeidershuisjes werden afgewisseld met boomgaarden en prachtige stukken bos of dorpjes waar dik ingepakte gestalten zich over straat haastten.

'Muziek?' vroeg ik aan de chauffeur terwijl ik op de radio wees. Ik hoopte op Chopin, of in elk geval een polka, maar er kwam keiharde rockmuziek uit. Ik wist niet hoe ik hem duidelijk kon maken dat ik liever een andere zender hoorde en bovendien zat hij tevreden mee te deinen. En dus keek ik naar de voorbijglijdende huizen en heuvels, bij het geluid van keiharde Poolse heavy metal.

In de namiddag kwamen we in Krakau aan. De koperkleurige zon stond laag aan de hemel en gaf de kerktorens die boven de stad uitkwamen een rode gloed. Een eindje voor de stad sloeg de chauffeur rechtsaf. Langs de weg zag ik nu grote witte huizen en tuinen met vogelhuisjes. Hij stopte voor een van de grootste huizen. Een dikke vrouw met een hoofddoekje, bruine enkellaarzen, een schapewollen vest en een rok met exact hetzelfde bloemmotief als de stof van de vliegtuigstoelen, kwam over het tuinpad aanlopen om ons te begroeten.

Ik was verbaasd en voelde me een beetje draaierig van de reis. Ik liep achter haar aan, veegde mijn voeten en zette de zwarte vilthoed af, die ik pas had gekocht en waar ik erg trots op was. Ik vond dat ik er met die hoed een beetje mysterieus en intrigerend uitzag.

'Welkom!' zei iemand met een diepe stem. Een kleine man, gekleed in kostuum en stropdas, kwam met uitgestoken hand op me af. 'Lukasz Slezick, staatssecretaris van Cultuur.' Hij klikte zijn hakken tegen elkaar. 'Ik heb de sleutels van uw appartement en ik wilde u natuurlijk graag ontmoeten!'

'Oh,' was het origineelste dat ik uit wist te brengen.

'U zult wel moe zijn.'

'Ja, dat ben ik ook. En ook een beetje…'

'Overdonderd? Angstig? Enthousiast? Popelend om te beginnen? A, B, C, D of geen van de vier?' Hij lachte. 'U hoort wel dat ik in Amerika heb gestudeerd.' Hij klapte in zijn handen en nam me mee naar de zitkamer, waar een loeiend haardvuur brandde en waar ik een glas thee kreeg van de vrouw met de gebloemde jurk. De koekjes die ze serveerde, leken door het witte glazuur en de vorm een beetje op sneeuwballen en waren heerlijk.

'Noem me maar Luke,' zei de man; vervolgens begon hij allerlei informatie te spuien over het leven in Polen.

'U moet dus onthouden dat het verboden is om geld te wisselen op de zwarte markt. Bij de bank krijgt u er tegenwoordig trouwens bijna hetzelfde voor. Bovendien kunt u natuurlijk altijd met dollars betalen. We krijgen nu echt een harde-valuta-economie – dollars, marken: hoe meer, hoe beter! U kunt dus de harde valuta gebruiken in winkels die daar speciaal voor zijn. U kunt daar tandpasta kopen, snoep, sigaretten, mineraalwater enzovoort. U mag het water hier niet drinken. U mag er zelfs uw tanden niet mee poetsen, tenzij u graag lichtgevend wilt worden!' Hij grinnikte.

'Is het zo erg?'

'Het is nog erger. En de lucht? In Krakau kun je beter pas 's middags ademhalen, zeker in de winter. Dat komt door al die rotzooi die de fabrieken in Nowa Huta de lucht instoten. 's Ochtends is er vreselijk veel smog, dan kunt u beter binnen blijven. Zeg, u hoeft niet zo bezorgd te kijken!'

Hij bood me nog een paar sneeuwballen aan en begon me daarna nog verder te ontmoedigen: 'Als u niet aan vlees kunt komen, of aan fruit en groenten, of als u een medisch probleem hebt, kunt u me het beste even bellen zodat ik iets kan regelen. Ik zal nu eerst even de sleutels opzoeken van het appartement van professor Millbank. U zult wel benieuwd zijn. U hebt er wel geluk mee!'

Luke liep voor me uit naar de gang, waar een aantal middeleeuws uitziende sleutels aan de muur hingen. Hij gaf me twee ongelooflijk grote bewerkte bronzen sleutels. 'Het appartement van Millbank stamt nog uit de Renaissance. Krakau is de enige stad die niet door de nazi's verwoest is, dus is alles hier nog intact. Zelfs de waterleiding! Het is allemaal echt zestiende-eeuws!' Hij lachte weer en legde uit dat de grote sleutel voor de buitendeur was en de kleine voor het appartement zelf. 'De maestro laat weten dat de eerste repetitie morgenochtend om tien uur in het concertgebouw is.'

De moed zonk me in de schoenen. Ik had gehoopt dat ik nog een dagje wat bij kon komen en wat kon studeren. 'Morgen?'

'Geen zorgen. Vanavond komt de maestro bij je langs. Hij zal de bladmuziek meenemen. Ik moest nog doorgeven dat het hem spijt dat hij u niet zelf kon komen afhalen, maar hij had het te druk. Ik denk dat u nu dus maar beter kunt vertrekken.'

Vertrekken naar Amerika, dat wilde ik wel. Maar ik lachte vriendelijk naar hem.

'U zult Krakau prachtig vinden. Warschau is het New York van Polen, maar Krakau is het Boston, de hersens van het land. U zult het er wel naar uw zin hebben. En we zijn erg blij dat u ons op deze creatieve manier wilt helpen. Creativiteit is erg belangrijk, zeker nu.'

'O ja?'

'Natuurlijk. U bevordert de goodwill. Goodwill bevordert de public relations. PR bevordert investeringen, en investeringen bevorderen de rijkdom. Ik ben niet voor mijn gezondheid in Amerika geweest!' Luke lachte en gaf me zijn kaartje. 'U moet beslist niet aarzelen om me te bellen als u iets nodig hebt...'

Hij bood me nog het gebruik van zijn twintigste-eeuwse toilet aan en gaf me het advies om altijd wat tissues bij me te hebben, omdat er in Polen kennelijk weinig verschil was tussen toiletpapier en schuurpapier. Toen liet hij me naar buiten, waar de zon inmiddels was gaan schijnen, en wuifde me na toen mijn chauffeur pruttelend wegreed, naar het Krakau zonder vlees, zonder groenten en fruit en zonder schone lucht.

'Vistula!' zei de chauffeur, terwijl hij op de rivier wees die we overstaken voordat we de stad binnenreden. Beneden me zag ik in een parelachtig licht het water stromen. Er voeren wat boten voorbij en aan de overkant, boven op een heuvel, zag ik een imposant gotisch gebouw. 'Kasteel Wawel!' zei de chauffeur. Hij gooide ineens het stuur om om een trolleybus te ontwijken die recht op ons af kwam. De straten werden smaller naarmate we meer in het centrum van de stad kwamen. Af en toe zag ik door een steegje een ruime binnenplaats. De rijen prachtige herenhuizen, die in vage pasteltinten waren geverfd, deden denken aan een andere periode: de bloeitijd van de handel en de kunst. Veel huizen stonden nu in de steigers, wat een vervallen indruk maakte. Ik zag de mensen op straat: ze droegen versleten jassen en haastten zich door de invallende schemering. Toen we op een plein stopten, sprongen plotseling alle straatlantaarns aan, alsof daarmee onze komst werd aangekondigd. Toen ik naar de oudroze gevel van het huis keek waarvoor we waren gestopt, Forianska nr. 10, kreeg ik weer wat meer moed.

Ik deed de zware houten deur open en liet de chauffeur, die mopperend mijn zware koffers uit de auto had gehaald, naar binnen. We kwamen in een grote hal met hoge gewelven en een ruwhouten vloer. Achter een glas-in-loodraam zat een conciërge die een paar sjaals had omgeslagen en ongeïnteresseerd opkeek.

'Millbank,' zei ik, zo assertief mogelijk. Hij gebaarde naar een binnenplaats, die was verlicht door glazen lantaarns. Er waren vier verdiepingen die allemaal een balkon hadden met gietijzeren balustrades. Een eikehouten trap verbond de verdiepingen met elkaar.

Ik zag dat er op elke verdieping drie deuren waren, zodat er twaalf appartementen moesten zijn. Ik zou dus veel buren hebben, en daar waren vast wel een paar aardige mensen bij. Het was doodstil in het gebouw. Er was geen enkel teken van leven: geen lachende kinderen, blaffende honden — niets. Ik liep achter de chauffeur aan naar de eerste verdieping. Hij bleef staan voor de deur met het naambordje van Millbank erop. De tweede sleutel paste op de deur en voordat ik hem had kunnen bedanken of een fooi had kunnen geven, had hij mijn koffers op de grond gezet en was vertrokken.

Ik liep voorzichtig de hal binnen van de flat waar ik in elk geval de komende tijd zou wonen. Links van de hal was een keuken met een kleine koelkast, een tweepits gasstel, een aanrecht en een lege kast. Rechts een grote vierkante kamer die schaars gemeubileerd was. De wanden waren bedekt met boekenkasten waar oude, in leer gebonden boeken in stonden. De notehouten vloer was prachtig geboend. Voor de grote, hoge ramen hingen enorme gordijnen. In een van de wanden was een toog gemaakt waardoor je in de slaapkamer kwam: een iets kleinere ruimte met een gigantische mahoniehouten klerenkast en een sofa waarvan met enig gewrik een soort bed kon worden gemaakt. Ik schrok van een plotseling gekraak. Ik hield mijn adem in, maar hoorde niets meer. De koude, klamme lucht in de flat begon door mijn jas heen te dringen. Ik voelde me somber. Ik ging op zoek naar het toilet. In de badkamer was een antiek toilet, een medicijnkastje met lege bruine flesjes en een bad dat op vier koperen leeuwepoten stond. Ik ontdekte dat het apparaat aan de muur een geiser moest zijn, maar toen ik aan de knop draaide, kwam er alleen een gaslucht uit. Ik moest dus op zoek naar lucifers of anders genoegen nemen met een koud bad.

In de keukenladen vond ik allerlei keukengerei, maar geen lucifers. Doe iets! zei ik tegen mezelf, anders bevries je hier nog. Amerikaanse fluitiste doodgevroren in Krakau. Over publiciteit gesproken. Ik kon er niet om lachen, en dat terwijl het in Polen nog wel zo belangrijk was om een flinke portie humor achter de hand te hebben.

Met mijn laatste beetje energie liep ik naar beneden, naar het glazen hokje van de conciërge.

'Koud!' riep ik, terwijl ik duidelijk probeerde te maken dat ik het koud had door hevig te rillen en mijn armen tegen mijn lijf te slaan. Geen reactie. Ik pakte een biljet van tien dollar uit mijn jas. Er verscheen onmiddellijk een brede glimlach op het gezicht van de conciërge. Hij knikte, pakte het geld en liep voor me uit naar de flat. Hij liet me zien hoe ik de verwarming kon regelen, waar de lakens en dekens lagen en waar de lucifers werden bewaard. Toen verdween hij en kwam even later terug met een pannetje soep, wat brood en een fles wijn.

'*Dziękuję,*' zei ik. 'Dank u!'

'*Proszę, proszę,*' antwoordde hij. Dat woord scheen te kunnen worden gebruikt om iemand te begroeten en om iemand te bedanken. We glimlachten ongemakkelijk naar elkaar.

'Nora,' zei ik, terwijl ik op mezelf wees.

'Waclav,' zei hij op zijn beurt. Toen verdween hij, en begon ik aan mijn eenzame maaltijd.

55

Ik had een bad genomen, mijn flanellen badjas aangetrokken, en ik stond op het punt om in bed te stappen, toen ik een gezoem hoorde. Ik liep naar de woonkamer om te kijken wat het was. 'Ja?' riep ik door de voordeur, terwijl ik mijn badjas wat beter dicht-maakte.

'Nora? Ik ben het, Marek.'

Ik deed de deur open en daar stond de maestro. Hij had een lange wollen jas aan en droeg een enorme sjaal. Zijn gezicht was een beetje rood en zijn ogen glinsterden. Op de een of andere manier had ik het gevoel dat dat niet veel goeds voorspelde.

'Maar jij bent heel moe, ik zie het!' riep hij. Hij kuste mijn hand en gaf me een grote bos bloemen en een doos bonbons. Hij bekeek me van top tot teen, waar ik een beetje zenuwachtig van werd. Toen zoende hij me vriendschappelijk op beide wangen en dat stelde me weer wat gerust. Toen hij het appartement inliep en wat rondkeek, voelde ik me door zijn vaderlijke manier van doen weer helemaal ontspannen. 'Maar lieve kind, dit is prachtig, dit Millbank-kasteel-tje!'

'Ja, het is heel aardig.'

'Het is absoluut fantastisch: al die ruimte en die rust! Weet je wel dat jonge echtparen in dit land twintig jaar op een appartement moeten wachten?'

Dat wist ik niet. Ik voelde me nogal onnozel omdat ik me niet direct had gerealiseerd wat een enorm privilege het was dat ik dit huis mocht gebruiken.

'Als jonge mensen trouwen, moeten ze bij papa en mama blijven wonen, en daar hun kinderen krijgen. Weet je wat een herrie dat geeft, met zoveel mensen in een klein appartement?'

'Ongelooflijk.'

'Maar hier heb je veel ruimte en privacy, en je kunt hier studeren wanneer je maar wilt. En in deze straat zijn allemaal winkels waar je eten kunt kopen. Ik heb hier een voorschot voor je.' Hij pakte een grote bruine envelop en gaf die aan me. 'En er zit ook bladmuziek in: Haydn en Mozart. Muziek en geld. Mooie combinatie, nietwaar?'

'Inderdaad,' zei ik. Ik haalde de bladmuziek en het geld uit de envelop, legde het geld op tafel en bekeek toen de partituur van 'Das Huhn' van Haydn en die van de Praagse symfonie van Mozart.

Toen ik de muziek bekeek en al die prachtige stukken zag, kreeg ik zin om mijn fluit uit te pakken en ze gelijk te gaan spelen. Ik voelde me opgewonden en dankbaar en bood Marek een glas wijn aan.

Hij sloeg het af. 'We zullen nog wel samen drinken, lieverd. Maar niet vanavond. Nu ga je slapen. Morgenochtend kom je naar het concertgebouw. Het is vlakbij, je hoeft alleen maar het plein over te steken.'

Hij gaf me een stadsplattegrond en wees een kruisje aan dat hij daarop had gezet. 'Kom om negen uur naar het kantoor, dan kun je kennismaken met onze secretaresse. Daarna is je eerste repetitie met het kamerorkest van Krakau. Ben je er klaar voor?'

Negen uur hier was voor mij drie uur 's nachts. Ik had al anderhalve dag niet meer gespeeld. Zou ik nog wel weten hoe het moest? 'Natuurlijk ben ik er klaar voor,' beloofde ik dapper.

Marek ging weg zodat ik kon gaan slapen, maar door de zenuwen was de slaap verdwenen. Ik ijsbeerde nerveus door het kleine appartement, pakte mijn koffer uit, hing de kleren van Eleanor in de kast, zocht een stopcontact voor de föhn die ik van Stephanie had moeten meenemen, en at een paar bonbons. Ik zette de foto van Nicky en mij op de tafel in de woonkamer. Toen haalde ik de mooiste roos uit het boeket dat ik van Marek had gekregen – een helderroze – en zette die in Nicky's blauwe vaas. Ik had de vaas zorgvuldig ingepakt in een krant, en toen ik de roos in de vaas had gezet, zag ik een paginagrote advertentie staan. 'De uitverkoop van de eeuw!' stond er in grote letters bovenaan. Daaronder een foto van een slank fotomodel, gekleed in een paar vodden. Ze keek nogal treurig en onder de foto stond: 'Het leven is kort. Zorg dat het niet aan u voorbijgaat!'

Ik liet de krant vallen. Ik pakte de foto van mij en mijn zoon en hield die stevig tegen mijn borst. Ik kroop in bed en huilde mezelf in slaap.

Ik werd badend in het zweet wakker van de wekker. Ik sloeg het dekbed van me af en stommelde als een zombie naar de badkamer. Onderweg daarnaartoe keek ik even de kamer in. Een grauwige straal groen licht scheen door een kier in de gordijnen op Nicky's vaas. In het nare ochtendlicht stond de roos te bloeien.

Buiten was de smog zó dik, dat ik nauwelijks kon zien waar ik liep. Er hing een rottende, metaalachtige lucht. Luke had niet overdreven. Ik trok de kraag van mijn jas omhoog en de rand van mijn hoed omlaag. Mijn ogen brandden en ik had een nare kriebel in mijn keel. Ik kwam langs een etalage met besuikerde broodjes en mijn maag begon te rommelen. De deurbel rinkelde toen ik binnenkwam. De vrouw achter de toonbank keek me vragend aan. Ze had brede kaken en bruine, waterige ogen. Ik wees naar een van de broodjes op de toonbank.

'Het spijt me, ik spreek geen Pools,' zei ik. Ik lachte vriendelijk naar haar, maar ze snauwde iets en hield een paar vingers in de lucht. Toen ze zag dat ik het niet begreep, maakte ze een afkeurend geluid en schreef het bedrag op een stukje papier. Ik haalde wat Pools geld uit mijn tas, waarna ze een paar biljetten uit mijn hand rukte en wat wisselgeld op de toonbank smeet. Ik liep de winkel uit en nam me voor om er nooit meer een voet over de drempel te zetten.

Terwijl ik verder liep, over de met kinderkopjes geplaveide straat, at ik mijn broodje op. Ik hoopte dat ik in de goede richting liep. De smog leek een beetje op te trekken en ik hoorde een paar kerkklokken luiden. Ik knabbelde op het zoete broodje en bleef staan toen ik plotseling het plein voor me zag, als een verzonken schat in het waterige ochtendlicht. Het grote plein was aan alle kanten omsloten door mooie, pastelkleurige gebouwen. In het midden van het plein stond een prachtig 17e-eeuws gebouw, omringd door kraampjes waar marktlieden allerlei spullen te koop aanboden, zoals bloemen, pauweveren, koekjes en produkten van huisvlijt. Er liepen wat mensen op het plein, gekleed in dikke jassen en laarzen. Ze keken moe, maar doelbewust. Een paar duiven scharrelden rond op zoek naar kruimeltjes. Een jongen met lang haar speelde gitaar en zong er klaaglijk bij. In een hoek van het plein stond een kerk met twee torens van ongelijke hoogte. Op de plattegrond die ik van Marek had gekregen, zag ik dat het de Mariakerk moest zijn. Ik at mijn broodje op, gooide wat muntjes in de openstaande koffer van de gitarist en liep de kerk binnen. De mensen, mannen, vrouwen en kinderen, die de kerk binnenkwamen, vielen op hun knieën, sloegen een kruis en sloten devoot de ogen. Ik hoorde overal gesis vandaan komen en ik realiseerde me dat het het sissende geluid was van gefluisterde Poolse woorden in een gebed. Boven het altaar hingen een paar houten heiligenbeelden. Ze lachten en hun gewaden leken om hun lichaam te zwieren. Ik rook wierook en luisterde naar het gemurmel van de gebeden. Mijn knieën werden wat slap: zou dat een onbewust verlangen zijn om ook op mijn knieën te vallen? Ik ging in een kerkbank zitten. Waar zouden al die mensen voor bidden? Vergiffenis? En wie zou hen moeten vergeven? De absolutie is alleen voor gelovige mensen. Als ik zou kunnen geloven, zou ik dan ook kunnen worden vergeven? Zou ik mijn zoon terugkrijgen? Ik sloot mijn ogen en probeerde te bidden, maar ik kon niets bedenken. Ik werd wat misselijk van de zoetige wierookgeur en het gemurmel klonk steeds harder en sissender. Ik stond op en liep vlug de kerk uit. Buiten vloog een groepje duiven verschrikt op. Een paar voorbijgangers keken verbaasd naar me, en daarom hield ik mijn pas in. Ik keek op de plattegrond, haalde diep adem en stak het plein schuin over naar het kantoor van het kamerorkest van Krakau.

56

In het concertgebouw was een vrouw met de onvermijdelijke hoofddoek en bloemetjesjurk op haar knieën de lange marmeren gang aan het dweilen. Ze spoelde de gore, rafelige dweil in een emmer met vuil water en wrong hem met haar blote, rode handen uit. Ze keek op toen ik langs haar heen liep op weg naar de grote marmeren trap die ik, volgens het bordje, op moest om in het kantoor te komen.

'Pani Pavlick en Pani Michnik,' zei Marek enthousiast: 'dit is Pani Watterman.'

Ik gaf de twee vrouwen die achter hun bureau opstonden een hand.

'*Pani* – betekent mevrouw?' vroeg ik aan de maestro, die in zijn handen klapte en zei: 'Fluitisten! Fluitisten zijn altijd intelligent!'

Het kleine kantoor was schemerig, rokerig en heet, waardoor ik me slaperig en misselijk begon te voelen.

'Nu moeten we even wat officiële documenten invullen,' zei Marek. De beide Panis gaven me een paar papieren – kwitanties in drievoud, voor het voorschot dat ik had gekregen, ontvangstbewijzen voor bladmuziek, ontvangstbewijzen voor de kwitanties, enzovoort.

'We hebben een computer, uit Amerika,' zei Marek opschepperig. Hij wees naar een IBM die boven op een dossierkast in de hoek van het kantoor stond. 'Maar we kunnen hem nog niet gebruiken.'

'Binnenkort wel,' zei Pani Michnik. Ze begon te blozen. 'Mijn Engels is heel slecht.'

'Het is heel goed!' zei ik, en lachte naar de twee vrouwen die me erg vriendelijk leken.

Pani Pavlick stak een sigaret op, deed één oog dicht en keek me met het andere onderzoekend aan. 'Kom je uit New York?' vroeg ze.

'Daar ben ik geboren en opgegroeid.'

'Samen met al die joden daar?'

'Ik ben zelf joods. Maar in New York zijn er allerlei etnische...' Ik maakte mijn zin niet af, omdat ik me plotseling realiseerde dat ze niet zomaar een onschuldige vraag had gesteld, maar dat het een uiting was van iets wat ik mijn hele leven nog niet had meegemaakt. Haar koude ogen staarden me aan. Ze hield haar hoofd een beetje schuin, wat een erg arrogante indruk maakte. Ik had zin om over haar vervuilde bureau te leunen en haar een klap in haar gezicht te geven.

'Ga je mee?' kwam Marek tussenbeide. Hij klapte in zijn handen. 'Ik neem je mee naar de zaal.'

'Ze is een antisemiet!' fluisterde ik tegen Marek toen we door de gang liepen. 'Pani Pavlick? Hoe kom je daarbij?'

Hij keek me verbaasd aan. Ik herinnerde me dat hij tegen mijn vader had gezegd dat hij altijd met joodse kinderen had gespeeld, voordat die 'werden weggehaald'. Was hij zo naïef? Of was ik dat?

We liepen naar de prachtige, barokke zaal die zachtgeel was geschilderd. Tegen de muren en het plafond zaten witte, gestucte versieringen. De orkestleden zaten al op het podium en waren aan het stemmen. We stonden stil en luisterden naar het geluid.

'Goede akoestiek. Let maar eens op.' Marek klapte in zijn handen, waardoor de musici ophielden en onze kant uitkeken. Hij riep iets naar ze in het Pools, pakte mijn arm en liep met me naar het podium.

'Welkom,' zei de fagottist, een stevige kerel met enorme wenkbrauwen. 'Ik ben Janusz.' Zijn wenkbrauwen leken wel twee rupsen die meebewogen wanneer hij praatte. Hij bracht me naar mijn stoel en boog naar me terwijl ik tussen de hobo's ging zitten. De eerste hoboïst, een vrouw, staarde me aan en stelde zich voor, zonder ook maar even naar me te lachen. 'Ik ben Zofia.'

'Nora.'

'La,' kondigde ze aan. Met bolle wangen en knipperende ogen speelde ze een A voordat ik kans had gezien mijn fluit uit te pakken en in elkaar te zetten. Janusz leunde voorover en zei dat hij me wel met de taal kon helpen. 'Als je iets wilt weten, gewoon vragen, ja?'

'Dank je,' zei ik, en probeerde toen een beetje nerveus te stemmen. De orkestleden liepen wat over het podium heen en weer en keken allemaal zeer vermoeid. Een paar van hen knikten naar me of lachten vriendelijk. Niemand kwam naar me toe om een praatje met me te maken. Ik vermoedde dat ze daar te verlegen voor waren, of mij eerst de gelegenheid wilden geven rustig te stemmen en in te spelen.

'Danila,' zei een zwoele stem links van me. De tweede fluitist was gearriveerd. Ze gaf me nogal hard een hand. Ze was in de twintig, had een pafferig gezicht en slome ogen. Haar haar was veel te veel gebleekt en slap. Ze had een blauwe polyester blouse aan met transpiratievlekken en haar korte leren rok kroop omhoog toen ze ging zitten. Ik kon aan haar geforceerde lach zien dat ze mijn aanwezigheid niet bijzonder op prijs stelde.

'Ik verheug me erop om met je te kunnen samenwerken,' zei ik. Ik hoopte dat mijn indruk van haar niet terecht was.

'Geen Engels,' zei ze. Ze zette haar fluit aan haar lippen en produceerde een hard en lelijk geluid.

Marek begon de repetitie met mij aan het orkest voor te stellen. Hij vroeg of ik wilde gaan staan. Ik zwaaide en zei '*Dzień dobry*!' Mijn poging om Pools te spreken, ontlokte een applausje aan de muzikanten, en een paar mensen lachten zelfs naar me. Ik kreeg weer wat meer moed en toen Marek zijn baton ophief en ik de eerste klanken hoorde van de 'Praagse symfonie' van Mozart, begon mijn hart te kloppen van opwinding. Maar bij het eerste stukje van Danila en mij kreeg ik pas echt hartkloppingen. Ze speelde vals. Ik

185

verwachtte dat ze wel bij zou stemmen, of dat Marek zou stoppen en haar zou vragen om te stemmen. Maar hij leek het niet eens te horen, zelfs niet toen we even later een stukje unisono speelden dat zó vals klonk, dat ik er kromme tenen van kreeg. We worstelden ons door het laatste presto. Na een tijdje werd ik zó gegrepen door Mozart, dat ik niet meer op Danila lette en me volledig concentreerde op de muziek.

In de pauze liep iedereen weg. Danila was al verdwenen voordat ik de kans had gehad iets tegen haar te zeggen. Ik liep door de gangen en vond boven een klein café. Ik was de enige klant, maar ik bestelde toch maar een kop koffie, die ik aan een tafeltje opdronk. Ik vroeg me af waar de anderen waren gebleven.

'Hier ben je!' Marek kwam binnen en liep op me af. 'Het is een enorm succes! Ze vinden je geweldig!'

'Echt waar?'

'Ja, echt!'

Ik vond dat hij iets te lief naar me glimlachte, maar ik schreef het toe aan zijn enthousiasme. Tenslotte had ik hem enorm uit de brand geholpen. Op zijn beurt hielp hij mij natuurlijk ook weer. 'Ik ben blij dat ik hier ben,' zei ik. 'Maar ik ben wel een beetje bezorgd.'

'Waarover?' Hij knipte met zijn vingers naar de ober en ging naast me zitten. De ober bracht koffie.

'Ik heb een klein probleempje met de tweede fluitist. Haar intonatie is niet echt geweldig.'

'Dat is een kwestie van aanpassing,' zei Marek. 'Na een paar repetities klinken jullie samen geweldig. Maak je maar geen zorgen. Geen rimpels!' Hij raakte – net iets te teder – mijn voorhoofd aan.

'Waar is iedereen trouwens?' vroeg ik, terwijl ik iets naar achteren leunde. 'Drinken ze in de pauze geen koffie?'

'Dat kunnen ze niet betalen.'

'O nee?'

'Het is de inflatie.' Hij dronk zijn koffie op. 'Het zijn slechte tijden. Heel slecht. Maar het is hier altijd nog beter dan in Roemenië!' Hij lachte en legde zijn hand op mijn arm. 'Weet je waarom er geen menuet zit in de Praagse symfonie van Mozart?'

Niet weer zo'n flauwe grap, wilde ik zeggen. Alsjeblieft. Maar ik lachte en vroeg: 'Nee, waarom niet?'

'Omdat de Tsjechen niet kunnen dansen!' Marek sloeg zich op zijn knieën van het lachen.

Ik kon wel huilen. Ik was niet naar Polen gekomen om flauwe moppen te horen die ik niet eens snapte. Maar ik lachte braaf en zei toen dat ik terug moest om nog even naar Haydn te kijken.

De repetitie van 'Das Huhn' was een puinhoop. Marek stond onverstoorbaar met zijn baton te zwaaien en trok zich niets aan van het slordige begin en een paar knullige passages. Soms stopte hij even en begon in het Pools naar een paar spelers te schreeuwen die naar mijn mening juist heel aardig speelden. Aan het eind van de repetitie was iedereen uitgeput en chagrijnig. Instrumenten werden in de koffers gesmeten en binnen een paar seconden was iedereen vertrokken.

'Ze hebben allemaal nog een baantje: lesgeven, of spelen. We moeten als honden werken hier, om te eten,' legde Janusz uit, toen ik hem vroeg of hij me wilde helpen om met Danila te praten. 'Maak je maar geen zorgen om haar,' zei hij vlug voordat hij naar zijn volgende schnabbel ging. 'Ze is jaloers. Zij wil graag nummer één zijn. Vergeet het. Ga naar huis, ontspan je. Prettige dag gewenst.'

57

Na de repetitie stak ik, op weg naar huis, het plein over. Ik besloot om even een kijkje te gaan nemen in het grote gebouw op het plein. In het gebouw deden de marktkooplui goede zaken. Geborduurde blouses, poppen in klederdracht, halskettingen, houtsnijwerk, vilten pantoffels, schapeleren jacks: alles werd voor ongelooflijk lage prijzen verkocht – tenminste voor mensen met harde valuta. Ik stond naar een paar maskers te kijken, toen ik voelde dat er aan mijn jas werd getrokken. Ik keek omlaag en zag een straatjongetje met een smerig gezicht en grote bruine ogen. Hij hield een verkreukeld stukje papier omhoog waarop in een primitief handschrift iets in het Pools stond geschreven.

'Ik spreek geen Pools,' zei ik tegen hem. Ik zag dat de voorbijgangers naar ons keken. Hij draaide het papiertje om waarop iets in het Duits stond. 'En ook geen Duits.'

Hij zei iets en bleef mijn jas vasthouden. Ik had het gevoel dat het jongetje hier meestal rondhing om de toeristen te belagen. Ik was niet van plan om me door hem te laten inpakken. Maar toen hij in de gaten kreeg dat ik hem niets wilde geven, begon hij te huilen. Hij zag er zo smerig en slecht gekleed uit, dat ik toch medelijden met hem kreeg en een paar zloti's uit mijn jas haalde. Ik

gaf hem een biljet van tienduizend zloti's – wat ongeveer overeen-
kwam met twee dollar. Hij pakte mijn hand, die hij uitgebreid begon
te zoenen. Ik trok mijn hand terug, maar toen viel hij op zijn knieën
en kuste de zoom van mijn jas.

'Alsjeblieft!' riep ik tegen de jongen. 'Sta op! Ga weg!' Het ge-
smeek van de jongen maakte me radeloos. Er bleven wat mensen
staan, maar niemand zei iets, totdat een van de marktkooplui, een
oude vrouw die kennelijk genoeg had van het gedoe, op de jongen
afliep, iets naar hem schreeuwde en hem op zijn hoofd begon te
slaan.

'Niet doen!' riep ik instinctief naar de vrouw, toen ze maar doorging met slaan totdat de jongen opstond en wegrende. 'Amerikan-
ka!' schreeuwde ze naar me. Ze wees op de wegrennende jongen.
'Hij zigeunerkind. Slecht!' Ze zwaaide met haar wijsvinger in de
lucht en liep boos terug naar haar kraampje. De mensen die waren
blijven staan, stonden me nog steeds aan te staren.

Ik voelde mijn wangen gloeien. Wat was er toch aan de hand met
deze mensen? Waarom waren ze allemaal zo nors en zo onsympa-
thiek? En waarom had ik dat arme jongetje eigenlijk zo afstotelijk
gevonden? Verward en beschaamd liep ik het gebouw uit. Het was
inmiddels een uur of twaalf en ik had trek gekregen. Ik had echter
absoluut geen zin om in een café iets te gaan eten. Ik besloot om in
een van de winkels vlak bij mijn appartement iets te gaan kopen.
Ik ging zelf wel koken. Ik had zin om thuis te eten, weg van die
vreemde Polen. Ik zou er in mijn eentje wel een leuke dag van maken.

In de etalage van een van de winkels lagen allerlei produkten in
plastic kratten – uien, citroenen, gedroogde linzen, kleine, geblutste
appels, gedroogd fruit, iets dat op cornflakes leek, veel potten met
ingemaakt voedsel en massa's sigaretten. Ik schoof het zware gordijn weg, dat ongetwijfeld was opgehangen om de Poolse kou buiten
te houden, en ging de winkel binnen. Er stond een lange rij mensen
in de winkel, die allemaal stonden te wachten tot ze iets van het
overgebleven voedsel konden kopen. Toen ik binnenkwam, keek
bijna iedereen me aan alsof ik een indringer was. Was deze winkel
soms verboden terrein voor buitenlanders? Of kwam het door mijn
modieuze rode jas en mijn zwarte hoed? Ik had die jas nooit moeten
lenen. Een vuilbruine of grijze jas was veel beter geweest. Ik ging
aan het einde van de rij staan en na ongeveer een kwartier was ik
aan de beurt. Ik wees op de spullen die ik wilde hebben en maakte
in gebarentaal duidelijk hoeveel ik wilde. Af en toe gooide ik er een
'*Proszę*' doorheen, in de hoop een beleefde en zelfverzekerde indruk

te maken. Ik zag dat de andere klanten me stiekem uit stonden te lachen, maar in plaats van hun blikken te ontwijken, keek ik ze glimlachend recht in hun gezicht. Toen ik moest betalen, gebaarde ik dat het bedrag moest worden opgeschreven. Ik gaf het geld, nam het wisselgeld met veel '*Prosz\u0119s*' aan en liep met een triomfantelijk gevoel de winkel uit.

Ik besloot om soep te maken van de linzen en de uien, maar nu had ik nog mineraalwater, brood en melk nodig. Waar zou ik dat kunnen vinden? Niet wanhopen, zei ik tegen mezelf. Ik ging de winkel binnen waar ik 's ochtends een broodje had gekocht en waar ik nooit meer had willen terugkomen.

'*Dzień dobry*,' zei ik tegen de zuur kijkende vrouw achter de toonbank. '*Proszę.*' Ik wees op het brood dat ik wilde hebben en betaalde glimlachend. Ik kreeg het gevoel dat de vrouw al iets minder gereserveerd was.

Ik wees op mezelf en stak toen mijn hand uit. 'Nora Watterman. Ik woon hier vlakbij. Ik zal een goede klant van u zijn.'

De vrouw keek me uitdrukkingsloos aan, maar toen brak er op haar gezicht ineens een glimlach door. Ze pakte mijn hand en kneep die stevig tussen haar beide handen.

Ik liep tevreden de winkel uit en sloeg een hoek om. Ik vroeg me af waar ik mineraalwater zou kunnen kopen, toen er ineens iemand van achteren tegen me aanduwde zodat ik bijna op de grond viel. Ik greep me met mijn ene hand vast aan een lantaarnpaal en met de andere probeerde ik mijn boodschappen vast te houden. Toen zag ik de 'zigeunerjongen' wegrennen, met mijn canvas tas in zijn hand. Ik voelde me alsof er een stuk van mijn lichaam was afgerukt. 'Mijn fluit!' schreeuwde ik. Ik liet de boodschappen vallen en rende schreeuwend achter hem aan. Maar niemand kwam me te hulp en na twee straten was ik buiten adem. De jongen was verdwenen. Ik was razend. In al die jaren dat ik in New York had gewoond, was ik nog nooit beroofd. En nu zou me dat hier in Krakau wel gebeuren? En dan nog wel door zo'n jochie? Hij had verdomme mijn fluit gejat. Mijn fluit! 'Kom terug!' schreeuwde ik, en ik rende zo hard ik maar kon in de richting waarin hij was verdwenen.

58

Ik liep door een paar kleine straatjes achter de jongen aan en wilde bijna opgeven, toen ik hem ineens weer zag. Hij rende een hoek om. Ik rende er achteraan. De straten werden wat breder en de huizen leken hier sterker verwaarloosd. Ik kwam in een stuk van de stad dat nog veel ouder moest zijn, met gotische poortjes en oude kerken. Ik rende onder een paar steigers door en kwam toen op een pleintje waar ik bijna tegen een man met donker haar en een schapeleren jack aanliep. Hij had een leren gereedschapstas over zijn schouder.

'Pardon,' hijgde ik. 'Spreekt u Engels?'

Zijn ogen waren ovaal en zijn mondhoeken krulden wat omhoog. Hij gaf geen antwoord.

'Laat maar,' zuchtte ik, en wilde weer verder lopen.

'Hé!' riep de man me na. Ik draaide me om en keek in zijn zorgeloze ogen. 'Kus me. Ik hou van je. Geld wisselen.'

Ik was zo verrast door deze idiote woorden, dat ik begon te lachen. Hij lachte terug en kruiste stoer zijn armen voor zijn borst. 'Ik maak je aan het lachen,' zei hij. 'Dit is goed.'

Zijn ogen gleden over mijn gezicht en bleven rusten op mijn mond, waar ik wat onrustig van werd.

'Het is heel belangrijk om te lachen in Polen. Dat heeft iemand tegen me gezegd.'

'Dat klopt.' Hij keek naar mijn lichaam en ik voelde dat ik bloosde. 'Hoe heb je Engels geleerd?'

'Als je een jaar in Pulaski Park woont, leer je het vanzelf.'

'Chicago?'

'Juist.'

'Waarom was je daar?'

Hij lachte weer. 'Waarom ben jij hier?'

'Ik was eerst.' Ik vouwde ook mijn armen over elkaar en was vastbesloten om me niet door deze brutale vent te laten intimideren.

'Mijn vrouw heeft familie in Chicago.'

'O.'

'O.' Hij praatte me op een grappige manier na. Hij hield zijn hoofd een beetje schuin en zijn glimlach werd breder. Zijn tanden zagen er scherp uit en zijn houding had iets dierlijks. 'Wil je weten wat ik denk?'

'Nee,' zei ik. Maar daar trok hij zich niets van aan.

'Ik zeg het toch. Ik zie een vrouw in een rode jas en ik denk dat ze naar iets op zoek is.'

'Mijn tas!' zei ik. Ik was helemaal vergeten dat ik mijn tas kwijt was. 'Ik ben bestolen. Beroofd. Vlak bij de markt, de grote markt met dat grote gebouw in het midden.'

'Sukiennice.'

'Ja. Zoiets. Daar vlakbij. Door een kleine jongen. Hij was aan het bedelen in Suki...in dat gebouw en ik heb hem wat geld gegeven. Hij heeft mijn tas gepakt en ging er toen vandoor.'

Hij siste door zijn tanden. 'Liet hij je een stukje papier zien?'

'Heb jij hem ook gezien?'

Hij knikte boos. 'Kom.' Hij pakte me bij mijn elleboog en nam me mee naar een oude, gedeukte auto die daar stond geparkeerd. 'We gaan hem terughalen.'

'Ja?'

'Kom maar mee.'

'Is het niet te veel moeite...' wierp ik tegen, niet zozeer uit beleefdheid, maar meer uit angst. Nooit met vreemde mannen meegaan. Was ik daar niet tegen gewaarschuwd? Maar ik voelde me te slap om weerstand te bieden. Mijn knieën knikten, ik was verdwaald, ik had honger en soms waren vreemde mannen best aardig. Deze ook vast wel, dacht ik, toen ik me met een zucht op de voorbank liet vallen en de auto wegreed over de keien.

59

Ik bleef in de auto wachten, terwijl mijn koene ridder een van de gebouwen binnenliep die er in deze straat allemaal eender uitzagen. We waren in de Nowa Huta, de 'nieuwe stad', die in opdracht van de Russen was gebouwd tijdens het hoogtepunt van hun overheersing. Ze waren ook verantwoordelijk voor de fabrieken aan de rand van de stad, waar de smerige rook die in de stad hing vandaan kwam. Voor de honderdduizenden fabrieksarbeiders hadden ze deze betonblokken gebouwd, die waren verdeeld in piepkleine appartementen, gescheiden door muren die zo dun waren als karton. Er mochten dan onlangs politieke hervormingen in gang zijn gezet en het mocht dan zo zijn dat de burgers meer vrijheid in het vooruitzicht was gesteld: de mensen die ik hier op straat zag lopen, zagen er verre van bevrijd uit.

'Hé!' riep mijn ridder, terwijl hij het autoportier openmaakte. In zijn ene hand had hij mijn tas en met zijn andere hand hield hij de kleine dief vast, die hij ernstig toesprak. Het jochie keek me aan, richtte zijn blik op de grond en zei, na enige aanmoediging: 'Sorry'.

'Het is al goed,' zei ik tegen hem. Ik keek in mijn tas en zag dat alles er nog in zat: mijn fluit, mijn paspoort en mijn portemonnee. 'Bedankt dat je alles hebt teruggegeven.'

De jongen kreeg eerst nog het een en ander te horen, in een taal die niet Pools klonk en die ik nog nooit eerder had gehoord, en werd toen losgelaten. Hij rende zigzaggend, als een jong konijn, naar het gebouw.

'Hoe wist je waar hij zou zijn?'

'Een zigeuner is een zigeuner,' zei hij cryptisch.

'En in welke taal sprak je met hem?'

'Zigeunertaal.'

'Dus je bent...'

'Mijn grootvader van vaders kant was een zigeuner. Een echte tzigane.' Hij keek me uitdagend aan. 'En daar ben ik trots op.'

'Natuurlijk, waarom zou je daar niet trots op zijn?'

'Omdat er zigeuners zijn die stelen en liegen en overal vijanden maken.' Hij haalde het papiertje uit zijn zak dat de jongen me had laten zien.

'Wat staat er op?' vroeg ik, toen hij het papier verscheurde.

'Er staat: "Ik ben een dove wees en ik kan niet praten. Help me alstublieft."'

'Is hij echt een wees?'

'Natuurlijk niet. En hij kan uitstekend horen. En hij kan ook praten. Hij vertelt de ene leugen na de andere.' Hij schudde zijn hoofd.

'Maar toch heeft hij hulp nodig, vind je niet?'

'We hebben allemaal hulp nodig. Maar zelfs een kind, en vooral een zigeunerkind, moet weten dat er zonder eerlijkheid niets overblijft.'

Mijn ridder heette Mikolaj Branko. 'Noem me maar Miko. Dat doet iedereen,' zei hij. Hij dronk zijn glas bier leeg en bestelde er nog een. We zaten in een rokerig café. Ik at een vet gerecht dat *zapiekanka* heette: een snee gebakken brood met tomatensaus, kaas en champignons – de Poolse versie van de pizza. Het was zo vet dat het als een baksteen op mijn maag lag, maar ik at toch door.

'Je bent uitgehongerd!' zei Miko.

'En uitgedroogd en uitgeput,' zei ik.

Hij keek naar me terwijl ik at. 'En erg sexy.'

Ik verslikte me en nam een slok koffie. Ik proefde een metaalachtige smaak.

'Sorry dat ik dat zei,' zei Miko verontschuldigend. 'Ik ben een man.' Hij haalde zijn schouders op en gebaarde met zijn handen. Ik zag dat hij smerige nagels had, dat hij zijn handen sierlijk bewoog, dat zijn huid ruw was, dat hij een oudere indruk maakte, maar dat hij nog geen dertig kon zijn. Nog lang niet.

'Ik had geen tijd om me te wassen,' zei hij, toen hij zag dat ik zijn handen bekeek. 'Ik ben loodgieter. En elektricien. Ik repareer dingen met mijn handen.'

'Dat lijkt me leuk,' zei ik, 'als je iets met je handen kunt.'

'Wat is daar nou leuk aan? Toen ik jou ontmoette, had ik net een afvoer gerepareerd. Alles wat ik daarvoor nodig heb, is een stukje koper. Maar dat is nergens meer te krijgen. Er is in heel Polen geen centimeter koperen buis meer te vinden. Overal lekt het. Binnenkort springen al die lekken in heel Polen. Van de andere kant: er zijn ook haast geen gloeilampen meer. Dat is heel goed, want als er geen licht is, zie je de lekkage niet zo goed!' Miko nam een slok bier en staarde nadenkend voor zich uit.

Ik wilde hem opvrolijken. Ik wilde hem troosten, deze jongen met zijn gracieuze vingers. 'Het zal wel beter worden.'

'Tuurlijk,' zei hij sarcastisch. 'Makkelijk gezegd als je een Amerikaanse toerist bent. Ben je hier gekomen om het nieuwe Polen te bekijken? De nieuwe vrijheid, gelijkheid en broederschap?'

Hij was stomverbaasd toen ik hem vertelde waarom ik in Krakau was. 'Een vrouw die in haar eentje hier voor zloti's komt werken. Je bent gek!'

Ik lachte. Ik was behoorlijk opgevrolijkt omdat ik mijn tas terug had en omdat ik had gegeten en gezelschap had.

'Het is goed dat je lacht,' zei hij nog eens, en keek naar me terwijl ik mijn bord leegat.

'Ja?'

'Ja.' Ik veegde mijn mond af met een glad servetje, waardoor mijn hele kin onder de tomatensaus kwam te zitten.

'Ik help je,' zei hij. Hij keek diep in mijn ogen en veegde langzaam met een ander servet mijn kin af. 'Zo,' zei hij. 'Zo ben je schoon.'

'Dank je,' zei ik. Ik moest lachen om wat hij zei en ik lachte naar hem, naar deze jongen met zijn fonkelende ogen, met zijn handen die dingen konden maken.

'Ik wil je wel eens fluit zien spelen,' zei Miko. 'Met die mond. Met die lippen. Dat zou ik leuk vinden.'

Ik bloosde. 'Hou je van muziek?'

'Heel veel. En ook van kunst en van poëzie.'

'Echt waar?'

'Vind je dat raar? Een loodgieter die van poëzie houdt?'

'Nee, dat is helemaal niet raar,' zei ik. Hij keek ineens een beetje kwetsbaar. 'Schrijf je zelf weleens?'

'Er zijn veel dingen in het leven die we graag zouden willen doen, maar die we niet kunnen.'

'Heb je het weleens geprobeerd?'

Miko ontweek die vraag door naar de ober te gebaren dat hij de rekening wilde.

'Laat mij maar betalen,' zei ik.

'Nee.'

'Alsjeblieft?'

De ober bracht de rekening. Ik pakte haar snel, maar Miko greep mijn hand met de rekening erin. Zijn huid was warm. Hij hield mijn hand stevig vast.

'Oké. Jij je zin.'

'Natuurlijk,' grinnikte hij. Hij gaf me een knipoog en liet mijn hand los.

Op weg naar mijn appartement nam Miko me mee naar een harde-valutawinkel waar ik een paar dingen vond die ik wilde hebben. Er was geen tandpasta of zeep, maar hij adviseerde me om in plaats daarvan soda te gebruiken.

'In Polen moet je het een voor het ander gebruiken, of het ander voor het een. En als je vlees wilt eten, moet je je schoen koken.'

Ik lachte, maar toen we zagen dat er op de markt niets meer te koop was behalve wat gedroogde groente en een bosje verlepte peterselie, vond ik het niet zo leuk meer.

'Je moet op donderdag om vijf uur opstaan.' Hij wees naar een bepaald gedeelte van het plein waar de boeren elke week hun verse groenten verkochten. Toen zette hij me af voor de ingang van mijn roze kasteel.

'Hoe kan ik je bedanken?' vroeg ik, toen hij naar me omhoog keek door het geopende raampje van de auto.

Hij glimlachte alleen maar.

194

'Je bent zo aardig voor me geweest. Kom je een keer met je vrouw bij me eten?'

'Ik denk het niet.'

'O,' zei ik teleurgesteld. Ik had gehoopt dat ik nieuwe vrienden had gevonden.

'Ze woont in Chicago.' Hij keek triest.

'Zijn jullie… gescheiden?'

Hij haalde zijn schouders op. 'We gingen daar studeren. Toen we klaar waren, wilde zij daar blijven. Ik had geen keuze.'

'Kon je je visum niet verlengen?'

'Ik wilde terug. Ik ben gek.' Hij lachte: een kort en wrang lachje. 'En jij?'

'Ik ben gescheiden,' zei ik zonder enige aarzeling.

'Kinderen?'

Ik kon het niet over mijn lippen krijgen. Het ging gewoon niet. 'Ik heb een zoon,' zei ik. 'Een prachtige zoon van achttien jaar. Nicky. Hij woont in New York en zit op de kunstacademie…'

Miko bestudeerde mijn gezicht. 'Je houdt veel van hem.'

'Hij is alles voor me.'

'Maar je bent toch naar Polen gegaan, zo ver bij hem vandaan?'

'Ik blijf maar een paar maanden. Bovendien is hij onafhankelijk. Hij woont op zichzelf.'

Miko knikte. 'Juist.'

Voelde ik me ineens zo ongemakkelijk omdat ik zo'n zware boodschappentas had, of omdat Miko me zo duister aanstaarde, zo intens, zo doordringend? Ik kondigde aan dat ik naar binnen ging.

Ik had verwacht dat Miko zou aanbieden om mijn boodschappen boven te brengen. Ik had verwacht dat ik zou moeten zeggen: 'Dank je, maar het gaat wel.' Maar in plaats daarvan schakelde hij in de achteruit en zei: 'Ik hoop dat je het naar je zin zult hebben in mijn land. Ik wens je prachtige muziek toe.'

Toen hij achteruit reed, riep ik hem achterna: 'Bedankt! Heel erg bedankt!' Maar zijn auto was al om de hoek verdwenen.

60

Ik nam een lang, heet bad. De linzensoep stond op het vuur te pruttelen. Pas toen ik in het warme water lag, voelde ik hoe moe ik was. Ik was nog maar vierentwintig uur in Krakau – een verschrikkelijk lange dag, vol frustraties en teleurstellingen. Een dag met een beroving en een redding, een dag met echo's – de gefluisterde gebeden in de Mariakerk, de slechte uitvoering van Mozart in het concertgebouw en de baritonstem van een vreemdeling: 'Kus me! Ik hou van je! Geld wisselen!' Ik glimlachte en zeepte me in. Ik dacht aan Miko Branko, de zigeuner, de loodgieter, die het had over eerlijkheid, die me prachtige muziek toewenste. Miko, die van poëzie hield en van kunst. Nicky zat op de kunstacademie. Waarschijnlijk zouden ze wel goed met elkaar overweg kunnen. Misschien kon ik ze eens aan elkaar voorstellen en… Ik liet mijn hoofd onder water glijden. Ik zei tegen mezelf dat ik op de verkeerde weg zat, dat ik mijn fantasieën zelf begon te geloven. Ik ging rechtop zitten, haalde diep adem en nam me voor om nooit meer dergelijke onzin te vertellen, niet tegen een vreemde, maar ook niet tegen mezelf.

Ik keek in de antieke spiegel en bekeek mijn haar, dat nu ongeveer tot op mijn schouders kwam. Ik zou het eigenlijk moeten föhnen, maar ik was te moe. Als ik het zo liet opdrogen, kreeg ik wat meer krullen en daardoor zag ik er wat jonger uit. Zou mijn vader me dat goed vinden staan? Ik had beloofd om hem te bellen. Ik had nog niet eens gekeken of er in het appartement wel een telefoon was. Ik was bang dat hij bezorgd zou zijn als ik niet belde en ging op zoek naar een telefoon. Ik keek overal: in de kasten, op alle planken en tafeltjes, maar ik vond nergens iets dat op een telefoon leek. Als ik ziek zou worden, zou ik dus niemand kunnen bereiken. Toen realiseerde ik me dat er ook geen televisie of radio was. Als er een ramp zou gebeuren, of oorlog zou uitbreken, zou ik daar niets over horen. Misschien zouden de buren me wel komen waarschuwen. Maar ik had nog geen enkel geluid uit een van de andere appartementen horen komen. Woonden daar eigenlijk wel mensen? Was ik soms de enige bewoner van dit enorme gebouw? Van die gedachte werd ik een beetje bang.

Ik at de soep op met het brood en luisterde naar elk geluidje, elk zacht gekraak in het huis. Ik hoorde een man en een vrouw ruziemaken: was dat boven me of hiernaast? Ik wist het niet. Het geschreeuw werd luider en er werd een bord kapot gegooid. Toen was het stil. In elk geval was het een teken van leven, zei ik tegen mezelf terwijl ik de afwas deed. Ik vroeg me af waar de ruzie over ging, wie er boos was op wie en of het echtpaar nu boos en zwijgend naast elkaar in bed zou liggen mokken.

Voordat ik ging slapen, schreef ik een kort briefje aan mijn vader.

Hallo pap!
Ik ben in Krakau. De reis verliep goed en ik begin me al een beetje te installeren in een prachtig appartement in het oude gedeelte van de stad. Er is hier geen telefoon, maar maak je geen zorgen. Het is een fantastische stad en ik weet nu al dat dit een geweldige onderneming wordt. Mijn eerste repetitie met het orkest ging goed en iedereen was erg aardig. Doe voorzichtig en schrijf me gauw terug.

Veel liefs,
Nora

Dit was het soort brief dat ik vroeger ook altijd schreef als ik op zomerkamp was. Ik liet altijd alle minder leuke dingen weg, omdat ik niet wilde dat hij zich zorgen om me maakte. Maar dit was ook wel een beetje als een muziekkamp. Zo leuk was het hier nu ook weer niet, in kamp Krakau, in mijn eentje en met al die rare geluiden. Ik glimlachte om mezelf, kroop onder de dekens en viel meteen in slaap.

61

'Kun je niet tegen haar zeggen dat ik het moeilijk vind om te stemmen?' vroeg ik aan Janusz tijdens de pauze van de repetitie. Ik lachte tegen Danila en probeerde me zo diplomatiek en collegiaal mogelijk op te stellen. 'En dat we niet helemaal gelijk spelen?'

Janusz werd rood. 'Ze zegt dat jij schel speelt en dat jouw staccato te kort is.'

'Misschien kunnen we een middenweg vinden,' stelde ik voor.

Danila siste door haar tanden toen Janusz dat voor haar had vertaald. Ze keek me aan en liep toen weg.

Janusz haalde zijn schouders op. 'Laat maar. Prettige dag verder.' Hij verdween voor de rest van de pauze.

Na de repetitie liep Marek langs de houtblazers. 'Bravo, bravo, tutti!' zei hij tegen ons, en hij blies een handkus mijn richting uit. 'Binnenkort gaan we samen een borrel drinken. Maar nu heb ik het te druk! Vergeef me!' Hij rende het podium af. Danila keek boos naar me voordat ze wegliep. Iedereen pakte zijn spullen in en liep zwijgend langs me heen naar de uitgang. Niemand bleef staan om te vragen of ik iets nodig had, of om me de stad te laten zien of om me thuis uit te nodigen. Misschien hadden ze meer tijd nodig om te ontdooien. Uiteindelijk zou ik wel met ze bevriend raken, dat kon niet anders.

Ik liep het concertgebouw uit naar de markt en was op mijn hoede voor het zigeunerjongetje van de dag ervoor. Maar ik zag hem gelukkig nergens. Het was ijskoud en de marktkooplui stonden te verkleumen bij hun kraampjes. De mensen liepen als robots over het plein, ze bogen wat voorover tegen de koude wind en hielden hun kaken stijf op elkaar.

Ik zette mijn kraag omhoog, trok mijn hoed over mijn oren en liep tegen de ijskoude wind in naar huis.

62

Ik warmde de linzensoep van de dag ervoor op. Nadat ik had gegeten, ging ik studeren. Na een tijdje hield ik daarmee op en begon door de kamer te ijsberen. Ik vroeg me af waarom ik eigenlijk was weggegaan uit de zon, uit het huis dat ik met mijn vader had gedeeld. Waarom was ik hier naartoe gegaan, naar het ijzige Krakau, waar ik niemand had, geen vrienden en geen familie. Ik kon proberen om Ciesclav te vinden, die misschien nog steeds in de Szerokastraat woonde. Waarom deed ik dat eigenlijk niet meteen? Misschien zou hij een kopje thee voor me maken en over mijn moeder vertellen, zodat ik me hier een beetje meer thuis zou voelen. Ik probeerde me voor te stellen hoe hij eruit zou zien: een man van achter in de zestig, een beetje ouder dan mijn moeder zou zijn geweest. Hij zou een vrolijk gezicht hebben, ondanks de ellende die hij had meegemaakt. Hij zou me alles kunnen vertellen over Elena Miklavska.

Ik gaf de taxichauffeur het stukje papier waarop ik het adres had geschreven. Hij draaide zich om om zijn buitenlandse klant te bekijken en lachte naar me. Toen haalde hij een klein geel blikje uit het dashboardkastje en bood me dat voor vijf dollar te koop aan. 'De beste Russische beluga.' Ik kocht de kaviaar, om hem een plezier te doen, en kreeg toen zijn hele levensgeschiedenis te horen, in een mengelmoesje van allerlei talen. 'Mijn *frau* verlaat me voor een Joegoslaaf en neemt de *bambini*. Leven is oorlog, *n'est-ce pas?*'

Toen we bij nummer 7 in de Szerokastraat waren aangekomen, betaalde ik de chauffeur en stapte uit. Toen ik aanbelde, bonsde mijn hart in mijn keel.

'Hallo. Spreekt u Engels?'

De oude man, op pantoffels en met een oud, versleten vest aan, haalde zijn schouders op.

'Ik ben op zoek naar Stanislav Ciesclav.'

'Ciesclav?' herhaalde de man.

Ik stond te bibberen van de kou, maar dat kon me niet schelen. 'Ik zoek Stanislav Ciesclav. Hij moet hier wonen.' De man haalde opnieuw zijn schouders op. Achter hem hoorde ik een vrouw iets roepen. Hij draaide zich om en schreeuwde iets terug. Ik hoorde een deur piepen en er kwam een vrouw te voorschijn, die een deken en een paar sjaals om zich heen had geslagen. 'Ja?' vroeg ze, met een schorre stem.

'Spreekt u Engels?' vroeg ik hoopvol.

'Ja?'

'Kent u Stanislav Ciesclav?'

'Ciesclav? Stanislav?'

'Ja, ja!' zei ik ongeduldig. 'Hij woont hier. Op nummer zeven.'

Ze bracht haar verweerde hand naar haar voorhoofd en sloeg een kruis. 'Dood. Veel jaren.'

Ik staarde haar stomverbaasd aan. 'Hebt u hem gekend?'

'Ja.'

'Weet u of hij familie had, of vrienden?'

'Hij heeft niets. Niets hier. Jij weggaan. Ga weg!' Ze maakte een klikkend geluid met haar tong en deed de deur dicht. Daar stond ik, half bevroren op de stoep van een vervallen huis in een godvergeten straat ergens in Krakau. Ik liep door en kon mezelf wel voor mijn kop slaan omdat ik de taxi niet had laten wachten. Hoe had ik zo stom kunnen zijn? En wat had ik hier eigenlijk van verwacht?

Die brief van Ciesclav was meer dan dertig jaar oud. In dertig jaar kan er veel veranderen. Mensen verhuizen, of gaan dood. Wat was ik een idioot!

Ik schopte kwaad tegen een steentje en keek om me heen. Er was verder niemand op straat. De huizen leken wel verlaten. Het begon al een beetje donker te worden, en als ik niet opschoot, kon ik hier wel bevriezen. Een kat die voor me uit liep, bleef even staan en keek naar me. Het was een mager, zielig beest. Het keek me aan alsof het wilde zeggen dat ik het moest volgen. Dat was voor het eerst vandaag dat ik vriendelijk werd aangekeken. Ik liep achter de kat aan.

Aan het eind van de straat bleef de kat weer staan en begon te miauwen en me kopjes te geven. Ik dacht aan het blikje kaviaar en haalde dat uit mijn jas. Ik maakte het blikje open en voerde de kaviaar aan mijn nieuwe vriendje. Zo zou ze de nacht wel doorkomen, dacht ik, toen ik de hoek omging en uitkeek naar een vervoermiddel. Maar ook deze straat was volkomen verlaten. Het enige teken van leven was een man op een fiets, maar die reageerde niet eens op mijn geroep. Ik kwam op een plein en zag een houten deur met Hebreeuwse letters erboven. Er was een synagoge in Krakau en die had ik bij toeval gevonden! Een schuilplaats! Ik rende naar de deur, maar die bleek te zijn gesloten. Ik liep om het gebouw heen en kwam uit bij een groot kerkhof. Het was er een beetje modderig, maar ik liep tussen de grafstenen door en keek naar de opschriften. Misschien lag Ciesclav hier wel begraven. De oudste stenen waren uit de vijftiende eeuw! Misschien lagen mijn voorvaderen hier wel. Ik hoorde voetstappen en ik zag een vrouw in een gebloemde rok op me afkomen. Ik mocht hier natuurlijk helemaal niet zomaar komen.

'Spreekt u Engels?' vroeg ik. 'Ik wilde alleen maar even kijken.'

'Bezoekers zijn welkom,' zei ze vriendelijk. Ze glimlachte en kreeg twee kuiltjes in haar wangen. 'Ik ken alle stenen hier. Bent u ergens naar op zoek?'

Ik wilde haar wel om de hals vliegen, omdat er eindelijk iemand eens vriendelijk en behulpzaam was. 'Ciesclav, meneer Stanislav Ciesclav?'

Ze keek me een beetje vreemd aan. 'Waarom zoekt u die hier?'

Ik begon het uit te leggen. 'Omdat hij mijn moeder heeft gekend, uit het kamp. Hij kende haar. En zij is gestorven toen ik klein was en ik heb er nooit iets over geweten. Daarom ben ik naar Krakau gekomen om hem te bezoeken, maar de mensen die in zijn huis wonen, hebben me verteld dat hij is overleden. Is hij hier begraven?'

De vrouw leek even na te denken. 'Nee,' zei ze. 'Ik ben bang dat u hem hier niet zult vinden.'

'Dank u,' zei ik. De tranen sprongen in mijn ogen. 'Toch bedankt.' Ik draaide me om en rende het kerkhof af, het plein op. Er kwam toevallig net een taxi het plein opgereden.

63

Ik was verschrikkelijk teleurgesteld. Ik zou nooit meer iets over mijn moeder te weten komen. In elk geval had ik het geprobeerd, hield ik mezelf voor. En ik was ook niet voor niets naar Krakau gekomen. Ik had een baan. Ik was een collega te hulp gekomen. Daar had ik in elk geval iets aan. En aan de muziek had ik ook erg veel.

Er waren nog twee repetities, die beide ongeïnspireerd en futloos verliepen. Naarmate het concert dichterbij kwam, werd Marek steeds ongeduldiger.

'Fluiten!' schreeuwde hij in het Engels. 'Intoneren graag!'

Ik probeerde Danila maar weer eens duidelijk te maken dat we absoluut niet goed gestemd waren, maar Janusz fluisterde naar me dat ze tijdens het concert erg zenuwachtig zou zijn en dat ze dan vanzelf iets hoger zou spelen.

'Ik hoop dat je gelijk hebt,' zei ik tegen hem. Om er zeker van te zijn dat Danila flink veel adrenaline zou produceren, vroeg ik aan Janusz om tegen haar te zeggen dat de staatssecretaris van Cultuur naar het concert zou komen en dat hij speciaal naar de fluiten zou luisteren.

Luke kwam inderdaad naar het concert. Hij had een paar fotografen in zijn kielzog, die na het concert foto's namen van Danila en mij, van de maestro en mij en van mij met de staatssecretaris zelf.

'Dit is voor UPI. Amerika. Polen. Iedereen moet zien hoe gelukkig u hier bent. Lachen!'

Daar had ik niet veel moeite mee, omdat het concert erg goed was gegaan. Iedereen had uitstekend gespeeld, zelfs Danila. 'Das Huhn' ging perfect. De 'Praagse symfonie' was levendig en gepassioneerd, met precies op het juiste moment een flinke wolk boven het vriendelijke landschap. Het publiek wilde een toegift en daarom speelden we een vrolijk scherzo van Mendelssohn.

'Laten we gaan eten om het te vieren!' zei Marek. Mevrouw Rudiakowski, een olifant van een mens, drentelde lusteloos achter haar echtgenoot aan. Luke gaf me een arm en we liepen over het plein naar het oudste restaurant in de stad, waar we vlees voorgeschoteld kregen van een koe die een paar jaar geleden in een bejaardentehuis was overleden. We spoelden de smaak weg met veel whisky. Marek leunde iets te veel naar me voorover en raakte een of twee keer onder de tafel mijn knie aan. Ik trok me er niets van aan omdat me met de oplettende mevrouw Rudiakowski aan de andere kant van de tafel niet veel kon gebeuren. Ik had voor het eerst sinds twintig jaar met een orkest gespeeld, en het was heel goed gegaan. Ik had geen zin om mijn goede humeur te laten bederven.

64

De weken daarna verliepen wat beter. Laszlo begon geleidelijk te herstellen, hoorde ik, en daardoor realiseerde ik me weer dat mijn verblijf maar tijdelijk was. Ik had veel geduld met Danila en ik hield me kalm wanneer de maestro handtastelijk werd. Na afloop van de concerten voelde ik me zeer tevreden. Ik leidde het leven van een monnik en dat begon ik leuk te vinden. Ik vond het geen onprettig gevoel: de honger, de kou en de eenzaamheid. Op de een of andere manier had ik het gevoel dat ik meemaakte wat mijn moeder ook had meegemaakt, dat ik dat samen met haar deelde. De kachel stond laag, ik nam 's ochtends alleen wat thee met een beschuit en sloeg de lunch over. De lange, eenzame middagen in mijn flat bracht ik door met het lezen van de Engelse boeken die ik in de boekenkast vond. De meeste daarvan had Millbank zelf geschreven en gingen over middeleeuwse iconografie. Ik snapte er geen barst van, maar ploegde ze toch door, uren achter elkaar. Ik deed het alleen maar omdat ik mezelf die discipline wilde opleggen. Verder studeerde ik natuurlijk veel. En elke dag was er de ceremoniële bloem in de vaas van Nicky. Ik bleef dan even stilstaan bij een paar momenten uit zijn leven: Nicky op school, Nicky op de fiets, Nicky met Prins Hall, Nicky die ergens om lachte. Ik zag hem heel duidelijk voor me. Ik kon zijn aanwezigheid haast voelen. Ik kuste zijn foto en ging daarna een eenvoudige maaltijd voor mezelf klaarmaken. Ik schuimde de winkels in de buurt af op zoek naar ingrediënten. Pas toen ik merkte dat mijn tandvlees begon te bloeden en dat ik er erg bleek begon uit te zien, realiseerde ik me dat ik aan vers fruit en verse groenten moest zien te komen, omdat ik anders ziek zou worden. En als ik ziek zou worden, zou ik anderen alleen maar weer tot last zijn.

Om half zes 's ochtends was de smog dik, groen en ijzig. Ik probeerde het plein te vinden dat Miko had aangewezen. Ik hield mijn sjaal voor mijn gezicht en probeerde warm te blijven, terwijl ik in het sombere ochtendlicht naar die markt zocht waar de boeren 's ochtends hun oogst zouden verkopen. In de verte hoorde ik een gesis en dat geluid werd steeds luider. Ik herkende de Poolse klanken en zag in de verte een paar marktkraampjes. Er was van alles te koop: eieren, groenten, allerlei soorten fruit. Het was nog niet eens zes uur, maar het was al vreselijk druk. Er werd hevig onderhandeld en overal klonk het geluid van geld dat in tinnen kopjes werd gegooid. Ik wachtte op mijn beurt om bananen te kopen en deed ze in de rieten boodschappentas die ik had gekocht. De blozende gezichten van de boerinnen, omsloten door gebloemde hoofddoekjes, stonden vrolijk. De mensen praatten op gedempte toon, maar af en toe klonk er gelach. Ik kocht een dozijn eieren, gespikkeld en kakelvers, en ging toen op zoek naar groente. Broccoli! In een van de kraampjes zag ik de groene stronken liggen en ik probeerde met mijn ellebogen door de drukte te komen zodat ik ervoor in de rij kon gaan staan.

'*Proszę!*' zei een man vlak achter me, die tegen me aan duwde.

Proszę zelf, wilde ik antwoorden, en ik wilde hem terugduwen. Ik keek om en zag het lachende gezicht van Miko Branko.

'Hallo,' zei ik. Ik voelde dat ik begon te blozen. Hij nam mijn arm en liep uit de drukte vandaan.

'Je doet boodschappen als een echte pani,' zei hij.

'Ik ben een echte pani.' Ik kon die zenuwachtige glimlach niet van mijn gezicht krijgen.

'Wil die echte pani dan een kopje koffie met me drinken?'

Ik aarzelde. Iets leuks? Dat paste helemaal niet in mijn plannen. Maar ik was het wel aan hem verplicht om een kopje koffie met hem te gaan drinken.

65

Miko hielp me uit mijn jas. Zijn grote, warme handen gleden over mijn armen en hij keek naar mijn jurk en de slobberige trui die ik snel had aangetrokken toen ik was opgestaan.

'Met je haar, die ogen en die kleren zie je eruit alsof je zo uit de woonwagen komt.'

Ik lachte. 'Misschien heb ik wel zigeunerbloed.'

'Vurig zigeunerbloed,' fluisterde hij. Ik werd slap in mijn benen. We liepen achter een ober aan die een koffiehuis binnenliep dat net openging.

'Hoe gaat het met je werk?' vroeg ik, om de conversatie op gang te houden.

Miko scheen die vraag grappig te vinden. 'Goed. En met jouw werk?'

Ik warmde mijn handen aan de koffiebeker die voor me op tafel werd gezet. 'Moeilijk.'

'Waarom?' Hij stak een sigaret op en inhaleerde diep.

'Orkestpolitiek.'

'Politiek, politiek.' Hij hield zijn hoofd achterover en blies een paar kringetjes rook. 'Je moet uit de buurt blijven van de politiek.'

'Doe jij dat ook?'

'Ik?' Hij deed weer een lange haal aan zijn sigaret. 'De politici komen en gaan. Hun beloften en hun leugens interesseren me niet veel.'

'Maar hoe zit dat dan met de nieuwe vrijheid en met al die veranderingen die hier nu plaatsvinden?'

Miko haalde zijn schouders op. 'Als vrijheid betekent dat ik mijn rekeningen kan betalen, dan ben ik ervoor. Maar eerlijk gezegd word ik er wel wat nerveus van.'

'Waarom?'

'Omdat we geen excuses meer hebben. We kunnen nu "het systeem" niet meer de schuld geven. Iedereen kan zeggen wat hij wil. Een schrijver kan schrijven waar hij zin in heeft.' Hij nam weer een trek van zijn sigaret. 'Maar dan moet hij wel iets te zeggen hebben.'

'Ik denk dat jij misschien zelf wel zou willen schrijven.'

Hij blies de rook uit en lachte treurig. 'Jij hebt veel – hoe noem je dat – intuïtie.'

'Ik ben een vrouw.'

'Jij bent zeker een vrouw,' zei hij zachtjes, uitdagend. Ik had geen zin om uitgedaagd te worden.

'En jij bent een angry young man, die veel te zeggen heeft. Je zou een goede schrijver zijn.'

Miko trok weer aan zijn sigaret. 'Ik ben niet angry en ik ben ook niet meer zo jong.'

Ik voelde me ongemakkelijk onder zijn blik. 'Je moet niet zoveel roken,' zei ik bestraffend, om hem eraan te herinneren dat ik veel ouder was dan hij en dat ik ongevoelig was voor de manier waarop hij me aankeek.

'Waarom niet? We gaan toch dood, elke dag een beetje.'

'Waarom zou je dat willen versnellen?'

'Wie versnelt er?' vroeg Miko. Hij nam een lange, langzame trek van zijn sigaret en blies langzaam uit, met getuite lippen. Toen maakte hij zijn halfopgerookte sigaret uit en lachte naar me. 'Maar omdat jij dat wilt, zal ik ermee ophouden.' Hij wreef in zijn handen. 'Van nu af aan rook ik niet meer. Ik eet alleen nog maar havermout en ik ben zo gezond als een paard. Hoe vind je me?' Hij hinnikte en schudde met zijn hoofd. Hij maakte me aan het lachen en hij lachte met me mee.

'Dus,' zei hij, 'het leven is moeilijk. Het leven is een tranendal. Maar hoop is de eeuwige lente.'

Ik giechelde, maar toen zag ik dat hij dat niet voor de grap zei en dat hij somber keek. 'Waar hoop jij op?'

Hij haalde zijn schouders op. 'Meer vrijheid. Meer gelijkheid. Dat er een einde komt aan de ellende.'

Ik knikte. 'Dat zijn goede dingen om te wensen. Dat vind ik heel goed van je.'

'Hoop mag je niet bewonderen. Je moet alleen bewondering hebben voor iemand die iets van zijn leven maakt.'

Ik keek recht in zijn diepe, donkere ogen. 'Maak jij iets van je leven?'

Miko pakte zijn pakje sigaretten en verkreukelde het cellofaan. 'Ik doe mijn best. Dat kan ik zeggen.'

Kon ik dat ook? Wat had ik in mijn leven gedaan dat bewonderenswaardig was? Ik had een zoon grootgebacht en verloren. Ik had mijn leven gewijd aan een huwelijk dat kapot was gegaan. Het leven was een tranendal. En toen mijn zoon was gestorven, was mijn hoop verdwenen.

'En jij,' vroeg Miko, alsof hij mijn gedachten raadde. 'Waar hoop jij op?'

Ik heb geen hoop, wilde ik zeggen, maar ik had geen zin in het

medelijden van deze brutale jonge kerel. En ondanks mijn voorne-
men om met de leugens op te houden, had ik geen zin om de waarheid over Nicky te vertellen. 'Dat mijn zoon gelukkig wordt.'

'Dat is ook een mooie wens.' Miko hield zijn beker omhoog om
met me te klinken. Onze ogen ontmoetten elkaar, waarop ik vlug
de andere kant opkeek. Ik voelde een felle sensatie, ergens in het
midden van mijn lichaam. Het was alsof iets wat daar een lange
winterslaap had gehouden, plotseling met veel lawaai was wakker
geworden. 'Ik moet nog studeren voor de repetitie,' kondigde ik
ferm aan.

'Dan moet je dat doen. Ik breng je wel naar huis.'

'Heb je daar wel tijd voor? Ik bedoel, moet jij ook niet naar je
werk?'

'Ik werk wanneer ik dat wil.'

'Werk je dan niet voor een bedrijf?'

Miko lachte mysterieus. 'Heb je het niet gehoord? De tijden zijn
veranderd. Er zijn nu privé-ondernemingen in Polen. Ik heb ook
een eigen bedrijf.'

Ik knikte, alsof ik het begreep, alsof ik überhaupt iets begreep
van deze man, die de handen had van een loodgieter, maar de ogen
van een dichter; met zijn ruwe manier van doen en zijn bedachtzame
woorden. En wat wilde hij eigenlijk van me? En waarom begon ik
te beven toen hij me aanraakte terwijl hij me in mijn jas hielp?

'Het is nog maar zeven uur,' zei hij. 'Je kunt nog tot half elf
studeren.'

Ik keek hem aan. 'Hoe weet jij dat de repetitie om half elf begint?'

Hij lachte. Zijn witte tanden blikkerden tegen de achtergrond van
zijn donkere huid. 'Omdat ik je elke dag naar de repetitie heb zien
lopen, over het plein.'

'Jij houdt me in de gaten!' Ik voelde mijn wangen gloeien. 'Waarom?'

Hij leunde een beetje naar me voorover. Zijn zwarte haar glom
als de vacht van een zwarte panter. 'Om er zeker van te zijn dat
niemand iets van je neemt dat je zelf niet wilt geven.'

Miko bracht me naar huis. Toen we daar waren aangekomen,
reikte hij me mijn boodschappentas aan en zei: 'Als je de sinaasappelen uitperst, moet je het sap binnen twintig minuten opdrinken.
Anders verliezen de vitaminen hun kracht.'

'Dat zal ik doen,' zei ik.

'*Nazdrovia*!' riep hij, terwijl hij wegreed. 'Op je gezondheid!'

66

Waclav, de conciërge, keek naar mijn boodschappentas toen ik langs zijn kantoortje liep.

'*Dzień dobry.*' Ik lachte naar hem en gaf hem twee sinaasappelen. Hij begon te lachen en schoot uit zijn hokje om mijn boodschappen voor me naar boven te dragen.

Toen ik het marktplein overstak, op weg naar de repetitie, keek ik naar elke donkere man met een schapeleren jack aan, bang dat het Miko zou zijn. Of hoopte ik dat juist? Maar ik zag hem nergens en ik wist niet of ik daar opgelucht of teleurgesteld over was. De zon scheen fel, de lucht leek helderder en het was wat warmer aan het worden. Kinderen huppelden en renden over het plein, en hun moeders keken vrolijk toe. Ik kocht een broodje bij een van de kraampjes en bleef staan om naar het bugelsignaal van tien uur te luisteren. Elk heel uur werd er in de kerktoren op een bugel geblazen, en dit geluid hield steeds abrupt op, als een aandenken aan de soldaat die, eeuwen geleden, werd gedood door een pijl in zijn keel, terwijl hij zijn stadsgenoten waarschuwde voor de aanval. Krakau was vol van legenden, mysteries en dromen.

Die nacht liep ik door de kamer te ijsberen. Ik kon niet slapen. Ik hoorde een vrouw lachen en daarna de diepe stem van een man. Werd dat ritmische gekraak veroorzaakt door iemand die ook niet kon slapen, en ook heen en weer liep, of was het het gekraak van een bed, waarin twee mensen elkaar beminden? Ik kroop weer in mijn eenzame bed en dacht aan Theo, aan onze omhelzingen, aan onze opwindende avonturen. Toen dacht ik aan onze laatste ontmoeting, vlak voordat ik naar Krakau was vertrokken. Ik herinnerde me hoe weinig het me had gedaan, hoe kil ik me had gevoeld. Zou ik ooit nog in de armen van iemand liggen en me goed kunnen voelen? Zou ik nog eens die wilde begeerte kunnen voelen en dat warme, complete gevoel daarna? Ik voelde me eenzaam, ik wilde dat iemand me liefhad.

Het marktplein was verlaten en er lag een pak verse sneeuw. De lucht was helder en felblauw. Het zonlicht danste over de glinsterende sneeuw. Ik zag niet één voetafdruk. Ik stond aan de rand van het plein en vroeg me af waar iedereen was gebleven. Ik durfde niet over de maagdelijke sneeuw te lopen, maar in de verte hoorde ik een vrouw zó lieflijk zingen, dat ik me niet kon bedwingen en door de sneeuw op het geluid af ging. Terwijl het gezang luider werd, begon ik harder te lopen, te rennen. Af en toe gleed ik uit, maar dan stond ik weer op. Het geluid kwam uit de Mariakerk, maar toen ik voor de smeedijzeren deuren stond, bleken die te zijn gesloten. Ik duwde uit alle macht en uiteindelijk zwaaiden ze open. Ik rook de geur van wierook en ik zag voor het altaar in de kerk een vrouw zitten die er ongelooflijk hemels uitzag, met gouden haar dat golfde in de wind. Ze stak haar lange armen naar me uit en ik liep naar haar toe, door het lange pad tussen het middenschip, en toen ik dichterbij kwam, herkende ik haar. 'Mama?' fluisterde ik.

'Nora!' Ze lachte. Haar lieve gezicht was verlicht door de brandende kaarsen. Ze wees naar me. 'Die rode jas! Nu is die eindelijk van jou! Laat eens kijken?' Ik draaide in het rond. Haar gelach klonk als zilveren belgerinkel en weerklonk tegen de stenen pilaren. Het geluid echode en echode: ik draaide en draaide totdat ik duizelig werd en me aan haar voeten liet vallen, met mijn hoofd in haar schoot. Ze streelde mijn haar en zong voor me: '*Ai, lu lu, kolebka z marmuru...*'

Ik werd wakker van de wekker. Ik deed de gordijnen open en werd verblind door het felle licht. Alles was versierd met een witte laag sneeuw: de daken, de wegen, de lantarenpalen, de steigers. Het was de zachtste en helderste sneeuw die ik ooit had gezien.

67

Op de repetitie was iedereen in een goed humeur. We speelden de vierde symfonie van Schubert, met de vriendelijkheid, de zachte klaaglijkheid en de drang waarmee Schubert de muziek had gecomponeerd toen hij negentien jaar oud was. De melodie stroomde van de blazers naar de strijkers en vice versa, en Marek had zowaar een glimlach op zijn gezicht getoverd. Het verbazingwekkendst was nog wel dat Danila na afloop van de repetitie, toen we onze fluiten aan het schoonmaken waren, zich naar me toedraaide en zei '*Dobrze*, yes?'

'*Tak*,' zei ik, en na al die weken dat we al hadden samengewerkt, lachten we naar elkaar.

Op het plein waren een paar kinderen met sneeuwballen aan het gooien. Toen ik overstak, werd ik door een sneeuwbal geraakt en daarom liep ik vlug door. Maar toen ik een tweede sneeuwbal tegen mijn hoofd kreeg, draaide ik me om. Miko stond jongensachtig tegen me te grijnzen.

'Daar ben ik weer. Ik neem je mee naar het kasteel in de sneeuw!'

Ik lachte naar hem. 'Ik weet niet...'

'Wat weet je niet?' Ik haalde mijn schouders op. Hij nam mijn tas van mijn schouder en ik protesteerde niet toen hij de tas over zijn eigen schouder hing en me een arm gaf.

We liepen over de binnenplaats van kasteel Wawel en keken vanaf de hoofdtoren naar de witte stad. Miko vertelde me de legende van de draak.

'Er kwam vuur uit zijn bek en hij at maagden. Niemand kon hem stoppen, totdat een schoenmaker hem een schaap liet eten dat was volgestopt met zout en zwavel,' zei Miko. 'Daardoor kreeg de draak dorst en hij ging naar de Vistula om te drinken, waar hij in duizenden stukjes werd gereten en door de wind werd meegenomen. Poef!' Hij gooide zijn armen in de lucht en blies zijn wangen op. Ik moest om hem lachen.

'Dus,' zei ik, 'de draak is voorgoed verdwenen uit Krakau?'

'Ja, en er zijn ook geen maagden meer.'

'Oh?'

'Ik hou toch niet van maagden. Ik hou meer van oudere vrouwen, met meer ervaring.'

Ik keek over de stenen rand naar het ijzige water, waarop een paar zwanen dobberden. 'Mijn zoon is maar een paar jaar jonger dan jij,' zei ik koeltjes.

'Ik word dertig.'

Ik keek hem ongelovig aan.

'Op een dag,' voegde hij er lachend aan toe.

'En op een dag kom je het meisje van je dromen tegen.'

Miko keek naar de rivier en leunde met zijn ellebogen op de stenen rand. 'Misschien heb ik haar al gevonden.'

Ik wilde niet nadenken over wat hij daarmee suggereerde. 'Mijn zoon heeft ook het meisje van zijn dromen gevonden.' Mijn zoon? Het was ziekelijk om te blijven volhouden dat ik een levende zoon had. Ik was me daarvan bewust, maar ik kon de denkbeeldige draad die me met Nicky verbond niet zomaar verbreken.

'En vind je haar aardig, de vriendin van je zoon?' vroeg Miko.

Kelly. Ik had helemaal niet meer aan haar gedacht, met opzet. Ik vroeg me af of ze Nicky al zou zijn vergeten, of hij al was vervangen door een andere jongen. Ik aarzelde. Ik wist dat ik een einde moest maken aan deze belachelijke leugen. Maar ik antwoordde: 'Niet echt. Maar hij houdt van haar en daar gaat het om.'

Miko kwam wat dichterbij staan en ik kon haast voelen dat hij naar mijn profiel keek. 'Je bent een fantastische moeder, dat kan ik zo zien.'

'Ik heb een heel bijzondere zoon. Dat maakt het gemakkelijk. Hij is heel lief en aardig en hij...' Ik keek Miko aan.

'Je bent verdrietig. Het heeft met je zoon te maken.'

Ik haalde mijn schouders op. 'Ik mis hem.'

'Praat je wel met hem?'

'Elke avond.'

Miko keek verbaasd, en ik bloosde om wat ik had gezegd. Hij pakte mijn arm en zei: 'Je bent erg gevoelig en vlug overstuur. Dat kan ik zien.'

'O ja?' vroeg ik. Ik kreeg tranen in mijn ogen.

'Ik weet heel veel van je,' zei hij. Hij raakte mijn wang aan met zijn hand. Hij had geen handschoenen aan en toch was zijn hand erg warm.

'Hoe weet je dat dan?' vroeg ik. Er rolde een traan over mijn wangen, maar ik vond het niet erg.

'Ik heb die eigenschap geërfd. Mijn grootvader kon het verleden en de toekomst van iemand zien, door alleen maar in zijn ogen te kijken.'

'Kon hij de toekomst voorspellen?'

Miko knikte. Hij streek met zijn lippen over mijn wangen. Ik sloot mijn ogen. Ik wist dat ik een stapje opzij moest doen, maar ik vond het zo prettig om zijn warme adem op mijn gezicht te voelen. Hij fluisterde met zijn hese stem: 'Je smaakt naar zout, maar ik ga je toch verslinden.' Ik voelde een warme gloed in mijn buik toen hij zijn mond op de mijne drukte en zijn sterke jonge lichaam begerig tegen me aandrukte.

'Miko,' fluisterde ik. Ik wilde hem wegduwen, maar in plaats daarvan trok ik hem juist naar me toe, hield me aan hem vast, totdat we het allebei erg koud kregen en hij me hard tegen zijn jas aandrukte en zei: 'Ik denk dat je me mee moet nemen naar je bed.'

De gedachte beangstigde me, maar wond me ook erg op. 'Dat kan niet. We moeten niet...'

Miko streelde mijn haar. 'De eerst nacht nadat er nieuwe sneeuw

210

is gevallen, is altijd erg koud,' zei hij zachtjes. 'Ik zal je warm houden, heel erg warm.'

68

Op weg naar mijn appartement gingen we een paar winkels in. Miko kocht een fles wijn, een boeket bloemen en wat brood en kaas. 'We hebben een flinke voorraad nodig,' zei hij, en kuste me. 'Ik denk dat je een week lang niet meer uit bed wilt komen.'

'Je bent wel erg zeker van jezelf!' zei ik plagerig, en zoende hem terug.

'Ik heb heel veel energie,' fluisterde hij. Hij beet zachtjes in mijn nek. 'En ik heb veel liefde te geven.'

We stonden samen in de rij. We hielden elkaars hand vast, we raakten elkaar aan, we giechelden als twee spijbelende tieners en gingen op zoek naar de 'noodzakelijke voorraden', zoals Miko het noemde. We werden aangestaard door de andere klanten. Zou het een shockerend gezicht zijn: een oudere vrouw met een jongere man? Vonden ze ons belachelijk? Miko zag dat ik me daarover zorgen maakte. 'Laten ze denken wat ze willen,' fluisterde hij. 'Dat maakt toch niets uit?'

'Nee, natuurlijk niet,' zei ik, en om dat voor mezelf en de omstanders te bewijzen, gaf ik hem een zoen.

'Waar is dit voor?' vroeg ik, toen Miko in de laatste winkel die we binnengingen een lange rode sjaal met rozen erop kocht. Hij deed de sjaal om mijn hals en keek samen met me in de spiegel.

'Dit is om je later aan de eerste keer te herinneren,' fluisterde hij.

'Het past goed bij elkaar,' zei ik. Ik bedoelde mijn jas en de sjaal, maar ik zag dat hij naar onze gezichten in de spiegel keek. 'Zwart haar, grote ogen, hongerige monden...' Hij zoende me op mijn mond. Daarna betaalde hij de sjaal en liepen we gearmd de winkel uit, door de schemerige straten, over de zachte witte sneeuw.

De tafel was gedekt met het brood, de kaas, het fruit en de wijn. We stonden er samen naar te kijken en er was ineens iets ongemakkelijks tussen ons. In het midden stond Nicky's vaas, met een roos erin.

'Dat was het eerste dat mijn zoon heeft gemaakt,' zei ik trots.

'Ik snap waarom je haar hebt meegenomen. Het is een prachtige vaas.'

'Ja hè?' Ik raakte de vaas aan en zei tegen mezelf dat ik ermee op moest houden. 'Maar hij werkt nu natuurlijk heel anders.'

Nora! zei ik waarschuwend tegen mezelf.

'Werkt hij nog steeds met klei?'

'Ja,' besloot ik, mijn waarschuwingen in de wind slaand. 'En hij beeldhouwt.'

Miko knikte en schonk een glas wijn in. Hij nam een slokje en drukte toen zijn lippen op de mijne. Hij liet de wijn langzaam in mijn mond lopen: het was warm en verrukkelijk. De ongemakkelijkheid verdween en we liepen naar de slaapkamer. Miko klapte de slaapbank open en keek naar de lamp naast het bed. Hij ging naar de kamer en kwam even later terug met mijn nieuwe sjaal, de wijn en een stuk brood. Hij bedekte de lamp met de sjaal, zodat het licht warm en rood werd. Hij zette me op de rand van het bed en knielde voor me neer. Hij legde het stuk brood op mijn knie. Ik begon een beetje te lachen, maar hij keek me met zijn donkere ogen ernstig aan. Toen deed hij zijn handen achter zijn rug en pakte het stuk brood met zijn tanden van mijn knie. Hij boog zich over me heen en liet me een stukje van het brood afbijten. We aten het brood, kusten elkaar en dronken van de wijn. Toen legde hij zijn hoofd in mijn schoot en duwde langzaam mijn rok omhoog. Hij drukte zijn gezicht in mijn dijen, duwde mijn benen uit elkaar en trok met zijn handen mijn panty naar beneden. Zijn tong gleed langs mijn benen omhoog. Hij legde mijn benen over zijn schouders en ik liet me achterover op het bed vallen. Toen stond hij op. Zijn gezicht was nat. Hij kleedde zich uit en stond naakt voor me. Zijn lichaam was jong en stevig, zijn borst was glad en zijn huid had een karamelkleurige glans. Zijn ogen fonkelden. Ik was een beetje bang dat ik hem zou teleurstellen, maar toen hij de rest van mijn kleren uittrok, leek hij verrukt over wat hij zag. Hij fluisterde tegen me, soms in het Pools, soms in zijn geheime zigeunertaal. Ik hield me vast aan zijn zwarte haar toen hij in me kwam en me meenam naar een wereld waar tijd en plaats vervagen en zorgen niet bestaan.

We namen samen een bad. Onze voeten lagen tegen elkaar en we hielden elkaars handen vast. Miko waste me, zeepte me in, kuste me, spetterde met water.

'Niet zo kleinzerig!' zei ik, toen ik zijn schouder inzeepte en hij van de pijn in elkaar kromp.

'Mijn schouder is gebroken geweest,' legde hij uit. Hij vertelde dat hij jaren geleden had meegedaan aan een demonstratie voor Solidariteit en dat een agent hem met zijn geweer op de schouder had geslagen. Hij was gearresteerd en zonder medische verzorging drie maanden in de gevangenis gezet. 'Daarom heb ik tegen je gezegd dat je je niet met politiek moet bemoeien.'

'Maar ben je dan niet tevreden dat jij hebt meegeholpen aan de veranderingen die nu zijn doorgevoerd?'

'Meegeholpen? Omdat ik toevallig daar op een hoek van de straat stond?'

'Je nam toen wel een risico, door daar te gaan staan.'

'Ik ben geen held, Nora.'

'Voor mij wel.' Ik kuste hem zachtjes op zijn schouder en hij trok me met glinsterende ogen naar zich toe. Hij begon hard mijn rug en mijn nek te masseren. Ik kreunde.

'Wie is er hier kleinzerig?' vroeg hij plagerig.

'Beroepsblessure,' zei ik. 'Fluitisten hebben altijd een stijve nek.'

'Daar zal ik wel wat aan doen,' beloofde hij. Ik kuste hem en zei dat hij dat al had gedaan.

69

'Je ziet er zo mooi uit en je speelt zo mooi, dat ik je vraag om iets met me te gaan drinken,' zei Marek in de pauze van het concert.

'Dank je,' zei ik, 'maar ik heb het druk.'

'Druk?' Dat kon hij kennelijk niet volgen.

'Ja,' zei ik. Ik voelde me stralend, zelfbewust en ik wilde dat het concert al was afgelopen, zodat ik weg kon om in Miko's armen te vallen. 'Misschien een andere keer.'

Janusz had ons gesprek gehoord en toen Marek weg was, zei hij: 'Pas maar op. Mevrouw Rudiakowski is naar Praag voor een of andere behandeling. De kat heeft dus een nieuwe muis nodig!'

De tweede helft van het concert verliep prima, dacht ik. We speelden een kort stuk van een moderne Poolse componist. Het was een scherp, atonaal en vervreemdend stuk met veel hoge harde noten voor de fluiten, die dissonant moesten klinken. Danila en ik deden ons uiterste best. Daarna speelden we symfonie nr. 39 van Mozart in E-mineur, waar maar één fluit in zit, zodat de stemming geen probleem was. Ik speelde licht in het eerste allegro, teder in het andante, energiek in het menuet en in het laatste allegro fier en helder.

Na het concert pakte ik mijn fluit, deed mijn jas aan en liep snel naar de uitgang.

'Heb je haast?' vroeg Marek, en ging voor de deur staan. 'Misschien kun je in het vervolg je haast bewaren tot ná de voorstelling?'

Ik was met stomheid geslagen. 'Vond je dat ik haastig speelde?'

'Ongeveer zo haastig als een trein, als de Oriënt Express die met tweehonderd kilometer per uur voortraast.'

'Ik dacht dat ik goed met de strijkers meespeelde, ik dacht...'

'Ik dacht! Ik dacht! Je kunt beter je excuses aanbieden en beloven dat je voortaan in de maat zult spelen!'

Ik was niet onder de indruk van zijn bloeddoorlopen ogen. 'Ik zal mijn best doen,' zei ik, en daarna liep ik langs hem heen naar buiten.

'Wat is er?' vroeg Miko, toen ik buiten kwam en in zijn armen viel.

'De dirigent is een klootzak!'

Hij maakte mijn jas los. 'Wat heeft hij dan gedaan?'

'Het is meer wat hij graag zou willen doen.'

Hij lachte. 'Bedoel je dat hij op zijn eerste fluitist valt?'

'Ja, de slang.'

'Dat soort slangen zitten overal. Kijk maar uit.' Miko siste door zijn tanden en beet me zachtjes in mijn hals.

'Niet doen,' zei ik, en ik keek zenuwachtig om me heen. We stonden op de stoep, voor het concertgebouw. Er was niemand, maar toch was ik bang om gezien te worden.

'Waar ben je bang voor?' vroeg Miko. 'Of schaam je je soms voor mij?' Hij deed een stapje terug en keek me vragend aan.

'Natuurlijk niet! Ik... Ik weet niet waarom ik dat deed. Je hebt me bang gemaakt, omdat je over die slangen begon.'

'Dat is niet waarom je me wegduwde, of wel?'

Zijn vraag was recht door zee en niet beladen met afkeuring zoals de vragen die Bernie altijd stelde. En plotseling wist ik dat het door Bernie kwam dat ik Miko had afgeweerd, omdat ik me het vluchten en het verbergen herinnerde van mijn overspelige verleden en de straf die erop was gevolgd.

'Zeg me waarom je zo doet,' drong Miko aan. 'Alsjeblieft.'

'Ik ben nog maar pas gescheiden van mijn man. Ik denk dat ik ineens dacht dat het niet goed was wat we deden. Dat ik ontrouw was.'

Miko knikte en sloeg zijn arm om me heen. 'Je was een goede vrouw. Dat weet ik.'

Maar hij had het mis. Ik had tegen hem gelogen over Nicky en die leugen ging echt te ver. 'Ik was helemaal geen goede vrouw,' zei ik. Ik maakte me een beetje van hem los om hem te kunnen aankijken. 'Daarom zijn we uit elkaar gegaan.'

'Nee,' zei Miko. Hij kuste mijn voorhoofd. 'Dat is niet waar.'

'Hoe weet jij dat nou?'

'Omdat het niet gaat over goed of slecht. Het is altijd omdat de vrouw iets nodig heeft, en de man iets anders. Ze kunnen het middelpunt niet meer vinden. Ze staan beiden aan een andere kant van een meer. Ze kijken elkaar aan, ze kunnen allebei zwemmen, maar geen van beiden stapt het water in.'

Ik lachte om zijn metafoor. 'Was het in jouw geval zo simpel?'

'Simpel?' vroeg hij, met een trieste blik in zijn ogen. 'Waarom denk je dat het simpel is om alleen aan één kant van een meer te staan, verward, met pijn en niet dichterbij kunt komen?'

'Ik zou wel dichter bij jou willen zijn,' fluisterde ik verlangend. 'Nu.'

Miko drukte mijn vingers tegen zijn mond. 'Dan denk ik dat je me weer moet meenemen naar je bed,' zei hij. Toen hij de autodeur voor me openhield en ik naar binnen stapte, dacht ik dat ik op de hoek van de straat, in de schaduw, Marek Rudiakowski zag staan, geleund tegen de muur, met zijn kraalogen die gloeiden in het donker.

70

Ik had me nog nooit zo vrij gevoeld, ik had nog nooit zo graag iemand gelukkig willen maken en ik was me nog nooit zo bewust geweest van het genot dat twee lichamen elkaar kunnen geven. Miko's genot was het mijne. Elke beweging die hij maakte, fascineerde me en wond me enorm op. Hij was mijn tijger, hij wist precies wanneer hij moest spinnen en wanneer hij genadeloos moest toeslaan, wanneer en waar hij me moest aanraken. De flat van professor Millbank was onze jungle, waar we in speelden en vochten. We rolden over de vloer, we spetterden in het bad, we zaten elkaar achterna, deden spelletjes.

'Ik voel me zo vrij bij jou,' zei ik, terwijl ik mijn armen uitrekte. 'En zo jong.'

Miko drukte zich tegen me aan. 'Je bent vrij. En je bent jong.'

'Ik ben veel ouder dan jij denkt,' zei ik. Ik verwachtte dat hij zou schrikken. 'Bijna veertig.'

'Negentien december.' Hij grijnsde naar me. 'Ik heb je paspoort gezien. Toen ik je tas had teruggevonden, die eerste dag, weet je nog wel?'

'Heb je in mijn tas gekeken?'

'Vind je dat slecht van me?'

'Nee, ik ben alleen verbaasd; dat je wist hoe oud ik ben en dat je dat niet erg vindt.'

'Vind jij het erg dat ik pas vierentwintig ben?'

Ik staarde hem aan. Ik wist dat hij jong was. Maar zó jong?

Hij zag dat mijn gezicht betrok en kuste me. 'Dacht je dat ik ouder was?'

'Ik heb er niet over nagedacht.'

Hij lachte. 'Zie je nou wel?'

Ik dacht na terwijl hij zijn hoofd in mijn schoot legde en ik zijn haar streelde. Ik sloot mijn ogen en zag een moeder voor me die haar zoon vasthield. Ik zag Nicky. Ik zag mezelf. Ik vond dat beeld walgelijk.

'Wat is er?' vroeg Miko, toen hij voelde dat mijn lichaam verstrakte.

'Ik dacht aan mijn zoon,' zei ik. 'Dat ik hem zo mis.'

'Dan gaan we hem bellen,' zei Miko. Hij ging staan. 'Ik vind wel een telefoon voor je. Maar eerst ga ik de koelkast van pani Moskowitz repareren en jij gaat spelen voor die slang van je.'

'Wanneer zie ik je weer?' vroeg ik. Ik was ineens bang dat hij, net als Nicky, de deur uit zou lopen en nooit meer terug zou komen.

'Dit is de spiegel van de toekomst,' zei hij, alsof hij op de kermis stond. 'In die spiegel zie ik een ontmoeting om vijf uur voor de Mariakerk. Zie jij dat ook?'

Ik vouwde mijn armen over elkaar. 'Misschien.'

'Nora,' zei hij. Hij liet de R rollen.

'Ja?'

'Ik wilde alleen je naam even zeggen.' Hij knipoogde naar me, net als Nicky zou hebben gedaan, en ging weg.

216

71

Marek deed nogal vervelend tegen me tijdens de repetitie. Het was een erg koude dag. Om vijf uur stond ik chagrijnig bij de Mariakerk te wachten. Miko was er nog niet. Ik had geen zin om de kerk in te gaan, want ik voelde me absoluut niet in een devote stemming. Ik had besloten om een einde te maken aan mijn relatie met deze jongen. Hij deed me te veel aan mijn zoon denken. Dat kon niet goed zijn. Ik kon er niet mee doorgaan. Zodra ik hem zag, zou ik tegen hem zeggen dat ik niet meer wilde.

Na een half uur kwam Miko eindelijk de hoek om rennen. Hij nam me in zijn armen. 'Sorry, ik ben te laat door al die drukte,' fluisterde hij. Hij kuste me. 'Vergeef je me? Alsjeblieft?'

Er hing een lok zwart haar over zijn voorhoofd. Zijn wangen waren rood en zijn lippen vochtig. Hij was zo stralend in deze grauwe wereld. Als ik hem niet meer zou zien, zou ik alleen zijn in het sombere, grijze Polen. 'Tuurlijk vergeef ik je, mallerd!' zei ik. Ik nam zijn arm en we liepen samen een café binnen om een kop warme koffie te drinken, die naar metaal smaakte, en wat *lody* te eten: het enige voedsel waarvan in Polen meer dan genoeg was – ijs.

'Ging de repetitie goed?' vroeg Miko, terwijl hij aan zijn lepel likte.

'Het ging wel.'

Miko zuchtte en keek me aan. 'Heb ik je al verteld dat ik hartstikke trots was, toen ik je gisteren op het podium zag? Ik, Miko Branko, ga met de eerste fluitiste van het kamerorkest van Krakau. En ze speelt goddelijk. Ik was apetrots.'

'Dat had je nog niet verteld. Bedankt.'

Hij pakte mijn hand en likte het ijs van mijn lepel. Toen kuste hij mijn pols. 'Schaam je je niet een beetje voor mij, omdat ik een gewone loodgieter ben? Jij, de kunstenares, met een gewone – hoe noem je dat – een handarbeider?'

'Waarom zou ik me schamen?'

Miko haalde zijn schouders op. Zijn gezicht betrok. 'Jij zou een dichter moeten hebben, iemand die iets met zijn hoofd kan, niet alleen met zijn handen.'

'Ik bewonder je, ik respecteer je en ik vind het geweldig wat jij met je handen kunt doen.' Ik nam zijn handen in de mijne en kuste ze. 'Je bent voor mij een dichter.'

72

'Verrassing!' riep Miko, toen ik op een dag thuiskwam en hij me de telefoon aanreikte die hij zelf had aangesloten.

'Maar ik dacht dat dat helemaal niet kon! Hoe heb je…'

'Een vriend. Een hoge pief,' legde hij uit. 'Ik heb zijn toilet een paar keer voor niets gerepareerd. Ik help hem. Hij helpt mij. Zo werkt dat in mijn land!' Hij drukte grinnikend de hoorn tegen mijn oor. Ik hoorde een krakerige kiestoon. 'Bel je zoon,' zei hij.

Ik stond aan de grond genageld. Vertel het hem, zei ik tegen mezelf. Dit is je kans.

'Je bent veel te opgewonden. Ik vraag de telefonist wel. Wat is Nicky's nummer?'

'Hij heeft geen telefoon,' fluisterde ik.

Miko keek me verbaasd aan.

'Hij wil het niet,' verzon ik. 'Hij wil tijdens zijn werk niet worden gestoord.'

Er viel een gespannen stilte. 'Maar ik kan mijn vader wel bellen. Hij woont in Phoenix, Arizona.' Ik gaf hem het nummer en Miko gaf het door aan de telefonist. Na een paar minuten ging de telefoon over. Miko liep beleefd de kamer uit nadat ik mijn vader had begroet. 'Papa! Heb ik je wakker gemaakt?' Ik begon hem enthousiast over het orkest, het appartement en de stad te vertellen, maar zei niets over mijn minnaar. Ik verzekerde hem dat ik als een prinses werd behandeld. Hij vertelde me de laatste nieuwtjes over zijn vriendinnen en over Doc. Ik beloofde dat ik gauw zou schrijven.

'Ik ben blij dat het in Krakau tegenwoordig beter is voor joden,' zei mijn vader. 'Je hebt wat dat betreft geen problemen gehad?'

'Natuurlijk niet. Maak je maar geen zorgen.' Ik gaf hem mijn telefoonnummer en hij beloofde me dat hij me gauw zou bellen.

'Je bent verdrietig,' zei Miko, toen hij de kamer weer binnenkwam.

'Nee hoor,' zei ik. 'Een beetje maar.'

Hij stond achter me en masseerde zachtjes mijn schouders. 'Ben je blij met de telefoon?'

'Ik was zo verbaasd dat ik helemaal ben vergeten om je te bedanken!' Ik gaf hem een zoen. 'Ik ben er erg blij mee.'

'En ik ben erg blij met jou,' zei Miko.

73

Het was maart. De zwanen waren in enorme aantallen teruggekeerd. Ze zweefden boven de Vistula, als een statige escorte tijdens mijn middagwandeling met Miko langs de rivier. De lente hing in de lucht: Miko deed zijn jas open, zijn ogen dicht en koesterde zich in de voorjaarszon. We liepen gearmd langs het water en zwegen. Na een tijdje slenterden we in de richting van het marktplein.

'In deze winkel kun je iets naar Amerika laten sturen,' zei Miko. Hij nam me mee een winkel in waar geborduurde kleren, beschilderde houten dozen en andere produkten van huisvlijt te koop waren. 'Misschien wil je iets naar je zoon sturen. Zo'n pot bijvoorbeeld, om zijn klei in te bewaren.' Hij wees op een grote, kleurig beschilderde pot.

'Hij bewaart de klei altijd op zijn werktafel, met een stuk plastic er omheen,' zei ik, maar toen ik zag hoe achterdochtig Miko me aankeek, voegde ik eraantoe: 'Maar ik denk dat hij deze pot wel erg mooi zal vinden.'

Miko overlegde met de verkoopster, die lachte en knikte. Ze vroegen me Nicky's adres. Mijn hart bonsde in mijn keel. Ik gaf mijn eigen adres op, dat wil zeggen, dat van Bernie, en zei dat het veiliger was om de pot naar een huis in de buitenwijken te sturen dan naar een appartement in de stad. Terwijl ze bezig waren om de verzenddocumenten in te vullen, keek ik wat rond in de winkel.

Ik keek naar een paar houten vogeltjes, en plotseling zag ik, op de plank daarboven, een voorwerp waar ik als door een magneet naartoe werd getrokken. Het was een klein houten figuurtje, een mannetje, dat met twee veren aan een houten plankje was bevestigd, zodat het figuurtje heen en weer wiebelde als je het aanraakte. Het gezicht was karikaturaal, met een grote neus en dikke lippen die afschuwelijk grijnsden. Aan weerszijden van het gezicht zaten twee zwarte pijpekrullen die onder de zwarte hoed vandaan kwamen. Het figuurtje had een boek onder de ene arm, met Hebreeuwse letters erop. Ik dacht eerst nog dat ik het niet goed zag. Was dit figuurtje een groteske afbeelding van een joodse man, met een gebedenboek onder de arm?

'Is dit een grap?' vroeg ik aan de verkoopster. Miko keek me aan en pakte mijn arm, maar ik ontweek zijn ogen en trok mijn arm los.

'Het is folklore,' zei ze.

Ik staarde haar ongelovig aan. 'Maar dat is een jood! Een jood die eruitziet als een clown!' De vrouw leek verbaasd over mijn uitval.

'Nora,' zei Miko. Hij sloeg een arm om me heen. 'Laat nou maar.'

'Nee. Dit is afschuwelijk.' Ik keek naar het poppetje. 'Dit is racistisch.' Ik hield het voor de neus van de verkoopster. 'Waarom verkoopt u dit?'

'Het is folklore,' zei ze weer, met een vuil glimlachje. 'Het stamt uit de vrolijke tijden, toen de joden zongen en dansten en rare hoedjes droegen.'

Ik beefde van kwaadheid. Ik begreep niet waar die woede ineens vandaan kwam. 'Hoeveel kosten ze?' vroeg ik, en toen ze de prijs noemde, vroeg ik haar de verzending van de pot te schrappen. In plaats daarvan kocht ik de hele voorraad joodse poppetjes, vijf dozijn in totaal, en ging de winkel uit. In de doos wiebelden de zestig poppetjes op en neer.

'Nora?' vroeg Miko, die naast me liep en me tot staan probeerde te brengen. Maar ik liep door naar een vuilnisbak op de hoek waar ik de doos met de beledigende poppetjes in smeet.

'Ik denk dat je het niet begrijpt,' zei Miko.

'Ik denk dat jij het niet begrijpt,' zei ik kwaad. 'Er zijn miljoenen joden vermoord, en hier in Polen, waar de meesten zijn omgekomen, maken ze kleine joodse poppetjes met belachelijke gezichten. En dan hebben ze ook nog het lef om dat folklore te noemen!'

'Nora, er komen weer steeds meer joden naar Polen.'

Ik staarde hem aan. 'Hoe kom je daarbij?'

'Het is waar. Het Filharmonisch orkest van Israël heeft hier gespeeld. Er komen joden op vakantie. Ze komen hier wonen. De Ramu-synagoge hier in Krakau is meestal vol.'

'Die kleine synagoge met die grote begraafplaats?'

'Ben je daar geweest?'

'Ja. En weet je waarom die synagoge maar zo klein is en die begraafplaats zo groot? Omdat Polen één grote joodse begraafplaats is.'

'Je hebt het mis. Dat is aan het veranderen. Die pop is niet beledigend bedoeld,' hield Miko vol. 'De Polen proberen het verleden te begrijpen. Veel mensen hebben een schuldgevoel over de oorlog en over wat er is gebeurd. Ze maken poppen. Ze publiceren joodse kookboeken.'

'Daar zou ik weleens een recept uit willen proberen. Matses met gemalen glas?'

Miko haalde ongeduldig zijn schouders op. 'Nora, luister eens.

De Polen proberen het op hun manier. Soms is die wat onhandig. Dat weet ik wel. Ik ben zelf half-Pools.'

'De helft waarover je het nooit hebt. Hoe komt dat eigenlijk?'

Miko dacht een poosje na voordat hij antwoordde. 'Omdat dat de helft is die de andere kant opkeek toen de Duitsers binnenvielen, de helft die deed alsof er niets kon worden gedaan om ze tegen te houden, de helft die zei dat het onze zaak niet was.'

'Mijn vader heeft dus toch gelijk. Het zou weer kunnen gebeuren. Altijd.'

Miko schudde zijn hoofd. 'Je moet niet – hoe heet dat – paranoïde zijn.'

Ik keek hem aan. 'Jij bent nict joods.'

'Zigeuners en joden. Wij zijn niet zo verschillend.'

'Natuurlijk wel. Dat kun jij alleen niet begrijpen.'

'Welwaar.'

'Nee. Nee, dat kun je niet. En dat kan ik trouwens zelf ook niet. Ik begrijp er ook niets van. Ik begrijp niet wat er toen is gebeurd, wat er met mijn moeder is gebeurd, en met haar hele familie. Met mijn familie.'

'Zijn zij in de kampen geweest?'

Ik knikte. 'Iedereen is omgekomen. Iedereen, behalve mijn moeder. En zij heeft daar nooit met me over willen praten.'

'Waarom niet?'

'Dat wilde ze gewoon niet. Mijn vader trouwens ook niet. Maar ik heb het adres van een man hier in Krakau die samen met haar in het kamp heeft gezeten. Ik had gehoopt dat hij me iets zou kunnen vertellen. Ik ben naar hem toe gegaan, maar hij is jaren geleden overleden. Nu zal ik nooit weten wat er daar met haar is gebeurd.'

Miko's donkere ogen keken me strak aan. 'Ik zal je het laten zien.'

'Wat?'

'Oświęcim.'

'Oświęcim?' fluisterde ik.

'Daar is mijn grootvader omgekomen. Zigeuners en joden. Er is geen verschil.'

74

'*Lieve mama, het gaat goed. Ik vind het hier leuk...*'

Ik las de ansichtkaart die achter een stuk glas aan de muur van een van de barakken in Oświęcim hing, of Auschwitz, zoals de Duitsers het noemden. Het handschrift was keurig. Miko vertelde me dat de tekst door de bewakers werd gedicteerd. Ieder kind moest zo'n kaart schrijven. We stonden in een van de barakken van Auschwitz, nu een museum met vitrines waarin allerlei overblijfselen lagen: plukken menselijk haar, kapotte brillen, stapels koffers waar de namen nog ingekrast stonden. Miklavska? Zou ik die naam ergens tegenkomen? Ik kon niet scherp kijken. De letters liepen in elkaar over. Ik bekeek een vitrine met kinderspullen erin: katoenen jurkjes, kleine babyschoentjes, mutsjes, een sokje en een pop, die ooit door een klein meisje moest zijn vastgehouden en geknuffeld. Misschien door mijn moeder? Was het haar pop, die ze Kasha noemde?

'Kom eens,' fluisterde Miko. Hij nam me mee naar een andere ruimte waar documenten en foto's van medische experimenten hingen. Was mijn moeder hier geweest, in deze kamer waar nu het zonlicht genadeloos naar binnen scheen? Was haar lichaam ook misbruikt? Welke afschuwelijke dingen had ze moeten doorstaan? Wat waren de gebeurtenissen die zó onmenselijk waren, dat ze ze niet aan haar dochter kon vertellen? Was zij ook met virussen geïnfecteerd? Wilde ze daarom niet tegen polio worden ingeënt?

'*Lieve mama, het gaat goed. Ik vind het hier leuk...*'

'Ik ben misselijk,' zei ik tegen Miko. Hij sloeg zijn arm om me heen en nam me mee naar buiten. Ik leunde tegen een boom en probeerde rustig te ademen. 'Wil je nog meer zien, of wil je weer weg?' vroeg hij. Ik had genoeg gezien. Meer dan genoeg. Maar ik kon niet ophouden te kijken.

Auschwitz was maar klein vergeleken met Birkenau, het grotere en nog ergere kamp dat ook in Oświęcim lag. Het was iets verder de weg af; een eindeloze, met gras bedekte vlakte waar elke dag vijftienduizend mensen werden vermoord. De meesten daarvan waren joden, maar er waren ook Polen en honderdduizenden zigeuners. We liepen in de koude wind langs de spoorrails, door de ingang, de Poorten van de Hel. Overal was prikkeldraad. Langs de rails stonden perfect symmetrisch rijen en rijen barakken. De organisatie was verbluffend, duizelingwekkend, een verbijsterend monument van techniek en boosaardigheid.

'Hier is mijn grootvader heen gebracht. Hij was zesentwintig jaar. Sterk als een paard. Hij is meteen gecremeerd.' Miko wees op de puinhopen in de verte – de overblijfselen van de crematoria die door de geallieerden waren vernietigd en als een grimmig monument waren overgebleven.

'Hoe weet je dat hij direct is gecremeerd?'

'Mijn oom Angar heeft hem zien gaan. Hij was toen nog een klein jongetje, van zes jaar.'

'En Angar? Hoe heeft hij het overleefd?'

Miko zette zijn kraag omhoog. 'Hij was een soort mascotte in de keuken. De gevangenen die in de keuken werkten, gaven hem aardappelschillen. En als de nazi's kwamen, verstopte hij zich in een vuilnisvat. Hij was klein.'

Hoe zou mijn moeder het kamp hebben overleefd? Ze was ook klein. Had iemand haar ook verborgen? Of had ze zich zelf verstopt wanneer er gevaar was, in een klein hoekje, met haar adem ingehouden tot haar longen het bijna begaven? Hoe had ze deze waanzin kunnen overleven? Was het geluk geweest? Het lot? Of was ze slim geweest en volhardend?

We stonden buiten bij een van de barakken. 'Niet doen!' fluisterde ik toen Miko de deur openduwde. De deur kraakte als een oude boom.

'Maak je geen zorgen,' zei hij. Er is daarbinnen niets meer. Hij wenkte me binnen te komen. In het enorme gebouw scheen het licht van de namiddagzon naar binnen. Langs de muren waren planken getimmerd waarop de stervende gevangenen moesten slapen, zes per plank.

'*Verhalte dich ruhig!*' stond er op een bord dat tegen de muur was gespijkerd.

En het was er rustig. Het geschreeuw en gehuil van vier miljoen mensen, dat nooit was gehoord, was weggestorven. Er waren alleen nog de wind en het gekraak van het hout. Op die plaats begon ik mijn moeders zwijgen te begrijpen, het zwijgen van iemand die het kon navertellen, maar dat niet wilde; het zwijgen van iemand die haar kind het onzegbare wilde besparen.

Die avond zei ik tegen Miko dat ik alleen wilde zijn. Hij kuste me op mijn voorhoofd en liet me alleen. Ik nam een bad, kroop in bed en viel in slaap.

Een ijskoude ijzeren hand had mijn lichaam in haar greep. Ik had honger en afschuwelijke pijn. Splinters van de houten planken staken in mijn huid. Ik wist dat ze in het holst van de nacht zouden komen en haar bij me vandaan zouden halen, tenzij ik doodstil lag.

Ze kreunde. 'Shh!' fluisterde ik. Ik streelde haar gouden haar, hield haar stevig vast. Ze klampte zich vast aan mijn rode jas, drukte haar gezicht tegen mijn borst. Ze was vel over been, zó mager dat ik bang was dat ik haar zou breken.

Buiten klonken voetstappen. Ze drukte zich nog harder tegen me aan. 'Daar komen ze,' zei ze.

'Shhh!' zei ik. Ik ging boven op haar liggen, om haar te verbergen, bang om haar te verpletteren. De voetstappen kwamen dichterbij. Iemand scheen met een lantaarn in mijn gezicht.

'Eruit!' schreeuwden ze, en ze haalden haar onder me vandaan. 'Nee!' gilde ik. 'Neem mij mee! Neem mij mee in haar plaats!'

Maar ze rukten haar van me weg en ze huilde niet eens. Haar lippen trilden, maar ze maakte geen geluid. Ik smeekte om mij in haar plaats te laten gaan. Maar ze sisten naar me: '*Verhalte dich ruhig!*' en namen haar mee – Elena Miklavska, mijn moeder. Ze namen mijn moeder bij me weg.

75

De volgende ochtend had ik hoge koorts. Het leek alsof er stukken glas in mijn keel zaten. Ik zette een kopje thee en probeerde me aan te kleden. Over een uur begon de repetitie, maar toen de kamer om me heen begon te draaien en ik hevig begon te transpireren, pakte ik de nieuwe telefoon.

'Pani Pavlick?' zei ik. 'Met Nora Watterman. Ik ben ziek en ik kan niet op de repetitie komen.' Ze zei dat ze het zou doorgeven aan de dirigent. Ze vroeg zelfs of ik geen dokter nodig had. Ik zei dat het alleen een griepje was en dat ik dacht dat ik de volgende dag wel weer beter zou zijn.

'Maar ik zal mijn telefoonnummer even geven, als de maestro mij terug wil bellen.'

'Dus je hebt telefoon?' vroeg Marek door de telefoon. Hij had me uit een rusteloze slaap gebeld.

'Marek?' zei ik hees in de hoorn.

'En je hebt geen stem meer.'

'Ik heb kou gevat.'

'Misschien heb je je de laatste tijd wat te veel vermoeid?'

'Nee. Ik ben gisteren in Auschwitz geweest en daar heb ik kou gevat.'

'Ah, Oświęcim. Ja, daar klagen de toeristen wel meer over. Het waait daar altijd.' Hij zuchtte. 'Wat je nodig hebt is een speciaal drankje en dat kom ik je vanavond brengen.'

'Dat is heel aardig, maar…'

'Het is niets, lieve Nora. Een beetje bitter, maar als je het hebt opgedronken, neem je gewoon een bonbon en dan ben je morgen weer beter. Ik kom. *Do widzenia*!'

Toen een paar uur later de deurbel ging, kon ik nauwelijks uit bed komen om de deur open te doen.

'Bleek als Camille!' kraaide Marek. Hij deed zijn wollen sjaal af en legde die over mijn schouders. Toen gebaarde hij dat ik weer in bed moest gaan liggen en stopte de dekens in. Hij voelde mijn pols en klikte met zijn tong. Daarna haalde hij een bruin flesje uit zijn jas, maakte het open en gaf het aan me. Ik rook eraan en trok een vies gezicht.

'Ik wil dat je heel vlug weer beter bent,' verzuchtte Marek.

Ik wil dat mevrouw Rudiakowski weer heel vlug terugkomt uit Praag, dacht ik, terwijl ik het smerige drankje opdronk en rilde van de bittere smaak.

Marek sloeg zich op de knieën. 'Ik beloof je chocola en dan vergeet ik die. Wat ben ik vreselijk!' Hij trok een pruilend gezicht en dacht zelf waarschijnlijk dat hij er grappig uitzag.

'Dat geeft niet,' zei ik, met nog steeds die smerige smaak in mijn mond. 'Zo proef ik tenminste dat het een goed medicijn is.'

Marek lachte en knipoogde met zijn kraaloogjes. 'Ik ben zo blij met jouw talent. Weet je wel dat iedereen het in onze steden over je heeft?'

'Nee,' zei ik, met mijn verkouden stem.

'Mooie toon. Prachtig. Dat vinden ze.' Hij kuste mijn hand. 'Zoals jij.'

Zijn afstotelijke gezicht kwam dichterbij en zelfs met mijn verkoudheid kon ik zijn vieze adem nog ruiken. 'Ik zal aan Stephanie vertellen hoe aardig je voor me bent,' zei ik. 'Ze vindt het zo leuk

225

om met je samen te werken. Je zou haar erg missen als je op tournee zou gaan en haar niet als soliste zou hebben.'

Marek ging na deze insinuatie rechtop zitten. 'Ja, we werken erg prettig samen.'

'Dus,' zei ik, tevreden met mijn succesvolle tegenzet, 'bedankt voor het drankje. Ik voel me nu al beter.'

Marek stond op. 'O ja, wat die telefoon betreft,' zei hij, alsof het hem plotseling te binnen schoot: 'Het zou jammer zijn als je door zoiets illegaals in moeilijkheden zou komen.'

'Is het illegaal?'

Marek lachte. 'Ja, natuurlijk. En ik zou ook erg oppassen met de vrienden met wie je omgaat.'

'O ja?'

'Iemand die gestolen apparatuur aanlegt, kan het een buitenlander hier heel erg moeilijk maken.' Hij blies me een handkus toe en liep naar de deur. 'Ik laat mezelf uit. Slaap maar lekker, lieverd. Morgen speel je weer prachtig!'

'Gestolen? Natuurlijk heb ik die telefoon niet gestolen. Wat een varken.' Miko raasde van woede en ging verder in het Pools. Zijn kwaadheid leek me een beetje overdreven.

'Waarom ben je zo kwaad?'

'Waarom?' Zijn ogen flikkerden boos. 'Omdat ik geen dief ben. Hoe kon je dat van die vent geloven?'

'Ik geloofde hem niet!' protesteerde ik.

'Natuurlijk wel. Anders zou je het toch niet eens aan me vragen? Hoe kon je zoiets van mij denken, Nora?'

Miko's borst ging op en neer. Zijn mondhoeken stonden omlaag.

'Alsjeblieft,' smeekte ik. 'Laten we over zoiets onbelangrijks…'

'Onbelangrijk. Dus dit vind jij onbelangrijk? Voor mij is het heel erg belangrijk. Maar ja, ik ben maar een loodgieter. Een kleine loodgieter en een elektricien. En als die idioot, die slang, die klootzak van een dirigent zegt dat ik steel, en als de vrouw van wie ik hou dat gelooft, dan is dat voor mij heel erg belangrijk!'

Ik lachte naar hem. 'Ik hou ook van jou,' fluisterde ik. Miko hield op met zijn getier en keek me aan.

'Goed,' zei hij. Er verscheen een schaapachtige glimlach op zijn gezicht. 'Dat is heel goed.'

'Dat dacht ik ook,' zei ik. Ik sloeg mijn armen om hem heen en zoende hem in zijn nek. 'Alleen krijg jij nu ook griep.'

'Mevrouw,' zei hij, terwijl hij de ceintuur van mijn badjas losmaakte, 'ik ben niet bang.'

226

76

Het was april. De dagen werden langer en de bomen langs de Planty kwamen in blad. Langs de Vistula bloeiden de wilgen. De lucht werd steeds helderder en 's ochtends was er geen smog meer. Voor elk raam, op elk binnenplaatsje en in elk hoekje van Krakau stonden bloemen in allerlei kleuren. Maar in de winkels was van die weelde weinig te merken. Er was nauwelijks groente te krijgen, en de groente die er nog was, werd met de dag duurder. De slagerij was vrijwel leeg. Met mijn salaris in zloti's kon ik één keer boodschappen doen en mijn dollars begonnen op te raken. Miko had haast geen werk meer. Hij maakte zich daar veel zorgen over. 'Ik ben nutteloos,' klaagde hij. 'Ik kan je niet alles laten betalen.'

'Dat geeft niet, dat vind ik juist leuk.'

'Maar ik schaam me ervoor.' Miko's humeur werd met de dag slechter, tot hij op een dag stralend de flat binnenkwam. Hij stelde voor om een tochtje naar de bergen te maken, naar zijn grootmoeder, Mina. 'Ik wil haar de vrouw van mijn dromen laten zien.'

Ik vond het een goed idee. 'Wat een eer,' zei ik. Een tochtje maken leek me een goede manier om onszelf wat op te vrolijken.

'Ja! Mina heeft groente! Mina heeft kippen!' Miko begon te kakelen als een kip. 'We zullen eten als koningen. En misschien zien we Bibijaka, die in de bossen woont. Ze is een reuzin en ze laat zich alleen aan eerlijke mensen zien.' Hij sloeg zich op zijn borst. 'Ik heb haar natuurlijk al heel vaak gezien.'

Op het programma van het orkest stonden Händel en Mendelssohn, wat betekende dat ik een week niet hoefde te spelen.

'Nu ben je vrij,' zei Marek. 'Heb je tijd om met me te eten?'

'Dat lijkt me heel erg leuk,' loog ik. 'Maar ik ga een paar dagen weg.'

'O ja?' snoof Marek. 'Ga je winkelen in Praag? Of ga je een kuur doen in Zakopanie?'

'Ik ga naar Bibijaka,' antwoordde ik, en liet hem mokkend achter in zijn benauwde kleedkamer.

Nadat Miko en ik onze spullen hadden gepakt, reden we Krakau uit, naar het noordwesten. We lieten onze zorgen achter ons en reden langs kalkstenen grotten, uitgestrekte bossen en middeleeuwse kastelen, die als adelaarsnesten hoog in de bergen lagen. We zongen en lachten en aten broodjes, en voordat we het wisten, waren we op onze bestemming.

Grootmoeder Mina woonde in een klein dorpje dat in een vallei lag. Ze had een huisje met een grote tuin, waar kippenhokken in stonden en grote dennebomen. Ze hoorde Miko's auto aankomen en kwam naar buiten. Ze droeg lange rokken, een paar sjaals en had een gekleurde doek om haar hoofd.

Miko tilde haar op alsof ze een poppetje was. Ze gilde van plezier, als een klein meisje. Toen bekeek ze me en zei iets tegen Miko.

'Ze zegt dat je mooi bent. Voor een *gadja*.'

'Wat is een *gadja*?'

'Dat is een buitenstaander, in de zigeunertaal.'

Mina duwde haar kleinzoon in de richting van het huis en nam mij bij mijn hand. Ze wees op haar bloemen, ze plukte wat kruiden en liet me die ruiken, ze wees lachend naar de lucht en praatte met me met haar ogen en haar handen. Er scharrelden wat kippen rond en ik struikelde bijna over een rode kat die om mijn benen draaide. Ik bukte om de kat te aaien en zag toen een lieveheersbeestje op een blaadje zitten.

'Lieveheersbeestje, vlieg terug naar huis. Er is een hongersnood en al je kinderen gaan dood.' Ik herinnerde me dat mijn moeder dit gruwelijke rijmpje eens voor me had gezongen, met een bange uitdrukking op haar gezicht. Zou ze hier in Polen voor het eerst een lieveheersbeestje hebben gezien? Zou ze hier, in deze bergen, hebben rondgeklauterd, in de lente, toen de wereld nog vol beloften was en gevaar alleen in kinderrijmpjes bestond?

Miko en ik liepen die middag door de heuvels. Hij was erg vrolijk en zat me in de bossen achterna. Hij liet me het riviertje zien waarin hij als jongen vaak had gezwommen, de grot waarin hij zich had verborgen, de kluizenaarshut waarin de jongens uit het dorp elkaar spookverhalen vertelden en hun eindeloze plannen smeedden. Hij had tot zijn tiende jaar in het dorp gewoond. Toen was hij met zijn ouders naar Warschau verhuisd, waar zijn ouders nog steeds woonden. Zijn vader – de zoon van Mina – werkte in een kunststoffabriek en zijn moeder als naaister in een kledingzaak.

'Heb je een goede band met ze?'

'Met mijn ouders?' Hij haalde zijn schouders op. 'Zij waren het niet eens met mijn huwelijk. Ze vonden dat ik te jong was. Ze hadden gelijk. Toen ik terugkwam uit Chicago, heb ik ze bezocht. Maar er is altijd die spanning tussen ons. Heb jij dat ook? Met je zoon?'

'Ik wilde wel...'

'Nora?'

Ik realiseerde me dat ik me bijna had verraden. 'We hebben een goede band, een beetje te goed soms.'

Ik zou dat nooit kennen, de spanning en het verschil van mening met een volwassen kind. Had ik geluk gehad? Was mij veel teleurstelling bespaard gebleven? Ik stond in de stille bossen, waar de natuur volledig in harmonie was. Op dat stille moment wist ik dat ik alles zou hebben gegeven om de stilte van Nicky's afwezigheid in te mogen ruilen voor zelfs de ergste ruzies met hem.

77

Mina's huis had ruwe, gestucte muren en houten balken, houten vloeren en houten meubelen met kleedjes erover en ze had een heel erg gezellige keuken. Aan de houten balken hingen bossen gedroogde kruiden. Boven het aanrecht hingen trossen knoflook en mandjes met uien. Toen Miko en ik terugkwamen van onze wandeling in de bossen, was ze aardappelen aan het schillen. Ik bood aan om te helpen. Mina gaf me een teiltje met water waarin een verse kip lag. Ik had geen flauw idee hoe ik de kip moest plukken, en Miko begon te lachen toen hij zag dat ik de veren met een mes te lijf wilde gaan.

'Vind je het grappig?' vroeg ik.

Hij vouwde zijn armen over elkaar en keek lachend naar mijn verwoede pogingen de kip kaal te plukken. 'Ja, dat vind ik grappig.'

Ik pakte de natte kip en gooide die naar Miko. Mina schaterde van het lachen en ze zei iets tegen Miko.

'Vertaling,' eiste ik.

'Ze zei dat de doden niet kunnen vliegen.'

'Vraag haar eens wat de doden wel kunnen,' zei ik. Miko vroeg het en gaf haar antwoord: 'De doden kunnen ons leren hoe we moeten leven.'

Het werd snel kouder toen de zon onder was gegaan. Miko maakte het haardvuur aan en we aten de kip voor het vuur op. Na het eten kreeg ik een kopje koffie, dat ik langzaam leeg moest drinken zonder met het kopje te schudden. Toen ik mijn koffie op had, vroeg grootmoeder Mina of ze het koffiedik mocht bekijken. Ze keek een tijdje in mijn kopje en vertelde toen aan Miko wat ze had gezien. Hij vertaalde het voor me.

'Wat jij zoekt, zul je vinden. Het geluk staat aan jouw kant en je zult nog lang in goede gezondheid leven.'

Ik lachte beleefd.

'Ze vertelt dat aan alle toeristen. Steeds hetzelfde.' Miko knipoogde. 'Alleen vraagt ze de toeristen om geld voor de voorspelling, en jij hebt haar gratis gekregen.'

Ik hoorde een haan kraaien. Ik kroop dicht tegen Miko's warme lichaam aan in het kleine houten bed. Het werd dag. Hij bewoog en omhelsde me. Toen sprong hij blakend van energie uit bed. 'Vandaag zal mijn grootmoeder wat beleven!' zei hij geheimzinnig, terwijl hij een broek en een trui aantrok. Hij verdween in de keuken. Ik hoorde zijn stem en daarna die van zijn grootmoeder. Maar de rustige conversatie veranderde al gauw in een flinke ruzie met veel geschreeuw. Ik kleedde me vlug aan en liep naar de keuken. Mina stond boos tegen Miko uit te varen. Toen ik binnenkwam, viel er een plotselinge stilte.

'Wat is er?' vroeg ik aan Miko.

'Ik wilde zaken met haar doen, maar ze is niet in geld geïnteresseerd. Ze wil haar voedsel liever houden. Ze zegt dat het meer waard is dan zloti's. Maar ze heeft het mis.'

Mina snauwde iets naar haar kleinzoon en ik ging in een hoek van de keuken zitten om het ze samen uit te laten vechten. Ze hielden op toen er een auto voor het huis stopte: een glimmende zwarte Mercedes. Een chauffeur in een donker uniform stapte uit en liep het tuinpad op. Miko zei iets tegen zijn grootmoeder en liep naar buiten. Hij nam de man mee naar de kippenhokken in de tuin waar ze korte tijd later met een paar geslachte kippen uitkwamen. De man betaalde Miko en stopte de beesten in de kofferbak van de auto. Miko wuifde de auto na, met een sluwe uitdrukking op zijn gezicht.

'Wat ben jij eigenlijk aan het doen?'

'Er zijn geen kippen meer in Krakau. De mensen gaan op zoek naar voedsel.'

Ik staarde hem aan. 'En betalen belachelijk hoge prijzen.'

'Ik reken een bescheiden bedrag.'

Ik keek hem aan. 'Vind je dat eerlijk tegenover je grootmoeder?'

'Daar heb jij niets mee te maken,' zei hij uitdagend. 'Ga maar naar de keuken om Mina te helpen.'

In de loop van de ochtend keken Mina en ik door het keukenraam naar de dure auto's die voor het huis stopten en naar de kippen die met gebroken nekken in de kofferbak werden gestopt. Miko liep hanig rond en stopte de bundels geld in zijn zak. Ik kende hem haast niet terug: deze Miko, met zijn koude, berekenende gezicht, was niet de lieve Miko die ik kende. Ik realiseerde me dat hij nog erg jong was. Zijn arrogante houding werd misschien door zijn jeugdige onwetendheid veroorzaakt, maar toch zat het me behoorlijk dwars. Ik zag liever de bescheidenheid van een volwassen man in plaats van deze jongensachtige hooghartigheid. Deze trekjes van een tiran in de dop stonden me helemaal niet aan, omdat ik wist dat die onherroepelijk ten koste van onze liefde zou gaan.

Ik keek hem boos aan. 'Ik wist dat je nog erg jong was, maar ik wist niet dat je zo gemeen kon zijn.'

Miko snauwde me af, liep de keuken uit en sloeg de deur hard achter zich dicht. Ik bleef met Mina in de keuken achter en probeerde haar, en mezelf, wat op te vrolijken.

Waarom deed Miko's gedrag me zo'n pijn? Ik wist dat dat niet alleen met die kippen te maken had, en ook niet met zijn onnadenkendheid. Behalve die teleurstelling knaagde er iets anders aan me. Was het dat ik me realiseerde dat mijn relatie met Miko niet voor altijd was? Ik wist dat wat we samen hadden niet zo langdurig zou zijn als de relatie die ik had gehad. Ik dacht aan Bernie, zoals hij vaak op de blauwe bank lag te slapen. Dat beeld had me altijd het gevoel gegeven dat alles goed was; precies zoals het moest zijn. Tenminste: voordat ik Theo had leren kennen. Ik dacht aan mijn man. En ondanks alles realiseerde ik me dat ik hem miste.

Na een paar dagen reden we zwijgend terug naar Krakau. De auto was volgestouwd met kippen, groente en bloemen. Ik was teleurgesteld in Miko en hij was kwaad op mij. Er was iets onherroepelijks tussen ons gekomen. We wilden allebei apart slapen, hoewel we dat niet met zoveel woorden tegen elkaar zeiden.

'Welterusten,' zei Miko.

'We hebben Bibijaka niet gezien,' merkte ik op.

'Ik denk dat ze weg is gegaan uit Polen.'

'Misschien komt ze nog weleens terug.'

Hij lachte nukkig. 'Wie weet?'

78

'Je laat toch niet een paar stomme kippen tussen ons komen?' vroeg Miko de dag nadat we waren teruggekomen. Hij keek me aan met zijn donkere ogen en ik liet me door hem overtuigen. Hij was misschien niet eerlijk geweest tegen zijn grootmoeder, maar hij was niet de enige die oneerlijk was. Ik had hem wijsgemaakt dat Nicky nog leefde. Onze relatie was er sinds die affaire bij zijn grootmoeder niet beter op geworden, maar toch ging ik niet bij hem weg. Omdat ik in de zomer niet hoefde te spelen, besloten we om een paar maanden naar Mina te gaan.

'En na de zomer?' vroeg Miko.

Ik haalde mijn schouders op.

'Dan moeten we maar zien wat er gebeurt,' zei hij terwijl hij me lachend vastpakte. Maar in zijn ogen zag ik dat hij zich zorgen maakte.

Er waren nog maar een paar weken voordat het seizoen zou zijn afgelopen. Op een ochtend vroeg Marek of ik even in zijn kleedkamer wilde komen.

'Laszlo is weer wat aan het opknappen,' zei hij. 'Maar ik hoop dat je bij ons wilt blijven totdat hij weer kan spelen.'

Wilde ik dat wel? Kon ik nog wel tegen mijn kille collega's en de dirigent die het me soms zo lastig maakte? Wilde ik nog wel bij Miko blijven? Hij was te jong. We hadden geen toekomst. Maar toch wilde ik hem niet verlaten.

'Ik ben zeer vereerd,' zei ik tegen de maestro. 'Ik zal kijken of ik mijn verblijf kan verlengen.'

Ik liep het concertgebouw uit en bleef even staan om naar de bloeiende bomen en de blauwe lucht te kijken. Terwijl ik omhoog stond te kijken, werd ik op mijn arm getikt. Een kleine, kale man, met een spleet tussen zijn voortanden, stond me grijnzend aan te kijken.

'Ik hoorde dat u mij zocht,' zei hij met een zwaar Pools accent.

'Wie bent u?' vroeg ik, een beetje geschrokken.

Hij haalde een stukje papier uit zijn jaszak en liet het me zien. Het was een foto van Marek en mij die in een Poolse krant was gepubliceerd. Hij wees naar de foto. 'U lijkt veel op haar.'

'Maar ik ben het toch zelf?'

'Ik bedoel dat u veel op uw moeder lijkt, op Elena.'

'Mijn moeder?' zei ik fluisterend. Ik hield me vast aan een kiosk. 'Wie bent u?'

Hij lachte. 'Rivka, van de synagoge, heeft me verteld dat u mijn graf zocht!' Hij kneep in mijn arm. 'Weet u nog wie Rivka is? Die vrouw die de begraafplaats laat zien aan bezoekers?'

Ik knikte.

'Ze heeft uw gezicht onthouden. En ze zag uw foto in de krant. Dus heeft ze die voor me uitgeknipt. Slim, niet?' Hij tikte met zijn hand op zijn hoofd en liep toen ineens weg.

'Wacht!' riep ik. Ik liep achter hem aan. 'Wacht alstublieft!'

Hij stak haastig het plein over. Ik haalde hem in. 'Bent u Stanislav Ciesclav?' vroeg ik.

Hij bleef staan. 'Weet u niet dat hij dood is?'

'Dat heb ik gehoord, ja. Van de mensen die in de Szerokastraat wonen.'

Hij keek heimelijk om zich heen. 'Ja, op nummer zeven,' fluisterde hij. 'Slim van me, hè?'

'Wat?'

'Om mijn eigen dood in scène te zetten.'

'Hoe bedoelt u, in scène te zetten. Waarom?'

Hij grijnsde. 'Je bent net als je moeder. Je lijkt sprekend op haar.' Hij gaf me een klapje op mijn arm. 'Kom maar naar Warschau. Daar kunnen we praten.'

'Waarom kunnen we hier niet praten?'

'Omdat we hier kunnen worden afgeluisterd.'

'Afgeluisterd? Door wie?'

Hij legde een vinger op zijn lippen ten teken dat ik stil moest zijn.

'Maar ik heb zoveel te vragen.'

'Shh! Donderdag om twee uur in het Saxonpark in Warschau, oké?'

'Waar is het Saxonpark?'

'Dat vind je wel.' Hij kneep me in mijn wang. 'En je vindt mij ook wel. Twee uur.' Hij salueerde naar me en liep toen weg.

'Dat meen je toch niet?' zei Miko, toen ik hem vertelde dat ik die donderdag naar Warschau zou gaan.

'Natuurlijk meen ik dat.'

'Maar die man kan wel een gevaarlijke gek zijn.'

'En wat dan nog? Daarom kan hij me nog wel iets over mijn moeder vertellen!'

'Hoe weet je dat hij niet zomaar wat verzint?'

Daar dacht ik even over na, maar het bracht me niet van mijn stuk. 'Ik ben helemaal hier naartoe gekomen om met hem te praten. Ik kan dat niet zomaar op het laatste moment afzeggen.'

Miko knikte. 'Ik rijd je wel naar Warschau.'

'Nee, bedankt.' Ik pakte zijn hand. 'Dit is iets wat ik zelf moet doen. Alleen. Begrijp je dat?'

'Ja,' zei hij. Hij bracht me die donderdag naar het station en toen ik op de trein stapte, gaf hij me een sinaasappel, een grote reep chocola en een kus.

Het was een zonnige dag. Ik keek door het vieze raam naar buiten en zag het landschap voorbijglijden. Ik dacht eraan dat mijn moeder hier ook ergens met de trein had gereisd, dat zij ook door dit landschap was gekomen. Maar zij had niet naar de heuvels en de bloeiende velden kunnen kijken. En haar trein had ook een totaal andere bestemming gehad.

Tegen de middag kwam de trein in Warschau aan. Ik baande me een weg door de drukte op het perron en liep met mijn plattegrond in de hand naar het Saxonpark. Ik kwam door het oude gedeelte van de stad, dat na de oorlog was gereconstrueerd, met zijn kleine huisjes, smalle straatjes en paardenkarren met toeristen erin. Ik at een ijsje en liep langs de terrasjes. Achter een schildersezel was een jongen met een huis bezig. Nicky had misschien wel in Europa kunnen gaan studeren. Ik stelde me voor hoe hij ergens buiten zat te schetsen, geconcentreerd, met de hele wereld binnen het bereik van zijn pen.

In het Saxonpark beklommen een paar toeristen het monument van de Onbekende Soldaat en maakten foto's van het eeuwige vuur. Stanislav Ciesclav was nergens te bekennen. Het park was in Franse stijl aangelegd: geometrische paden met bloembedden ertussen. Ik liep maar wat over de paadjes, en na elke bocht hoopte ik het kale hoofd van Ciesclav te zien.

'Je moet eens aan die bloemen ruiken.' Ik draaide me om. Daar stond hij, Stanislav Ciesclav, als een idioot te grijnzen.

We gingen zitten op een koel marmeren bankje aan de voet van een boom. Lev, zoals hij graag wilde dat ik hem noemde, vertelde me over zijn leven in Pittsburgh, waar hij de laatste twintig jaar had gewoond. Hij was lasser. Twintig jaar geleden had hij een ongeluk in scène gezet om te kunnen ontsnappen aan zijn schuldeisers. Hij was officieel dood verklaard en was naar Israël gegaan, naar zijn vrouw, die echter inmiddels een minnaar had en niet zo blij was

234

met zijn komst. Daarop was hij met zijn Israëlische paspoort en zijn nieuwe naam, Lev Koblenz, naar Amerika gegaan, waar een neef van hem woonde. Nu was hij, als Amerikaans staatsburger, op vakantie in zijn geboorteland.

'De joden komen terug,' fluisterde hij. 'In Krakau, vlak bij de synagoge, laten ze een hotel bouwen met een koosjere keuken. Wie had dat gedacht?'

Langzaam, onvermijdelijk, kwam het gesprek op het verleden, op de oorlog.

'Ik ben in Oświęcim geweest,' vertelde ik.

'Je hebt het dus gezien.' Hij knikte ernstig. 'Maar je hebt niets gezien. Niets begrepen.'

'Ik wil het graag begrijpen. Ik wil het weten.'

'Dat waardeer ik,' zei hij. 'Het is erg dapper. Maar je moeder had gelijk. Niet omdat je het niet zou mogen weten, maar omdat het onmogelijk is om het uit te leggen. Je kunt het niet weten, tenzij je erbij bent geweest.'

'Maar jij bent erbij geweest. Jij kunt het me vertellen.'

Lev schudde zijn hoofd en stond op. 'Er valt niets te vertellen.'

Ik pakte zijn arm. 'Vertel me dan in elk geval één ding. Jaren geleden heb je mijn moeder een brief geschreven en daar stond in dat je er zonder haar niet meer zou zijn geweest.'

'Natuurlijk,' zei hij. 'Vanwege die konijnen.'

'Welke konijnen?'

Lev zuchtte en ging weer zitten. Hij keek omhoog naar de jonge blaadjes aan de boom waar we onder zaten. 'Ongelooflijk, dat het leven elk jaar weer terugkomt. Is dat niet ongelooflijk?'

'Ja,' zei ik, en zweeg toen. Ik wachtte tot Lev gereed was om zijn verhaal te vertellen.

Tegen het einde van de oorlog kwam Stanislav Ciesclav in Auschwitz aan. Hij had met een groep andere joodse kinderen ondergedoken gezeten in Zamosc, maar ze waren gevonden en op transport gesteld. In het kamp waren ze meteen naar Kamer Eén gebracht, waar ze *abgespritzt* zouden worden – geïnjecteerd. 'Als ze niet genoeg mensen hadden voor de gaskamer, gebruikten ze die methode. Een beetje fenol, direct in het hart. Zeer effectief. En ook goedkoper. Eén spuitje, hier.' Hij wees op zijn borst. 'Tien, vijftien milliliter en binnen vijftien seconden is het gebeurd. Dus daar zaten we, het groepje kinderen uit Zamosc, in Kamer Eén te wachten. Ze hadden tegen ons gezegd dat we zouden worden ingeënt tegen tyfus. Maar we wisten het wel. We wisten dat het het einde was. Ik zie het nog voor me, hoe we daar zaten. We waren bij elkaar gekropen, we zaten rillend te wachten. De dokter komt binnen, met een witte jas aan. Hij ziet er aardig uit. Achter hem zie ik een meisje dat haar hoofd om de hoek steekt en dan wegrent, zonder dat de dokter het ziet. De dokter legt de spuiten klaar, zijn assistent komt binnen en dan begint hij met "inenten".' Stanislav zweeg even en rilde. 'Plotseling komt het kleine meisje de kamer ingerend en trekt aan de jas van de dokter. Ze roept, in het Duits: "Dokter, de konijnen zijn ontsnapt!" De dokter geeft nog één injectie en loopt dan haastig de kamer uit. Daar staat het meisje, met opengesperde ogen te kijken naar het lichaam dat op de grond valt. Daarna rent ze achter de dokter aan. Ze gaan daarna niet verder met injecteren. We worden meegenomen naar een barak waar we gevangen gehouden worden tot de oorlog voorbij is.' Lev keek me aan. 'Mijn leven werd gered door die konijnen, begrijp je?'

'Nee, ik begrijp het niet.'

Hij lachte bitter. 'Ze hadden huisdieren, tenminste sommige nazi-artsen. Ze waren heel lief en goed voor die dieren. Deze arts hield konijnen en jouw moeder – hij noemde haar zijn kleine konijntje – zorgde voor de konijnen. Ze had dat baantje gekregen omdat ze blond was en blauwe ogen had. Het was een enorm privilege. Toen ze in het kamp kwam, had ze tyfus. De dokter heeft haar genezen en toen ze beter was, mocht ze voor de konijnen zorgen. Af en toe spaarden ze iemand, om te laten zien hoe aardig ze konden zijn. Jouw moeder heeft haar leven op het spel gezet door die konijnen expres te laten ontsnappen.'

'Waarom heeft ze dat gedaan?'

'Omdat ze tussen ons iemand had gezien. Iemand die ze kende. Ze wilde voorkomen dat hij ook zou worden geïnjecteerd. Maar dat is toch gebeurd. Hij was de laatste die een injectie kreeg. Hij was de jongen die voor haar ogen op de grond viel.'

'Weet je wie dat was?'

Stanislav Ciesclav knikte. Hij keek lange tijd omhoog naar de frisgroene bladeren. Toen raakte hij zachtjes mijn arm aan en fluisterde: 'Het was haar broertje.'

Bij het monument van de Onbekende Soldaat namen we afscheid. Lev wenste me het allerbeste toe en zwaaide naar me voordat hij om de hoek van een heg verdween. Ik staarde naar de eeuwige vlam die stond te flakkeren en door een paar toeristen werd gefotografeerd. Ik dacht aan mijn moeder en aan wat ze had meegemaakt, aan het lot dat ze had geprobeerd te veranderen. Te zien hoe haar eigen broertje werd gedood, was iets wat ze nooit meer had kunnen kwijtraken. Misschien was het lot van de overlevende wel veel gruwelijker dan dat van het slachtoffer.

Terwijl ik verder liep, probeerde ik een completer beeld van mijn moeder te krijgen met de informatie die ik van Ciesclav had gekregen. Ik liep door steeds breder wordende straten, langs beelden en paleizen, en kwam ten slotte in een groot park waar een pianist voor een verrukt publiek Chopin speelde. Ik ging in de schaduw van een boom zitten en luisterde. De muziek was prachtig. Maar ondanks de muziek en de vrolijke sfeer bleef ik het afschuwelijke beeld voor ogen zien – Elena Miklavska die in de deuropening stond en zag hoe haar broertje stierf. Ze had haar leven voor hem gewaagd, maar hij was toch nog omgekomen. Hoe had ze die afschuwelijke moord kunnen verwerken? Hoe kon het dat ze verder had kunnen leven? Hoe was het mogelijk dat ze in die wrede en bloedige wereld verder had *willen* leven? En hoe had ze na wat ze had meegemaakt nog de rol van vrouw en moeder kunnen spelen?

Ik was verbijsterd door het verhaal van Ciesclav. Een aantal dingen werdt me nu pas duidelijk. Ik begreep nu waarom mijn moeder niet tegen polio wilde worden ingeënt. Ik begreep ook waarom ze nooit iets wilde vertellen. En ik begreep dat door dat zwijgen haar verdriet ook mijn verdriet was geworden. Ik had haar verdriet overgenomen, zoals alle kinderen geneigd zijn te doen. Ik was met een enorm zware last opgegroeid. Aan die last was nog mijn eigen ellende toegevoegd, zodat het ondraaglijk was geworden. Nu ik meer wist, en meer begreep, kon ik misschien wat van die last van me afwerpen.

Ik liet de muziek op me inwerken en keek door de bladeren omhoog naar de blauwe lucht. Ik voelde een golf door me heen komen, een soort verkoelende bries wind. En ik besefte dat als de pijn van mijn moeder mijn erfenis was, ik ook haar kracht om door te gaan had geërfd. Ik stond op, lichter en sterker, en met een aan dapperheid grenzend gevoel liep ik het park uit.

79

In het begin van de avond nam ik de trein terug naar Krakau. Ik keek naar de lange schaduwen op het land en naar de volle maan die aan de horizon verscheen. Af en toe, op warme zomeravonden, gingen mijn vader en ik het dak van onze flat in New York op. We lagen dan in onze strandstoelen te kijken naar de volle maan die als een koperen bord langs de daken en schoorstenen gleed. We zaten daar dan zwijgend: we dachten allebei aan mijn moeder en misten haar. Uiteindelijk zei mijn vader dan altijd zachtjes dat het tijd was om te gaan slapen, en dan gingen we naar huis.

Waar was mijn huis nu? Was het een flat in Krakau waar een knappe halve zigeuner op me zat te wachten? Wat betekenden wij eigenlijk voor elkaar? Hij was mijn jonge minnaar, die me uit mijn ellende had opgetild en me vrolijk had gemaakt. En ook al deed hij me denken aan mijn zoon, wat dan nog? We hadden veel van elkaar gehouden. We waren lief en zorgzaam voor elkaar geweest. Maar toch, hoe na we elkaar ook stonden: ik was nog steeds zijn *gadja*. Ik zou altijd een vreemde blijven in zijn wereld en ik wist niet of er in mijn wereld wel plaats voor hem was.

Miko zat op me te wachten. Hij zat aan de eettafel te wachten met alleen een handdoek om zijn heupen gebonden. Hij dronk thee en rookte een sigaret.

'Waarom rook je?'

'Ik ben nerveus.'

'Waarom?'

'Ik weet het niet.' Hij blies een rookkring de lucht in, die als een aureool boven zijn hoofd bleef hangen. 'Hoe was het?'

'Lang. Erg lang en vermoeiend.' Ik gaapte. 'Ik zal het je morgen wel vertellen, goed?'

'Ik wil nu met je praten.'

'Alsjeblieft.' Ik trok mijn jurk uit. 'Ik beloof je dat ik je morgenochtend alles vertel.'

'Nee, we moeten nu praten.'

Ik kreunde. 'Miko, wat is er zo belangrijk dat het niet tot morgen kan wachten?'

'Je zult wel heel boos op me worden.'

'Waarom?'

Hij keek me bezorgd aan. 'Ik heb iets gebroken.'

Ik keek naar de tafel, naar Nicky's vaas. Ze stond er niet meer.

'Het ging per ongeluk,' zei Miko. 'Ik deed mijn jasje uit en een van de mouwen kwam tegen de vaas aan. Ik weet dat je er erg aan was gehecht. Het spijt me.' Hij keek me aan. 'Ik zal haar wel lijmen. Nora?'

Ik liet me in een stoel vallen en staarde voor me uit. 'Het geeft niet,' fluisterde ik.

'Hij maakt wel een nieuwe vaas voor je.'

'Dat kan hij niet.' Ik pakte Miko's handen en keek hem aan. 'Mijn zoon is dood.'

Hij keek me verbaasd aan. 'Dood?'

'Ja. Nog geen jaar geleden.'

Miko stond met stomheid geslagen. 'Maar waarom heb je me dat nooit verteld?'

'Ik kon het niet.'

Hij legde mijn hand tegen zijn gezicht en kuste die. Ik voelde zijn tranen op mijn pols. 'Mijn lieve Nora. Ik wist het. Ik wist dat er iets was met je zoon. Mijn arme, lieve Nora.'

'Hij is verongelukt,' zei ik kort, triest. 'Het spijt me dat ik tegen je heb gelogen.'

'Je wilde dat hij nog leefde. Dat begrijp ik wel.'

Ik schudde mijn hoofd. 'Het was stom. Een stomme fantasie.'

'Nee,' zei Miko. 'Het was een goede fantasie.'

'Nu is het in elk geval afgelopen,' fluisterde ik.

Miko snikte en veegde zijn wangen af. Hij pakte een scherf van de vaas op en zei: 'Ik zal haar wel voor je lijmen.'

'Dat is goed,' zei ik. Ik had die blauwe vaas niet meer nodig om te voelen dat Nicky bij me was. Hij was toch wel bij me, diep in me, lachend en knipogend. Hij hield mijn hand vast en leerde me hoe ik moest leven.

80

'Ik ben bang dat ik niet kan,' zei ik tegen Luke toen hij me belde om me uit te nodigen voor een cocktailparty in een hotel in Krakau.

'Maar het feest is speciaal voor jou,' zei hij. 'En er komen belangrijke gasten: belangrijke zakenmensen uit Amerika, potentiële investeerders. We willen vieren dat jouw verblijf hier zo'n succes is. Je moet iets tegen ze zeggen, over de maestro, over het orkest, dat je hier gelukkig bent...'

Moest ik nu ook al de buitenlandse investeerders lijmen? Moest ik mijn landgenoten vermaken met mooie praatjes over Polen? Ik was niet van plan om zo hypocriet te zijn. Ik was niet van plan om me daarvoor te laten strikken.

'Ik denk niet dat dat gaat,' zei ik. 'Sorry, maar ik kan echt niet komen.'

'We moeten allemaal weleens iets moeilijks doen,' antwoordde de staatssecretaris van Cultuur. 'Als het om goodwill gaat, moeten we onze uiterste best doen. Ik zie je dus klokslag vijf uur in het hotel.'

Die middag hees ik mezelf in een eenvoudig zwart mantelpakje, compleet met een parelketting en zwarte pumps.

'Je moet niet vergeten om iets aardigs te zeggen over de Slang,' zei Miko plagerig toen hij een taxi voor me aanhield. Daarna kuste hij me en voegde eraantoe: 'Maar vertel ze maar niet wat je in je vrije tijd doet.'

'Nora!' riep Luke, toen ik de marmeren lobby van Hotel Intercontinental binnenliep. Hij nam me bij mijn elleboog en liep met me mee naar een zaal die gevuld was met champagne-drinkende, pratende en lachende mensen. 'Amerikanen,' fluisterde Luke. 'Ze zijn zo aardig!' Toen liet hij me alleen zodat ik me onder mijn landgenoten kon mengen.

'Je moet het hier wel naar je zin hebben,' zei een vrouw. 'Het is zo opwindend, die nieuwe vrijheid. Is die Lech Wałesa echt zo'n opwindende man?' Ze pakte een hapje van een glimmend blad.

'Ik hoor dat u in een Pools orkest speelt,' zei iemand anders. 'Spreekt u Pools? Hoe communiceert u met die mensen?'

'De taal van de muziek is internationaal!' riep iemand. Ik draaide me om en zag Marek Rudiakowski die door de drukte op me afkwam. Hij legde bezitterig een arm om mijn schouders. 'En Nora Watterman spreekt die taal zo vloeiend als maar mogelijk is.'

Ik knikte en liep aan de arm van Marek door de zaal. 'Ik heb bedacht,' fluisterde hij, 'dat je het volgende seizoen een concert van Mozart met ons zou moeten spelen. Misschien heb je dan ook meer zin om te blijven, ja?'

Luke had me niet verteld dat er ook een diner was. Voordat ik kon protesteren, werd ik naar een tafel gebracht. Marek zat links van me. Er werd kip geserveerd met groente en salades.

'Ik heb gehoord dat er in Polen helemaal geen eten meer te krijgen is,' zei de man die rechts van me zat. Hij kauwde tevreden op een stukje kip.

'Je moet gewoon weten waar je moet zijn,' zei ik.

'In Polen is er altijd wel iets te regelen,' zei Marek, terwijl hij onder de tafel mijn knie aanraakte, zogenaamd per ongeluk. Ik werd pissig, maar kauwde braaf door.

Toen het dessert was geserveerd, ging er achter in de zaal een deur open waar een hele horde fotografen door naar binnenkwam.

'O nee,' kreunde ik. 'Niemand heeft me verteld dat er een persconferentie zou zijn.'

'Lachen!' zei Marek. Luke riep ons naar het midden van de zaal. 'Maestro Marek Rudiakowski en uw eigen ongelooflijke Nora Watterman!' Applaus. Luke wreef zich in zijn handen en begon: 'Nora was zo vriendelijk om een zieke collega te vervangen en dat moeten we zien als een boodschap voor de hele wereld. Haar geweldige samenwerking met het orkest getuigt niet alleen van haar geweldige talent, maar betekent ook een enorme stimulans voor de vriendschap tussen onze landen. Het zaad dat Nora heeft gezaaid, moet wel aanslaan en tot bloei komen, en de vrucht voortbrengen van vriendschap, begrip, samenwerking en communicatie.' Weer applaus. Luke richtte zich tot mij. 'En nu zou ik Nora Watterman willen vragen om in haar eigen woorden te vertellen hoe ze het hier in Polen tot nu toe heeft ervaren.'

Ik probeerde een kalme indruk te maken. Ik lachte naar de camera's en probeerde niet van streek te raken door de flitslichten. 'Ik ben in de gelukkige omstandigheid dat ik in Polen muziek mag maken,' begon ik. Ik probeerde mijn stem niet te veel te laten trillen. Luke had gevraagd om een paar woorden, niet om een hele speech. Ik haalde diep adem en probeerde iets te bedenken. 'Tenslotte is dit het land van zoveel geweldige muziek, van prachtige kunst, geweldige cultuur. Het land van Chopin, van Wieniavski, Paderevski en vele andere grote componisten. En in dit land is het kamerorkest van Krakau, onder de bezielende leiding van maestro Marek Rudiakowski...'

Marek boog en de gasten klapten voor hem.

'...een van de culturele juwelen van Polen geworden. Ik wil u graag iets vertellen over Marek.' Ik keek naar hem en zag zweetdruppeltjes op zijn voorhoofd. 'Deze dirigent heeft een enorme overtuigingskracht, het is een man die...'

Marek zat glimmend van trots naar me te kijken. Maar het ging tenslotte om goodwill en die konden ze krijgen ook.

'…zijn enorme autoriteit op een positieve manier aanwendt. Hij haalt het beste uit de mensen dat ze hebben te geven. Hij is altijd vriendelijk en aardig, en de orkestleden zien het als een uitdaging om zich voor de volle honderd procent te geven.'

Applaus. Marek veegde zijn voorhoofd af met een zakdoek en zag er opgelucht uit.

'Het is een enorme ervaring om in Krakau te wonen,' ging ik verder. 'De mensen zijn vriendelijk en behulpzaam. In het licht van de moeilijke omstandigheden is hun houding een grote bron van inspiratie voor me. Ik heb hier veel geleerd. Ik heb geleerd dat er leven is zonder groente.' Toen het gelach was weggestorven, zei ik iets wat ik helemaal niet van plan was geweest te zeggen, maar dat als het ware uit een verborgen bron naar boven kwam: 'En ik heb geleerd dat muziek vertroostend is en je boven je verdriet uittilt.'

Hier en daar werd geklapt en het applaus zwol aan tot een enorme ovatie.

'U moet onze nieuwe ambassadeur worden!' riep iemand enthousiast. Ik lachte om het compliment en deed toen een stapje naar achteren omdat Marek een speech ging houden. Hij ging maar door en ik kon mijn aandacht er niet bij houden. Ik keek naar de fotografen en zag achteraan iemand staan, iemand die mij aankeek, die zijn duim omhooghield naar me, naar me lachte. Ik hoorde niets meer van wat Marek zei. Ik bleef als aan de grond genageld staan, totdat de speech voorbij was, de glazen werden geheven en de felle spots werden uitgedaan.

Hij nam me mee naar een balkon. Het was volle maan en de avondlucht was zacht en geurig.

'Gus heeft me al naar alle uithoeken van de Verenigde Staten gestuurd. Dus vroeg ik aan hem of ik nu niet eens naar iets opwindends kon, naar een echt interessante plaats. Voor ik het wist, zat ik in Rusland, wat vind je daarvan?'

Wat ik ervan vond? De man die voor me stond, was Bernard T. Watterman. Ik was nog steeds stomverbaasd. 'Ik vind het leuk om je te zien,' zei ik.

'Ik vind het ook leuk om jou te zien. Je ziet er' – hij keek naar mijn zwarte mantelpakje – 'je ziet er goed uit. Je hebt korter haar.'

'Het is alweer lang aan het worden.'

'Ja, mijn haar ook,' zei hij voor de grap terwijl hij over zijn kale kruin streek. Hij was magerder geworden. Zijn wangen waren een beetje ingevallen en zijn trekken waren scherper geworden. Afgezien van zijn haar leek hij weer op de Bernie die ik zoveel jaren geleden in die zomer in Vermont had ontmoet. Hij leek op de man met wie ik was getrouwd. Hij leek op de vader van mijn zoon.

'Hoe gaat het?' vroeg ik.

Bernie zuchtte. 'Ik heb het erg moeilijk gehad.' Onze ogen ontmoetten elkaar. 'En met jou?'

'Ik heb het ook moeilijk gehad.'

Hij knikte. Toen glimlachte hij en zei: 'Het was wel een succes vanavond. Ik vond dat je het ongelooflijk goed deed.'

'Goede opnamen gemaakt?'

'Prachtige opnamen.' Bernie leunde tegen de rand van het balkon. 'Ik vond het ontroerend.'

'O ja?'

'Ja.'

Ik leunde over de rand van het balkon en keek naar de tuin beneden. 'Staat de lindeboom in bloei?' vroeg ik.

'Ik ben weinig thuis. Het is me niet opgevallen.'

Ik dacht aan het huis, dat er wel verwaarloosd bij zou staan. Het onkruid stond waarschijnlijk kniehoog. Het werd onderhand ook wel weer eens tijd voor de schilder. En de bomen moesten nodig worden gesnoeid...

'Ik heb veel aan je gedacht. Ik heb veel over ons nagedacht,' zei Bernie. 'Ik weet dat je het met mij niet zo gemakkelijk hebt gehad. Niet als man, maar ook niet als vader van je zoon...'

'Laat nu maar...'

'Nee. Ik laat het niet.' Hij keek omhoog, naar de maan, en daarna naar mij. 'Ik wilde je vergeven, die affaire met Bradshaw...'

Niet weer, dacht ik. Het is wel genoeg geweest. 'Bernie,' begon ik, maar hij legde zijn hand op mijn arm en ging door.

'Ik heb dat ook geprobeerd,' ging hij verder. 'Maar ik kon het niet. Ik nam het je verschrikkelijk kwalijk. Hoewel ik zelf ook niet helemaal zonder zonden was, nam ik het je toch kwalijk. Totdat ik me realiseerde waarom ik zo kwaad op je was. Het kwam omdat jij echt om die man gaf, jij hebt echt van hem gehouden...'

'Alsjeblieft...'

'Ik was gewoon jaloers, Nora. Jij hebt altijd zo'n diep gevoelsleven gehad. Jij kon echt met mensen... een band aangaan. En ik kon dat niet. Zelfs niet met jou. Zelfs niet met mijn eigen zoon. Jij kon Nicky zoveel geven. Je bent zo'n geweldige moeder voor hem geweest.' Hij wreef met de rug van zijn hand de tranen uit zijn ogen.

Ik wilde mijn hand op zijn schouder leggen, maar hij pakte die met zijn beide handen vast. 'Ik ben er nooit aan toegekomen om te zeggen dat het me speet,' zei hij. 'Niet tegen jou. En ook niet – en dat vind ik het rotste – ook niet tegen Nicky. Dat ik er niet voor hem was. Niet echt, niet zoals ik er had moeten zijn. Niet zo dichtbij als jij bij hem was.'

Ik schudde mijn hoofd. 'Nicky aanbad je. Hij verafgoodde je. Zijn hele leven draaide om jou.'

'Een leven moet nooit om dat van een ander draaien.'

'Maar dat doen we toch allemaal? We zijn toch allemaal de satelliet van iemand anders? We worden aangetrokken door wat het zwaarst is en daar draaien we omheen. Nicky had bewondering voor jouw kracht. En dat had ik ook.'

'Dat is gek,' zei Bernie peinzend. 'Wij hebben juist altijd op jou gesteund.'

'Op mij?'

'Ja.'

'Ik voelde me altijd zo zwak en hulpeloos,' zei ik.

'Dat was je niet.'

Ik lachte. 'Ja, dat moet wel. Ik kom daar nu zelf ook achter.'

En op dat moment waren er nog een paar dingen waar ik achter kwam. Ik merkte dat ik Bernie al een tijd niet meer had zien slapen op de blauwe bank en dat ik dat had gemist. Niet zoals je iets bekends mist: ik had *hem* gemist. Ik had *ons* gemist. Hoewel we het samen erg moeilijk hadden gehad, deed het er nu niet meer zoveel toe wie daarvoor de meeste verantwoordelijkheid droeg. We hadden een relatie gehad die was gebaseerd op wederzijds respect, bewondering en liefde. We waren ook zo lang samen geweest. En het was ook heel lang goed geweest. Daarvoor waren we in elk geval samen verantwoordelijk.

Bernie sloeg zijn armen om me heen. 'Nora, het spijt me zo. Alles spijt me zo verschrikkelijk.'

'Mij ook,' zei ik, en ik hield hem ook vast. 'Mij ook.'

Daar stonden we, op een Pools balkon in het maanlicht. We hielden elkaar vast, we huilden en voelden onze gewonde harten kloppen.

'Wat ga je trouwens verder doen?' vroeg Bernie toen we ons van elkaar hadden losgemaakt en onze tranen hadden gedroogd.

'Ik weet het niet,' zei ik. 'Rudiakowski wil mijn contract verlengen. Ik begin hier al aardig te wennen.'

'Heb je hier iemand?'

'Ja.'

Zijn kaakspieren spanden zich. Hij knikte en zei: 'Ik begrijp het.'

Ik dacht aan zijn vriendin van toen, die Pamela. 'En jij dan?' vroeg ik. Ik stelde me voor dat ze in ons huis was, in onze keuken kookte en in ons bed sliep.

Bernie schudde zijn hoofd. 'Ik ben alleen,' zei hij. 'Behalve dan...' Hij kreeg een warme blik in zijn ogen. Er was toch iemand in zijn leven. Iemand van wie hij hield. Van wie hij erg veel hield.

'Als je terugkomt, moet je haar maar eens ontmoeten. Ze is erg mooi.'

Hij had vast een vriendin van achttien jaar. Zielig. Hoewel... Ik woonde zo'n beetje samen met een jongen die veel jonger was dan ik. Waarom zou ik daar eigenlijk een mening over hebben. We waren allebei gewond, en wat maakte het uit hoe we daar overheen probeerden te komen?

'Ja, dat lijkt me leuk,' zei ik. Ik beloofde dat ik meteen zou langskomen in Corbin's Cove, wanneer ik terug was in de Verenigde Staten.

81

We repeteerden de laatste symfonie van Mozart. Er zat maar één fluit in het stuk, en vanaf het podium kon ik Danila zien zitten, helemaal achterin, ongetwijfeld chagrijnig en jaloers. En waarom zou ze ook eigenlijk niet jaloers zijn? Het was ook niet eerlijk dat een buitenlander zomaar haar plaats innam en weer kon vertrekken wanneer ze maar wilde. Ze wist natuurlijk best dat ik ook wel in mijn eigen land kon spelen, audities kon doen, een baan kon krijgen. Zelfs met de enorme concurrentie van jonge talentvolle fluitisten zou me dat waarschijnlijk best lukken.

Na afloop was Marek zeer tevreden. '*Dobrze*,' zei hij. '*Bardzo dziękuję.*'

Met een glimlach op mijn gezicht, en niet in de laatste plaats omdat ik eindelijk een besluit had genomen, borg ik mijn fluit op.

Ik ging meteen naar Mareks kleedkamer, maar hij was er niet. Ik ging naar het kantoor. Pani Michnik zat boos in de telefoon te schreeuwen toen ik binnenkwam. Ze reageerde niet, hoewel ze me uit haar ooghoek moest hebben gezien. Ik keek wat rond, naar de halfdode planten in het kantoor, naar de vele stapels papieren op de bureaus en naar de IBM-computer die nog steeds boven op een kast stond.

'*Proszę*,' zei Pani Michnik eindelijk.

'Hebt u maestro Rudiakowski gezien?'

'Hij zit in het café te eten,' zei ze. 'Hij komt over een uur terug. Wilt u op hem wachten?'

'Nee, ik ga wel naar hem toe,' zei ik. 'Hoe gaat het met de computer?'

Pani Michnik keek een beetje zuur. 'We zitten nog steeds op een adapter te wachten. Het stroomsysteem is hier heel anders.'

Voordat ik wegging, keek ik even op de computer om te zien welk model het was.

'Maar wat een verrassing dat je met mij komt eten,' zei Marek met volle mond. Hij stond op en bood me een stoel aan. 'Heb je al besloten welk concert je wilt spelen?'

'Ik heb wel een besluit genomen,' zei ik. 'Maar niet over het concert…'

Toen ik langs de Mariakerk kwam, klonk uit de toren juist de bugel. Ik bleef staan om te luisteren, en na het abrupte einde liep ik door naar huis.

Miko was in de keuken. Hij had een wit overhemd aan waarvan de bovenste knoopjes los waren. Hij was een appel aan het schillen. Een lange rode sliert hing langs het mes naar beneden.

Hij keek op toen ik binnenkwam. 'Wat is er?' vroeg hij.

Ik kon het niet over mijn lippen krijgen. 'Niets,' zei ik.

Miko nam een hap van de appel. 'Er zijn dingen die ik zo aan je zie. Je moet niet zeggen dat er niets is als er wel iets is. Vertel het me.'

Ik haalde diep adem. 'Ik speel niet mee met het laatste concert.'

Miko keek me aan. 'Nee?'

'Danila speelt. Ik heb haar genoeg in de weg gezeten. Nu is het haar beurt.'

Hij knikte. 'Ga je weg, Nora?'

Mijn hart bonsde in mijn keel. 'Ja,' zei ik. 'Ik hou van jou. En toch ga ik weg. Begrijp je dat?'

Miko glimlachte dapper. 'Ja, ik begrijp het.'

'Zul je het me vergeven?'

Hij trok me naar zich toe. Toen we elkaar zo vasthielden, leek hij de oudste en de wijste van ons beiden. Ik vond hem volwassen, mannelijk. Ik voelde zijn sterke hart tegen mijn borst kloppen. Toen liet hij me los en sneed twee plakjes af van de appel. Hij gaf me een stukje en we aten beiden. Toen kuste hij me, langzaam, verdrietig, zijn lippen vochtig van de appel.

'Weet je nog toen we voor het eerst met elkaar vrijden?' fluisterde hij. Hij veegde met zijn warme handen mijn tranen weg.

'Dat vergeet ik nooit meer.'

'En dat ik een stuk brood op je knie legde?'

Ik knikte.

'Het is een oude gewoonte. Als zigeuners trouwen, eten ze een stukje brood vanaf de knie. Ik wist dat jij nooit mijn vrouw zou zijn. Maar ik wilde dat we in de tijd die we samen hadden een band zouden hebben, zoals in een huwelijk. Ik wilde dat er een zegen zou rusten op ons.' Hij kuste mijn voorhoofd. 'En zo was het voor mij ook.'

Ik keek naar hem, naar Miko, de jongen met wie ik zoveel plezier had gehad. De jongen die zijn vleugels had geprobeerd en had gevlogen. 'Voor mij was het ook zo.'

82

Miko bracht me naar het vliegveld. Er waren eindeloze rijen voor de loketten, chagrijnige gezichten en overal tranen. Mensen hielden elkaar vast voordat ze hun geboorteland verlieten: sommigen gingen voor een poosje, anderen voorgoed. Miko stond naast me en staarde stoïcijns voor zich uit. Toen we wat dichter bij het loket kwamen, begonnen Miko en ik wat te praten.

'Hoe lang duurt de vlucht?' wilde hij weten.

'Ik denk ongeveer tien uur.'

'En die Stephanie, die komt je in New York afhalen? Heb je alles goed afgesproken?'

'Ja.'

'Zul je me schrijven?'

'Natuurlijk.'

'Nora,' zei hij, terwijl ik mijn ticket aan de vrouw achter het loket gaf. 'Ik zal je nooit vergeten.'

'Paspoort!' eiste de vrouw.

'Ik zal jou altijd in mijn hart hebben,' zei ik.

'Bagage?'

'Twee tassen,' zei ik tegen haar. Miko zette ze op de weegschaal. Mijn hart zonk in mijn schoenen omdat ik nu bijna afscheid moest nemen.

We hielden elkaar vast en ik kuste hem. Toen haalde hij een envelop uit zijn binnenzak en gaf die aan me. 'Voor jou,' zei hij.

Ik keek naar hem toen hij wegliep en in de menigte verdween. Ik stopte de envelop in mijn zak en ging in de rij voor de douane staan. Ik dacht aan Miko, die nu in zijn auto zou stappen en naar het concertgebouw zou rijden. Ik had tegen Marek Rudiakowski gezegd dat een zekere Mikolaj Branko wel aan de adapter kon komen die op de IBM moest worden aangesloten en dat hij die graag tegen een redelijke vergoeding wilde verkopen.

'Dat is geweldig!' had Marek uitgeroepen. 'Maar ik heb gehoord dat het erg moeilijk is om zo'n adapter te krijgen en dat er een wachtlijst van een paar maanden is!'

'Maestro,' had ik tegen hem gezegd, 'jij hebt mij zelf eens verteld dat er in Polen altijd iets te regelen valt.'

83

'Eigendomsbewijs?' vroeg de Engelssprekende douanebeambte toen hij mijn tas opendeed en mijn fluit zag.

'Dit is mijn fluit,' zei ik tegen hem. 'Ik heb haar meegenomen uit Amerika.'

'Als u Polen binnenreist, moet u een eigendomsbewijs laten zien, u moet bewijzen dat die fluit van u is.'

'Dat hoefde ik niet. Niemand heeft erom gevraagd.'

'Dat is niet volgens de regels. U moet een eigendomsbewijs hebben. Hoe kan ik anders weten dat die fluit uw rechtmatig eigendom is?'

'Ik heb een paar maanden op deze fluit bij het kamerorkest van Krakau gespeeld. Het is mijn fluit. Waarom heb ik daar een bewijs voor nodig?'

'Een eigendomsbewijs,' herhaalde hij, en begon tegen een andere beambte iets in het Pools te schreeuwen, waarschijnlijk een bevel om mijn fluit te confisqueren.

Ik keek om me heen. Niemand scheen zich iets van me aan te trekken. Er was geen hulpvaardige portier te bekennen. Geen maestro die me te hulp kon schieten. Mijn vlucht vertrok over tien minuten en ik was bang dat mijn fluit in beslag zou worden genomen. Terwijl de douanebeambten met elkaar overlegden, zette ik snel de fluit in elkaar en zette haar tegen mijn lippen. Ik speelde een stukje Debussy. Mensen draaiden zich verbaasd om, maar ik speelde door en liet de melodie door de hoge, grijze vertrekhal klinken. De twee beambten keken me stomverbaasd aan. Ik stopte en vroeg: 'Zijn jullie er nu van overtuigd dat dit mijn fluit is?'

Ze begonnen heftig met elkaar in het Pools te discussiëren. Ik stopte kalm mijn fluit in mijn tas en toen hielden ze eindelijk op. 'Dank u,' zeiden ze, en gebaarden dat ik mocht doorlopen. Achter me begonnen de mensen enthousiast te klappen.

Het vliegtuig steeg op en ik pakte de envelop die ik van Miko had gekregen. Er vielen een paar gedroogde rozeblaadjes uit. Ik vouwde de brief open en begon te lezen.

VOOR NORA
Een gedicht dat in het Pools beter is, maar in mijn slechte Engels heb je in elk geval een stukje van mijn gedachten en alle liefde die ik heb, die voor altijd voor jou is.

Bibijaka wilde niet bij me komen.
Ze vertoont zich alleen aan eerlijke mensen
en dat was ik niet.
Maar liefde is waarheid, en bloeit als een roos,
en jij hebt mijn weg verlicht.
Jij hebt me geleid
door schaduwen en twijfels
zoals een zonnestraal op een donkere winterse dag.
Je bent verdwenen
maar ik bewaar jouw roos diep in me
om me de weg te wijzen.
Nu komt Bibijaka bij me.
Ze laat zich zien.
Ze kust mijn ogen.
Ze geeft me haar gouden wijn.

Ik hield Miko's gedicht vast en huilde, terwijl ik het land van mijn voorouders achter me liet, het land waarin zoveel oud zeer lag, het land dat een nieuwe toekomst had.

84

'Waar gaan we naar toe?' vroeg ik aan Stephanie, toen ze tegen haar chauffeur zei dat hij de Major Deegan Expressway moest nemen.

'Ergens heen,' zei ze schuchter.

'Nou zeg,' zei ik, 'zelfs in Polen vertellen ze je altijd nog waar ze je heenbrengen.'

'We gaan naar Linden Hill.'

'O nee, geen sprake van,' zei ik. Die naam bracht plotseling een golf herinneringen terug.

'Ik heb van Bernie opdracht gekregen om je daar meteen heen te brengen.'

'Dat spijt me dan, maar ik heb geen enkele wettelijke verplichting meer ten opzichte van Bernard T. Watterman.'

Stephanie zuchtte. 'Hij wil gewoon graag dat je komt.'

Ik deed mijn armen over elkaar. 'Ik ga daar niet heen.'

'Toe nou. We gaan ook maar even. Hij vertrekt morgen voor een opdracht. Hij wil alleen maar dat je wat spullen komt halen.'

Ik keek haar aan. 'Wat hebben jullie zitten bekokstoven?'

Stephanie knipperde met haar lange wimpers. 'Hij wil je gewoon graag zien. Dat is alles.'

'Waarom?'

'Daar kom je nog wel achter. We zijn er bijna.'

'Wat je bijna noemt!' riep ik uit. Ik keek naar buiten en zag dat we net de George Washingtonbrug over reden.

'Nora, we gaan toch. Dus houd nu maar op met al die vragen en wees niet zo lastig, oké?'

Ik was te moe om nog langer tegen te stribbelen. Ik zuchtte en keek naar Stephanie. 'Je ziet er geweldig uit,' zei ik, nog steeds een beetje chagrijnig. 'Hoe gaat het met Jill?'

Hierdoor leek ze wat in verlegenheid gebracht. 'Dit geloof je vast niet.'

'Wat?'

'Ze is dit weekend bij haar vader.'

'Nee!'

Ze haalde haar schouders op. 'Ze bleef maar vragen hoe het kwam dat alle andere kinderen wel een vader hebben en zij niet. Bovendien zeurde hij de laatste tijd steeds dat hij zijn dochter wilde zien, dus...'

'Leuk voor hem!' zei ik, en gaf haar een zoen op haar wang. 'Voor jullie alledrie trouwens.'

De snelweg boog van het water af en we reden door de bossen, richting Corbin's Cove. Ik kon die weg wel dromen. Ik deed mijn ogen dicht. Hier kwam een stoplicht en verderop nog een. Dan rechtsaf en nog een keer links en dan waren we er.

Het was al schemerig toen we aankwamen. Het huis moest nodig worden geverfd, maar ik vond toch dat het er in de schemering prachtig uitzag. Een huis waar je echt thuiskwam.

'Zal ik aanbellen?' vroeg ik aan Stephanie toen we naar de voordeur liepen. Ik stak mijn hand uit naar de bel, maar toen werd de deur al opengedaan.

'Hallo Nora,' zei Bernie.

'Hallo.'

'Kom binnen,' zei hij. Hij liet ons voorgaan naar de zitkamer, en ik zag dat hij Stephanie een beetje zenuwachtig aankeek.

'Wat is er toch aan de hand?' vroeg ik. 'Jullie doen alsof het mijn verjaardag is en jullie een verrassing voor me in petto hebben.'

'Mevrouw Watterman?' hoorde ik een jonge vrouw vragen. Ik draaide me verbaasd om en zag iemand in de deuropening tussen de eetkamer en de zitkamer staan. Ze had iets in haar armen.

'Kelly?' vroeg ik. Ik herkende haar wel, hoewel ze erg was veranderd. Ze was veel mooier geworden. Ze had krullen in haar gekamde haar en ze keek me met een zelfbewuste blik aan. Ik hoorde iets. Een gekir.

'Dit is het meisje over wie ik het had,' zei Bernie, die de baby van Kelly overnam. 'Ik zei toch dat ze erg mooi was?'

Ik keek in een klein roze gezichtje, met een klein rood mondje en grote ogen.

'Wil je je kleindochter even vasthouden?' vroeg Bernie.

Ik kreeg geen adem meer. Mijn borstkas leek te exploderen. Ik probeerde iets te zeggen, maar pakte in plaats daarvan het kind aan. Ze was prachtig: mijn kleindochter, mijn eigen vlees en bloed. Ik keek naar Kelly. Ze lachte een beetje verlegen naar me.

'Ze is in januari geboren,' zei ze. 'Zeven pond en elf ons. Ze is heel gemakkelijk. Ze huilt bijna nooit.'

'Wat is ze mooi,' zei ik. 'Wat is ze ongelooflijk mooi.' Ik kuste voorzichtig het kleine voorhoofdje. 'Hoe heet ze?'

'Haar naam,' zei Kelly, terwijl de baby met haar piepkleine vingertjes mijn wijsvinger pakte, 'is Elena Nicole.'

85

De baby lag in Nicky's kamer te slapen in het wiegje dat we hadden gekocht voor als ze kwam logeren. Kelly had haar bij ons gebracht omdat ze ging skiën met een jongen van het makelaarskantoor waar zij als secretaresse werkte.

'Ik sta wel op als ze vannacht wakker wordt,' zei Bernie, toen we 's avonds in de zitkamer zaten te lezen.

'Ik wil het ook wel doen,' zei ik.

'Jij hebt morgen een concert,' zei hij. 'Je hebt je slaap wel nodig.'

Ik keek plagerig naar hem: 'Je kan maar niet genoeg van haar krijgen!'

'Ik heb nu eenmaal een zwak plekje voor kleine meisjes die op mijn overhemd spugen.'

'Als je haar een boertje laat doen, moet je een doekje op je schouder leggen.'

'Maar het kan me helemaal niets schelen als ze spuugt.'

Ik lachte en legde vervolgens mijn tijdschrift weg. 'Oké. Jij krijgt de nachtdienst. Maar ik kan het niet laten, ik moet toch nog even naar haar kijken.'

'Hoeft niet, hoor!'

'Nee, misschien niet. Maar ik ga toch even.'

Ik bleef even op de gang staan en keek de studeerkamer binnen. De grond was bezaaid met speelgoed. Ik vroeg me af wat Hal ervan zou hebben gevonden. Ik zag hem voor me, hoe hij voorzichtig aan al die babyspulletjes zou snuffelen. En daarna aan de voeten van zijn baas zou gaan liggen voor een lekker dutje. Ik liep naar binnen, schudde de kussens op de blauwe bank op en ging toen naar boven.

Ik bleef een hele tijd bij het wiegje staan. Ik keek naar de baby, kuste haar zachtjes en voelde haar koele, frisse huidje tegen mijn lippen. Bernie vroeg zich waarschijnlijk af waar ik zo lang bleef en kwam ook de kamer binnen.

'Zachtjes,' zei ik. 'Maak haar niet wakker.'

Hij glimlachte naar me en kwam naast me staan.

Elena Nicole lag op haar buikje en was zich totaal niet bewust van haar grootouders. Ik vouwde de deken voorzichtig terug en keek nog eens of ze goed ademhaalde. Haar borst ging regelmatig op en neer. Ik sloot mijn ogen en rook de poederachtige, appelige babygeur. Toen stond ik op en liep samen met Bernie hand in hand zachtjes de kamer uit.